王报升 著

我的人世间

黄河出版传媒集团
阳光出版社

图书在版编目（CIP）数据

我的人世间 / 王振升著. —— 银川：阳光出版社,
2023.11
　　ISBN 978-7-5525-7168-4

　　Ⅰ.①我… Ⅱ.①王… Ⅲ.①散文集－中国－当代
Ⅳ.①I267

中国国家版本馆CIP数据核字(2023)第243316号

我的人世间

王振升　著

责任编辑　唐　晴　申　佳
封面设计　晨　皓
责任印制　岳建宁

黄河出版传媒集团
阳　光　出　版　社　出版发行

出 版 人　薛文斌
地　　址　宁夏银川市北京东路139号出版大厦（750001）
网　　址　http：//www.ygchbs.com
网上书店　http：//shop129132959.taobao.com
电子信箱　yangguangchubanshe@163.com
邮购电话　0951-5047283
经　　销　全国新华书店
印刷装订　宁夏凤鸣彩印广告有限公司
印刷委托书号　（宁）0027952

开　　本　710 mm×1000 mm　1/16
印　　张　23.75
字　　数　300千字
版　　次　2023年11月第1版
印　　次　2024年1月第1次印刷
书　　号　ISBN 978-7-5525-7168-4
定　　价　56.00元

目 录
CONTENTS

老杏树

老宅子后面有一个大果园，记忆中有很多棵桃树、杏树，边上还有几棵榆树。现在，果园里只剩下一棵老杏树。我曾经问父亲，老杏树有多少年啦？父亲告诉我："你爷爷说，他记得的时候就'很大大'了。"爷爷活了七十二岁，爷爷去世已经整整五十年了。如此推算，这棵老杏树至少走过了两个甲子，是毫无疑义的百岁老寿星！

我家祖祖辈辈都喜欢栽树，一棵棵树木伴随这个家族经风雨、见彩虹。爷爷年轻时带着父亲在老宅后的园子里栽树、修剪、松土、除草、浇水，各类树木都很旺盛。每逢杏桃成熟了，就送给亲戚、邻里甚至过路人吃，从没收过别人的一分钱、一把米。

我出生那年，家里被定为"地主"，果园收归集体所有。为了照顾栽树人的感情，生产队给我家留了一棵离家最近但最不成型的杏树，家里人都管它叫"弯腰杏"。

由于树干是弯曲的，所以我很小就能爬上去，随便在树上折腾。五哥还拿小刀，利用树枝分布形状，修剪出一个椅子状的座位。五哥坐上去威武的样子，就像杨子荣。入夏后的每个中午，除了下雨，五哥都在那个高高的座椅上歇晌，有时还端着饭碗上去吃饭。我和弟弟、侄子对这个座位仰慕之极，等到五哥上学或者被爷爷喊去干活时，我们就争先坐上去，学着五哥的样子"耀武扬威"。弟弟还不大会走路就先学会了爬树，这大概是由于人类祖先是从树上下来的缘故吧。因为争执不下，我们几个经常互相拧着衣领让大人断官司。

人多杏少，杏核刚刚变硬就急着摘吃。只要能吃，再酸的我都不怕，边吃边吸冷气。吃完杏肉，咬开杏核，把里面软软的杏仁塞进耳朵，说是放置二十一天就能孵出小鸡，而我们的耐心最多也就半天。每到这个时候，爷爷就在树下铺一条毡子，自己在这里歇晌。杏子越是接近成熟，爷爷越是看得严格，有时连晚饭也在树下吃，直到我们这几个捣蛋猫睡了，爷爷才回屋子睡觉。第二天早晨，我们还没起来，爷爷已经在树下转悠了。

在爷爷的严格看护下，杏子平安地长到成熟，大家就能好好享几天口福。吃到最后一颗杏子，爷爷用小刀割成若干小块，每人一块，挨着问："杏儿香不香？"大家都回答："香！""那就好好浇水，好好养护，不要糟蹋绿杏。"

生产队也分一些杏子给社员，但吃起来就是没有这颗弯腰树上的杏有味。"桃杏不会随便甜。"爷爷说出了道理。事实上，每年大地刚一消融，爷爷就喊家里人把树下的地松一遍；每逢天下雨，哥哥姐姐就把羊圈里的积水用水桶担来浇在树根下；每逢下雪，就把屋顶上扫下的积雪堆在树干周围……修剪、捉虫、除草更是常态。

我们哥仨整天与这棵弯腰树为伍，从弯腰杏树到杏树荫庇的地方，都是童年游戏的场地。整日里用弹弓瞄着枝头上跳跃的小鸟，拈起叶子上爬行的瓢虫，吹落杈条上缀下的蜘蛛，舔尝树干上渗出的"胶糖"……含苞欲放、粉花满头、葱郁遮天、红叶染透、果累枝沉、碧玉妆成，弯腰树的枯荣冷暖、苦乐悲欢全都印在我们心里。

弯腰杏前面和靠宅子后墙处，有几丛爷爷栽下的芨芨草，家里的鸡常在这里捉虫子吃。有老鹰飞来，公鸡领着一家老小快速躲进芨芨丛。母鸡经常把蛋下在芨芨丛里。只要一有母鸡呱呱叫，我就丢下手中的弟弟，光着脚板飞快地跑去芨芨林寻蛋。找到鸡蛋后，双手捧着慢慢走回家，交给小姐姐，那喜悦的心情就像获得了一项伟大的成果。

杏树北边是一台莎草，每逢雨后，草丛冒出零星的小蘑菇和地软，我们撩起衣襟捡回来一些，姐姐就会放进吃搅团的菜汤里。弯腰杏树西侧是个沟湾，西边沟湾里有风吹来的细沙。我经常陪着侄子用笭过滤细沙，用簸箕端回家，装进小侄子侄女睡觉的布袋里。换下尿湿、拉脏的沙子，再倒进弯腰树下的坑里。

早春的阳坡上最先长出一大片的绿星星。我们拿小锅铲顺着绿星星挖下去便是一根根细长的辣辣，辣辣在衣襟上蹭一蹭、嘴上吹一吹，急切地塞进嘴里。边挖边吃，边吃边挖，暖阳下的我、弟弟和侄子常常忘记了时间。直到嫂子、姐姐做饭找不到铲子，站在屋顶上高喊，我们才送铲子回家。我拿起半把辣辣，在生着气准备痛斥我们的小姐姐眼前绕一绕，再塞进她的手里。姐姐看我俩辣得只咧嘴，忍不住笑出声来。这时，姐姐就挑根最粗的辣辣塞进嘴里，然后哼着小调做饭去了。我和弟弟趴在水缸沿上，用马勺盛凉水喝着冲辣。

为了舌尖上的一丝甜蜜，我领着弟弟，不惜被蜜蜂蜇了手也要抠出墙缝里的蜜罐。我俩坐在树下看蚂蚁搬家，直到雷声大作、雨点打在身上，我才拉起弟弟回家。

陪伴我们的还有一条老黄狗，白天拴在树干上，晚上放开活动。其实，拴与不拴，黄狗一天都围绕着弯腰树活动，忠实地守护着这块领地。

1971 年，为了远离烦扰，父亲决定把家搬到三里外的僻静山沟里。清明前后，父亲在新院子里挖个坑，倒入半簸箕羊粪，扔下几十颗从老杏树下拾起来的杏核，浇上水再覆上土。过了几天，掀开覆土，它们全都发了芽。父亲领着我们，在崖畔和自留地边上栽下了所有的杏芽。芽儿很快伸出地面、长成小树苗，我们每天都用手拃那些树苗的新高度。父亲动员全家力量，快马加鞭打了两口水窖。雨季来临时，收了两窖水，除了人畜饮用，就用窖里的水浇树。父亲整天念叨："桃三年杏四年，想吃果子十五年。"

两年时间，树长了半人高，第三年杏就零星开花、结果了。为了守护好这些桃杏，上小学的我们小哥仨轮流请假在家值班。当吃到第一颗自己用汗水浇灌出的杏子时，一家人高兴得快要哭了。

第四年，为了吃饱饭，父亲带着我们去了三十里外的公社苗圃。每天牧羊、上学回来，我们都要念叨家里的树咋样啦……暑假，我们回来探家时，那些树竟然一棵不留地全被牲畜给吃光了。

看着残留的树根，父亲蹲在地上难过地说："算了，不用再操这个心了。老天爷这是要把咱们留在苗圃吧……"

改革开放后，我们从苗圃返回老家。父亲在老杏树下捡了几把杏核，按照传统方法催了芽，清明节那天，发给几个哥哥，大家在各家房前屋后栽了下去。父亲又嘱咐各家栽些桃、梨、枣、李、苹果、葡萄、核桃，以及杨柳、松柏。

老人走了，每年清明节我都回一趟老家，用相机给老杏树拍几张"单人照"，然后让大家跟老杏树合影。每逢新婚娶嫁，都要捧着家谱，带着新人来祭拜老杏树。今年清明没能回去，我特意让侄子拍了几张老杏树的照片发在家族微信群里，不要给虎年留了白。

一百多年，月落日出、冬去春来，爷爷走了，父亲走了，现在，各家宅院都是桃李春风、紫藤红叶、杨柳挺拔，这棵弯腰老杏树依然沐日迎风，守候在长满青苔的老宅院后。

耕读家风的形成与传承

"忠孝传家久,耕读继世长。"这是写在家谱最前面的一句话。我老家在陕北农村,是一个耕读传家的家族。这个耕读家风的形成,要从百年前爷爷小的时候说起。

由于家里缺少劳力,爷爷一直没有进过学堂,十一二岁就能独立从事农业生产。随着家里人口的不断增多,爷爷必须起早贪黑、手不拾闲地干着比野草长得还快的活计。有了儿子后,爷爷干活更加有劲、更加勤快。

爷爷最容不得别人比自己起得早,只要听到农田里有更早的牛铃声,他就会以不吃饭、不睡觉等方式责罚自己。强烈的自尊心无时无刻不在驱使着爷爷奋力干活、潜心提技,二十五六岁时,就毫无争议地成了方圆十几里有名的"庄稼把式"。任何时候,周边的人看看田块的平直和庄稼的长势,就知道哪块是我家的田。

"入社"以后,尽管农业社给他安排的全都是最难的活,但对爷爷来说,那些活根本就是小菜一碟。为了不使自己和家人太清闲,爷爷决定干一个超级工程——挖一处地坑院!

干这样一个工程的所有工具,就是一辆独轮车、几把铁锹、几个背篓和两条扁担。开工前,爷爷做了全家"总动员",还让父亲宣读了《愚公移山》。爷爷要求全家老小齐上阵，所有活只能在生产队收工回来后干，而且不能因此影响了给生产队干活和上学读书。工程一经开工，所有人都比平常早起一个钟头，晚睡一个钟头，省去午休。

三个多月，一处地坑院挖了出来。一个两丈深、三丈见方的地坑，有一个行道、三孔大窑洞、四孔小窑洞，还有一圈围墙。庄院的人看了，没有人敢相信这是真的！

爷爷终于积劳成疾，六十八岁就不得不拄上了拐棍。爷爷虽然干不动重体力活，但对儿孙干活依然是高标准、严要求，儿孙干活稍有偷懒、质量稍有瑕疵，便严厉训斥。他常说："干活看人品。不管是给集体还是给别人干活，也不管是揽工还是帮忙，都必须踏实仔细，偷工减料就是人品上的缺胳膊少腿！"

在爷爷的教诲、带领和督促下，我家"耕"的家风就这样扎了根、长了骨，一直传承了下来。如果说爷爷是我们家族"耕"的创立者，那么父亲便是"读"的开卷者。

爷爷当了一辈子的"睁眼瞎"，深知不识字的难处和危害。尽管家里十分缺少劳力，他还是让唯一的儿子进了私塾。上了不到两年的学，懂事的父亲看爷爷太实在太辛苦，便告别了心爱的学堂，背着书包回家帮爷爷干活。

父亲虽然离开了私塾那个有形的小课堂，但他暗下决心，给自己构筑了一个更为高大、更为耐久的无形大课堂。书包从不离开自己，放羊时背在身上，走路时拎在手上，耕作时挂在犁把上，睡觉时搁在炕头上。随时抽空认字、写字、读书，遇到生字，就跑去问私塾先生。父亲说他小时候记性不好，一个字要跑去问先生几遍才能记住，为此挨了先生不少的白眼。父亲最能"不耻下问"，不管是教书先生、看病先生，还是揽工的、过路的，甚至念书学童，凡是识字的人他都请教，都是他的老师。

父亲在学习上从不拘泥于任何形式。学生写过的作业本的背面、旧烟盒、包装袋等，都是他练字的材料。手指就是随身带的笔，土地即是天然的纸。随时随地练字的习惯完全传给了我的几个哥哥，他们一旦闲下来，就不由自主地用手指、筷子、木棍在地上写字。

父亲就是靠这种锲而不舍的"白识字"精神，让这个家族告别了文盲，在那个山村里踏出了一条教育兴家的道路。

父亲非常爱书，即使在那些饥寒年代，只要看上一本书，自己宁可饿肚子、受寒冷，也要用有限的口粮、皮毛等把书换回来，以至于我后来也这么做。"文化大革命"十年，像《三国演义》《水浒传》这样的书是不敢拿出来见人的，父亲把那些书看得比自己的命都贵重。为了能不受干扰地看书，父亲把家搬到偏僻山沟里。每天晚上夜深人静的时候，把书拿出来，带着三个小儿子，一起在昏暗的油灯下看。看完了，用油布把书包起来，藏在只有他自己知道的地方。

父亲注重学以致用。他当秧歌伞头唱词自己编，写请柬坚持传统格式并有所创新，写春联、喜联、挽联都是自己编内容，掐日取名不落俗套、与时俱进说喜、当司仪都是自己写串词，甚至唱的歌多数也是自己编词。正是这种勤勉和坚持，使得父亲成为周边有名的"土文人"。引黄工程开工了，村里八户人先期搬到新的居民点。居民点没有名字，父亲在木牌子上写了"八兴庄"三个大字，立在居民点路边。这三个字就成了村庄的名字，父亲后来自己花钱立了个村名的碑。

父亲是我所见过的唯一一个终生手不释卷的农民。书本是父亲的"第一伙伴"，父亲一有时间就翻开来看看，张开口读读，伸出手写写。临终前的两天，父亲浑身疼得难耐，眼睛都睁不开。几个儿女用床单兜起父亲，靠不停地调换位置减轻痛苦。当我翻开《颜氏家训》读给父亲听时，老人家居然安静了下来。就这样，琅琅书声陪伴着父亲走完了最后的路程。

我家是一个大家族，父亲有七个儿子、两个女儿，还有几十个孙子、重孙子。父亲对后人们读书看得很重，要求我们读正经书、做正经人。1972年到1974年，老家连续三年大旱，人口多、劳力少的我家断了口粮，我和弟弟不得不离家流浪讨生活。出门前，父亲把书包挂在我和弟弟的肩上，流着眼泪说："只要活着，就不能失学，这是你们唯一的希望……"

1984年，我拿到了大学录取通知书，破了那个穷山沟的"天荒"。这不仅鼓舞了家族，而且鼓舞了穷山沟里的莘莘学子。在接下来的几年里，一批又一批大学生、研究生走出了那个穷山沟，改变了人生的命运。我们这个书香门第也传为佳话。

在老家的哥哥、姐姐和晚辈们，生活照样过得精彩。读书、写字、唱歌、玩乐器是他们生活的组成部分。在外工作的家人们，每次回到老家，第一件事就是一起打一阵秧歌锣鼓，然后看看自家小书屋、写写字。家里人经营的农田、园子、树木是周边最好的。二哥家十几亩果园，看不到一块比拳头大的坷垃和一根超过鞋帮的杂草。七十多岁的老人，花了一年多时间，用手推车搬掉了门前影响出入的土丘。朝那个村庄远远望去，树木最多的几块地方就是老家哥哥、侄子们的宅院。为了解决小学生的就近读书问题，提高学习质量，哥哥和侄子自己动手办了一个小学，坚持了五年，向初中输送了一百多名高素质的小学生。那些学生多数已经大学或中专毕业，在各个岗位上贡献着自己的力量。

爷爷给了家族"耕"的筋骨，父亲又赋予了"读"的灵魂，后辈们开枝散叶，已经成为当地一棵有名的大树。由于这个家族世代勤勉耕读、团结和睦，乡亲们送了我们家族一个堂号——"团庄"。

十一年前，儿子十八岁生日那天，我给儿子写了封信，系统讲述了我们的耕读家风。从那天开始，我坚持每天清晨六点整写一条家训，发在七十多人的家族群里。十一年如一日，已累发四千三百余条。同时，我给自己制订了一个学习读书的"零头计划"，即每天二十四小时的零头四个小时用来读书、写作；每年拿出一个月的工资用来购买图书、笔墨、网课等。

儿子大学毕业那年，正在复习考研，姥姥手术后卧床，我们都上班，他就主动担起了服侍姥姥的重任。早晚守在姥姥床边，端茶喂饭，擦身洗衣，涤亲溺器，一直干了半年，直到姥姥生活自理了，自己才找单位上班。我说："没关系，人品关过了，其他都不是问题。"

今天，这个百口之家，没有一个吸烟的、酗酒的、赌博的。

父亲的书

父亲永远地离开了我们，阴阳相隔，无法沟通。和父亲的联系就只剩下一种方式——思念。父亲没给子女们留下任何的物质财富，我们没有睹物思人，更没有挥财思亲。父亲留给我们可见的东西，只有半柜子旧书、半柜子新书、十几本写满字的笔记本，以及一摞厚厚的打着方格写着横平竖直的字的纸。

父亲去世临近一周年的那几天，每夜都要在梦里和我相见，除了叮嘱我做老实人、多吃亏，再就是让我把他用过的书保存好，尤其是那本《金镯玉环记》。醒来后，我想了想，大概有三十年没看见那本书了，记得多年前父亲告诉我，那本书连同一本《五女兴唐传》，让一位亲戚借走之后就再也没有还回来，借书的人也好像失去联系好多年了，估计书早已遗失。

父亲晚年是在二哥、四哥和小姐姐家度过的，我无权过问，也没有系统地看过父亲留下的书和字。

父亲去世一周年那天早晨，四哥翻箱倒柜地找东西。我问四哥："找啥？"四哥说："昨晚上做梦，大大跟我要书。我想找一两本不用的书今天上坟烧了。"四哥翻了一遍，拿出两本给我看："老六，你看这两本咋样？"我接过来一看："啊，《金镯玉环记》？在呢！"我有些吃惊，翻开发黄发霉、破损不堪的《金镯玉环记》看了看，说："这本书不能烧。""咋啦，烂成那样子了还能看？""不能看了，但它的意义不一样。"于是，我就把这本书的来历、父亲如何喜欢、被人借去多年杳无音信等说了一遍。"哦，那就把这本书给你。"四哥找了一个塑料袋把书装起来递给我。

我刚上初中那年，看见同学杨彦拿了一本竖版繁体书看，我拿过来看了一下，是本叫《金镯玉环记》的章回小说。当时我就喜欢上了这本书，但没敢说出口。周末回家对父亲说了，父亲说他也不知道有这样一本书，让我想办法弄来。我想了三天，终于对同学张口："能不能把那本《金镯玉环记》弄给我？""弄给你？我还看呢。再说，这可是老书，新华书店里都买不上。""等你看完了再弄给我。""你又认不得繁体字。""我认得繁体字，我大教我的。""那就等我看完了卖给你。""哦——""不想买就算了。""要，我要！""那好，一块钱卖你。"

天啊，我浑身上下最值钱的就是一支两毛八分钱的圆珠笔，到哪弄一块钱去呢？摸遍了身上的皮袄、棉裤口袋，甚至裤腿边，只摸出准备买圆珠笔芯的一毛一分钱。看我一脸的无奈样子，杨同学摇了摇头……

打饭从文具盒里拿饭票时，我突然想出了买书的办法——用饭票换。"黄米票、荞面票都不行，必须是白面票！"杨同学非常坚定。为了把书弄来，我只好同意割舍最不愿意割舍"白面票"。经过两天的讨价还价，最后以两斤八两"白面票"成交——这是我本学期仅有的"白面票"。这就意味着在以后的四次吃白面的日子，我只能选择饿肚子。

拿到书，我当晚没有吃饭就跑十里路回家把书递给父亲，自己搜翻了些剩饭狼吞虎咽地吃了。父亲看了会儿书抬头问："都这么晚了，还没吃？""今天下午学校灶上吃白面。我的'白面票'没了。""不是前段时间才交了三斤多白面，咋就没了呢？""全都换书了。"父亲一手握着书，一手在我头上摸了摸："这娃娃……"说着，眼泪下来了。

从那天起，每个周末回去，父亲都要在油灯下给我讲这本书里的故事，这样的日子持续了有大半年。雷勇、雷顺卿、茶童雷宝童等书里的人物常常浮现脑海。

就在四哥那天整理父亲的书本时，我一本本翻看了那些发黄、破旧却是我曾经非常熟悉的书。除了上面提到的《五女兴唐传》之外，还有《三国演义》《水浒传》《东周列国志》《三侠五义》《包公案》《增广贤文》等三四十本，包括父亲从来不让我们碰的"坏书"《红楼梦》等"老书"，有《铡美案》《白蛇传》《火焰驹》《下河东》《狸猫换太子》《游龟山》《三滴血》《墙头记》《梁秋燕》等二十几本戏本，有《岳飞传》《薛刚反唐》《林海雪原》《艳阳天》《小布头奇遇记》《狼獾防区的秘密》，有陕北民歌、陕北民俗、农谚、秧歌、珠算、对联、谜语、唐诗、宋词、元曲等方面的新书，几本给人起名字的书、风水方面的书，《康熙字典》《新华字典》《现代汉语词典》等工具书，以及二十多本老黄历，还有一本《毛主席语录》。

父亲留下的这一本本普通而又特别的书，把我带回四十多年前艰难的读书时光……

从我记事起，每到冬闲时间，只要不开会、不挨批斗，父亲每天晚上都会在昏暗的油灯下给我们读书、讲故事，或者用秦腔、眉户调唱几句剧本里的唱词。天寒地冻，家里穷得生不起火，小姐姐、五哥、弟弟和我，有时还有大哥、二哥、三哥、四哥，大家披着破被子、破皮袄，紧紧围坐在小炕桌周围。我们手冻了，可以放在袖筒里或被子里焐一焐，而父亲则要一直端着书看。实在冻得不行，父亲就两只手轮换着用嘴哈哈气，最多把书扣转搓一搓双手，然后再接着读。看着父亲双手上的冻疮流出一滴滴的黄水，我们心里像针刺一般；看着父亲很享受读书的神情，我们听着书也很享受。每晚听书、读书，虽然肚子咕咕叫，但精神却得到了莫大的滋养。

那些年，我们家所有人都熟悉那些书里的人物、故事、唱腔，什么程婴、赵匡胤、包公、佘太君、杨六郎、穆桂英、林冲、秦香莲、窦娥、梁秋燕，娄阿鼠、晋信书、潘发家，什么生、旦、净、丑，欢音、苦音、二六、慢板、箭板、摇板、带板、二倒板、滚板等。许多唱词、道白至今仍然记忆犹新："青布衫子蓝布裙，打扮起来赛观音。那日我从街上过，人人都说马六神哎马六神。""开的是店，卖的是饭。一个人半斤三个人斤半。四川人爱吃大米，陕西人爱吃热面。我老汉嘴里没牙，爱吃个红调稀饭。""一脚踏开门两扇，管教你一命不周全……罢罢罢，舍了我的命放她母子去逃生……""为什么有刀无鞘？刀鞘本在韩琪腰。""你不救我谁救我，二老爹娘无下落……""手提着竹篮篮，又拿着铁铲铲……""给彩礼票子两百八……""哄，哄，哄，哄，哄，哄，满地转……"

由于天天和书在一起，还没有上学的我和弟弟已经识了不少字，基本能读小人书了。

"文化大革命"十年，像我们这样的地主成分家庭，读书是要冒很大风险的，尤其是读"老书"。

一天晚上，父亲正看书，家里闯进来几个人，一把夺过父亲手里的书，大斥道："又看啥'老书'，翻啥'变天账'！""你们好好看清楚，那是《水浒传》，毛主席说《水浒传》是本好书。"他们怎么也没想到父亲会用毛主席的话堵他们。这帮人又在家里翻腾了一阵，拿着那本《水浒传》骂骂咧咧摔门走了。过几天的批斗会上，父亲被批了一通，那本书自然永远也回不来了。从此，父亲看书更加小心，每次看书前都要到屋子周围查看一番，确定安全了才把书拿出来，并对我们说："耳朵打灵点听着，觉得有动静我就藏书。"书看完后，无论多晚，都用油布包起来，藏在谁都想不到、只有父亲自己知道的地方。为了能有稍微安稳的读书环境，父亲决定搬家到三里以外的沟里。在人的肚子都吃不饱的情况下，还养了一条护院狗。后来，父亲争取到了给生产队放羊的机会，于是便有了更多僻静的看书时间。每当看见有人靠近羊群，父亲就把书藏起来。

父亲在家对子女很严厉，可对外人从来都很客气。有人跟他借书，他很少拒绝。可书这东西，借出容易要回难——尤其是那个缺书的年代。为要回《金镯玉环记》和《五女兴唐传》，跟借书人生了几次气，搞得自己吃不下饭、睡不着觉。我们经常劝父亲不要把书借给别人。父亲骂我："娃娃家懂个屁。要知道'人求人是难的，狗吃屎是甜的'，借书是求你，你不给借，人家多没面子。再说，书就是给人看的，放到家里光咱们自己看有啥意思？"

在那个大家都很贫穷、我家更为贫穷的岁月，买本书谈何容易？还不光是没钱的事，就算有钱，书店里也没几本你想看的书，尤其是"老书"。尽管我们看书小心翼翼，家里那些书还是被翻得破破烂烂，有些干脆断成上下两节。父亲经常把装订线拆开，用最薄的白纸每隔一页夹一张，然后再装订起来。实在破得不行，就干脆把白纸和书页粘起来。这样处理过的书，我们只能在白天光线较强的时候凑合着看。但父亲却能够在油灯下看，这些书都是他非常熟悉的，只要能照点影子就能看下去。

政策渐渐地松动了，父亲就把几本不太"惹眼"的书装在随身背干粮的黄帆布包里。只要一有空闲，就拿出书来看，多数时间，还会拿出塑料皮本子写一写、记一记。装在油乎乎干粮口袋里的书，时间一长也变得油乎乎的。但父亲发现一个令自己高兴的变化，书里的白纸被油浸过后，变得透亮，字迹清晰多了。翻着父亲的这些书，里面的油味给书平添了几分特殊的"书香"，每每想起这事，我都有一种别样的幸福感。

改革开放后，慢慢地手头宽裕了一些，父亲的书也渐渐地多了起来。父亲不仅买一些没看过的新书，而且把以前看过的、破烂不堪的书又买了一套。

父亲并非什么知识分子，小时候仅仅上了不到两年的私塾，以后却成了周边有名的"识字人"。家乡话称这种识字方式为"白识字"。父亲不光识字，还能解字、应用。他一生喜欢给人"说喜"①、给人掐日取名，但从不收取任何报酬。我在《父亲赋》里写了两句话："秧歌乱弹，说喜言庆，三百里方圆快乐使者；孔孟儒道，掐日取名，七十载乡间草根文人。"

为了方便，父亲每年买一本老黄历。除了老黄历，书包里经常装着《新华字典》和正在看的书；有两个笔记本，一个是读书笔记，一个是记事和通讯录；有用作草稿的一些没有用过的废旧报表，水泥包装袋牛皮纸片。

父亲十六岁就成家了，早早就儿孙满堂，膝下百人。父亲爱孩子，尤其是那些重孙子、重孙女，这些孩子无论怎么吵闹、上身骑背都没问题。但有一点，谁要是弄坏了他的书，那可不能饶省，轻的训斥一通，重的可能挨掸子，还要训斥孩子的父母。

---

①陕北特有的文艺形式，在婚嫁、满月、贺寿等喜庆活动中相当于司仪角色，有一系列脍炙人口的顺口溜。

父亲除了读有字书，还乐于读无字书。"鼻子底下长个嘴，不耻下问"，"三人行必有我师"。父亲向人请教，从不管对方年龄和身份，知识青年、教书先生、看病先生、阴阳先生、风水先生等，请教最多的就是正在念书的自己的孙子、重孙。"这个字咋解释？咋个用法？"还经常以"请教"的方式故意考问家里的小学生。父亲经常说，你看人家谁谁谁，真有学问，你们应该向人家多请教。

母亲刚过四十岁就去世了，父亲再没有续弦。书籍便成了父亲最亲密的伴侣，直到终老。

父亲八十岁以后仍然耳聪目明，精神矍铄，我从来没觉得父亲会衰老。然而，真正是岁月无情、人生易老。父亲八十五岁那年中秋节突患脑梗。病情一天重于一天，父亲最钟爱的读书活动渐渐地不能做了。他经常对着炕边自己熟悉的书本发呆，有时说一些没有逻辑的话。看着父亲这样的神情，儿女们的心里都很难受，常常为此落泪。

有一天，我发现父亲虽然不能读书了，但还认识字，写字也没问题。我建议几个哥哥拿出父亲看过的书，请父亲在每本书的扉页上都写上自己的名字，有些还写上一句读书或修德寄语。一段时间里，父亲病情有些好转，能读唐诗、小人书这样短小的读物，也能跟家人做一些生活的交流。

一次，我放假回家。当我给父亲钱时，老人家摇摇头说："钱，我已经没用了。"也许我给钱这件事刺激了父亲，父亲晚上睡在炕上对二哥说："我还有多少钱，你和老六看着买些书，留给子孙后代。"二哥说："没多少。不管还有多少，全都买成书。"

我回银川后，到书店买了一百多本书，等下一个节日，把书拉了回去。父亲看到这么多书，兴奋地翻翻这本、看看那本，最后留了几本最喜欢的放在自己的枕边，其余的让儿子放入书柜。

书买回来了，然而父亲的病情却越来越不允许他读书了，除了唐诗，其余这些书也只能是"看看"。其实，我并没有拿父亲的钱买书，而是自己悄悄掏了。我后悔前些年在父亲还健康的时候没有多买些书给父亲看，现在父亲病了，这些书也只能留给包括我在内的后人去看了。

一年以后，父亲的病情再次加重，写字的事也做不了了，健忘非常严重，有时甚至连自己的儿女都分不清楚谁是谁。每当这时，我们就在纸上写出自己的名字，父亲看到名字，立马就搞清了谁是谁。

父亲走了，父亲读过多遍残缺的老书、读过几遍还能阅读的书以及后来这批"看"过的书还在，父亲在书上留下的寄语和签名还在。每当我遇到困难的时候，便拿起父亲读过的书，看看父亲留下的寄语，看看父亲端端正正、充满骨气的字迹，就觉得父亲还在身边，还鞭策和鼓励着自己。于是，我提振精神，继续前进。

父亲留下的耕读传家家风还在，这是父亲留给我最大的财富！

父亲的信用

人无信不立。小的时候，父亲经常给我们讲商鞅"城南立木"的故事。他常说："一个人活在世上，要是没有了信用，那就跟死了没啥区别。"

改革开放前，由于我家人口多、劳力少，加上母亲去世早，经常吃了上顿没下顿，借粮、借钱、借东西是常态。借了人家的钱、物，父亲一定要打个条子，并标明归还日期。如若逾期了，一定要有所补偿。借了器物，归还时，一定要盛点东西，不能"空还"。借了亲戚的粮食，到期没有粮食还，就用祖传下来的一个珍爱柜子折价归还。欠了别人的钱，到期没有钱还，就从屋顶上抽出大梁卖了给人还钱。给大集体放羊，羊丢失或意外死伤，父亲就用最好的自留羊悄悄地赔上。借了别人的书，就加紧看、抄，到期一定归还，如有破损，也要补偿。父亲答应教公社苗圃的知青打算盘，每天放羊回来，再累再辛苦都要手把手地教他们，一直坚持了五年。

二十世纪七十年代初，陕北老家遭受了严重的饥荒，我家基本断了口粮。父亲不得不让我和弟弟出去流浪，出门前父亲告诉我："谁家给你们一顿饭、一口水，留你们住了一夜，那都是恩情，要牢牢记着。等将来年成好了，你们有出息了，一定要给人家还这个情。"我和弟弟在深山里断断续续流浪了两年多，周边村庄数不清的人家收留我们过夜、给我们饭吃，有人还送点粮食给我们。我们每次回到家，父亲都批评我俩不用心，并要我俩认真回忆，他把一些"大事"记在自己的小本上。

实行联产承包责任制后的1982年，我家粮食丰收了。寒假期间，父亲带着我们，用毛驴车拉上粮食进山还人情。由于那时年龄太小，除了父亲本上记录的，绝大多数人家连姓啥都记不起来。我们就逐个村庄跑、挨家挨户问，回报当年"一口饭"的恩情。半个月下来，竟然一斤粮食也没"还"掉。

回来的路上，父亲嘴里不停地念叨"总算了却了我的一桩心愿啊"。回家后，父亲站在门前的土梁上，眼望南山，痛痛快快地哭了一场。

父亲常说："应人事小，误人事大。"凡是答应别人的事，都要认真兑现。一次，答应给六十里外的一个亲戚家孩子结婚"说喜"，结果大雪封山，没有任何交通工具可用。我们劝说父亲："这么大雪，就别去了，多危险呀。不去，亲戚家也会理解的。再说，咱又不挣人家的钱。"父亲严厉地批评我们："这不是钱的事，是做人讲不讲信用的事。就算天下刀子也得去！"于是，父亲找了些破羊皮、破毡子，用草绳绑在腿上脚上，拄了两根长棍，背上书本和干粮，连夜出发。后来，听父亲说走了一整夜，直到第二天上午才到，坚定地兑现了自己的承诺。

父亲年轻时被县上抽去修公路，其间学了些修路的技术。回来后，就给自己定了个目标：只要自己在，就一定让村子的路保持车辆通行。四十多年，每逢下雨，父亲像个勤快的工兵，身上披个麻袋，扛上铁锹，出现在村口的路边。遇上工程量较大时，还要带上儿子、孙子一起干。为了提高修路效率，父亲自己花钱，专门买了辆手推车。

对于父亲修路的情景，村子里和经常过路的人早已非常习惯了。父亲的身材并不高大，也不算健壮，经常是路修好了，自己却躺倒了。一次，天下连阴雨，村上的路被冲坏。几个人议论："路又冲坏了，咋不见王记老汉呢？"几个哥哥扛着铁锹出来告诉村民："老人昨天修路受凉病了，我们替父亲修。"

父亲经常问我："咱们庄子啥时候能通公路？"弥留之际的父亲，听到屋外轰隆隆的机械轰鸣声，问我："啥声音？"我说："修公路呢！"父亲伸伸手做出要起来的样子，我们就抬着父亲到修路工地现场，父亲用尽最后的力气睁开眼睛看了好一会儿。回屋不久，父亲就离开了人世。

出殡的那天，村上的公路通了，亲戚、村子里和周边好多人来为父亲送行。我们兄弟姐妹流着泪，拉着的父亲大幅照片和灵柩，边撒纸钱边呼喊着："大大啊，上路了，上新修的公路了……"

修了一辈子路的父亲，终于走了一趟，也是最后一趟他几十年念念不忘的那条公路。天道酬"信"啊！我默默地祈祷：天堂路漫漫，父亲一路走好……

以后，每当走在村口的路上，就好像看见父亲扛着铁锹、推着小车在路边忙碌。前天，老家哥哥来电话说村上的公路正在升级改造。父亲啊，下个清明节回家看您，我就能走上平坦的水泥路了。

父亲的乐施

国人有好善乐施的传统品格，父亲亦然。

父亲当家那二十多年是我家最困难的时期，但就在那些吃了上顿没下顿的日子里，父亲总喜欢跟穷人交朋友，还经常帮助那些比自己更困难的人。

连续两年大旱之后，1974年老家又是一个大旱年，麦苗眼看着要死在地里。心急如焚的父亲带着五哥和我，拉着架子车来到盐池县大水坑，看看能不能在石油会战的地方找点活干，以混口饭吃。在石油会战前线指挥部周围转了一圈，总算找到了一孔可以遮风的磨窑住下。一连几天都没有找到活干，带来的那点小米、高粱米维持不了多长时间，我们只好在指挥部食堂捡点别人丢掉的发了霉的干馍搭配着充饥。

又转了一天还是没找到活干，我们又灰溜溜地回到那孔磨窑。进窑发现里面有一大一小两个人，一看也是出来逃荒的。对方显然知道这里有人住，因为我们出去的时候，锅、碗、水桶还留在窑里。其中那个大人站了起来，父亲主动跟他打了招呼。双方互相介绍，知道了对方一些简单的情况。对方是父子俩，也是听说这里有石油钻井队，看看能不能混个肚子。晚上，我们拿出小米熬米汤给他们喝，他们拿出几颗红枣给我们吃。都是天涯沦落人，两个大人聊到很晚。

一起凑合了两三天，还是没找到混肚子的活计。父亲决定回老家，对方决定再往西去川区。临行前，父亲把口袋里那点小米全给了对方。对方大人推辞说："给我们了，你们吃啥？"父亲说："我这儿还有两碗黍黍（高粱）米，还能兑凑两天。我家不远，明天晚上就能回去了。你们走西面子（川区）路远，不要嫌少，拿上吧。"父亲送对方小米的时候，五哥用手使劲拉父亲的袖子，但父亲就是"不明白"，执意把小米给了那两个流浪者。

对方大人感动地留下了他老家的地址。父亲让我在作业本上记下来。这个地址我一直都记在脑子里：子洲县周家硷公社杜庄大队杜××。

要过年了，在外流浪了三个多月的我和弟弟归心似箭，终于赶在年三十中午回到家里。父亲和五哥看见我俩从山坡上下来，站在大门口远远向我们招手。见了面，父亲轮番抚摸我和弟弟的毛头，眼泪不停地往下掉。五哥满含泪水地接过我和弟弟的"收获"，提醒父亲："外面冻，赶快回家。"父亲拉着我和弟弟进门。

一进门，就看见灶火旮旯站起一个人，身边还有个跟弟弟年龄差不多的小孩。大人拉着小孩向我和弟弟打招呼，我礼貌地回应了一下。从那父子俩的穿着看，也应该是流浪汉。父亲向对方介绍："这是我两个儿子。"对方点头说："一看就是你儿子，两个聪明娃娃。"父亲接下来向我俩解释为什么留那对父子在我家。其实，解释不解释我都很清楚，这又是父亲的善举。父亲说，他在上坟回家的路上碰见这对父子，就主动领他们回家来和我们一起过年。

看我和弟弟不高兴，父亲把我俩叫在一边安慰："你们两个也刮野（流浪）来着，这么冻的天，要是人家都不收留，你们还不冻死在外头哩？这父子两个也一样，过年了，别人家肯定不愿意收留。他们到哪去？穷人还得穷人帮呀！"我和弟弟也就接受了这父子俩在我家过年的事实。

吃过晚饭，五哥、我和弟弟每人拿出三只鞭炮分给那个小孩，还让那小孩玩了我们的火柴枪。看见我们在一起玩得开心，一旁拉话的两个父亲也高兴地笑着。

父亲到公社苗圃的第二年春天，走了一批又来了一批民工，其中一个姓秦的人很快就跟父亲交成了朋友，父亲让我们学城里人叫他"秦叔叔"。秦叔叔个头不高，身体消瘦而且有点残疾，走起路来身子总是斜的。秦叔叔最喜欢光顾我们这个勉强叫作"家"地方，他说每天不来一次就感觉少个啥，而且每次来都好像有说不完的话。由于家庭条件差，所以像在我家打平伙或者开小灶什么的，总没他的什么事。不过有时大家吃过后还有肉汤或者杂碎啥的，父亲总会毫不吝啬地给秦叔叔吃点喝点。

这天，我们刚放学回来，秦叔叔就在我家门口等着父亲。看着他焦急的样子，我猜测他可能有啥难事要找父亲。羊群一回来，秦叔叔就站在父亲身边，等父亲数完羊、锁上圈门，他就鼻涕眼泪流出来，哭着告诉父亲，他妻子得了重病，估计得住院治疗。他把假已经请好了，准备明天一早就回去。父亲语无伦次地安慰着秦叔叔，自己也差点哭了出来。父亲把秦叔叔让进屋子，问他吃了没。秦叔叔摇头，父亲就让我多做一个人的饭，他继续安慰着秦叔叔。

吃过饭，秦叔叔要回宿舍休息，父亲从衣兜里掏出两三张钱，一数是一块六毛，全都"借"给了秦叔叔。我很清楚，"借"意味着什么。秦叔叔临出门，父亲端起锅台上老碗里的五颗鸡蛋，让他回家带上。秦叔叔说鸡蛋不好拿，怕路上打碎了，说完就走了。

秦叔叔走后，我很不高兴地嘟囔着："我买油笔没钱，给别人借就有钱啦？"父亲对我大声斥责："这个家还轮不到你一个娃娃做主！"说完，又降低声调说："谁没个灾难疾病？有了难事大家帮一帮，坎儿也就过去了。你拿旧笔凑合着写，不影响学习就行了嘛。要那么好干啥，老师又不会因为谁的笔高级就多打几分。"父亲指着锅台上的鸡蛋说："好了，赶明儿有来收鸡蛋的，把这几个鸡蛋卖了给你买个油笔。"

到了星期天，父亲让我顶替放一天羊，他外面有重要事。我和弟弟放羊回来，习惯性地到鸡窝里去收老母鸡下的鸡蛋。怎么，鸡蛋没了，连我家那只唯一的当家老母鸡也不见了？我们在苗圃院子里外到处找那只老母鸡，一个知青告诉我："别找了。我看见你爸把鸡抱走了。"我立刻想到，父亲可能把老母鸡送给了秦叔叔，但又希望我想得不对。

半夜，父亲回来了。我把老母鸡丢了的事告诉父亲。父亲说："我去看你秦叔叔家的婶子。人家做了大手术，我不能两个肩膀抬张嘴去看人吧？送个老母鸡，也好让病人补一补。秦叔叔家三个娃娃都还小，要是也像你们一样没了娘多可怜？"我哭着说："别人都可怜，就我们不可怜。"此后好长时间我和弟弟都想不通这件事。

改革开放后，我家经济条件很快好了起来，父亲施舍的范围越来越广，动作越来越大。

家里的粮食、身上的零花钱，经常送给不相干的"可怜人"。至于，给邻居家孩子付点学费，给老人付点药费，更是常事。出门但凡见了乞讨的人就给点零钱，或者给买两个馍馍。就算对方是假扮的乞丐，父亲也施舍。有时甚至忘了给自己留坐车回家的钱，常常打电话给家里人："我身上没钱付车费了，你们到车站接一下我。"一次，用了县城一个医馆止牙疼的药，觉得效果好，就买了一大袋子，回村子就要挨着家送。我见后，赶快制止说："药不能给人乱吃，吃出问题是要负法律责任的。"父亲虽然接受了我劝说，决定不给人送牙疼药了，但老人家还是直言不讳地批评我"小气鬼""不够善良"。

九年前，父亲破天荒地在我家住了一个来月。父亲最爱吃饺子，我就经常带父亲在附近的一家东北饺子馆吃。一天，我们的饺子刚上来，门口进来一老一小两个乞丐。父亲端起自己一口都没吃的饺子就倒在乞丐手上的饭盒里，说："我原来跟你一样。"饺子馆服务人员把那两人撵出门，父亲跟出去又从口袋掏出五块钱给了他们。我只好让父亲先吃，自己又点了一份。等待煮饺子时，我端详着父亲的面容，满脸都是愉悦。

父亲就是这么一个好善乐施、不求任何回报的人。他常说："帮人帮自己。""吃点亏心安。"父亲去世三周年，我们立家谱的时候，把"好善乐施"写进了"团庄家族精神"。

最近读了《了凡四训》，我对父亲的乐施又有了更深的理解。

父亲，您慢些老

父亲因患脑梗导致心律、呼吸衰竭，于乙未年十月十八日与世长辞。享年八十七岁。

> 高云悠悠，寒雪皑皑。
>
> 苍山泣立，青松默首。
>
> 白鹿望崖，仙鹤啼谷。
>
> 琴瑟空鸣，物是人非。

六年前的一天，我正在定边行礼，弟弟振鸿打电话说父亲脚肿了。我并没有太在意，说："又不是啥紧急的病。今天是星期六，医院医生都不上班，等后天上班挂个专家号检查一下。"

旁边有人说："男怕穿靴，女怕戴帽。人老了，要注意呢！"我一听吓了一大跳，赶快给盐池的小姐姐打了电话，又联系了医生，叫上侄子王锋开上车赶到银川弟弟家。

父亲侧躺在床上，眼窝深陷，颧骨凸起，脸色黑青，嘴角的口水一直流到床单上。看着父亲的样子，我猛地打了个冷战，赶快掏出身上的纸巾给父亲揩了嘴——记忆中这是我第一次给父亲揩嘴。我一手抓住父亲的手，另一只手搭在父亲的背上捋了捋，不由得眼泪夺眶而出。父亲的额头不再光亮，腰背不再挺拔，肩膀不再宽厚，臂膀不再有力，软绵绵的甚至连过去那些永久、坚硬的老茧也没了。

此前那个中秋节，父亲的精神突然"走劲"了。一向欢悦的脸庞少了许多笑容，一向开朗的性格也变得少言寡语，一向倔强的个性再也没有发过脾气，一向笔耕不辍的身影再也没干过活、写过字，再也没有给人掐日取名、穿针引线，再也没有为人说过喜——哪怕是自己的孙子、外孙、重孙女……

从有记忆开始，我无数次看过父亲说喜的场面，当时并没觉得多好。父亲病了，突然觉得那些东西都非常好。于是，抽出时间想通过回忆整理一下，但无论如何苦思冥想，也只能想起一些片段。趁着节假日，我和父亲通过互相启发、引导，想起来不少说喜的段子。我曾经告诉外甥女婿："你是负责非物质文化遗产保护的，赶快把你外爷说喜的那些东西都记录下来、整理出来，当心以后找不上了。"外甥女婿还是慢了一步……

过年的时候，弟兄姊妹说："老人精神走劲了，抓紧时间尽孝，不然我们会后悔的。"

过罢年，弟兄们都主动接老人在自己家住一段时间。以前，父亲在四哥和小姐家待的时间长，他们了解父亲也较多。这期间，弟兄们都跟老人有了比以前更多、更近距离的交流。我和弟弟的家在银川，以前父亲每次来银川也就能住一两个晚上，不管我们怎么留也留不住，父亲总是说："你们上班一走，家里没人，我一个人心慌得蹲不住。"

四哥曾经不止一次给我说，他最反对的做法就是回来看老人拿点礼、给点钱，话也不说几句、饭也不陪吃一顿掉头就走。

都说人老了怕缺吃少穿、怕没钱花，怕这怕那，其实，我后来才认识到：老人最怕孤独。

六年前的那个夏天，父亲腿脚就不太灵便了，记性也不好了，这才在银川住了一段时间。先是在弟弟家住了两个月，随后又在我家住了不到两个月，趁着回家赶外重孙的满月事，就回了老家。在我家住的四十多天的日子，是我成人以后跟父亲相处最多的日子。这四十多个日日夜夜，我真切感受到老人内心的孤苦，也饱尝了自己的无奈。

父亲每天早上都把自己的随身物品——书本、衣服收拾好装进两个包里，问我："咱啥时候回家？"我说："这儿不就是你的家吗？"老人总是说："对对。我是说回咱们老家，回郑家沟，回八兴庄。"

我每天早晨起来先烧一壶开水，拿点吃的上楼给父亲，不管我多早，老人总是盘腿坐在床上，一只手捏着帽子，伸长脖子，两眼望着窗外树上的那几只嘎嘎叫的喜鹊或叽叽喳喳的麻雀。

当我灌开水的时候，父亲总是开口问："今天上班？"我说："嗯，上班。"我灌好开水过去坐在床上摸一下老人的手："夜晚睡得好不？"父亲轻轻回答："好着呢。"常常还打个哈欠。我问："中午想吃点啥？""扁食。"老人总是这样回答。"那行，我回来到楼下给你打电话，你就下来。""昂。那你上班去，甭迟到哩。"

其实，根本不用打电话叫，当我中午回来时，老人多数都在小区院子里的长条凳子上坐着。下午上班前我再上楼看看父亲，他多数在歇晌。当我悄悄迈步下楼的时候，老人就轻轻问一声："你上班去呢？"我赶快转过身说："嗯，上班。你多睡一阵儿，睡醒关好门下去转一转，不要走远。"其实，老人自己在外面从来没有走出过两百步，显然是担心自己走丢——事实上也走丢过。

我下午下班回来，父亲还是坐在院子的长条凳上，旁边热闹的象棋摊摊、运动器械似乎跟他没有任何关系。有几次我和妻子都出去应酬，回来晚了，老人家还坐在那张长条凳子上——那张长条凳子成了老人的"望子台"。每当这时，我就放下手中给父亲带的饭，抓住父亲的手摸一摸。虽然是盛夏，我依然觉得老人的手是冰凉的，这股冰凉迅速传递到我的心里。每当这时我就自责：把父亲接来银川让老人家"享两天福"，这难道就是享福吗？我们整天各自忙着自己的事，老人留在家里，待在空荡荡的房子里，面对四壁，连个苍蝇叫的声音都没有。这叫什么享福？这叫什么孝敬？

我想了好多办法，甚至想过把老人送到敬老院里——这是我以前没有想过的，这次想到了，而且是认真想了。因为在敬老院，至少还有些老人能在一起说说话，到周末把父亲接出来兜兜风、散散心也许不错，到敬老院起码不至于忍受这份无情孤独的折磨。以前谁要提起敬老院，父亲一定会大发雷霆，而这次不但没有发脾气，还"愉快"地点头答应了。看着父亲无奈地答应，我的心在滴血……难道真的是"自古忠孝两难全"吗？

当然，后来没有去成，主要还是为了这张脸——担心世人说自己"不孝"。我不知道自己这样做是对还是错。

我怕老人走丢，就写了几个纸牌子，写上我和弟弟的家庭详细住址和电话号码，装在父亲衣裳的每个口袋里。在父亲的手机上只存了家里几个人的电话号码。

那天父亲手机坏了，我带着买了部新手机，父亲拿起手机就给小女儿打了个电话："喂，能听清吧？"听见对方清晰的回话，父亲脸上露出少有的幸福、满意。

父亲渐渐地不大会用手机了，我花了好多时间手把手教父亲怎样在手机上查找号码，怎样打电话。刚刚教会，老人第二天又忘了；上午教会，下午又忘了。父亲脑门上冒出一些汗珠，表现出着急。我心里埋怨父亲：哎呀，你咋就这么笨呢！

父亲开始大小便失禁。我那天生气地说："就不能快走两步到厕所去？"父亲有些羞愧地低声说："实在是夹不住。"

我很后悔，实在不该埋怨父亲笨拙，不该埋怨父亲夹不住大小便。也许自己到这个岁数还不如父亲呢。

其实，父亲原先一直都心灵手巧。听庄院人说，父亲年轻时是秧歌队的伞头，秧歌队的队形、动作、锣鼓都是他亲自编排和操练的。2012年中秋节前父亲还能看书、写字、打算盘，打电话更不是问题。那时，父亲隔三差五地给我打个电话。我问："大，好着没？""好着呢。"我再问："有啥事没？"父亲说："给我翻乱两个钱。"那时我有些埋怨他：父亲的吃穿用都有保障，要那么多钱干啥？其实，家里人都知道，父亲的钱大多数都接济了穷人。等听不到父亲电话里再说这句话的时候，我突然意识到，父亲根本不是要钱，而是想跟这个"当官的"儿子说两句话，只是不知道说啥。

父亲原来很干练、很攒劲的。谁见父亲蓬头垢面过？还是滥皮打张过？就算是当讨吃子要饭那阵都穿得很整洁，以至于常常被人误解而拒绝施舍。

勤劳、思考使父亲耳聪目明。有一次老人和大哥、二哥一起看书给一个孩子起名字，父亲自己写，让大哥查看书，大哥眼睛花了看不清。又让二哥查看，二哥也眼睛花了看不清。最后，老父亲夺过书："拿来，老子自己看！"他一手翻书，一手写字，一会儿就给孩子起了个名字。

站在一旁的重孙子笑着说："哈哈，真好笑。两个年轻的儿子加起来还不如一个老大大。"

那时，所有认识父亲的人都说他能活一百岁。可转眼间，父亲说老就老了。时间可怕，岁月无情啊！

2012年那次生病，我们把父亲接到银川。我们弟兄姊妹来了几个，还有侄子外甥，从中医院到附属医院，从头到脚检查了几遍。医生的结论是脑梗。

"脑梗是啥意思？"我问医生。

"就是脑子老化，以后越来越像小孩，还会不认识人，甚至卧床。"

我不愿意相信这是事实，又问医生："住院治疗呢？"

"意义不大。人老了，自然现象。"

"那怎么办？"我有些着急。

"开点吃的药，再开点外敷的药。吃着、敷着，可能有些效果。"我明白这是医生宽慰人的话。

从医院出来，二哥和侄子王晗把老人接到平吉堡王晗住的地方，一边治疗，一边休养。我和老七有空就过去看看。在二哥、大姐和王晗一帮人的照料下，老人能吃些饭、吃点药，很快好起来了。但过了几天，就不吃药、不吃饭，腿子又肿了，不能行动了。父亲拒绝使用拐棍，二哥、王晗就扶着他上卫生间。

我们每次劝父亲吃药，父亲就反问："你们把我从这个医院折腾到那个医院，从头到脚、从里到外检查了个遍。查出个啥结果？还不就这样。我没有病，我也不吃药，药就是毒。"为了让父亲吃下一口饭、服下一粒药，做子女的想尽了办法。可是，无论你怎样劝说，父亲从此再也没有吃过一粒药。

病情从此开始反复，先是腿肿，后来又是手臂肿，神智也是时而清醒时而糊涂，总的趋势是每况愈下。那天，看着父亲昏睡不醒，我心里难受极了、无奈极了。背过父亲，我和二哥抱头疼哭了一场……

不管在什么情况下，父亲总是保持着对人的关怀。孙子、重孙子经常逗老人："你认识我不？"老人有时叫不上名字，但一定能说出是谁家的娃娃。我们有时问老人："你想见谁？"他说出的一定是最关心、最挂念的人。就是在弥留之际，还说想见女婿和多年没见面的外甥……

重孙女娜娜问："老太爷，你最想见谁？"

老人微笑着端详了一会儿娜娜，说："我最想见——最想见——你养下的！"老人的回答让晚辈钦佩不已——老人想见第五代人呀，这是父亲最大的心愿！娜娜结婚时对老太爷的承诺，直到老人走前都没有兑现。这成了老人最大的、当然也是永久的遗憾！我们答应您，等您的第五代人"长了腿腿"就来坟院看您……

一次，二哥、二嫂有急事出去了，让亲戚娃娃照看一会儿父亲——那个亲戚孩子父亲不很熟悉。二哥、二嫂一走，父亲看那个亲戚孩子出了院子，就把大门反锁了。二哥、二嫂回来一看大门锁得实实的，他们只好翻墙进来才把大门打开。问父亲为啥锁大门，父亲指着大门说："有贼！有坏人给锅里下药！"二哥、二嫂吃惊极了——平时翻身都要人伺候，怎么到院子锁上大门的？第二天天亮，看着院子里磨出的那些歪歪扭扭的痕迹，二哥、二嫂哭了。这是怎样的爱家感情，怎样的爱子感情！

记得最后一次离开银川回老家那天是小年——腊月二十三。侄儿王晗背着送爷爷上车的情景深深刻在我的脑海里。看着老人瘦弱、佝偻的身躯，我心酸极了。送走父亲的那夜，我辗转反侧，彻夜未眠，凌晨两点提笔写了一首小诗：

来时丽日送时风，

耄目深深手似冰。

痴望佝躯挥泪去，

谁知此别可重逢？

过年的时候，我们兄弟姐妹一起回去看父亲。大家兴高采烈，敲锣打鼓，载歌载舞，尽然忘记了父亲的年龄和身体状况。当大家意识到，再看父亲时，发现老人坐在炕上目不转睛地观看我们的表演，不时微微点头。

收假前，我掏出钱给父亲，老人家一个劲地摇头。我有些吃惊地问为啥不要，父亲平静而简单回答了三个字："没用了。"

每次电话里问父亲的身体情况，二哥、二嫂都说"好着呢"。我明白这是哥哥、嫂子安慰我的话，怕我牵挂影响工作。

每次回家看见父亲干净整洁的衣服、干爽白净的床单，闻闻飘着肥皂香味的房子，再看二哥佝偻着身躯给父亲洗脸，抱起父亲擦身子、换尿布、换衣服，用冰冷的水洗衣服；看二嫂干瘦的双手做出可口的饭菜，迈着弯曲的双腿把饭菜递给老人，给老人喂饭。每当这时，我们无不被感动得流下泪水。

小姐说："二哥、二嫂将来一定是最享福的。你眊，王浩、王晗早都看会了。"

谁说久病床前无孝子？看看我白发苍苍、年过古稀的哥哥、嫂子！看看日夜守候在父亲身边的兄弟姐妹和侄男阁女！

老天啊，这样的孝心、这样的孝举你见过几个？难道就没有感动你，让父亲在人间多留几天？

父亲的身体越来越差，就算在清醒时，也常常说出一些颠三倒四的话语。一天，父亲问我五嫂："你们掌柜的走街去接你，接上没有？"五嫂笑着说："大大，接上哩！"又问我："我咋忘了，你和你姐姐谁大？"我忍住笑认真地回答："估计我姐姐大。要不我咋叫她姐姐呢？"父亲像孩子一样憨笑着点头："对，对。"

清明节，看着老院子后头年年开花的那棵弯腰老杏树，再看看衰老的父亲，我心里一次又一次泛起酸楚，提笔写下：

杏红如约清明天，

四世百人恰团圆。

老少满堂歌竹乐，

坐观众闹父不言。

朝夕相守不觉老，

久别再见最心酸。

执手笑问儿贵姓？

不知姐弟谁生先。

终日孤默守窗栏，

双目尚炯不似前。

须花腮陷老斑紫，

发衰齿落手骨寒。

公干忙碌少侍前，

临行安慰仅掏钱。

摇头频说已无用，

车窗关起泪涟涟。

　　父亲向来手不释卷，可自从那次病了以后就再也没有真正读过书。那次我买了些书回去，挑出几本让父亲在书上签字，父亲用颤抖的手认真地写了自己的名字。字依旧那么端正、那么工整、那么硬朗。

　　父亲大脑里存放最牢的信息永远是自己的子女、儿孙。由于病魔的折磨，父亲经常恍恍惚惚，连儿女谁是谁也分不清，但当你把名字写在纸上，他依然能认识，并且很快反应过来谁是谁。

　　父亲的身体一天不如一天，我们的心一天比一天皱巴。侄儿王浩常常在微信群里发一两张爷爷的照片，看到父亲微笑、红润的脸庞，无疑是一种莫大的安慰和激励；看到父亲精神不振、昏昏而睡，心酸、不安立马就笼罩我们的全身。

　　多亏哥哥、嫂嫂、姐姐。有了你们的精心照料，父亲才在患病以后平平安安走过最后三年的日月，咱们这个家族多享受了三年四代同堂的天伦之乐。

　　父母在，儿不老。那年夏天，北京来了个教授称呼二哥"老王"，二哥直摆手："不敢，千万不敢。"对方问："为啥？你不算年轻啊。"二哥笑着说："七十多，确实不年轻了。只是炕上还坐着个老人。"是啊，哥哥们看起来确实都很年轻，一个个都像小伙子。我常常羡慕老哥哥："你们真幸福啊，七十多岁了，还有父亲。"每当我说这话的时候，几个老哥哥都露出了孩子般的笑容。小重孙刚刚学说话，叫老太爷"太阳"，我们也都跟着这样称呼。的确，有这颗"太阳"，这个家族才温暖。

　　对于父亲，多年一起生活的四哥更有发言权。四哥曾经说："有时心上有过不去的坎，跟老人说说，原来那个坎好像也就没了。"

的确，老人是喜，老人是福，老人是宝。孝敬老人说到底，其实就是在保护自己。家有高墙在，不怕冷风来。

三年前 11 月的一天，振簧在微信上说，他梦见大雪厚厚地盖在坟院上。侄女王艳也说，梦见全家人都上了那架很大很大的车，唯独爷爷没上去……看了微信的人心情都沉重了起来……

在守候父亲最后的日子里，我们每天都盼着夜朗风清，每夜都盼着红日出山。好不容易平安地落了太阳，寒风却又刮起。守夜的我常常不能安眠。

11 月 20 日清晨，我写道：

日落西风寒，

星隐父昏眠。

梦见椿庭雨，

依稀旧江南。

21 日清晨，我摸着父亲干瘪、冰冷的手脚，又写：

月栖寒霜夜，

鸡鸣五更天。

狼风一夜吼，

亲骨半身寒。

22 日清晨，又写：

阴晴随风幻，

风雪斗三番。

一夜提心过，

红日又东山。

28 日夜，又写：

月背五谷旬绝汤，

疮皮粘骨眸神茫。

泪儿不解铁舌语，

归心原在子孙肠。

29 日夜，我忍住泪水写：

浓雾重锁白于山，

子夜恶风云雪翻。

月余谷水唇不近，

可怜骨瘦比刀尖。

阴阳相隔一念间，

远去天堂路艰难。

合府百口不尽泪，

肝肠哭断亲不言。

父亲终于没有看到 11 月 30 日早晨的红日。

父亲走了，老人家唯一遗憾是没有见到第五代人；儿孙们最大的遗憾是父亲没有如世人所说那样"活到一百岁"，尽孝的时日太短、太短……

神仙难挡岁月老，唯有精神留世间。父亲是一个乐观淡泊的人。在艰难的岁月，常听父亲说，自己能活一个甲子就不错了。然而，社会在发展，生活一步步改善，人的寿命也一节节增长。父亲从来不过大寿而是简单地过个生日，原因是感觉现在生活幸福，自己身体健康，说"大寿"还为时尚早，把"大寿"这个词留到九十、百岁再用……然而，天总是不遂人愿，父亲没有能够等到我们给他过"大寿"的那一天。

父亲是一个崇尚传统的人。父亲的身上始终都有一个庄稼汉的本分，闪烁着一个耕读者的光辉。二十四节气熟记于心，经常提醒儿孙九九耧豆、清明种瓜、秋分割糜、寒露收谷。父亲读书不算很多，但能对孔孟之道内化于心、外化于行，时时教育我们恪守仁义礼智、孝悌忠信，忍让为安、吃亏是福。几个侄儿对我说，过去听爷爷说"多吃亏"总是觉得啰唆、古板；爷爷走了，现在遇事常常想起爷爷的教诲，怎么就觉得那么亲切、那么厚实。

父亲有一种坚强的意志。他一向是非分明、疾恶如仇，这也许是导致他人生坎坷的因素之一吧。父亲把名节看得比生命还宝贵，1963 年，社教队要强行给爷爷扣上"地主帽子"。为了迫使爷爷和父亲承认"曾经有雇工""剥削过雇工"等"罪名"，任凭社教队那帮人怎样折磨，他始终没有承认那些莫须有的"事实"。直到改革开放平反查档案时，才发现这是一个没有本人签字的案子！在生命最后的日子，父亲四十多天没吃五谷，二十多天没进水，一直等着见了所有子孙，才安然地驾鹤西去。

父亲有一副不知疲倦的身板。白天放羊、挖甘草、拔苦豆子、拾山芋，早晚爬锅上灶、洗洗涮涮、缝缝补补，十几年如一日，不辞辛苦、不知疲倦。每当天阴下雨，村头路旁一定有父亲忙碌的身影，只要父亲在，村上的路一定是光光的、平平的。八十岁以后，挖土补路、搬石修桥的善举一直没有丢手。病卧不起了，遇到天阴下雨，老人就打发儿子出去修路。父亲为修桥补路置办的那套家当，至今还好好地摆在院子里。

父亲有一副善良的心肠。他经常告诫我们要多做善事，为子孙积德。他一向好善乐施，即使在最艰难的行乞岁月，也不忘同情、帮助那些和我们一样落魄的人。大年三十，留乞丐在家里过年是常事。父亲常说："他们和咱一样，都是可怜人。想想看，你们两个出去要是哪晚没人家收留会是啥情况？都一样，谁也甭多嫌谁。"1975年，公社苗圃有个姓秦的民工老伴有病，家里穷得没钱看病、买补品，父亲就把家里仅有的一只下蛋换油盐酱醋的老母鸡送给了那人。

父亲有一种谦虚好学的精神。父亲一生最敬仰那些读书有文化的人。只上过一年多的私塾，但他靠勤奋自学、"自识字"，成为同时代人中的"知识分子"。记得我们很小的时候，父亲每天晚上都从外面的水洞眼里取出书，在昏暗的灯下和我们一起读，读完后再包起来放回原地。经过社教、"文化大革命"，虽然家徒四壁，可家里的那几本书却保留了下来。多少年来，书和笔一直是父亲的随身伴侣，不管走到哪里，看书、写字总是他的第一任务。最艰难的时候，父亲咬牙坚持没让我们失学，靠考学杀出一条血路，走出贫困。即使在行乞时，依然要我们"左肩背粮袋、右肩挎书包"。

父亲有一个善于思考的头脑。父亲倔强，但头脑并不僵化。动脑筋、思考是父亲的一个基本的生活习惯。"八兴庄"就是父亲经过反复思考后起的庄名，并自己掏钱立了个碑，意为"兴旺发达"。这个庄名，不仅寄托了父亲美好愿望，而且表达了父亲与时俱进的精神品格。

父亲有一副宽容的胸怀。"凡事过得去就行。""让人一步自己宽。"在那个特殊的年代，父亲经了多少事、挨过多少整、受过多少气。每当有人问起这些事情，父亲总是摆手说："过去的事了，提它干啥？"

在父亲的言传身教下，家族一百零四口人全都修身齐家、勤勉好学，没有一个违法乱纪的，甚至没有一个酗酒抽烟的。团庄王氏家风有口皆碑。

父亲去世，周围乡里少了一位说喜和事的快乐使者，庄院里少了一个修桥补路的义务"工兵"，亲朋中少了一位敬爱正直的慈严长者，团庄王氏家族少了一代人、失去了一个精神中心，我们兄弟姐妹失去了一堵宽厚温暖的挡风高墙……

敬爱的父亲，转眼已经三年了，您在那边过得还好吗？如果有啥不如愿，就托梦给我们。

今年也是母亲去世五十周年，刚才我们已经把新家谱呈在您和母亲的遗像前。我给您的灵堂前挂了两副对联："三载祭父服方释，五旬思母泪未干"；"追远念祖报养育恩重，立谱明宗传耕读家风"。

我们保证，在您倡导的家族精神的鼓舞下，为政的勤政廉洁，务农的踏实耕种，经商的诚信经营；孝敬好长辈，教育好子女，保重好自己；尽最大努力为家族、为家乡、为国家多做贡献。

戊戌年十月十八

纪念母亲

三十年前的今天，王家上下沉浸在一片悲伤之中，一位身材瘦小、面色苍白的老人为子女、家族和他人耗竭了自己最后一滴心血，带着极度的悲痛和无奈离开了人世。那哪是什么老人，她才四十一岁，仅仅走过人生的一半！她就是我的母亲。

今天，我们共聚一堂，怀念和追忆这位平凡而伟大的女性。请允许我代表全家大小四十六口人向前来参加纪念活动的各位长辈、亲友和贵宾表示敬意和感谢。

母亲是盐池县红井子乡石山沟人。自幼父母双亡，寄养于叔父门下，由于从小勤奋好学而获得针线、茶饭、农耕之高超技艺；由于个性善良而获得谦和、礼义、忠孝之优秀品质，在娘家就已是名扬乡里的好女子。

我们今天纪念母亲，就是要继承和发扬她待人胜己、和气礼让的处世精神。母亲嫁到王家二十四年如一日，孝敬老人、相夫教子，与公婆、大小姑子，亲戚、邻里和睦相处，从没发生过任何争执。母亲常说"或管啥事，多让着点好"。由于母亲待人热情、宽厚，外甥也好、侄男阁女也好，或是其他亲戚邻里，不管忙闲，总愿意到我们家串门，好多人几天不来我家就觉着心里少个啥东西。即便是庄里一些在滩地下干活路过的人，也喜欢进我家喝口水、歇歇脚、拉拉家常。别人家的牲口没有拣好吃了自己种的青菜，母亲不但没有向人讨说法，还把牲口拴好，再送还给人家；曾看着别人手上戴着抄家拿去的自己的手镯，母亲同样没有记恨他们。这是何等的宽容和大度啊！

我们今天纪念母亲，就是要继承和发扬她勤奋好学、虚怀若谷的进取精神。母亲尽管没上过学，也不识字，但她一生恪守妇道，谦虚好学，针线、茶饭、农耕、礼仪等无不在乡里为人称颂，但她从不满足和骄傲，不耻下问，向不如自己但有一技之长的人，哪怕是晚辈请教、学习，"活到老、学到老、干到老"。

我们今天纪念母亲，就是要继承和发扬她勤俭持家、无私无畏的奉献精神。母亲从进入王家就义不容辞地挑起管理家务、赡养老人、生儿育女的重担。母亲十七岁来到王家，当时王家虽说名望不小，但由于两位老人不幸染上大烟瘾，又逢国内战乱，经济萧条，家族实为下坡之势，坐吃山空。母亲受命于危难之际，侍奉老人、丈夫，却先老人和丈夫而去；生育子女十一个，成才七男二女，却未能享受子女的赡养之福。家里十几口人的吃喝穿戴，亲朋好友的迎来送往，屋里屋外的清扫梳理，鸡、猪、狗、羊的进出照料，房前屋后、瓜田菜地……哪一样不要母亲亲自动手料理？二十多年如一日，直到生命的尽头。母亲常说："省一个就等于挣一个。""捡起地下的一颗麦子就等于多了一个白面馍馍。"正因为有母亲勤俭的精神和善于理财的本领，才使王家又一次蒸蒸日上、名扬乡里。母亲操持着家里各种财物，却从不乱花一分钱，更不曾为自己敛得丝毫的利益。

我们今天纪念母亲，就是要继承和发扬她爱子如命、诲人不倦的关爱精神。母亲一辈子生了十一个孩子，平均两年就生一个，不管他们是丑是俊，是听话还是淘气，她都很喜欢，全都牢牢地挂在心上。每天五更起来，拉着笨重的风箱，把饭做好，自己顾不上吃，再给娃娃一个一个地穿好，叠被子、收拾家，她从没叫过苦。白天干活的时候，几个孩子在背上背的、怀里抱的、手上拉的、身旁绕的，蹦的、跳的、打的、闹的、喊的、叫的、哭的、笑的，为他们操心着吃吃喝喝、磨磨碾碾，她也从不觉得辛苦；到晚上，一个一个给把衣服脱了，把一炕娃娃全都铺好盖好，生怕他们着了凉，然后自己又在昏暗的煤油灯下缝缝补补、洗洗涮涮，她更从没有丝毫的怨言。好不容易前面的孩子大了，又要送他们上学，教他们干活，给他们找对象、娶媳妇、伺候月子、带孙子……所有这些，她都一个人承受。母亲让全家人吃饱了、穿暖了，而她自己却经常吃剩饭、吃剩菜，身上穿的一件青布棉袄缝了又缝、补了又补，穿了十来年也没换过，更舍不得扔掉……

　　敬爱的母亲，您教我们如何做事，更教我们如何做人，还告诉我们做人比做事更重要、更难做的道理。您教育我们做人要诚实，做事要踏实。我们小时候捣蛋干了错事，您没有责骂过、更不曾打过我们，而是耐心地讲给我们为什么错了，错在哪里。儿媳妇刚过门，好多事情还摸不着门道，有些活经常干不好，您总是说："娃娃，不急，慢慢学，时间长就会了。"您生了那么多的孩子，却一点儿都不嫌多。当十一岁的女儿海棠不幸夭折后，您陷入了极度的悲痛中，整天泪洗苍面，第二年也随她而去……世界上那么多的母亲，有哪个像您这样把儿女看得这么重呀！

　　我们今天纪念母亲，就是要学习和发扬她济人危难、乐于助人的博爱精神。母亲对自己是如此的小气，但对别人却是那样的大方。您究竟为别人调了多少件二毛皮袄，做了多少件"妆新衣裳"，做了多少双"上马鞋"，没有人能够说清；您帮济过的亲友、落难者有多少人，更没人能说清。亲戚、庄院人很少有没得到过母亲的帮助和接济的，没粮的把粮拿上、缺钱的钱拿上、少衣裳的把衣裳拿上。庄子里但凡有个红白喜事，只要说一声，母亲就去主厨。乡里乡亲很少有人没吃过母亲做的席，而母亲她却从不愿因为这些事讨别人半句奉承的话，对于那些奉承，母亲总是简单地说："谁都有个难处，帮个忙，没啥。"

您去世的时候还不到四十一岁，蓬乱的头发已经脱了一大半，身上还穿着那件青布旧棉袄，腿上是一条补丁落补丁的棉裤——已经不知道原来是什么颜色，脚上是一双前漏趾、后漏跟的青布袜，静静地躺在谷草上……

近七十岁爷爷手里的旱烟口袋被眼泪淋湿了，从不掉泪的父亲抱着您眼泪把前襟子都浸湿了，大哥、二哥、三哥、四哥、大姐、小姐全都默默流着泪，五哥还在睡觉，才两岁的弟弟傻乎乎地睡在小姐的怀里。我半夜起来，身边没了妈，就光着脚到羊棚、磨房、碾道里去找……找遍了母亲您辛勤劳作过的每一个地方——没有，没有呀！我哭着问爷爷、问父亲、问哥哥、问姐姐……他们都只是摇头，谁也不吭声，昏暗的油灯下，我突然发现地上睡着个人，跑过去揭起脸上的纸大叫一声"妈"，全家老少再也忍不住，一齐放声大哭。这哭声好像要冲破漫天的乌云，撕碎漫漫的长夜。大姐边哭边为您缝寿衣；没有寿材，爷爷就把他那副心爱的、被造反派砸碎了的寿材给您背走，几个儿子炖了一锅胶把那几块木板简单地粘在一起，悄悄地连夜出殡了……

母亲就这样走了，她一生没走出三十里地，去过最远的地方就是侯记河，去过最大的地方就是红柳沟街。

您的去世不仅使我们失去了母爱，更使王家失去了核心和支柱。您去世后，父亲陷入了极度的悲痛中，在沉重的政治、精神和生活压力下，精神濒临崩溃，整天紧锁双眉，少言寡语，后来的十几年都没见他笑过。从当时的照片看，谁都不会相信那是个不足四十岁的小伙子，分明就是个六十多岁的老汉。父亲白天下地干活，晚上经常参加"四类分子"学习班，还隔三差五地被批斗。您去世时，五哥才七岁，我刚刚四岁，弟弟仅有两岁——连路都还没学会走！三哥、四哥都没有成家。全家的生活重担就落在不满十二岁、身体瘦弱的小姐的身上。她不能上学，整天给一大家人做饭、洗衣、拾掇家，这本来就够难为她了。为了多挣几分工、多分点粮食，小姐又不得不到农业社干活，而且十四岁就干起了"全工"。不仅如此，小姐还要操心全家人冬夏两季的衣裳，还要伺候多病的爷爷直到1971年爷爷去世。就这样煎熬了六年，我们家新的精神支柱——小姐也长大出嫁了，三哥在十分艰难的情况下成了家。此后我们的衣服等难事主要还是靠小姐，直到我们长大成人。小姐出嫁后，我们家的生活变得更为艰难，加之连续三年的大旱，口粮很少，地里的苦菜被挖完了、棉蓬被拔完了、榆树叶也给捋完了……中秋节饿得不行，就翻几道沟到十几里外的山上去"偷"棉蓬，由于心太"狠"、饿得眼花腿软，拔得太多背不起来，好不容易背起来，下沟的时候腿一软，连人带草滚了下去。托老天的福，几丈深的沟滚下去竟然一点没伤着。断顿前，生产队分了点山芋，吃多了实在"闹"得不行，弟弟就到队里场上的麻子堆上吃了几把麻子，结果还梗阻了。供应粮没钱打……万般无奈，爸爸决定放下自己的尊严，带上三个小儿子沿门乞讨。四哥一个人到盐化厂受苦"混肚子"。那时我们三个都上了学，为了不耽误学业，我们一个肩上背着干粮口袋，一个肩上背着书包和算盘，白天要饭，晚上学习。由于我们年纪很小，又懂礼貌，不少人家都喜欢留我们在家里过夜。那时，山里到处都是狼，我们亲眼看见羊被吃掉的情景。托老天爷的福，我们没被狼吃了。

即便是这样的"好景"也不长，队上把父亲追回来劳动。五哥年龄稍大一点，父亲知道儿子害羞，就让他也回去了。以后的乞讨任务就"放心"地交给了年仅八岁的我和六岁的弟弟，别说要饭，就是山里的狗就够我们兄弟俩对付的了。前面三个成了家的哥哥日子过得同样艰难，为了让我们三个能活命，就每家领了一个，生活了一两年。后来在二哥的支持下，父亲到了公社苗圃放羊，遇上了好领导，先后把我和弟弟接去，五哥上高中后也去了。这期间，父亲一边放牧，一边挖甘草、拔苦豆子供我们上学，还要自己爬锅上灶、打毛线、织袜子、补衣裳、缝被子。

1978年，顶了近十五年"地主"成分的我们家终于得到了平反。为此，爸爸拿出了身上仅有的三块钱，买了几串鞭炮好好地庆祝了一番！

农村承包后，父亲带着我们依依不舍地离开生活了五年的苗圃，重返故里。初回到家，没有住的地方，是四哥、四嫂收留了我们，跟我们共同生活，一直到五哥结婚成家才分开。哥哥姐姐们为了能让我们三个小兄弟上学、成家，省吃俭用办起了一个米面加工厂。虽说紧一点，再加上大姐、小姐接济一点，我和弟弟终于学成参加了工作。

敬爱的母亲，我们今天举行这个活动就是要告慰您：咱们家的"地主"成分二十年前已彻底平反；就是要告慰您：父亲的身体很好、生活很愉快，明天我们要为他老人家祝贺七十岁生日；就是要告慰您：您的儿女日子过得都很好，人财两旺，您最惦记的小儿子已经学成安家，我也大学毕业到国家机关工作，五儿子家业兴旺，小女儿成了"大款"，大女儿生活幸福，四儿子凭着一身技艺家业新起并与爸爸一起共享天伦，大儿子、二儿和三儿家业兴旺、儿孙满堂。到今天为止，您的子孙共有八人上了大学和中专，成为国家建设的有用之才，家里所有人都遵纪守法、自食其力，被乡里人传为佳话。

敬爱的母亲，我们缅怀您、我们想念您，您并没有去世。旧院子墙上您亲手刷的墙围子还那么鲜亮，院子后面您栽的芨芨还长得那么绿，您栽的杏树又开出了粉红粉红的花儿。菜地里还留着您深深的脚印，碾道、磨道里还回荡着您的吆喝声，地坑院里依然响着您的咳嗽声，家里家外到处都有您辛勤的汗滴……您那瘦弱的身影，您那微笑的音容，您那坚强的个性，您那高尚的品格，时常出现在儿孙、亲友们的眼前。

母亲一生虽然很短暂，却闪烁着人生无限的光辉。母亲虽为女性，却有比男儿更宽广的胸怀。母亲虽然离我们而去了，但她用心血和汗水铸就的团结和气、互助互济、尊老爱幼、谦逊勇敢、宽宏大量、遵纪守法、善待邻里、勤劳整洁、爱好学习、建功立业、尽忠尽孝、光宗耀祖的家族精神却永远激励她的后代勇往直前。

敬爱的母亲，我们永远怀念您，您永远活在我们心中！

己卯年二月十五日

四外奶

我是个苦孩子，四岁没了母亲。而我母亲三岁没了娘，十三岁没了爹。

走外奶家大约是每个农村孩子最期盼的事情，我也一样。虽然外爷外奶早已离开人世，可我还是喜欢走外奶家，原因是我有一个疼我、爱我、挂念我的四外奶。

母亲叫四外奶"四妈"，其实，母亲和四外奶年龄相差无几，母亲在娘家的时候，母女俩相处得十分融洽。与其说是母女，倒不如说是姐妹、亲姐妹。因为四奶奶的儿子——六舅的年龄和大哥、二哥相近，且感情甚笃，加上我母亲对弟弟疼爱有加，母亲在世的时候，六舅隔三差五来我家玩，一住就是十天半月不想回家。

母亲去世后，四外奶可怜几个小外孙，有啥好吃的总是想着我们，我们也以各种借口往四外奶家跑。在五哥、我和弟弟的心里，四外奶就等同于外奶。每次提起走四外奶家，我们都很激动，早早就开始准备了。

舅舅家要过事了，至于哪个表兄娶婆姨，还是表姐要出嫁，我全然不知也不关心，只要是走四外奶家就高兴。对于走外奶家的准备工作，我们哥仨有明确的分工。

我前一天晚上就借来气管子，给毛驴车胎打足了气，弟弟当然负责捉气门芯。放一晚上，没有发现跑气的问题，所以不用请四哥补车胎，早晨吃饭前就给人家还了气管子。

小姐姐喊着小弟拿来笤帚，清扫了车厢，从门头上摘下厚门帘展展地铺在车厢里。现在是冬天，小姐姐抱出两床被褥装上车子，因为去的亲戚多，四外奶家没那么多的被子盖。当然，有了被褥坐毛驴车也就不会受冻了。

五哥任务最重。也是前一天晚上就要从二哥家借来毛驴，并好草好料伺候着。然后检查一遍毛驴车套绳是否完好，发现鞍、夹板坏了要修理，搭背、肚带、后秋磨损严重了要续接，拥脖子破了要缝补。因为路上要过三道沟，套绳关乎一家人的安全，马虎不得。所以，这事交给负责、心细的五哥去做。五哥早早起来，把搭背两头分别套在两根车辕上，夹板子、后秋的两条皮扣套在车辕前端的两个铁环上。

我以最快的速度吃了一大碗黄米黏饭，去磨道里把驴牵出来，跟着五哥去水窖让驴饮好了水，然后回来套车。

先给驴扎上拥脖子，在驴背上搭一块小毡子。父亲从屋子里抱出爷爷出门骑驴才用的鞍子，端端正正放在驴背的小毛毡上。五哥和我一边一个拉来车子，提起夹板和搭背。搭在驴背的鞍子上，夹板拉到拥脖子前，扣好夹板下端的扣绳。为了防止人多压翻车车，还要给驴肚子下面使上肚带。

车子套好后，父亲绕车一周，从夹板、搭背、肚带、后秋到车辕、飞膀子、车胎等仔细检查了一遍，又到车子前边拍了拍毛驴的脑门，摸了摸那长长的耳朵，然后盘腿坐进车厢。按照惯例，五哥拿着那把红柳鞭杆的鞭子，坐在车车左边的拐子上负责吆车，我坐在右边的拐子上当助手，姐姐陪父亲坐在车厢里，弟弟坐在车飞膀子上。

看着大家都坐稳了，父亲发令："好了就起身！"五哥一声"得儿球"，我们就上路了。

"红柳鞭子"不是随便找根红柳棍子，再拴根绳子就能有威力的。那是在日食的时候砍一根红柳鞭杆，等月食的时候再钻一个眼，到闰年的八月十五晚上月亮升起的时候再把一根牛皮拴在这根鞭杆上。据说，这样的红柳鞭子能够降妖、辟邪，白日赶路牲口不乏，夜里行车人不迷路。

一路上，五哥不停地喊着："得儿球！"姐姐纳着鞋底，不时地还唱上两句："南飞的大雁，请你快快地飞……"

用了少半天时间来到四外奶家。一见到四外奶，我就高兴地紧紧抱住老人的腿子。

"咋啦，又想我啦？"四外奶习惯地说那句话。"嗯，嗯，就是的。"我和弟弟左边一个、右边一个搂着四外奶的腰。"这次可没准备洋糖。"四外奶笑着说。我已经感觉到她说这话的时候在挤眼睛。话还没说完，就给我俩每人手里塞了几颗糖、枣。

"银格儿，快卸了车子进家，冻死了。"舅舅、舅妈喊着小姐姐的小名，吆喝着卸了车，把铺盖搬进家。看着屋里那熟悉的木隔墙，我确信这是进了四外奶的家。

"饿了吧？饭马上就好。"四外奶关切地问着。我们身上刚焐热，舅母就端盘子过来了：一碟黄萝卜、一碟蔓菁、一缸子炝好的醋和一盆臊子汤。

"今天亲戚多，咱们吃臊子饸饹面。"六舅招呼着。

一听是饸饹面，我心想，这顿饭一定能吃美呢。我和弟弟不会盘腿，端着碗坐在耳间的门槛上吃。捞了几次面后，又换了一碗汤，一直吃到肚子发胀。

晚上，四外奶特意把我和弟弟拉到她跟前睡。老人家不时地摸着我俩的头，捉着头上的虱子，说："唉，不当活儿（可怜）几个娃娃，早早就没妈了，老天真不睁眼……"我心里暖暖的、潮潮的。说着说着，四外奶的眼泪落在我的脸上。

早上起来，我们衣服上的窟窿都补得好好的。原来，我们睡了以后，四外奶看我们的衣裳烂了，就打开缝纫机，找了一些补丁，把几个人的衣裳都给补了。我们都知道四外奶是西山边子一带有名的好针线，穿了老人家补的衣服，倍感温暖和喜悦。给我补衣服几乎成了四外奶的习惯，直到我上高中的时候，老人家还戴着老花镜给我补衣服。每次见面就把我从上到下看一遍，问："孙子，有要补的衣服没？"后来，外奶做不动了，舅妈又接着给我补衣服。

六舅从箱子里拿出一样东西，说是照相机。我仔细地看了又看：棕色皮套，相机有上下两个镜头。六舅说一个是取景的，另一个是照相的。相机上好像写着"海鸥"什么的。

六舅招呼所有来的亲戚到院外的一棵树下照相。大人照完后，六舅说给孩子们照一张合影。从一两岁到十来岁的孩子都来了，大家排成两排。"一、二、三！"快门按下的一刹那，六舅发现照相的孩子中少了一个："泉娃子呢？老姐夫，你把孩子藏在身后干啥？来来来，过来照个相！""泉娃子就算了，衣裳太烂。"父亲竭力地解释。"烂就烂，照个相怕啥，等长大成人了还有个纪念。来，泉娃过来再照一张。"六舅过来摸了摸弟弟的头，然后退回去："注意，别挤眼睛，一、二、三！"又照了一张。

看着我们可怜，六舅打开自己尘封已久的一个书箱，翻出好几个本子送给了弟弟和我。有"知识青年上山下乡纪念""学习毛选先进""学大寨纪念"等。拿到这些本子，我们视若珍宝，一直没有舍得用，直到十几年以后又送给了我的外甥。四外奶、舅妈还找了几件旧衣服给了父亲。

两年后，六舅到城里工作，家也随着搬到城里。此后的七八年我再没去过四外奶家，但时常能收到外奶托人带来的一些玉米、红薯干之类吃的东西。这成了我们那些年最美好的期盼，有时甚至是支撑生活的信念。

上高中那年，我抱着试探的想法冒冒地给六舅写了封信，因为不知道详细的工作单位，地址只写了"盐池县城"。不久，收到了六舅的回信。信上说："你外奶和我们一直都惦记着你们，你如果想来县城上学，我就想办法给你转来。"我高兴地连夜回了信，表明了我的心情和态度。在六舅的关照下，第二学期，我顺利地来到县城上学，每到周末，就去四外奶家。

大学毕业后，我有幸和六舅在同一个城市工作，和四外奶家在同一座城市里居住，每逢节假日，有事没事就往四外奶家跑。四外奶家和睦，表弟表妹一直都以"璋娃哥"称呼我（"璋娃"是我小名），啥时候去四外奶家都有回家的感觉。

我带着对象去见四外奶，老人家笑着说："这女子一看就很贤惠。娶媳妇踏婆婆的踪，像你妈！早早结婚，养个胖娃娃抱来给外奶看。"我俩红着脸，只管点头。

四外奶病重，我到医院去看老人家。老人用微弱的声音关切地问："工作忙不忙？听你舅舅说你工作干得不错，好好干！"我认真地回答："知道了，外奶。""你才挣多少工资，买东西干啥？""应该的。您那么疼爱我，我一个月挣一百多块，不少了，买这么一点东西算啥。"我摸着外奶的手，一股心酸涌上心头。六舅舅小声告诉我："你外奶这次病很重，怕是顶不过去了。"我的心情很沉重，能做的就是在医院多陪老人家一会儿。夜里，家人给外奶洗脚时，我摸了摸四外奶的脚，才知道老人家的脚那么弱小，而我过去似乎从来没有注意到。摸着那双弱小而干瘪的脚，我顿觉老人家的高大。外奶就是用这双脚走过出一条平凡而又伟大的人生道路，把关爱和善良毫无保留地全都给了家人、给了亲人。我们有一双比外奶结实得多的脚，能走出怎样的人生道路呢？

四外奶虽然走了，每当想起四外奶的时候，我总能感到一种温暖和力量。

四外奶去世三十周年，六舅要给老人立个碑，问我："能不能给你外爷和外奶撰个碑文？"我说："必须的！"写好后送给六舅，六舅看后非常满意，说写到他心里去了，夸奖我有文采。我说："最关键的是我跟四外奶的感情深！"

一位几乎被饿死的粮食局局长

《军需处长冻死长征路上》的故事深深地震撼着我、感染着我。故事让我想起了我的七外公——张佶。在老家，我们称呼他"七外爷"。

1960年的一天，盐池红井子的大舅（七外爷的大侄子）早晨起来对家人说："我做了个梦，梦见七爸饿得面黄肌瘦的。前天听甘肃那边逃荒过来的人说，张掖发生了严重的饥荒。我想带点咱们家的吃头，去看看两个叔老子（六外爷也在张掖，任法院院长）。"家里人说："粮食局局长珍米细面吃得多了，还能吃下去咱老家的粗茶淡饭？再说，把谁饿着了，也不会把粮食局局长饿着呀。"大舅说："七爸这人我太了解哩，他宁让自己饿着也不会让老百姓饿着。我眼皮子跳得厉害，感觉不妙。别再真有的啥事。"他催促家里人赶快准备了荞面、小米、南瓜、锅盔、羊奶皮子等，连夜起身，经过三天多的辗转颠簸才到张掖。在粮食局办公室兼宿舍里找到了七外爷。

感觉有人进来，趴在办公桌上的七外爷睁开眼睛看了看，又闭上眼睛，用微弱的语气说："粮食局也没粮了，找我也没办法。我家也断顿了……"

大舅见七外爷人都不认识了，赶快从褡裢里取出羊奶皮子递给七外爷，高声问："七爸，我是你大侄子万福！连我都不认得哩？"七外爷又睁开眼睛，端详了好一阵子，才认出来。大舅看七外爷双手发抖，连食物都喂不到嘴里，就喂七外爷羊奶皮、锅盔，又灌了些水。过了好久，七外爷才挣扎着坐了起来，抱着大舅，两个人哭了一场。哭完了，七外爷说："我本来想把这儿的情况告诉家里，但信息不通。想找个熟人捎个话，也没人。再说，那也来不及。没想到你能拿着吃的来看我，可救了你七爸的命，要不然……"

晚上，大舅对他的两位叔父说："我看你们也不要当这个官了，咱们回老家吧。回去至少能吃饱肚子。"七外爷摇着头，说："那不行啊。这个时候回去，跟战场上当逃兵有啥区别？咱当年参加革命为啥来着？"两外爷眼睛睁得好大，准备批评大舅。大舅不顾两位叔叔的态度，继续说："我要是今天没赶来，七爸你不就完了……"七外爷用他那惯有的大嗓门说："完了就完了，总比当逃兵的好，让世人戳脊梁骨！我和你六爸出来闹革命那阵，不也是成天提着个脑袋吗？那多危险！好了，大侄子，咱们面也见了，话也拉了，我们弟兄俩也活过来了。你明天一早就回去吧，盛（待）在这儿还要吃饭呢，这饭我们可管不起。这是点粮票，你都拿回去，放我这儿也没用。大侄子，请你和家里人都放心，你六爸、你七爸都没亏过人，命大着呢，没那么容易死。"六外爷也是同样的态度，说了类似的话。

我很小的时候，父亲就指着墙上的玻璃相框里最上面的一张两人合影黑白照片，告诉我"这是你七外爷和你六外爷"，还讲了些七外爷的故事。后来，我经常神气地告诉我那些发小们："这是七外爷，有枪呢。看你们谁还敢欺负我。"七外爷一直在外面工作，所以我童年也没见过七外爷，直到 1982 年我到盐池一中上高中时，在盐池秦腔剧团四舅家，才见到了自己仰慕已久的那个传奇人物——七外爷。

七外爷个头并不像我想象的那么高大，身穿灰色中山装，风纪扣扣得紧紧的，身板很直，说话腔口很硬，人很干练。他见了我说："我三侄女长得好，养的娃娃个个都攒劲！"我开玩笑回答："那都是因为'上山水'清（外家人骨血好、家风好），七外爷就攒劲嘛！"七外爷笑着高声说："不错，像我们张家的骨血！"临别，给我留了他家银川的地址"解放街展览馆北边水利家属院……"并鼓励我："好好学习，考上大学，命运就改变了。没娘娃娃太不容易，有困难就来找你七外爷。"我回答："谢谢七外爷，我一定努力！"

两年后，我考到了宁夏农学院，第一个周末就去银川向七外爷"报到"。老人非常喜欢他三侄女、我的母亲，每次见面都少不了说我母亲人贤惠、茶饭好、针线好、重亲情。也许是这个原因，七外爷也喜欢我。所以，我就经常去七外爷家，跟老人家拉拉家常、说说学习、谈谈人生，帮着拖个煤饼子，给花池翻个土、除个草啥的。这期间，我更多地了解到七外爷的高尚人格、传奇人生和光辉事迹。

七外爷小时候家里很穷，一直给别人家放羊、放牛，直到十七周岁才进入本村私塾读了两年多书。由于他聪明勤勉，早早就通过"白识字"学了不少字，所以上了两年多私塾，就当了小学教员。受他父亲的影响，1940年七外爷和六外爷哥俩手拉手一起参加了革命、加入了中国共产党，七外爷担任定边师范学校管理员兼校农场场长。

七外爷说自己是"石山沟"里爬出来的，哪有不会干的农活。他说"石山沟"是用他家乡那个村名，比喻自己出身"土气"、性格坚毅，有劳动本色。农场的所有农活他都会干，而且手脚很利索，耕地、耧地、除草、收割、打场等，什么农活都考不住他，而且干活的时候总是冲在最前面，没人比他干得更好、更"出活"（效率高）。学校和农场的人都说他干活的"式子硬"，被誉为农场的"庄稼把式"（行家），所以大家干活都很敬畏这个张场长，谁也不敢偷懒。在七外爷的带领下，定边师范学校积极投入"自己动手、丰衣足食"的大生产中，开荒种粮种菜、养猪养羊、纺线织衣。不到两年时间，就解决了全校千余名师生的生活自给问题，实现了生产自救。由于表现出色和成绩优异，1943年11月，七外爷被推荐为劳模代表，出席了陕甘宁边区第一次劳模大会，受到中央嘉奖，在延安杨家岭中央大礼堂受到毛主席等中央领导的亲切接见。

三边地委从干部中选了一批文化程度较高的年轻人进入机关工作，七外爷被选中，分配到盐池县保安科工作，同时兼任前线侦查员，承担着保卫县委政府机关安全的重要职责。1947年3月，马鸿奎侵犯三边，保安科一班人护送县委政府机关向南撤退进山区，并与国民党军展开了游击战。这个机智、有文化的侦察员，多次出色地完成了最危险、最艰苦的侦查任务。国民党伪保长是他的表兄，伪政府想通过这个保长和七外爷的关系，将七外爷拉拢过去为他们工作。机敏过人、能说会道的七外爷开口便对表兄猛批一通："马匪侵犯三边一时得势是暂时的，嚣张不了几天，天下一定是共产党的。让我脱离党，脱离革命，痴心妄想！"接着便语重心长地给表兄讲革命形势，讲共产党好，不要被眼前的困难给迷惑了。最终，把表兄成功策反过来，成了共产党的一名地下情报员。

由于工作出色，七外爷被任命为里山区（由盐池县麻黄山和环县的一部分地区构成）区委书记兼区长。

全国解放后，七外爷任阿拉善旗工委委员，积极协助工委书记曹动之开展工作，深受组织信任。七外爷在阿拉善工作很出色，在调查郭栓子伏击曹动之案中认真负责，得到组织高度评价，随后调任灵武县公安局局长，接着又调往甘肃省检察院工作，任政法办副主任。

工作认真勤勉又有文化的七外爷很受检察院领导器重。外公家族男人们的个性都特别耿直、倔强，七外爷尤其如此。一段时间，检察院干部对某领导的工作作风、生活作风议论纷纷。七外爷听着很难受，就好像自己犯了错误一样。作为支部书记，他想帮助一下这位老领导、老革命，便做工作让这位领导在支部会上做了自我批评，自己也对领导进行了批评。

没过多久，七外爷被调离省检察院，到张掖行署粮食局当局长。

上任粮食局局长第一天，他就被排队等待批条子的居民围住了办公室的门。一了解，才知道张掖居民用粮票买粮食、下馆子，都还得有政府批准的条子。进一步调查发现，所有粮库很长时间都是有出无进，多数粮仓都空了，存粮严重告急。他立即向地委主要领导反映了这一个问题，领导不表态。他接着又在地委扩大会上提出粮库告急问题，建议尽快向上级报告。领导严厉批评七外爷"思想有问题""像个没有觉悟的群众"。

七外爷在省检察院就知道当地搞浮夸，没想到来下面一看，比自己想象的要严重得多！从来不知道害怕的七外爷这次害怕了。从各方面了解到的情况让他坐立不安、心急如焚。看着那些饥肠辘辘的百姓，他除了断掉自己的伙食与灾民一起挨饿，再没有任何办法。

这就回到了前面，大舅送去粮食救了生命危在旦夕的七外爷的那段故事。

刚刚恢复了一点体力的七外爷继续找地委领导反映情况。领导不表态，他就跟领导喊、拍桌子，随后就被打成右倾机会主义分子，撤销粮食局局长职务，下放到农场接受劳动改造。

中央纠正了"大跃进"错误。时任中央监察委副书记、监察部长的钱瑛同志，亲率工作组到甘肃调查。工作组的调查表明，七外爷反映的情况完全属实，充分肯定了他在反浮夸中坚持真理、实事求是的斗争精神，随即对七外爷进行了平反，并任命为张掖专区检察院副检察长。

宁夏回族自治区成立后缺少政法干部。1962年，哥俩相继调回宁夏工作。七外爷任自治区检察院二处副处长，六外爷任吴忠县法院院长。1963年，七外爷任盐池县县长。

上任县长伊始，七外爷就深入生产一线调查研究。调查研究是七外爷最基本、也是最拿手的工作方法。调研时，他总是以劳动者的身份出现，翻地、耕地、收庄稼等，什么活都能干。农民根本就看不出跟他们一起干活的人是什么领导干部。当他们得知是县长时，就笑着说："咱们张县长干活的架势就对着呢，一看就是个己人（自己人）。"

一次，七外爷在县农具厂调研时，提起一张耧试着用，结果把耧摇散架了。七外爷严厉地批评厂长："公家的厂子，怎么能生产出这样的劣质货呢？咱们不能哄老百姓！"因为这句话，"文化大革命"中七外爷受到严重冲击，被下放到乡下接受劳动改造。劳动中，七外爷干得最好、干得最多。老百姓都说："张县长度量大、骨头硬，真是咱老区的'儿娃子'（男子汉）！"

盐池上了年纪的人，提起当年的张县长，都竖大拇指。听他们说，七外爷当县长时，一直在一个十几平米的小平房里办公，管后勤的几次提出要给他调整一间大一点的办公室，他坚持说："办公室嘛，够用就行。大家办公条件都差，我一个人占那么多房子，叫大家咋说。"七外爷特别爱下乡，为了解决交通问题，他自己喂了一头骡子。工作人员提出给他换一匹马，再配一个喂马的勤务人员。他说："我从小就放牲口、喂牲口，拔草喂牲口我顺手就做了。你们派个人伺候我，我不自在。时间长了，我身上就会长出官僚主义的。现在人手这么紧张、工作这么忙，我不能再给大家添麻烦。再说，年轻人有空多学点文化、长点本事，比伺候我意义要大得多。"七外爷最反对前呼后拥，下乡调研从来都是轻车简从，他常说："跟上一大群人，老百姓就不敢跟我们说实话了。"老家侄孙中学毕业，听说县政府需要勤务人员，也符合进县政府工作的条件，就找七外爷。七外爷严厉地说："别人够条件的都可以进，唯独我的亲属不能进。县政府是人民政府，不是咱们家的政府，更不是封建社会的衙门！"

其实，七外爷并非铁石心肠、六亲不认的老古板。六舅（张万寿）不止一次讲过，自己能够成为领导干部的一个重要原因，就是七外爷对他的鼎力帮助。二十世纪六十年代初，正值"低标准"时期，当时六舅因家境贫寒，中断了学业。七外爷得知后，对他四哥（六舅的父亲）说："家里有困难就给我说，怎么能让孩子失学呢？"说完，拿出一个存折递给侄子，并勉励他好好学习。六舅说，拿到折子后他很吃惊，折子上竟然有一百多块钱！在那个年代，一百多块钱是个非常大的数字，可能是七外爷所有的积蓄。六舅正是靠着这一百多块钱，一直读完高中。

我每次去七外爷家，临走时，他总要问一句："身上有钱没？"并掏出钱给我。我说："有呢。每个月学校发二十三块五毛钱伙食费，家里稍微填补点就够了。再说，我经常给人刻蜡版，一张能挣五毛钱。"七外爷听了很高兴，摸摸我的头，又揪揪我的耳朵，说："穷苦家的娃娃，知道自己往前奔达。要是你妈能活到今天多好呀。好好读书，将来当个好干部！"

我问过七外爷，为什么在那样的情况下能坚持下来，而没有退缩、没有寻短见？老人告诉我："我相信组织，所以我就忍着。关键是自己一直在为老百姓做事，老百姓明白得很，他们从心里是支持我的。我有信仰，我不孤立，所以我活得理直气壮。"

七外爷对自己的进退留转看得很开。"文化大革命"结束后，需要落实政策的干部很多，位置很难安排，征求他的意见，他说："哪儿都可以，都是革命工作。"组织安排他到永宁县任革委会保卫处处长，后来调任银川市法院副院长，银川市工商局党组书记、局长（享受副厅级待遇），1983年离休。

七外爷离休第二年，我考到了宁夏农学院，此后就有更多和七外爷见面、交流的机会。

我原以为七外爷是老革命，也应该是"大老粗"吧。一次，七外爷问我："你们农经专业都开了哪些课？"我回答："专业课还没有开，目前就开了政治经济学、哲学、大学语文、高等数学、外语这些。"七外爷问了我几个基本概念，我一一回答了，他点点头，给我讲了他自己的理解，并从劳动二重性一直讲到剩余价值规律，让我突然明白了政治经济学应该这样学。七外爷告诉我："学经济很好，但必须要掌握好基础理论，尤其是政治经济学。你以后是国家干部，要注意理论修养。有时间，就锻炼着写点东西，现在各单位都缺少'笔杆子'。"他说，哲学是让人聪明的学问，一定要学好、学扎实，关键是要会应用。这次交流，让我更加敬仰这位长者，以后去他家的次数更加频繁，有时星期六下午过去，晚上就跟七外爷睡在一张床上，两人经常聊到后半夜。

1986年7月初，正值期末考试，六舅打电话告诉我七外爷有病住院了。我坐上9路公交车到南门广场，然后一路跑到银川市医院。看见病床上的七外爷头上戴着冰帽，鼻子里插着氧气管，身边围着四五个人，我浑身发软，过去抓住七外爷的手，大声告诉他我是谁。感觉他微微捏了一下我的手，后面就仅剩下呼噜噜的吸氧声。我忍不住哭了，六舅含着眼泪安慰我："医院正在想办法抢救，还有希望。"六舅拿出 X 光片对我说："看看你七外爷厉害不？三根肋骨断了，从来都没说过疼，我们谁都不知道。"傍晚，我回学校准备第二天的考试，把弟弟留下伺候老人。

为了不影响我的考试，舅舅、弟弟再没给我打电话。我没法联系他们，只能默默地祈祷七外爷能好起来。当我考完最后一门课，从考场赶到医院时，七外爷已经进了太平间……那是 7 月 15 日。

说七外爷是老革命，其实他才六十六岁。我们曾约定，我毕业后，周末有空就去陪他拉话，如果可能的话，帮他写回忆录。他还告诉我，等我毕业后，有时间了，带着他去我老家，看看他战斗过的地方，看看那里的山、那里的沟、那里的老朋友（我三伯父王杰就是当年和七外爷一起参加革命的战友，还是甘肃的同事，后来在甘肃省地矿局离休），还要看看他三侄女留下的印记。

七外爷走了，留下的只有记忆、缅怀和敬仰。

满弓哭天万目泪，秀水青山念斯人

——悼念四舅

亲爱的四舅因新型冠状病毒肺炎，医治无效，于 2022 年 1 月 14 日晚在盐池县医院辞世，享年八十五岁。

惊闻四舅去世，我一路飞车赶到盐池县城。汽车在皑皑雪原向东飞驰，四舅的音容笑貌浮现在我的脑海中……

四舅在盐池县解放的第二年出生于四区石山沟村。

"为啥说我是你的亲舅舅呢？"四舅告诉我，由于我母亲很小就没了娘，不久又没了爹，便过继给三叔（四舅的父亲）。我母亲长四舅十岁，过继后就成了四舅的亲姐姐。四舅也理所当然是我的亲舅舅。

由于四舅患有严重的先天性视力障碍症，母亲成为四舅生活上最依赖的人。直到母亲出嫁前，姐弟俩一直相依为命，堪比手足。四舅曾说，一次"马匪"（马鸿奎的兵）来村子抢掠，整个村子乱作一团。四舅太小，被母亲拉着跑。跑得太慢，母亲就背着他跑，一脚踩空，两人一起滚下深沟。托老天的福，两人竟然一点事也没有。

四舅从小就干不了多少农活，家里人只能安排他放羊。视力障碍症严重影响了四舅的正常生活，却并没有挡住他热爱音乐、追求艺术的脚步。放羊的间隙，四舅一直在练习唢呐、笛子，回家后还向庄子里懂乐器的人请教。他的坚持感动了本村皮影戏班班主王先生，随后被收进王记皮影戏班当学徒。

四舅十分珍惜这来之不易的机会，每天都三更睡、五更起，晚上睡觉都搂着唢呐、笛子。即使手冻肿了，也从来不放下那些心爱的乐器。没过两年，四舅就学会了唢呐、笛子、板胡、二胡、三弦等戏班子里的所有乐器，由学徒成为戏班的骨干。

恩师王先生觉得自己的皮影戏班太小，唯恐耽误了四舅的前途，这样有天赋和勤勉的孩子应该在更大的舞台上展示。机会终于来了，得知盐池县筹建秦腔剧团的消息，师父王先生亲自到县上推荐四舅。经过考试，四舅顺利地进入梦寐以求的秦腔剧团。由于四舅勤勉、聪慧，加之基础好，很快就从学徒成长为二胡手、唢呐手、三弦手、笛子手、板胡手，"五乐俱全"，成为剧团里唯一的"全能乐手"，哪个乐手空缺他都能顶上。

视力不好，四舅就靠自己的勤奋克服读谱的困难，所有剧目的所有乐谱他全都铭刻于心。很长一段时间，四舅都是"头把板胡带唢呐"。

四舅的勤勉尽责、技艺精熟受到领导和同事的一致好评，1964年被组织委任为县文化宣传工作队队长。四舅始终坚持党的文艺方针，忠诚文艺事业。无论是担任文化工作队队长，还是在其他岗位，在文艺宣传、演艺工作中，弘扬主旋律，坚持以文化人、以艺教人。"文化大革命"期间，县秦腔剧团被解散，四舅被下放到红井子村务农，三年后被安排在大水坑公社拖拉机修配厂负责勤杂工作。改革开放后，县秦腔剧团重新组建，四舅又回到了他心爱的秦腔艺术工作岗位，直到1997年退休。

退休后，四舅不顾视力持续下降、肠胃不好的身体状况，在很长一段时间里，他都坚持参加皮影戏演出，把盐池老百姓喜爱的皮影戏送到乡下，送到村庄，送到田间地头，送到农民的心里。四舅晚年完全失明，实在无法出门演出，他就整天在收音机、录音机、电视机里听秦腔、听眉户，这成了四舅生活的主旋律。秦腔、乐器，是四舅一生的钟爱、一生的追求。父辈们都说，四舅就是为秦腔和乐器而生的。

四舅在长期的文艺工作中做出了突出贡献，和同事建立了深厚的友谊和良好的工作关系，深受好评和爱戴。他严于律己、精益求精，在师徒传承上一丝不苟，带领学徒，既教技艺，又教做人。四舅良好的文艺天赋，加上精益求精的后天努力，以敏感的听力弥补了视力的不足。哪个弟子学徒唱错或者唱偏了一个音符，他立刻能发现，并严格地纠正。对年轻人的一个动作、一个音符、一个唱腔甚至一个咬字都严格要求。一次，为了纠正学徒秦腔中一个"水"字的发音，竟然用了半天的时间。

四舅刚直不阿、言必由衷、说话不会拐弯，原则问题上不怕得罪上级，不向错误低头。与同事团结干事，一是一、二是二，从来不摆花架子，也不要虚套套，在盐池县及银南地区文艺界享有很高的威望，在观众中有很好的口碑。

四舅为人豁达开朗、勤劳简朴、意志如刚、永不言败，从不向艰难困苦让步，也不向病魔灾难低头。他坚信幸福是奋斗出来的，从小热爱劳动，终生不辍劳作，身体力行。直到晚年，在完全失明的情况下，许多事都还亲力亲为。仪容仪表总是干干净净、清清爽爽，干练如青年。

四舅为人忠厚、慈祥和蔼。四舅妈没有正式工作，四个女儿都小，上面还有老父亲。四舅凭着自己的绵薄之力撑起了一个家，孝敬老人，养活一大家子人。不仅如此，四舅还经常力所能及地接济、帮助有困难的哥哥、侄子、外甥甚至亲戚朋友等。作为一家之长，从不搞特殊化，不管是生活富裕还是缺衣少食，始终保持着简朴而高雅的生活方式和情趣，平等对待每一个家庭成员，更教育鼓励子女行正道、成人才。

上高中时，我曾冒昧地给在盐池工作的四舅写信，想讨要一把旧提琴或者二胡之类的乐器。四舅给我的回信有四页，每页只有四五十个字，每个字都像贰分钱硬币那么大，字的结构很松散，比如把"要"字差不多写成了"3/4"。看了四舅的回信，我真切地感受到四舅识字、学文化多么不容易！信中的话语不多，字字都透露着对外甥的关爱。四舅说他除了以前自己买的笛子、唢呐和三弦，其他乐器都是剧团的，不能随便送人。还劝我在高中阶段要抓紧学习，考上大学后会买把二胡或者小提琴送给我。看完来信，我更加敬仰四舅。

后来，在四舅、六舅的帮助下，我来到盐池读高中，两年后考上了大学。四舅问我要小提琴还是二胡，我当然知道四舅的不容易，赶快说我打听过了，大学里啥乐器都有。四舅说，如果我想学乐器，就假期时回来跟他学。上大学后，我的爱好转移到书法和读书写作上。四舅有些遗憾地说："我的孩子不学，你也不学。看来，我这辈子的音乐追求在我之后也就结束了。"看着四舅失落的表情，我一时不知道该说啥好……

我上高中时的盐池一中和县秦腔剧团仅一墙之隔。节假日，四舅或四舅妈就扶着低矮的墙头喊我去家里吃饭，不管是甄糕、月饼、摊馍馍还是其他饭，我都吃得很香、很饱！四舅、四舅妈把我当成他家的孩子，四个表妹也从不把我这个来自乡下的表兄当外人。

五哥结婚那年，我去县城"请外家"。四舅叫来剧团两个同事吹唢呐，我充当了打镲镲的，一起录制了一盘婚礼唢呐曲送给我。五哥结婚那天，我用录音机放出那组唢呐曲，前来应事的唢呐手听了曲子大为吃惊。当我告诉他，那是我四舅——县剧团的高手演奏的时，那两个唢呐手不停地点头："难怪呢，我们这辈子也赶不上！"

参加工作、成家有了孩子后，自己"忙"了，去看看四舅的次数少了，往往一两年才去看一次。今年年初，六舅给我发了一段他跟四舅见面的视频。看了视频，感觉四舅突然衰老了很多，就找了个周末专门回去看四舅。

我和弟弟还没出声，四舅就听出是我俩，并说出了我俩的小名。

"好久没来看四舅了。好着没？"我赶紧打招呼。"好着呢。我是个闲人，你们都忙着呢嘛。你捎来的茶叶我都收到了，我没舍得喝。哎，喝水自己倒，舅舅就不动手了。吃了没？""吃过了，四舅。"以前每次见面，我们都坐在沙发上。沏好了茶，四舅拧开保温杯喝上一口，再给烟嘴上插一支香烟，抽上一口开始问话："你大好着没？"然后正式聊天。

这次，四舅的声音是从卧室传出来的。我俩循声进去，就见四舅佝偻着背坐在床上。我进去抓住四舅的手，坐在他旁边。四舅手里没了保温杯，手边没了烟嘴，也没了以前那样的问话交流。四舅脸色还好，除了我俩问话时偶有微弱的回应，其他时候几乎不开口。表妹说，这种情况已经很久了，今天表现很不错了，能听出你们的声音，还能应答一句半句，四舅几乎不说话，有时连自己的女子都听不出来。

说是拉话，其实是我说、四舅听。说到秦腔、乐器，四舅就应答一声，或者叹息一声。我明白，四舅一切都很好，唯一放不下的还是秦腔，还是乐器。六舅上次看四舅时，两人拉话的主题也是秦腔、乐器、皮影戏。

前天早晨，看到表妹的来电就觉得不妙，果然……

人生易老，岁月无情。坚强的个性、亲人的祈愿最终没能留住四舅。智者乐，仁者寿。老人家享尽天年，享受了子女们的孝顺，深受亲人们的拥戴。四舅走了，朝着鹤鸣乐响的西方永远地走了……

幡竿立起，灵堂搭好，我在四舅灵堂点了张纸，磕了三个头，然后跟表妹告辞返回银川，准备第二天上班。表妹眼泪汪汪地说："疫情期间，来人少，连个记礼簿、写悼词、写挽联的人都不好找。"我说："悼词交给我，我回去连夜写好发给你。挽联内容我也编好发给你，只是用毛笔写的挽联就捎不过来了。"

回来的路上，我根据四舅的名字（张万秀）撰了一副挽联："满弓哭天万目泪，秀水青山念斯人"。

功德词如下：

生于丁丑，盐州郡望

祖辈勤耕，出身农庄

膝下四女，兄姐一堂

目虽遗障，心愈明光

灵心爱乐，短笛牧羊

可怜童子，缺食少裳

王班收徒，笛琴知章

酷寒不舍，三岁艺长

恩师力荐，入团秦腔

吹拉弹奏，五乐俱长

识文记谱，斟字酌腔

忠诚艺旨，人文弘扬

尽责守任，宣传队长

秦团遭解，乡村下放

三载耕作，艰苦难详

组织爱怜，工入拖厂

剧团重建，腔开乐响

管弦一生，命在秦腔

花甲退休，钟爱不忘

不顾视弱，皮影上场

送文入户，演戏下乡

以文化人，艺任兴邦

琴瑟夫妻，和鸣鸳鸯

忠孝两全，子女有样

德修仰止，勇毅如刚

其言遵理，斯行在章

八十又五，鹤归天堂

瓜瓞绵绵，永耀荣光

　　四舅走远了，他的音容和功德永远留在我们的心里，留在黄土高坡上、盐州大地中、花马湖畔边，留在千年不绝的秦腔里……

心中的偶像

我的人生路上有一个人一直影响着我，鼓励着我，支持着我，有时也鞭策着我。他就是我的六舅。

记忆中最早见六舅，大概是在我五六岁。一见面，六舅就从身上掏出一把彩色豆豆糖，摸遍我全身问："你咋没有崖窑？"父亲在一边说："穿衣裳的布都没有，还啥崖窑？"六舅一把抱起我，脱掉我一只鞋，笑着说："来，这不是个好崖窑！"随即把糖倒进鞋壳壳里。我高兴地抱着装了糖的鞋就往墙角躲。没想，好几颗糖从鞋头上的破洞漏了出来，旁边两三个小孩跑来就抢。这可惹急了我："我的舅舅，又不是你的舅舅！"一边大喊一边冲过去，两脑袋就把几个小孩顶到一边。六舅笑着高声说："好样的，像个儿娃子！"

六舅的赞扬让我有了一种大人的感觉，再扑上去从那几个孩子手里抢回糖蛋蛋，他们都把糖塞进自己的嘴里。看着六舅的衣兜，希望里面还留着几颗糖。六舅翻开自己的口袋，吐着舌头说："没了。下次再给你买。"我环视了一下那几个抢糖的孩子，擦了擦眼泪大声说："等我长大挣了钱，买一毛线口袋糖！"

那次，六舅在我脑海中留下了"有钱人"和"英雄"的印象。每每提起六舅，总有一种自豪感，时常盼着大人带我走四外奶家，除了能见疼爱我的四外奶，还能见到心中的偶像——六舅。

　　刚上学的那年，快要过六一儿童节了，庄子上的同学陆续有了自己的白布衫，唯独我没有。没有白布衫，便意味着不能参加公社的广播体操比赛。像我们这样的家境，是不敢奢望有白布衫的，更不敢有参加广播体操比赛的妄想。能参加体操比赛排练，绝对是自己学习第一名、受老师宠爱的原因。当老师问："到时能穿上白布衫吗？"我总是笑而不答。其实老师也知道我不可能有白布衫，老师看我排练认真，就决定把他孩子的白布衫借给我参加比赛时穿。六一节的前两天，父亲肩上搭着一件白布衫，袖筒里还装了些玉米和红薯片，说是从四外奶家拿回来的。我穿上新白布衫，站在埫畔向石山沟（外奶家的庄子）方向看了好久，似乎看到了我那可亲可敬的四外奶和高大的六舅。

　　一次，去姐姐家玩。姐姐问我："你猜，谁在我们庄子？""谁？"我问。姐姐神秘地说："见面就知道了。"我跟着姐姐来到大队部，看见一个身穿白衬衣的知识青年。姐姐问我："你看那是谁？"我有些迟疑，好像不认识。那个帅气的青年笑着："璋娃子，你不认识六舅了？""六舅？真的！""舅舅还能有假！"六舅一把将我拉在怀里，摸了又摸我的头，喃喃念叨："唉，没妈娃娃真是不当活儿……""六舅咋在这呢？"六舅说是参加什么工作队来这里的。

　　临别时，六舅掏出一张绿色的新两毛票子给我，那张票子我一直珍藏了不知有多长时间。此后，我心中的六舅又在原来的基础上多了一份"知识青年"的形象。

　　这年冬天，三舅家的表姐结婚，我闹着硬跟父亲来到石山沟。那次我第一次见到照相机，和表弟、表妹合了影。临回家，舅舅拿出箱子里的一本《毛主席语录》（送给二哥的），上面印着"敬祝伟大领袖毛主席万寿无疆"。我问六舅："这两个字好像和您名字里的那两个字一样？"六舅笑着点点头。他送给我和弟弟每人一个塑料皮笔记本，给我的那个本子上面印着"上山下乡知识青年纪念"。那个笔记本成为我在同学、朋友面前炫耀的资本，甚至是"护身符"。从此，我不再感到低人三分、矮人半头。我考上大学那年，大姐夫意外去世，为了安慰心灵受伤的小外甥，我把这个"护身符"转送给了我的外甥。这个笔记本陪伴我度过了整个少年时代。

后来，六舅工作调到县上，中间五六年我们没见面。上高中的一天，有同学说起他的舅舅是县上的建筑设计师，那表情简直可以说得上是眉飞色舞。我既痛恨又羡慕，整夜都没有合眼，想着怎么跟六舅取得联系。我想：六舅在盐池县城工作没有问题，现在可能已经是"大人物"了，再加上他这个特别又好记的名字，盐池邮局的人一定知道他，我写上"盐池县，张万寿"，估计他就能收到。想好后，天不亮我就起来到教室，写了一封信，大意是很想念六舅，想在假期去看看，由于不知道地址，冒昧之处还请谅解。中午到邮局买了一张八分钱邮票贴上。邮递员问："这么写信封，能收到吗？""差不多吧……"我回答。"那要是收不到可甭怪我。""不怪！"就这样把信寄了出去。

此后，我每天都要几次到学校的收发室看有没有来信，一天、两天、三天……第十三天中午，奇迹般地看到一份写着我名字的信，来信地址是"中共盐池县革委会张缄"。"六舅！"我高喊，迫不及待地打开信封。信上写道："贤甥，收到你的来信我很高兴。得知你们很好，我很欣慰。由于多种原因，多年没有联系，但我和你四外奶、你舅母一直都惦记着你们……"看到这里，我的眼睛完全被泪水挡住了。擦干眼泪，一口气读了四五遍。到现在，我依然清楚地记得信末端的鼓励话：

"祝你百尺竿头，更进一步！"没想到的是，这封信竟然成了我人生重大转折的开始。

挨到假期，我来到向往已久的盐池县城，见到了四外奶和六舅。六舅仔细询问了我们这几年的情况，特别是如何忍受饥饿、面对歧视，又如何坚持上学。在此后的一天多时间里，六舅领我见了同样多年没见的七外爷、四舅等外家人。六舅和四舅一商量，决定让我转到盐池县城上学。六舅亲自到盐池一中联系好了我的转学事宜。

在盐池县城读书的两年里，每到周末，总要到两个舅舅家转一圈，名义上是问问舅舅家有没有托煤饼子、翻菜地之类的活可以干，其实还是想和六舅交流思想和学习。六舅好像也喜欢我来，凡是有这样的活，就留到周末，等我来了一起干。每次干完活后，六舅总会领着我到招待所或者什么地方改善一下生活。每当这时，他都会对自己的孩子说："你们不要羡慕，我们改善生活是因为我们付出了劳动。"

热爱劳动、鼓励劳动是六舅一贯的品行。在区党委家属院住的那些年，六舅家里一直都种着一块菜地。看着那强健的体魄，我脑海里六舅的形象又增加了一个"魁梧"的元素。

1983年，在距离高考大约还有两个多月的一天，六舅问我："上面来通知说自治区党校今天要招成年大学生，你说我能考上不？""没问题！"我不假思索地回答。"我都三十八岁了，加上只有两个来月的学习时间，怕是不行吧？"我说："其实，凭着舅舅平时的积累不用复习也能考上！""那可不敢这么说，好多东西都是新的。你说我能考上？""您的学习能力那么强。我保证，您一定能考上！""那我就请假在家复习啦！"

此后，我每过一两天就带上学校印发的复习资料来看六舅。每次来，总见六舅背对门口坐在柳编藤椅上聚精会神地学习，直到我出声打招呼，他才转过身来。在这一阶段的交流中，我发现六舅的记忆力几乎达到过目不忘的程度，这也成为我每次见面都给六舅鼓劲的最铁的理由。

一次，我问七外爷是否发现六舅记忆力超人。他对我说，六舅很小的时候就学会下象棋，五六岁时庄子上的大人已经不是对手。他下棋有两个特点：一是，从来不跟孩子下；二是，他的棋子除了"帅"，其他所有的都是脸朝下、背朝天，看不到字的。在外地工作的七外爷看了后，十分欣喜，立即告诉他四哥（六舅的父亲）："佳娃（六舅的小名）这么聪明，一定要贡榜成人！"上学后，果然表现超常，从小学到高中从来没让第一名旁落他人。还听大哥说，六舅在高中毕业放驴的时候，手上拿了一本《汉语成语词典》，两个月便能倒背如流。后来六舅证实："倒背如流有点夸张，确实差不多能背下来。"

高考分数出来了，六舅第一时间接到自治区党校打来的电话，他以全区第一的成绩考上了党校！我很为六舅高兴，而他却谦虚地说："我能考上，也多亏外甥的鼓励！"此后的一年中，或是见面或是书信，六舅一直都鼓励我踏实学习。第二年，我如愿考上了大学。我的"破天荒"极大地鼓舞了家族和周边十几里的莘莘学子，随后几年里，仅本庄子就出了八九个大学生，被传为一段佳话。

我上学的地方距离六舅上学的党校不算很远，中间换一次车，花两毛五分钱就到了。于是，我经常周末去党校看六舅，六舅常用党校的红烧肉款待我。看到六舅桌上、床边到处都摆着书，说话还不时地引经据典，我越发敬佩六舅了。这时对六舅的印象又多了一个"学者"的身份。

党校毕业，六舅获得所有课程优秀的成绩。由于出色的学习成绩，六舅被自治区党委办公厅看中并留了下来。这虽然是六舅的光彩，但让我也感觉到一种无上的荣耀。六舅的进步和成就，对我是一种莫大的激励。大学四年，我没有浪费一天时间，除了规定课程，自己还系统学习了文科课程，学习论文写作，参加社会实践。毕业时，赶上高校第一次搞"双向选择"，我顺利地进入区级机关工作。同在一个城市工作，我与六舅见面的机会更多了，交流的话题越来越多。从读书学习到工作实践，从调研方法到写作技巧，从为人处世到干事创业，甚至找对象也请舅舅参谋、把关。成家了，逢年过节我都会带上爱人、孩子，常"回家"看看。

六舅是个严谨的长辈。记得有一次，我打电话问盐池古称"朐衍"的"朐"字咋读。舅舅说应该读作 xù。过了半个小时，他又打来电话说："我查过了，就读作 xù。"六舅给我的印象又增加"严谨"二字。

我当上副处长后，六舅经常告诫我："你是领导干部，手里有了权，一定要注意，要用你的聪明才智为老百姓多做好事、多行善举，绝对不能骄横跋扈，做那些见不得人的事！"

六舅很豪爽，但也很随和。他引以为豪的有两大技艺：一是划拳，二是下棋。随着感情的不断加深，加上年龄的增长，我有时在六舅跟前做事不免有些"放肆"。六舅为人豪爽，经常和外甥、侄子一起饮酒。喝到兴头上，拳高量大的舅舅就和外甥、侄子划拳行令。大凡这种比拼，我几乎每次都是最先败阵。喝高了，我就在一旁看爱人陪着六舅、舅母打小麻将。我不大会打麻将，但我乐意观看、端茶递水，直到深夜。和六舅相处，唯一遗憾的是，我没有学到他的棋艺。每当看到他和表哥凝神对弈的时候，我就痛恨自己……算了，这一壶不开，不提也罢。

六舅是个十分重感情的人，经常给我讲小时候的故事。他对姐姐（我母亲）有一种特别的眷恋，母亲也感觉六舅是自己家的孩子。加上和我大哥、二哥年龄相仿，又能耍在一起，来我家成了六舅少年生活的一大快事。每次来，至少要住上十天半月，直到家里三番五次带话，母亲才安排人送小兄弟回去。舅舅小时候很调皮，经常和两个外甥打架，挨了打的外甥开始还向妈告状，后来发现妈总是向着舅舅，再后来就算是有理也不敢吭声。六舅每次提起这些往事的时候几乎都要掉眼泪，总要说一句："你妈在世的时候，你们家车水马龙，真是红样。要是能活到现在多好！"

六舅退休那年过生日，谈了许多对人生的感悟，启发了我对人生许多问题的思考，我对世界观、人生观、价值观、权力观、利益观、爱情观等都有了新的认识和提高。

从有记忆到现在，和六舅相处已经四十年了。六舅对于我，就如烈日下的大树，激流边的港湾，寒风中的高墙，暴雨后的彩虹，每次相聚都感到一种亲切，每次见面都感到一种温暖。我只要有好事，总是最先告诉六舅，和他一同分享；有了难事，也总是最先找到六舅，以求找到破解之策。这种行为越来越成为我的一种习惯，甚至是一种依赖，一直持续到现在。

前几天，六舅染了眼病。我去看时，六舅说再过两年就七十岁了。看着银霜染发，我突然觉得六舅老了，心里泛起一丝酸楚。人生不老该多好，那样，我就能和六舅永远这样相处下去。

今天是六一儿童节，愿六舅永远年轻、永远健康、永远快乐。

好人老岳父

提起岳父冯殿亮，所有认识他的人都有一句共同的评语：好人。

这个"好人"绝不包含老好人、和稀泥的意思，也不包括软弱、无聊等贬义的意思，就是一个端端正正、平平常常，既不悲观厌世，又不争名逐利的传统意义上的好人。

他知书达理，诲人不倦

岳父上初中时候就喜欢读书，凡是被他看到的书，总要想办法借来读一读。回到农业社劳动，仍然没有丢掉看书学习的习惯。岳父看书没禁区、无门槛，书、报、杂志、小画书，只要上面有字就看。内容好的，就多看两遍，尽量记在脑子里。

每次见我，岳父总要讲一些书上、报上看到的东西，有时还会拿出书，给我看一些重要观点，给我讲他自己是如何理解的。

岳父跟我在一起谈得最多的还是我的工作。我在统计局工作期间，他老问我统计数据是怎么来的，并谈一些对统计数据的看法。我到发改委后，他常常跟我谈项目建设、经济发展的问题。我到了扶贫办，又跟我谈他对实施扶贫开发的想法，其中不乏一些好的意见和建议。我在水利厅工作期间，经常跟我谈发展水利事业的问题，多次谈到"土、肥、水、种、密、保、管、工"。我到了宣传部，又结合他建设文化站的经验跟我谈文化建设。

他知难而进，以技立身

"文化大革命"期间，他不得不告别心爱的课堂，回到农村种地。干了一段时间的农活，对农业、农民和农村有了更加深刻的认识，更加同情农民的疾苦。社员们整天苦巴巴地干，却没有多大效率，年终也分不了几个钱。他看在眼里，急在心里。公社的拖拉机好不容易来生产队一次，可老是半天干活，半天维修。看到这些，他就想帮忙，可自己又没有技术，于是，就到处搜翻有关柴油机、拖拉机的书，自己看不懂、捉摸不透的就请教别人。没过多久，公社、县上的拖拉机、柴油机维修能手都成了他的朋友。

后来，岳父自己的理论和技术水平提高了，公社拖拉机出了问题就找他解决。时间一长，他就被公社领导看上了，"干脆把小冯'收编'到公社拖拉机站"。

整天跟放大站的人在一起，他觉得广播、收音机等很神奇，就找资料学习无线电知识。经过刻苦的学习钻研，岳父渐渐成了内行，放大站设备出了问题也找他解决。后来，公社的发电机、电话，就连电影放映设备出了问题也找岳父。岳父成了公社大院解决各类技术问题的能手。不久，岳父成为放大站兼电影队的合同制干部。

岳父并不满足自己的这些能耐，坚持自学，自己掏腰包到榆林、西安参加高级技能培训，向高水平的师傅请教，跟班学习。他千方百计找到生产无线电元器件工厂的地址，邮购各种电子元器件。经过不断摸索，成功组装了一台半导体收音机，后来又组装了录音机，再后来，还组装了一台黑白电视机，成为全砖井公社第一个有电视机的农户。他还卖出去几台自己组装的电视机，不但没有赚人家的钱，还贴上了"终身保修"。

技术成了岳父真正的"看家本领"，他到亲戚朋友家，一杯热茶之后，打交道最多的就是出了毛病的各种家电：收音机、录音机、电视机、洗衣机、电冰箱、鼓风机、吹风机、电熨斗、电子表、台灯等。每当这时，他就会掏出随身提包里的螺丝刀、万用表、电烙铁之类的，趴在桌子上、炕边上，一折腾就是好久。岳父一贯坚持义务劳动，从不收取费用。"亲戚朋友的，收人家啥钱呢？要收钱，人家就不来找我了嘛。"这是岳父的口头禅。就这样，"贴了辣子又贴油"的活雷锋一干就是三十多年。

他自知之明，靠苦吃饭

岳父转正成为正式干部后，有人问他有没有想法弄个一官半职。岳父淡淡一笑："我是个什么材我自个儿最清楚。当领导那是要懂理论、管住人、有魄力，我哪会那些？不行、不行。我就是个搞技术的、受别人领导的。领导安排啥咱就把啥干好，最好能给单位挣些面子回来，最起码不要给组织丢人。我就觉得，凭手艺吃饭啥时候都踏实。"

在大家都下海经商的年代，岳父带领兄弟、儿子承办了油坊，承包重建了镇上的花炮厂。在开办花炮厂期间，除了外出学习、请师傅指导，还自己钻研，开发出一系列新的花炮品种。油坊、花炮厂的开办，使冯家率先走出贫困，步入小康。后来，国家对花炮生产管理变严，岳父经过认真评估，认为小型花炮厂没有出路，于是狠下决心，一个晚上就按安全要求销毁了所有原料，宣布花炮厂停办，转产开始种树苗。此后，产业发展的事就全部交给儿子，自己一心一意地搞镇上的文化站。

岳父经常告诉我："不要丢了电脑技术，不要丢了经济工作，尤其不要把写材料撂背了。咱没有靠山，能吃苦就是咱最踏实的靠山，任何时候都不要忘了能吃苦这个本，离开这个咱就啥都不是哩。不管社会咋个发展，总得有人干活，这点永远都没错。"岳父说完这些，还会补上一句："其实，你们都很能吃苦，我也很放心，就是忍不住想说一说。"

他知恩图报，不负于人

岳父慢慢变老，许多事都记不住，也想不起，但曾对自己和家庭有恩的那些人和事，老人家经常挂在嘴边。每逢长假，老人就念叨想去什么地方，到谁家去看看。我只要没啥事，也愿意当老人家的司机，顺便看看家乡的山水，采采风，拍点照片，积累一些写作的素材。每次出门前，岳父总要说："多买上些礼物，我掏钱。"我只回答一个字："好！"

路上，老人就会说："为啥要去看这人？因为人家对我好，对我和你妈好，对咱们家都好嘛。"比如当年农业社、公社放大站、放映队、学习进修、盖房子、办油坊、办花炮厂等，人家给帮了什么忙，解决了什么问题，脑子里一笔一笔的账记得一清二楚。

这两年，随着年龄的增大，岳父不像以前那么爱出门了，但看人这件事他一直坚持做，而且越来越重视，每到过年的时候，就会说出这一年看人的计划。我们答应后，他总会缀上一句："你们是公家人，先把公家的事办好，咱这是闲事，今年去不了明年再去也行。我也就这么一说。"其实，我和家里人都明白岳父有多重视这件事。

每次出去，本计划用一两天时间看一两个人，经常会扩大范围、延长时间。有时我们在车上等着，半天不见人。返回去一找，原来岳父站在路边跟老朋友聊得正热。凡这种情况，除非岳母催促，通常我们都不会打搅，让他们老朋友尽量把想说的话说完。

岳父经常说的一句话："别人对我好，那我就要对人家还厉好（更加好）！"岳父也时常接济一些非亲非故的可怜人，他常说："人在旺处，不要帮他；人在难处，能帮一把就帮一把。"

他知无不言，光明磊落

岳父是个掩不住喜怒、藏不住话语的人，喜怒哀乐全都挂在脸上，肚里有话绝不憋着。

从合同干部到正式干部，从人民公社到乡镇政府，他说话、做事的风格从未改变，心里有想法、有看法、有意见，不管会上会下，也不管是领导还是普通干事，想说就说。说完了，有时觉得不对，过几天再主动向人家道歉，态度非常诚恳。每次换了领导，他总有一段时间不自在，等新领导了解了，也就理解了："唉，老冯就这么个直肠子，跟他有啥计较的？"等领导认可了，任期也到了。临走时领导总会留下一句话："老冯真是个好人啊！"

我们经常劝岳父，您是下级，还是要主动适应领导的工作方法和风格，有意见、建议可以私下说，不要端到面子上，这样领导也好接受，效果也好。领导手下有那么多人，让他一个一个地适应大家，也的确不现实。岳父笑着说："这个我害下（懂得），就是改不了。我觉得，提意见、建议是为公家好，为领导好嘛。我又没安什么坏心眼，至于提得对与不对、好与不好，他自己考虑去。"

对朋友、亲戚，岳父也是一样，有啥想说的就说了，通常不太会管别人是不是爱听。有时觉得说得不合适，他也后悔，并且还会当面给人家道歉。道完歉，觉得没事了，等到下次想说的时候还是要说。

在单位、亲友中，大家已经了解岳父的这种个性和习惯，认可了这个好人。所以，即便说得不合适，也没人计较，更不影响大家对这个好人的定义和尊重。

至于我们这些当儿女、女婿、侄儿、外甥的，被"老爹""二大""二舅"批评、建议，那是家常便饭。我若长时间不见岳父，听不到建议、批评，总觉得少了点啥，就像没吃到岳母做的红烧肉一样。

他知足常乐，看重家庭

岳父很知足，对党、对政府百分之一百二十地满意。他常说："我现在闲闲地家里蹲着，每个月共产党还给我发四五千块钱。我们老两口住院看病大部分都报销了，吃的喝的啥都不缺。我现在满足得很！"让岳父满足的事还有很多，比如两个儿子都有事干，挣的钱也够生活；两个女子大学毕业，工作好，女婿好；家孙子、外孙子七八个，工作的工作，上学的上学，都很听话，都很务正；亲戚朋友对他都很尊重……

岳父把钱看得很淡，基本不要我们给的钱。相反，他自己省吃俭用，把自己积攒下来的钱贴补给儿孙。我们老劝他："那是你和老妈的生活费，自己好好花就好。他们自己都挣钱呢。"岳父说："他们挣是他们的，我给是我的，不一样。再说，我的钱还不都是你们的。"

岳父的钱不光给儿孙，还经常给自己的老弟兄、老姊妹。每次给了别人钱，他脸上总是洋溢着幸福的笑容，有时还自言自语道："钱呀，它就该这么用。"

岳父每次见了我们，第一句话就是："想吃啥？红烧肉、凉粉、羊肉扣壳壳、鸡肉摊馍馍还是羊杂碎？"岳母笑着说："把你情长的，你又不做。"他总会笑着说："这不是有你呢……"其实，老两口早已准备好食材。我们想吃啥、想喝啥，他们再清楚不过了。问完了想吃啥，岳父就跟我们聊工作，聊国家大事，其间少不了说些意见建议。

儿子、儿媳开餐厅，岳父早晨、晚上帮点忙，更多的是经常提一些"合理化"建议，至于人家采不采纳他就不管啦，反正自己的话已经说了，责任已经尽到。

岳父一直都不大会招呼人吃喝，饭桌上只有两句："好好吃，吃肉，往饱吃。我年轻时，光是肉就能吃饱。""看你们喝啥酒，自己倒上喝，我又不会喝酒。"岳父吃饭速度极快，我感觉刚刚端起碗，岳父已经吃饱了，筷子一搁，坐在一边看着我们吃，还不停地指这个菜、那个肉，招呼我们"吃嘛，吃嘛"。做新女婿时我很不习惯，随着后面"小女婿"的出现，我这个"老女婿"也就没有"不好意思"那一说了。尽管自己脸皮厚了、不客气了，但岳父还是一如既往地像招呼亲戚一样招呼我这个"老女婿"。

常听妻子说岳父年轻的时候就很顾家。在她的记忆中，岳父从来没有独自下过馆子、偷吃过嘴。跟公社、生产队的年轻人打平伙，别人只顾自己吃饱，岳父总是把肉端回来，全家人一起吃。别的男人在外面拈花惹草，岳父没有半点这样的毛病。

岳父最痛苦的一段莫过于大儿媳早逝。大儿媳是他们看着长大的，知根知底，过门后小夫妻感情好，婆媳相处融洽。大儿媳很能干，开花炮厂、开餐厅她一直都是主力。大儿媳的早逝让全家人都接受不了，岳父更是很长时间走不出悲痛的阴影，直到孙子参加了工作、孙女上了大学才渐渐恢复过来。后来增加了三个孙女、孙子，岳父才又重新找回了"久违"的天伦之乐。

他知责知命，不忘公心

岳父是一个典型的基层干部，在砖井镇干了一辈子，不因别人升官发财而眼红，也不因自己平淡无奇而自卑。他早就给自己一个准确的定位：基层干部，发挥自己特长，干好本职工作。机耕队、放大站、电影队干了一遍，所有这些岗位都是靠技术吃饭。

随着社会的发展，农机普及了，机耕队没了；收音机普及了，放大站没了；电视机普及了，放映队也没了……一向靠技术吃饭的岳父就像两脚踩空了一样，极不适应。

终于有一天，得知镇上要建文化站的消息，岳父主动找领导要求去建设文化站。镇领导同意了他的请求，让他负责文化站的建设和管理。岳父像雄鹰换了一双新的翅膀，信心满满地走上新岗位。他四处学习考察，昼思夜想，整天不是在工地就是在县文化局，仅用两个月的时间就建起了图书室、棋牌室、歌舞室、乐器室，并配齐了各种设备，还组建了一支四五十人的秧歌队。

文化站的名气慢慢大了起来，县上、市上、省上不断有领导来视察。文化站热热闹闹、红红火火，成了全镇干部和百姓的文化娱乐中心。在县上、市上的各类评奖中，文化站为镇上争了不少荣誉。就这样，岳父一直干到退休，然后他把自己精心打造的、最心爱的"艺术品"完完整整地交给了继任者。

作为一名普通的共产党员、乡镇干部，岳父始终如一、自觉自愿地维护党和政府的形象。遇到有人说不好，他绝对会站出来辩论一番。

岳父谦虚好学、不耻下问，从不附庸风雅、故弄玄虚。他坚持教育兴家。岳父坚毅果敢，他想好了、研究通了，觉得条件基本成熟就会付诸行动。岳父知礼知趣，始终保持着谦虚谨慎的生活态度。岳父知尊知卑，知荣知辱，知大知小，知暖知冷，知进知退，知之为知之，不知为不知。

岳父从不愿意麻烦别人。前几天，在重症监护室的岳父对子女说："不要再折腾了，让我走吧……"

"三边春寒骈行远，彼岸月明映椿堂。"岳父您一路走好！

灯　光

　　每每读到冰心的《小橘灯》，就想起那个小女孩生病的母亲，昏暗灯光下那位生病的母亲仿佛就是我的母亲。

　　昏暗的清油灯下，母亲挣扎着坐起来，用手理了理稀疏而蓬乱的头发，喝了几口小米米汤，从腋下的针扎子里取出一根针，挑了挑灯芯。灯光稍稍明亮了一些，母亲抱起枕边那只受伤的沙鸡，喃喃地说："咱俩一样，也不知道能活到哪天……"这是母亲留给我的最后一段音画。

　　睡到半夜，我觉得冷就迷迷糊糊找被窝里的母亲，没摸到母亲的热身子就醒来了。昏暗的油灯下，爷爷、父亲坐在炕边，哥哥、姐姐和嫂子们都跪在地上。我一声声叫着找妈，却没人应答我，我就光着脚板出去外面找，爷爷提着小灯笼跟出来，给我穿上鞋跟在我后面，我去哪儿他就跟到哪儿。我找遍了伙房、磨窑、羊棚、草圈、菜地……那些母亲平时出现的所有地方。没找见人，我又返回屋里。小灯笼照亮了地上麻纸下面露出的一双小脚。我过去揭开麻纸，扑到母亲身上。除了睡着的弟弟，全家人都哭了……

　　爷爷告诉我："你妈殁了！"小姐姐抓着我的手，拿起两张纸，在母亲遗像前的油碗灯上点着，燃烧后的红烬落入地上一个担有剁面刀的盆里。姐姐拉着我的手，跟大家一起给母亲的遗像磕了三个头。懵懵懂懂的我心里很难受，但并不完全明白母亲去世意味着什么。

隐约记得，母亲的灵柩在昏暗的灯光里被抬出了大门……以后，只有在梦里和母亲相见，还是母亲留给我最后那个昏暗灯光下抱着沙鸡的画面。

渐渐长大了，印象的轮廓也渐渐清晰了起来。从有记忆起，家里只有一盏烧清油（食用植物油）的铸铁油灯。上面像个小盅子，下面是个底座，中间由一根柱子连接着。听爷爷说，小盅里原来有个小老鼠，多年前掉了。油灯无论白天晚上，也不管是擦过还是没擦过，啥时候通身都黝黑黝黑的。灯捻子通常是用废旧的棉花搓成的，搭在小盅边一个突出的小槽上。

不管有多少人干活、看书、写作业，也只有这么一盏油灯。吃饭时，在伙房碗架上。吃完饭、洗完锅，又跟着人来到住人屋子的小炕桌上。父亲、四哥、小姐姐和五哥，每人占着小炕桌的一个边，看书、做针线活、写作业。我和弟弟想瞅瞅父亲的书或者五哥的作业，就把脑袋伸得长长的看上一会儿。脖子困了，端不住脑袋了，就又缩回到原地，两人继续在炕上抓羊拐骨。

我上学了，小姐姐的针线活移除出有灯光的小桌边。听着小姐姐因针扎了手发出一声声细小的惊叫，我的心就会抽搐一下。我一抬头，哦，父亲的脸还是斜的。

巧手四哥找来一小块铁皮，卷成一个管，用架子车胎上的废旧气门芯把铁管固定在药瓶盖上，搓根棉胎穿进铁管，在瓶里装上清油，再把瓶盖拧在瓶口上。四哥点亮新油灯，从伙房端过来放在箱盖上，得意地说："看看我做的灯好不好、亮不亮呀？"父亲把手里的书扣在小炕桌上，一口气吹灭桌上的小油灯，说："好是好，就是太费油。三天一窝窝油，烧不起呀。老四，把这灯端到伙房，省得来回端。"

四哥听说有种叫煤油的东西点灯比清油灯亮，还省油又省钱，就从供销社买了瓶煤油，换在新制作的油灯里。父亲看着四哥的举动，一直沉着脸没吭声。五哥划着手里准备好的火柴，点着了煤油灯。父亲盯着煤油灯看了看，又环视了一圈我们，拿起书对着灯光看了一会儿，说："书上的字好像清楚了一点哦。"我们谁也没敢说话，该干啥还干啥。

一瓶煤油烧完，细算账，省了一毛五左右。父亲这才说："算你聪明。"

老家来了石油钻井队，说是钻出来的黑油就是炼点灯的煤油和拖拉机烧的柴油的。父亲对钻井队工人说："要是能给我们留些点灯的煤油就好了。"工人笑着说："钻出来的是黑原油，要送到炼油厂才能炼成煤油、汽油和柴油。"父亲放羊间隙帮井队干点零碎活，换回点废铁啥的。偶尔看见工人用什么油清洗零件，清洗完后就把油倒掉了。父亲问那是啥油，能不能点灯？工人说，是柴油，点灯烟太大。父亲从家里带了个小桶，说自己干活要点废柴油就行。

回家后，如获至宝的父亲指着大半桶废柴油说："这次就把两个灯都点着！点得亮亮的，我再也不催你们早点吹灯睡觉哩。"看着正在灯下做针线活的小姐姐，父亲说："这多好呀，我女子做针线活针就再也不会戳手哩。"在两盏灯光下，全家人的笑脸清晰又红润。

第二天早晨起来，所有人都指着对方的脸发笑——大家的鼻孔、牙齿都是黑的。一个人洗完脸，水就变黑了。父亲说："便宜没好货。今年天早，窖里水没收满，这水也得省着点用呀。"晚上，又恢复成了一盏灯，但第二天早晨鼻孔依然是黑的。我们改变了洗脸的方式，早晨起来上厕所时，就用土坷垃擦擦鼻孔，回来再在小盆里洗鼻孔，然后到另一个盆里洗脸。开始懂得臭美的五哥学小姐姐的办法，晚上睡觉时给鼻孔塞团旧棉花，这样第二天起来鼻孔就不黑，但嗓子里的黑痰却要清理一阵子。

我从大姐家回来说："大姐家用的是玻璃罩子灯，点着后三间房子全都亮了。"父亲带着讽刺的口吻说："要不咱也买一个？"我看着父亲的脸，小声说："就是没钱。"父亲提高嗓门："你也知道没钱呢？有钱我还想把供销社搬回咱们家呢！有柴油点灯就好得很哩。吃了五斗想一石。把心思好好用在干活和念书上比啥都好，少成天给我胡思乱想的。"

一段时间过后，窑顶的墙皮明显变黑了。父亲在窑顶墙上向外开了一个孔，以便灯烟能出去。又过了一段时间，小洞口上方的外墙也变成了黑黄色。

过了腊八，就开始剜窗花了。小姐姐从一本旧书里翻出以前的窗花样子，用纸捻子把窗花样子订在一沓彩色蜡光纸上，然后拿在灯头上熏。我下巴贴着炕皮看姐姐怎么熏窗花。在举着窗花样的两手中间，灯光前面，姐姐洁白的牙齿上方微笑的脸，就像一张向上翘的弯月。看着看着，这张笑脸变成了母亲的笑脸。

"这么快就熏好了。"姐姐的话打破了我的幻觉。父亲说："看来油烟大也有它的好处嘛。"我赶紧凑一句："可惜一年就熏一次窗花。""就你嘴快！"父亲一句话封上了我快乐的小嘴。按照去年的做法，我轻轻地撕去熏得黑黑的窗花样，一副清晰的黑白窗花图案显现了出来，姐姐随后就依照这个黑白图案剜窗花。

年关将近，姐姐白天做针线、拆洗被褥，推磨只能放在晚上。拉磨的驴是借别人的，别人白天用，我们只能傍晚借来，把驴喂饱了，晚上再推磨。推磨这活实在是太寂寞、太磨人了。我家住在一个僻静的小山沟里，每天晚上都能听到猫头鹰、狐狸甚至狼的叫声。夜深人静的时候，一个人听着这些声音确实很瘆人。姐姐每次推磨的时候都要带上我和弟弟，帮着扫个磨堂、推拉个箩啥的，主要还是做伴、壮胆。每次推磨结束，姐姐都会说有两个"小伙子"就是不一样。

以前推磨照明用的都是清油小碗，有了柴油当然改用柴油灯，油灯还在墙壁上原来放油碗的那个小洞里。点着柴油灯，看着扶摇而上的黑烟，我一点也不担心墙被熏黑，恰恰是这一小股烟让我觉得冰冷的磨道平添了一些人间烟火。磨道里，我也不用操心熏黑鼻孔的事，因为磨道、碾窑本来就是敞开的，没有门。

驴吃饱草料就让开了槽，被蒙了眼睛、戴了笼嘴、套了绳索，牢牢控制在石磨拉杆上，绕着没头没尾的磨道转圈圈。驴槽就是磨面的操作台，我们把笸箩放在用草铺平的驴槽上，再放上箩架和箩。

为了不让大家打瞌睡，姐姐不停地轮换使唤我俩滑箩筛面、添麦、揽麦、拨动磨眼里的芨芨棍，她自己也不停地调换岗位。油灯下，姐姐身体的律动，让我第一次发现了女性的美丽。我把磨碎的麦子端来，分批倒入箩里。姐姐一手扶着箩架，一手抓着箩边，前后不停地滑动盛着破碎麦子的箩。灯光下，随着箩的前后滑动，姐姐的发梢、耳坠也摇动起来。姐姐那沾了面粉的睫毛显得特别的长且清晰，眼神十分温和，时常凶巴巴的脸此时变得像母亲一样慈祥。

驴脖子上的铃铛随着蹄子的动作有节奏地发出悦耳的声音。然而，同样节奏的声音听多了我们都打瞌睡。没有了催眠的声音，正好一股冷风吹进来，我醒了。就见磨盖上的麦料空了，驴停着，蹄子下面是一摊尿。姐姐和弟弟都趴在驴槽边睡着了，只有灯还亮着。

小姐打了个激灵，提高嗓门说："抓紧时间推磨，咱好做年茶、包扁食！"三人振作精神，填上麦料，我在磨道门口挥响鞭子"嘚儿球"，驴重新开始转圈，铃铛、驴蹄声重新响起。

姐姐拍了拍笸箩和箩边，开口唱："走头头的那个骡子吆，三盏盏的那个灯，哎哟戴上了那个铃儿吆，哇哇嘚的那个声……"我听过无数遍姐姐唱的《赶生灵》，唯独今晚油灯下的歌声格外好听。加上驴铃铛声、蹄子踏地声、箩壁撞击箩架声的伴奏，歌声更加的美妙。从那时起，我真正喜欢上了陕北民歌。

姐姐嫁人了，我再也没听到姐姐唱的《赶生灵》。去年清明节回老家上完坟，兄弟姐妹带着晚辈们去看我们曾经住过的地方，接受家史教育。

老宅早已面目全非，洪水把院墙、窑洞都拉塌了，磨窑剩下后半窑掌。驴槽上面的红帖早已退了色，但上面二哥当年写的"六畜兴旺"的字迹还很清晰。最完整的还是放灯的小洞，上方浓浓的、油油的黑色烟迹就如昨天才熏上去的一样。看着那烟熏的痕迹，小姐姐唱起了《赶生灵》。我仿佛又听到驴铃、驴蹄和磨的声音。

父亲到公社苗圃放羊，我随后也跟了过去。太阳落山的时候，在苗圃羊房门口等了一个下午的我终于见到了父亲。羊拥挤着回归圈里，我帮父亲数着肥羊只。父亲锁好羊圈门，笑着打开自己居住的羊房门。屋子里黑黑的什么也看不见，父亲扶着我的脑袋说："进家！"我脚踏进门的同时，听见"吧嗒"一声，屋里亮如白昼，我下意识地用手遮挡住刺眼的光芒，就听父亲说："不要看灯泡，刺眼睛！""吧嗒"一声，屋子又黑了，比先前更黑。"等一下再开灯就不刺眼了。我第一次用电灯也是的。"说着，父亲又打开了电灯，这时已没了先前的刺眼。我环视了一圈小小的羊房，简单的生活物品尽收眼底。

父亲指着锅台上的盆，意思让我喝水，他自己拧开手边的水壶也喝了两口。父亲问我："电灯好不好？"我说："好！""十几天前苗圃买回来发电机，每个房子都安了电灯。"以前，父亲在生产队放羊每天晚上回来，基本上都是摸黑说话，吃饭时才点上灯。隔着锅台，父亲脸上的喜怒哀乐基本看不清，看到的只是那一身的疲惫。此刻，在电灯下，父亲额头上的皱纹是那么清晰，沟回内外黑白分明。

坐了一会儿，父亲突然想起了什么，问我："肚子饿了吧？"赶紧拉过干粮口袋，拿出馍馍给我吃。我说："不饿。"就赶快削洋芋、生火，和父亲一起做了锅黄米洋芋黏饭。父亲一边吃着饭，一边盯着我看，眼神里流露一丝高兴和对儿子的期冀。饭后，我打开书包，父亲站在一旁看我做作业，感叹道："电灯好吧？晚上看书、做作业一点都不受影响。"父亲没有像往常那样，我们做作业他自己看书，而是一直站在我身后看着我。我多少感到有些不自在，不时回头看一眼父亲，父亲始终都是一个表情——微笑，特别明亮的微笑。

电灯闪了两下，父亲告诉我："收拾好书本，马上就灭灯了。"我不明白啥意思，父亲补充说："发电的人晚上也要睡觉，每天到时间就停了机器，明天天黑再开机器发电。"

早晨起来，我端详头顶上悬着的电灯泡，跟几年前第一次看电影时见过的那个电灯泡一模一样。爷爷当时在电灯上点旱烟没点着，原来这灯泡里的火根本就不外露嘛。

1979年惊蛰前三天，我家平反了。再过十天即农历二月十五，是母亲去世十周年纪念日。家里搞了一次纪念母亲的追远活动，最隆重的就是晚上的"家祭"了。礼宾先生在十个大碗中放了清油，用碗垒成一堵灯墙。太阳的余晖收起、群星闪烁时灯墙被点亮了，整个院落像包在金色的帷帐里。家里能写点东西的人都念了追远词。我的追远词感动了所有的亲友，更感动了礼宾先生。他最后说了几句鼓励我们好好念书的话，又即兴唱了一段秦腔《三娘教子》，二哥用板胡拉了伴奏。

四十多年过去了，每当看到灯火辉煌的场面，那段《三娘教子》就会在我的耳畔响起，我似乎看见母亲拄着拐杖从那面灯火墙中走来……

《小橘灯》应该有个好的结局：小女孩的父亲很快就回来了，她母亲的病也好了，一家人平平安安。

向窗外望去，银川城灯火辉煌。愿大家都好！

无师的工匠

以前人家的男人似乎个个都心灵手巧，无师自通，无所不能。

从记事起，柜子抽屉里就有几件当家的工具：一把断了半个锋尖的剪刀，一把折了腿的裸把手钳，一把少了螺钉轴的活口扳手，一把缺了把的老铁锉，一把木工推刨、滚刨、锯子、凿子，再加上灶火旮旯那把劈柴的斧头。有时还要用上菜刀、镰刀、铁锹、铡刀、泥叶子，甚至犁铧、磨脚等。

工具箱是我们家男人成家的标志。父亲给儿子另立家，一定要有一个工具箱，就如同闺女出嫁要陪梳妆盒一样。

五哥到了上学的年龄，学校说，上学可以，就是没有板凳坐。三哥、四哥就找了点不成材的柳木疙瘩，准备自己制作一个板凳。原木必须先改成板、条，才能做板凳。这第一道工序就是在原木上打上直线。没有墨斗，哥俩就先制作墨斗。在一个羊角的腹部处凿开一个洞，在角尖处开一个小眼。在腹部左右各开两个眼，装上铁丝弯成的小"辘轳把"，将一根线绳的一头拴好，绕在这个"辘轳把"上，另一头拉出羊角尖的小眼，线头上拴一个杏核。最后，在羊角腹部线圈处塞一疙瘩棉花，再加入锅底灰、糨糊和水。这样，一个墨斗就造好了。爷爷嘴里叼着旱烟锅子试了试墨斗，笑着说："像那么回事！"

五哥着急上学，在三哥的指导下，不顾吃饭睡觉，连夜把锯齿锉了，把刨刃、凿锋磨了，又和四哥把木头锯开。由于功夫不到家，破开的木头不够平直，只好抱着木头用刨子反复地刨。几身汗出过，木材总算能将就着用。木材太窄，不够板凳面子的宽度，就把三块木头拼起来。没有粘木头的胶，就在木板底部纵向钉两根木条。三哥拿尺子量好位置，在木板下面凿开四个眼。四哥在四根等长的木条上锯出四个卯，这便是板凳腿。觉得凳腿不够稳当，又在四根凳腿间横向连上撑子，然后把凳腿和面子安装在一起。卯显然有些松，三哥就敲上几个木楔子，又在楔子上浇些水。

凳子终于做成了，五哥背起补好的书包兴奋地坐在凳子上，直到吃饭都不愿意离开。

以前农村许多稍大一些的家具、工具并非家家都有，而是一两家有，其他人家借着用。比如笼屉、铡刀、长梯子、大秤，甚至打气筒、饸饹床子、大盆、大锅等。我家本有饸饹床子，由于被人借多了，就坏了。想吃饸饹，母亲就派二哥到姑姑家去借饸饹床子。二哥嫌路远，又不爱张口说话。母亲骂了一句："有本事造一个出来，我也不愿意你们为了吃顿饸饹面到处借床子。"二哥回了母亲一句："造就造！"说着，找来木头，摆开摊子就造了一个床子，它成了庄子里最大、最结实的饸饹床子。大床子做成后，全庄子都抢着用，特别是庄子上的红白喜事，更离不开这个床子。有时自己吃饸饹时，竟想不起来床子在谁家。

后来，风箱坏了，哥哥们又做了个风箱。

去年清明回老家，在老院子的窑洞里发现了那台饸饹床子、风箱，还有度量粮食的"升子"、蒸馍馍的蒸碟子。四样东西居然都完好，风箱拉杆虽然磨得比牙签粗不了多少，但仍然能出风。二哥告诉我，风箱和饸饹床子都比我年龄大，便讲了它们的故事。我告诉做木匠的大侄子："一定要保存好这两样东西，这是咱家工匠精神的历史见证。"

县上的盐化厂从各乡村选拔有一定技能的年轻民工，只有小学二年级文化程度的四哥被选中。一次，天连降大雨，盐湖的浓度无法达到析出盐的条件。生产任务不能按时完成，厂领导急得乱跳。四哥站出来说："我想试一试。"四哥用自制的手榴弹轰炸盐湖里的水，打破了雨天不产盐的魔咒。

生产大队要建学校和队部。没有砖，就抽取"技术能人"四哥办砖厂。从没烧过砖的四哥居然烧出了合格的砖。砖烧好了，建房子没有技术员，四哥又担起建房的任务。从砖瓦匠到泥水匠一条龙干下来，让村上的人大为吃惊。四哥早在他十四五岁的时候，就让村子的人吃惊过一次。以前，村子里上坟烧的纸都是用纸钉打出来的，效率又低又不清楚，而且只能当天使用。除夕早晨，爷爷让四哥用纸钉打烧纸。四哥看着麻烦，就用三哥赶拉拉车专用的刀子，在一块木头上刻了方冥币印版。那是村子里第一块冥币印版。自从有了印版，村子里的人就再也不用纸钉打烧纸了。每逢清明、中元节、冬至等节日前两天，来家里印制冥币的人就络绎不绝。

包产到户时，生产队分大牲畜和农具，最后还剩几件从来没使用过的锈迹斑斑的拖拉机牵引农具没人要，只好按废铁处理，我家哥几个就弄了回来。进行一番修理、维护后，犁、耙、粉碎机都正常运转了起来。为了供我和弟弟上学，哥几个和小姐姐东拼西凑，给村子拉了电，并办起了附近第一个电动米面加工厂。在这个家，加工厂所需要的那点电工、电机、机械技能根本就不是问题，连上中学的我和弟弟都不在话下。

加工厂交给五哥后，四哥靠建房子挣钱养活着一家老小。随着年龄的增长，体能有些下降，四嫂眼病发作，加之父亲年纪大了需要人照顾，四哥渐渐放弃了外业工作，回归家里。我担心四哥回家后发挥不了盖房子的手艺，生活会有困难。父亲听后，淡淡笑了笑，说："别人的手艺都学在手上，你四哥的手艺是生在脑子里的，他出去转几天看看就有了一门手艺。放心吧，你四哥就算拴到石头上都饿不死。"

果然，四哥很快就搞起了电焊、机动车修理，不到三个月，生意就主动找上门来。很快，四哥把儿子也培养成了修理、电焊、砖瓦的"全能高级技工"，有些技能已经超越了他。

大侄子初中毕业就回家学了木匠，方圆三五十里对大侄子的手艺非常认可，从正月十六一直到年三十回家，手上的活一茬接一茬。突然有一天，家具全都由工厂生产了，价格又便宜，质量又好。大侄子生意从盛夏跌到了严冬，准备做一辈子好木匠，当木匠度过此生的大侄子突然失去了活计，失业在家种地。侄子整天闷闷不乐，少言寡语。父亲开导说："你该学学你四爸，换个手艺。"大侄子疑惑地问："我四爸是天才，我咋敢比？""你也是王家人，咋不敢比？""爷爷你说我行不？""我看你一定行！"

大侄子想了几天，又出去做了一番考察，决定转做铝合金门窗。先做了一套门窗，全面更换、美化了自己家的门脸。不几日，就有人找上门来做新式的铝合金门窗。由于大侄子信誉好、要价合适，生意比蒸笼里的馒头长得都快。然而，不到十年，铝合金就过时了，大侄子又改做塑钢。再过七八年，塑钢又改为断桥铝。他现在不仅做断桥铝门窗，而且还建造彩钢房。前段时间，我家的柜子变形了，打电话让大侄子来银川时带上凿子、锯子帮我收拾一下。侄子笑着说："六爸还停在三十年前，那些工具早都不用了。"

回顾四哥、侄子这些年技能的转换，变化真是"日新月异"。仔细想想，他们每次短暂的阵痛过后，都获得了一次技能的蝶变，还伴有思想的升华。他们那淡定从容的神态，真让人佩服。

　　老家的哥哥们年龄大了，生活都衣食无忧，几个人就搞了个自娱自乐的小乐班。他们从各种渠道找来锣、鼓、镲、钹、二胡、板胡、三弦等，没事的时候一起吹拉弹唱、扭秧歌。操着外面弄来的胡琴，三哥觉得不顺手，就自己动手做了两把二胡。二哥看后，说："我做把板胡，看看咱俩谁的手艺好。"于是，哥俩做了七八把胡琴。陕西的一个胡琴收藏家还收藏了哥哥做的胡琴。

　　我成家时，父亲说距离老家太远，是"城里人"，所以没给我工具箱。但从小用惯了工具的我自己准备了一个。除了钳子、扳手、钉斧、手锯，还增加了城里人常用的套管扳手、壁纸刀，配套了绝缘胶布、封水胶布、电线等。左邻右舍都知道我家有工具箱，经常来我家借用，有时连工具箱的主人也一并借去用。一次，电视机不显示画面了，抱去新华街五金交电电器维修部，没到一个小时就修好了，要了五十块钱。五十块钱，那可是我半个月工资啊！我当时就在那个商店里买了一台万用表、一把电烙铁、一卷焊锡，又在新华书店买了本家电维修的书，在宁园后面的一个小门店里买了几样小家电最常损耗的电器元件。不久，电视机又出现了同样的问题，我迅速打开机壳，烧热电烙铁，二十分钟就修好了。从此，录音机、复读机、电熨斗、电风扇、洗衣机我都能做简单的维修。

　　小时候，我和哥哥跟爷爷和父亲捻毛线、织毛袜，跟哥哥削木陀螺、木兔子，做弹弓子、火柴枪、火药枪、抛石绳、滑冰车，扎扫帚、扫把、笤帚、鸡毛掸子，制扑克牌、日历、衣服撑、脸盆架、风筝，编柳条筐、蒸碟、皮鞭，造墨汁、毛笔、锅刷子，跟姐姐学做针线活、踏缝纫机、绾布扣、剜窗花，后来又保养拖拉机，修理自行车，修理农具，安装电脑，铺地板，刷房子，至于发面、剁荞面、搓馓子，更不在话下。回想获得这些技能的过程，并没觉得有多难，似乎全都是生活中信手拈来的。

我国是当今世界一等一的制造业大国，需要无数的大国工匠，更需要海量的各类技能人才。

看看今天我们孩子的玩具，哪个是自己动手做出来的？谁家的房子是自己建的？家具是自己打的？馒头是自己蒸的？面条是自己擀的？家电是自己修的？龙头是自己换的？下水是自己通的？车胎是自己换的？剪刀是自己磨的？头发是自己剪的？裤腿边是自己缝的？还有，多少家庭现在还有工具箱？成年人几乎人人都会开车，但汽车爆胎后，有多少人能找到备胎和工具呢？

我高度赞同社会化分工，但同时也想问问今天我们的孩子掌握了多少技能？有多少人热爱劳动？有多少人具备创造精神？

我和知青的家

1974 年，父亲被生产队派到定边县红柳沟公社苗圃放羊，三个人挤在一间看护羊圈的小房子里。

一天，大姐、姐夫来看我们，介绍了一个新来苗圃的知青给我们认识。他叫刘碧春，被下放在姐夫所在那个大队，就安排在姐姐家吃住。刘碧春和全公社的所有知青一样，都被统一抽来苗圃。他家有人在盐化厂工作，他有时给我们带两袋精洗食盐，有时还在我家吃父亲做的粗茶淡饭。刘碧春文化课基础好，工余时间常给我和弟弟辅导功课。记得恢复高考前，他拿着厚厚的复习资料，看着资料上那些复杂的数学方程式、物理公式等，我仰慕之极，并以他为学习的榜样。上初中后，听到刘碧春考上大学的消息，我学习更加努力了。

有了刘碧春，女知青常彩娥也很快和我们熟悉起来。她有粉红的脸蛋，身材不高，挺敦实，给人一种憨厚朴实的感觉。一次，没去过县城的我和弟弟跟着常彩娥去县城玩，就在她家吃住，她还给我俩衣兜里塞了些糖果。记得在她家吃了一顿西红柿拌面，非常的香，一口气吃了两大碗。回来后，我给父亲讲述了在常彩娥家受到的待遇。父亲端了一张自己用粗笨手烙的面饼送给常彩娥，眼泪巴巴地说："我们地主成分家的要饭娃娃、乡下人，啥时候受过这么高的待遇！"常彩娥抓着父亲的手，笑着说："可不要这么说，咱们都是乡下人。"

他们两人陆续把另外四个知青也拉进了我们这个大家：樊明华、赵爱茹、冯启宁、霍根香。他们开始称父亲"羊把式"，后来熟了，就称父亲"老放羊"。知青们大灶饭吃得太寡了，就来找"老放羊"，在我家开小灶。烙一个饼子，他们吃一半我们吃一半；炒半锅土豆丝，端走一碗，留下一碗；偶尔打平伙，吃完肉，把羊杂碎留给我们……父亲从来不在乎谁用了我家的香油、调料啥的。知青们回家从城里带来点饼干、糖果之类的稀罕物，总少不了给我们尝一点。父亲但凡有个头疼脑热的，细心的女知青就会拿来药片给父亲服用。

我们这个小家每天都有知青光顾，我和弟弟也成了知青宿舍的"小成员"。年幼的弟弟经常被知青留在宿舍过夜，女知青还给弟弟洗头、洗脚、补衣裳。

一次，我发现霍根香在看一本《智取威虎山》的小人书，就让弟弟跟她借。霍根香拉起弟弟的手说："可以，但你得先洗洗小手。"她就用自己的香皂给弟弟洗了手，然后闻了闻，说："嗯，不错，以后天天坚持把手洗干净。这样，我会借给你更多的书看。"说着打开墙角一个小木箱，哇——满满的一箱子书！我俩看着发愣，甚至不敢伸手去触碰。霍根香摸了摸弟弟的头，说："只要你喜欢，以后慢慢看。"我端端正正地写了个借条给霍根香，弟弟小心地捧起《智取威虎山》跑回家。回来后，我也好好洗了洗手。就这样，每两三天借一本，持续了好长时间。与霍根香同宿舍的赵爱茹也有很多书，我们也都一一借来看。所有借来的书，不光我和弟弟看，父亲看得更多。

我和弟弟喜欢去霍根香宿舍看书还有一个重要原因，就是赵爱茹口琴吹得好听，尤其是《小汽车呀真漂亮》和《我爱北京天安门》两首曲子。她那带伴奏的口琴声此刻就回响在我的耳边，她立在门框边上吹口琴的姿态我至今都历历在目：一头披肩卷发迎风飘舞，水葡萄般的大眼睛时睐时睁，两个小酒窝随着曲子的节拍轻轻跳跃，白净的脸庞上荡起微微的晕圈。上高中时，我从嘴里省出来点零钱，也买了把"国光牌"口琴，最先学会的就是这两首曲子。

　　苗圃的田地中央有个水库，到了暑假，我和同学们整天泡在里面，大家只会一种耍水姿势，叫"狗刨式"。人人都没有裤头，所以都是光屁股钻在清水里，光肚皮晒在沙滩上。一次，我们在水里打闹得正欢，水库边来了几个知青，吓得我们护着羞蹲在水里。女知青见状全跑了，只留下冯启宁一个男的。他穿着三角裤头，一跃窜入水里，然后潇洒地像青蛙一样耍起水来。这以后，我们这才知道"游泳"这个名词，才知道游泳还可以是穿着裤头的。冯启宁是这耍水族中唯一不光屁股的人。热情活泼的他每天都不午休，一个暑假，我们跟着冯启宁学会了洋气的蛙泳。上大学时，我在汉延渠里给同学展示了一只"旱鸭子"的蛙泳。

　　冯启宁对机械很有灵性，来苗圃不长时间，就把柴油机、发电机、水泵、拖拉机变速箱等全部玩了个通。喜欢游泳的我，整天跟着他一起拆装柴油机、磨气门、开手扶拖拉机。改革开放后，哥哥买了拖拉机，不用他们教，我开上就去耕地、拉东西、碾场。上大学，我的农机课轻而易举就得了个优秀，后来考汽车驾照也是一次过。直到今天，我都能准确描述出当时各种机械所有部件的名称、位置，以及各部位螺丝和对应扳手的型号。

　　樊明华也有几本书，印象最深的就是《西游记》。苗圃缺个出纳，刘指导员就从知青中选，性格沉稳的樊明华被选中。然而，令他烦恼的是他不会打算盘，当他得知父亲会打算盘时，就端着算盘、拿本书找父亲。对于父亲这样一个孤独的放羊人，能有书看是一件很惬意的事，而樊明华的书似乎最对父亲的胃口，父亲当然乐意教他打算盘。

樊明华爱象棋，可总是找不到对手。当他发现年幼的弟弟对象棋感兴趣时，就教弟弟下象棋。弟弟没有辜负樊老师的期望，很快就成了他的对手。弟弟这一爱好一直保持到今天。

冬天快到了，知青跟父亲学习打毛线，父亲和我跟他们学织袜子、毛手套。那以后，我们就再也没有被冻坏过脚。时间长了，我们相互间非常信任，父亲还偷偷地教他们阴阳五行八卦的基础知识。有的知青划拳也是跟父亲学的，我和弟弟的自行车是跟知青学会的。

遇上节日或刮风下雨不能出工，刘指导员就召集大家在会议室里搞些文娱活动。父亲给他们出谜语、编唱民歌、"说喜"，他们猜谜语、吹口琴、唱歌、跳舞。

我上初中后，这个家庭又增加了刘晓红、成一江、高志岚、余要红、高振斌、李世平、麻惠霞等几个成员，"家"的氛围依然融洽。每逢星期天或假期，我就迫不及待地回到苗圃，享受那个"家"的温馨。

后来，我上学走远了，知青们陆续安排回城里工作，苗圃也不存在了，大家就没有了联系。但每当提起当年的苗圃，我就会想起我和知青的"家"，想起那一个个鲜活的知青面孔，就会有一股暖流在心中荡漾。打开《习近平的七年知青岁月》，看着书里的照片，就觉得亲切；读着书里的文字，就会被感动。

我辗转找到了一张当年知青们的合影。虽然泪水遮挡了我和弟弟的眼睛，但我俩都能够准确认出照片上的每一个知青。稍感遗憾的是，那个爱说爱唱的"老放羊"没有机会出现在同一个镜头里，更无法看到这张照片。

　　知青哥哥姐姐们，你们现在可好？ 2025 年，知青相识于红柳沟苗圃五十年啦，如果你们在苗圃相聚，劳驾也通知我一声，好吗？

童年的伙伴

最近一段时间，每天入睡前都要看两段关于猫的小视频。妻子知道我和小虎的故事，几次问我："要不，再养一只花狸猫？"我说："算了吧，小虎无可替代。"

五十年前，为了有个清净的环境，父亲决定再次搬家，到三十里以外的公社苗圃去放羊。刚去那里，我除了弟弟，弟弟除了我，再也没有小朋友了，小哥俩孤苦之极、寂寞难耐。

一天，弟弟从怀里掏出一只可怜的小猫，说是在路上捡的。那小家伙瘦弱伶仃，双眼微闭着，叫声微弱得几乎都听不到，捧在手里，还没一只手大。身上的毛发短短的、稀稀的，薄如纸张的皮下一条条肋骨看得清清楚楚。弟弟说他看着小家伙可怜，就把他捡了回来。我冲着弟弟发火："人都吃不饱，还敢养猫？给我扔了！"说着，我伸手去夺小猫，弟弟连人带猫躲在一边，接着，又是跺着脚又是哭喊："扔了，他就死了。我少吃两嘴，让给小猫还不行吗？"我捏了把弟弟细瘦的胳膊，大声说："就你这点麻柴秆身板，比他能强多少？还省两口？要省也是我省！"

我俩在草垛的向阳处掏个窝，把小猫安顿了下来。每到吃饭的时候，就借口"饭太烫"，端着饭碗先后去外面，不顾父亲"灌下冷风肚子疼"

的告诫，悄悄来到草垛小猫窝前。我用手稳住小嘴巴，你半根面、我半勺汤，细心地喂小猫。自己吃饱没吃饱不知道，小猫是吃饱了。父亲放羊不在的时候，我还熬了甘草水给小猫喝。

哥俩的悉心照料下，几天后，小猫睁开了眼睛。又过了几天，还立不稳身子的小猫摇摇晃晃地开始和我们玩耍。随着饭量的增大，小猫的活动范围也大了，越来越不好隐藏了。我做好了挨打的准备，壮着胆子向父亲公开了秘密。父亲淡淡地说："嘿嘿，草垛里的猫窝我都去过几十次了。"我们把小猫接回了家，小猫从此就成了这个家的一名"成员"。由于小猫浑身花斑，很像老虎，我们就叫他"小虎"。

小虎三四个月就能捉老鼠了，并逐渐实现了从生活的不自理、半自理到完全自理。从某一天起，他不再吃我们给的食物。

小虎每天都陪伴着我们。弟弟和我形影不离，他和我俩形影不离。小哥俩以前每天由父亲三番五次地叫着起床，有一天，这个重要任务移交给了小虎。

父亲每天天不亮就起来抓紧干点自留活，太阳上山前小虎就完成了"夜班"任务，饱腹而归，"喵喵"地叫着钻进我俩合睡的被窝，用他那冰冷的皮毛冰醒我们。如果我俩还没反应，他就接着叫，并用带倒刺的舌头舔我俩的鼻子、脸、脖子。我俩醒来，摸一摸那光亮的皮毛，揪一揪他那冰冷的耳朵，他会暂时安静下来。我叠被子时，小虎总是跳上跳下跟着"帮忙"。被子叠好，炕宽展了，小虎就在炕毡上磨一番爪牙，然后叫两声，卧进自己最喜欢的那个温暖的炕角，有节奏地打起呼噜，做起了他的白日梦。

小虎似乎很了解家里食物短缺的情况，也理解人的心思。每当吃饭的时候，他总是在小炕桌下"喵喵"叫几声。当我给他喂饭时，他总是象征性地闻一闻，就卧下继续打起呼噜。

　　每天上学的时候，小虎总是活跃在我俩的周围，一会儿爬树、上墙、欺草，一会儿抓蝴蝶、甲壳虫、沙虎虎，还拿抓来的小动物跟我们一起玩。小虎陪伴着我们一直来到学校门口，先后跳上我俩肩膀，像个撒娇的孩子一样，用头、身、尾分别在我们的脸上蹭上一遍，再叫上几声。上课铃一响，看着我们走进教室后，小虎便一个蹦子蹿上墙头，顺着墙脊快速离去。

　　到了放学时间，小虎总是准时在回家路上的那棵榆树伸出的枝条上等候着我俩。远远望见我们就跳下树飞奔过来，一头蹿上弟弟的肩膀，再蹿上我的肩膀，一如早晨"送别"时的情景，只是亲昵的时间更长、叫声更大更持续。

　　回家放下书包，小虎还要跟我俩交流一番，跟我俩顶顶脑袋、碰碰鼻子。我给他揪揪耳朵、弹弹脑门，再从头顶到尾巴摸一遍，他顺着我的抚摸，把身子拉得长长地伸个懒腰，嘴张得大大地打个哈欠，肚皮紧贴着炕毡慢慢爬回自己的安乐窝，收起前爪和尾巴，半个脑袋埋进肚里，打着响亮的呼噜睡觉去了。

　　在那缺少燃料的时代，我们冰冷的被窝可不能少了小虎的温暖。每到睡觉的时候，他总会早早地跳上被垛"喵喵"地叫，当我们把被子铺下，他就一头钻进被窝里。等我俩睡下后，他会习惯性地先靠着弟弟睡。弟弟睡着了，再来靠近我，用头顶我的下颌，用身体蹭我的胸膛。听着小虎呼噜呼噜的催眠曲，我很快就进入了梦乡。

　　父亲说，每晚他关灯睡下后，小虎就从门槛下的猫洞钻出去做"夜行侠"去了。

　　有天早晨，小虎一反常态地没钻进被窝叫我们起床，而是在地上叫个不停，而且越叫声音越大，似乎在向我们提示着什么重要事项。我揉掉眼屎，循声看去，哇，地上躺着一只奄奄一息的野兔！小虎绕着兔子得意地叫着，每叫几声就在兔脖子上咬一下，直到我跳下炕看了猎物，并抱着他从头到尾摸了几遍，再拍拍脑袋，他才安静下来。

晚上，父亲放羊回来，把野兔收拾干净煮熟，全家人美餐了一顿。这天是重阳节，按老家的传统，这天是要宰羊吃的。

看我们吃得那么香，小虎不停地发出得意的叫声。当我们给他喂兔肉的时候，他却不吃。等我们吃完了，他就用锋利的虎牙，"咔嚓咔嚓"地咀嚼起那些几乎看不到一丝肉的骨头。

饭后，父亲躺在炕上，第一次抱起小虎摸了又摸，嘴里念着："没想到你还挺厉害。呵呵，老子苦了半年，也舍不得吃顿肉。"

这晚，小虎的呼噜声格外的响亮。

此后，小虎隔三差五就会捕猎回家。我注意到，老鼠、麻雀之类的小猎物他都自己吃掉了，带回家的全都是大猎物，有野兔、黄鼠，甚至抓回来一只被猎人射死的叫不上名称的大鸟。有了小虎，我家的生活水平一下子提高了不少。

曾经为了能改善生活，父亲咬牙用卖甘草的钱买了一把猎枪。不知是老爸的心太软，还是枪法不准，"卖"了不少火药，也从没见拎回来过一只野兔。

我把故事讲给同学听，大家赞叹的同时也有些怀疑，甚至连我自己也有些怀疑。

假期的一天，我约了两个同学来家玩。晚上，先假装睡着，等小虎出门后，我们悄悄地尾随出去，借着月光，仔细地观察小虎捕猎的过程。只见小虎先是漫不经心地走着，猛地闪到一株草后，抬起左前爪，又慢慢放下，一动不动地盯着前方的洞穴。好久没情况，便卧下，使自己的身体尽量贴近地面，继续紧盯目标。等了好久，两个同学实在瞌睡得熬不住了，就先回去睡了。我和弟弟睡了一下午，所以继续留下来观看。时间又过去一个多小时，我俩也开始打瞌睡，就在这时，小虎微微抬起身子，突地猛扑向洞口，只听"吱吱"两声，我和弟弟忙跑过去看时，老鼠脑袋已被咬碎，随着"喳喳"的声音，小猎物已经进入小虎的肚子。后来，在电视上、手机上，经常看到老虎捕食的场面，情景十分相似，但总感觉动作没有小虎那么敏捷，难怪传说猫是老虎的师傅。

我们在门口的柳树下乘凉，小虎被树上喳喳乱叫的麻雀吸引了。只见他迂回到院墙上，蹿上房梁，然后慢慢地爬到房顶靠近柳树的那个拐角，等麻雀稍微安静下来，小虎猛地窜到三米外的树上，一口咬住一只麻雀，顺着树干爬下来，把猎物放在我们面前，用爪子逗装死的麻雀。只要麻雀一动就立马将它按住，麻雀接着装死，小虎再把他弄活、再按住，反反复复，炫耀着他的技能和成就。

每到周末、假期，小虎就成了我俩的全职"卫士"，整天跟在我们后面，形影不离。一次，同学想看看小虎的反应，故意假装做出要打弟弟的动作，小虎挡在弟弟前面，对方稍一伸手，小虎就向前扑去，"敌人"终究没法下手。

除了主人，小虎有两样东西神圣不容侵犯：一是他的猎物，二是他的领地。除了我们哥俩，谁都动不得这两样东西。为了保护猎物和领地，他经常冒着生命危险和大狗打斗，每次打斗，他就露出所有的牙齿，伸出爪子，尾巴变得快赶上腰一样的粗，连续发出"哧哧"的叫声。一些胆小的狗被他吓走，而面对那些狂狗，他也毫不退缩，一直坚持到我们这些援兵到来。

小虎最喜欢玩的有两样东西：一样是风箱的拉杆，另一样是毛线球。

父亲牧羊每天要到太阳落山时才回来，做晚饭自然是我和弟弟的事情。那时做饭的燃料都是就地取材，羊粪、柴草之类的，而烧火必须要用风箱吹火。拉风箱虽然不很费力，却是个熬人的活，所以我们哥俩经常轮着来。每当听到风箱声，小虎就跑过来"帮忙"。"帮忙"的方式是用前爪抓住风箱拉手，后爪跟着我的动作拖来拖去。风箱拉杆加上这么个肉蛋，拉起来自然就更费劲了。开始还觉得好玩，一会儿就把我拖累得手臂酸困。小虎"帮忙"的热情很高，你刚把他弄走，他就又回来。把他扔到门外、墙头、屋顶，他还是很快就重返"岗位"。眼看父亲的羊群就要进圈了，锅里的水还没有烧开。我生气地喊了一声："滚！"小家伙就跑了。父亲进屋前，黄米总算是下进了锅里。弟弟拉风箱吹火时，小虎又来"帮忙"。父亲喊了一声："肚子饿得烧心呢，还耍！"小虎吓得乖乖回到自己的领地卧下，微微闭上眼睛，连呼噜都不敢打。我和弟弟狠狠心，直到睡觉前都没理那个捣蛋鬼。

晚上睡觉的时候，小家伙冲着我俩小小地叫了两声，怯生生地钻进被窝。第二天，一切都恢复了正常。做饭时，他依旧过来"帮忙"。一段时间后，风箱前边的地上被那坏家伙拖出了一条壕沟。我垫些湿土，用碡子夯实。没过多久，又是一道壕沟。父亲为此说过两次，看看没啥效果，也就作罢了。

以前的冬天特别冻。进入秋天，各家就要捻线、织袜子。只要父亲不在场，我们捻线、织毛袜的时候，小虎总捣乱。经常把刚织的袜子抽了线，把刚捻线好的线绕成一团乱麻。一次，气得我实在受不了，就狠狠地给了他一巴掌。这家伙好几天都绕着我走，我叫他、给他毛线球，他只是远远地叫，就是不过来，只跟在弟弟的身后。我有些后悔，可又

111

没办法表示抱歉。直到有一天在他和一只狗对峙时，我帮了他的忙，他才像个受了委屈的孩子一样可怜兮兮地回到我身边。从那以后，他似乎"听话"了许多，我再也没有打过小虎，我们之间的关系更加密切。

我上初中住校，每天上学、吃饭、睡觉都能想起小虎。星期六回来，小虎第一时间跑来和我亲密一番。"喵喵"叫着，大约是在告诉我这一周他的出色表现，更像是在诉说离别的思念之苦。

改革开放后，我们要回到离别了六年的老家。搬家的那天晚上，我们把小虎放进了风箱，我和弟弟一前一后，各守着风箱一头的一处舌头（进出风口），坐着毛驴车向老家走。半夜里，弟弟打了个盹，小虎从风箱一头的舌头处蹿了出去，随即消失在茫茫的夜色里。

毛驴车停在路边，我们拼命呼喊着小虎的名字四处寻找。任凭我们喊破嗓子，他就是没回应，一直找到天亮，还是没能找到小虎。

回到毛驴车跟前，父亲面对初升的太阳长长地叹了口气，一声"回家吧"，我和弟弟放声大哭起来……父亲劝说无果，牵着毛驴车独自离开了。我和弟弟看着那片着满露珠的盐蒿林，很久都不愿离去……

谁都没有想到，小虎会在这个时候、用这样的方式，告别朝夕相处的亲人，告别这个温暖的家。也许小虎知道我家该过上好日子了，自己的使命也完成了。也许小虎觉得我们回的老家并非养育他的故乡，他该回归自己的来处。

我不知道一只猫能健康地活多少年，可我知道，凭小虎的能耐，随便活五年不成任何问题。至于以后的结果，我不敢想象，也不愿意想象。

后来，我曾数次骑自行车去小虎告别我们的那片一望无际的盐蒿林，试图找到小虎，可都没有结果。几年前，路过那片盐蒿地时，我停下车观望了许久，关车门前发现盐蒿林里有几个猫的爪印。我重新下车，蹲在地上看了好久。我告诉自己，这应该是小虎后代留下的爪印。

四十多年过去了，我时常想起小虎，想起那段虽然艰苦却快乐的岁月。感谢老天赐给我童年的伙伴！

牧　歌

　　我本"牧羊世家"，我的故乡在陕北三边的半农半牧区，太爷、爷爷、父亲都勤于放羊、善于放羊、乐于放羊，我的基因里大约富含着对羊的感情，命运注定与羊有缘。

　　过去，家里有两群羊，除了雇一个长工放一群羊之外，家里还必须出一个人放羊，主要是向人家学习放羊的本领。为了让长工用心牧羊，大家都很尊重长工，给长工管好伙食，按时足额发好工钱。

　　入社以后，村上给每户人家都留了五六只羊，家里的孩子必须放羊，必须会放羊。事实上，放羊对于老家农村孩子是比较轻松的活计，所以我从记事起，就争着放羊。后来，自留羊都收到生产队集体的群里，由"羊把式"统一放牧，我放羊的任务也就没有了。放羊的任务没有了，但喂羊的任务又加上了。进入冬季，每天羊进圈以后，端着洋芋、糠麸之类，给自己家的羊补充饲料，确保母羊顺利产羔，确保所有羊都能安全度过艰难的春乏。

　　有一天，生产队安排父亲放羊，我和五哥、小弟一项新的任务是每天中午轮流给父亲送饭。通常情况，父亲都会告诉我们当天羊群的去向。好几次，按照父亲安顿的方向去了，提着饭罐子满山沟都找不到人和羊群。父亲饿着肚子等不来饭，我更着急找不到人。终于看见对面山头有人在扬黄土，饭送去，父亲习惯地说："这么大人了，连饭都按时送不来！"满肚子怨气的我往往冒犯一句："早晨说的东南，现在跑到西南了。"父亲往往翻上我一眼，然后揭开罐子吃他的饭去了。吃完了，父亲把饭罐子交给我，拧一把我的耳朵，说："好了，回去吧，路上不要把饭罐子打了。好好念书。明天不会变了。"

在一般人看来，放羊是个简单的事，其实不然，比如羊群的去向就要综合考虑地面露水、风向风速、气温高低等。我在大学教材里看到牧羊的各种方法，什么"一条鞭""满天星"，我根据自己放牧的经验，斗胆总结了"一弯月""一张弓"什么的。这是后话。

又轮到我送饭了，提起饭罐子刚要出门，小弟指着墙上的几个字喊了句："墙上有字！"我一看是父亲新写的"羊走庙梁"几个字。我就去了庙梁，父亲果然在那里。父亲见了我，笑眯眯地问："你咋知道在这儿？"我稍显骄傲地说："墙上有字呀！"父亲吃着饭，欣赏着自己的憨儿子，笑着点头："嗯，看来念书还有点用！"此后，只要羊群去向有变化，父亲就会在墙壁和我们经过的路面上留下"羊走××"的字样。

遇上节假日，父亲要腾出时间处理家务和亲友之间的事情，我们小哥仨会轮流替父亲放羊。羊出圈前，父亲总会交代一些放羊的要领和注意事项。除了不要吃了庄稼，还有许多，比如每天羊出圈、进圈和转移草场时都要数数；羊不能一只一只数，而是要三只五只地数，先数清楚相对不动的，再盯清来回窜跑的。父亲说，数羊能提高算算术的能力，我放羊每天要数十多遍。开始很困难，数三遍的数全都不一样。慢慢地，一遍就能搞定。果然，自从放羊后，我们哥仨的算术特别是口算能力还真是提高了不少。

"羊盼清明牛盼夏。"啃食了一个严冬的干草，再经受一个春乏的煎熬，清明节前后，看到草地泛绿的羊群就会拼命地啃、刨那些绿草芽。那天下午，我赶着羊群在沟里饮完水，刚刚爬上一个小山头，正准备喘口气，两只眼睛亮的山羊快速冲下前面的山坡，我这才看清半山坡是一片返青的苜蓿地。

"羊吃了青苜蓿胀肚子！"耳朵里反复回响着父亲告诫我的话，不顾气喘吁吁，飞快冲下去。我赶到时，那两只山羊已经在青苜蓿里吃了有一会儿了。我挥舞着牧羊棍，使劲把两只羊赶出苜蓿地，并阻止了后来的其他羊只。我拄着棍边喘气边咳嗽，观察那两只山羊的情况。很快，自己最不愿看到的情况发生了：两只山羊的肚子眼看着就鼓了起来，接着，便倒在地上口吐白沫。羊的肚子越鼓越大，像吹足了气的猪尿脬。摸着山羊鼓鼓的肚子我大叫大哭，无能的放羊娃没有丝毫解救的办法。没过几分钟，两只羊就被胀死了。看着死去山羊圆睁的眼睛、歪着的舌头和满鼻满口的白沫，我两只手无奈地抠破了自己的腔子……

一个暑假的早晨，羊群出圈时父亲清点了羊数，然后把羊群交给了我。我上午数了两次也没问题，午后清点却发现少了一只，直到晚上进圈清点，依旧少一只。父亲逐个查点，确定少了一只黑山羊。趁着月色，父子俩回到当天放牧的草地寻找，父亲反复问我："羊群还去过哪里？有没有跟别的羊群伙过群、见过面？"我带着哭腔的回答都是"没有"。月色暗了，实在看不见了，我们拖着疲惫的身子回到家里，稀里糊涂吃了些没有味道的饭菜，倒头睡下。第二天天不亮，我捏起两块红薯干随父亲出去继续找羊。我像影子一样跟在父亲后面，没有半句话，感觉连喘气都没了理由，往日的那点小傲气已经荡然无存。

三天过去了，一点有用的线索也没有，父亲做好了给生产队赔羊的准备。羊吃苜蓿胀死了，有实物、数字在那里，赔些工分就能了事。丢羊可不同，你无法解释是真丢了，还是被你宰着吃了、转卖了或是其他可能。因此，照价赔羊天经地义，你没的说。

以后的这段时间，不用按值班表轮，我就自觉担起给父亲送饭的活计，以求父亲些许的宽容。第八天中午，我提着父亲吃过饭的空罐子回家，模模糊糊地感觉身边一个水洞眼里有啥晃动了一下，我退回来又看了一眼，好像是一个活着的东西在微微地动着，应该是呼吸时肚子在起伏。想再看清楚一点，可是角度不够。我就向沟对面的父亲喊话，父亲赶着羊群慢慢向这边走过来。顺着我指的方向看下去，父亲有些吃惊："好像是羊，咋没毛呢？"父亲解下腰里的绳子，拴在我腰上，把我吊下水洞眼。下去一看，果然是只山羊窝在地上费力地呼吸着。羊的全身除了头和脊梁上都没了毛。我解下腰里的绳子，套在山羊角上，稳稳扶着羊让父亲吊了上去。就听父亲在上面大声说："娃娃，就是那个山羊！这下好了，不用赔了……"父亲喘着气反复说了几遍，然后才又放下绳子拉我上去。

满头大汗的父亲指着瘫在地上的羊对我说："给喝点水。"我拧开水壶，用碗接上水慢慢喂给羊。父亲伸手拔下身边的青草给羊吃，羊喝了点水，慢慢开始吃草。我问父亲："好几天了，瘦成'一把柴'了，羊咋还活着？"父亲抚摸着一根根羊肋骨，说："不当活儿的，你不看它把身上的毛都啃吃光了。"过了好久，那只羊挣扎着站了起来，闻了闻父亲和我，自己找草吃去了。

父亲说这羊现在很虚弱，又没毛，怕风怕雨，让我把羊抱回家，精心照顾，过两天看情况再放回羊群。我双手抱起轻如老猫的山羊向家里走，心想，我要是饿这么几天怕是早都死直了。这羊真是了不得！

逃过这一劫，我渐渐地又恢复了先前的随性。好几次中午打瞌睡或者看书，羊跑进了庄稼地，父亲为此替我挨了队干的批评。

后来，父亲又从生产队的放羊人"晋升"到公社苗圃的羊倌，我和弟弟、五哥相继跟去三十里以外的苗圃生活。从此，我放羊的"机会"就更多了。

过了腊八，羊群逐渐进入产羔高峰期，放羊的一项重要责任就是根据情况安排临产的母羊留在圈里。很多情况，看不出来临产的母羊会突然在草场里产羔。这时，我会心甘情愿地当一个义务的"产科羊医"，帮助难产的羊产下羊羔，等母羊舔完羊羔、给羊羔吃了第一顿奶后，我就用沙子把羊羔身上搓干净。牧归的时候，我把羊羔抱在怀里，吆喝着羊群，听着母羊不间断呼唤孩子的叫声，愉快而满意地回家。

遇到天气不好的时候，群里往往一天会产下两三只羔羊。在这种情况下，我会选择抱那只最后产下的羊羔。一般来说，中午之前产下的羊羔，喂足奶后，下午就能随羊群走回家。

并非所有产羔羊都身体健壮、奶水充足。经过一个冬天，春乏到来，身体稍差的羊自身难保，产下的羊羔就更没保障了。这时，羊倌就要做好"扶贫济困"的工作。父亲常常带着我和弟弟，抱上缺奶的羊羔，找奶水较充足的母羊给喂奶，这叫"配羔羊"。羊是有灵性的，不是她的孩子，很难让她接受。没有十次八次的坚持，母羊是不会认这个新"孩子"的。往往是小羊羔坚持不到找到配对的母羊就因缺奶而夭折了。看着一个个羊羔死去，我和弟弟常常会无奈地哭泣。

一天中午，看见老黄狗翻墙进了羊圈，我担心羊羔受伤害，就跟着进去了。走近黄狗，眼前的情景让我大吃一惊：那老狗在给两只小羊羔喂自己的奶。仔细一看，吃奶的就是那两只体质最弱的小羊。偶有其他羊羔想过去吃上两口奶，却全都被老黄狗恶狠狠地龇牙给吓了回去。不知听谁说过，狗奶发酸，羊羔吃了会拉肚子、长不大。我刚要制止，又一想，吃了奶拉肚子、长不大总比没奶活活饿死要强得多吧！

我知道，老黄狗前段时间产了一窝小崽，狗崽很快被人领走了。没了孩子的黄狗大约看到可怜的羊羔发起了慈悲，决定认领两个新"孩子"。晚上，我把这事告诉了父亲，又告诉了苗圃的职工。大家都撺来看这只老黄狗，都为这只善良的老狗赞叹。在这只狗妈妈的照料下，两只羊羔的生命顺利地延续了下来，并没出现拉肚子和长不大的情况。

羊"放圈"（把隔离开的种公羊和母羊重新归在一个群里）后，要特别注意"骚虎"（种公羊）的行为。"骚虎"平常比较温顺，但在羊只的交配期，这些家伙的脾气可就没那么好了。放羊、喂羊的不小心惹了母羊，很可能会被"骚虎"报复。我和弟弟多次被"骚虎"用粗壮的羊角顶翻在地，或者撺得你无处藏身。遇到这种情况，父亲教给我们的办法是，乖乖地趴在地上投降。有时，两只"骚虎"为一只母羊打起来，双方各退十几步，然后昂起头快速冲向对方，两对大角撞在一起。几个回合，羊头就会出血。这时放羊的要及时把他们分开，不然会有一只倒下，或者两败俱伤。

放羊最大的好处是自由，不用随时随地受人监督；最大的坏处是寂寞难耐，能交流的只有面前这群不会说话的羊。父亲对付寂寞有几招：一是看书、唱剧本；二是挖甘草、拔苦豆子、捡洋芋，获得额外收入；三是打毛线、织毛袜子，确保冬天一家人有袜子穿。按照父亲的办法，第一条我只能学个大概，因为年龄太小、识字太少，看那些大部头的书还缺少能力，只能看点小画书，但小画书少得可怜，全村加起来也没几本。一直到后来去了苗圃，认识了一批知青，才看了些小画书。

为了战胜寂寞，我和弟弟凑钱买了一把竹笛。谁放羊，谁就拿上。

没有笛膜，就在屋顶上抽芦苇，从芦苇秆里面拨笛膜。抽多了，屋顶抽乱了，被父亲发现后责骂一顿："吹那东西能当饭吃？房子漏雨把你两个堵上去！"此后，我们就用最薄的白纸做"笛膜"。

　　起初，连吹响都困难，更别说什么调子了。我明显感觉到笛子发出难听的声音影响了羊群吃草的情绪。经过反复试验、反复摸索，慢慢地能有个调调，然后逐步提高。我和弟弟呕哑嘲哳、近乎噪音的笛声，首先被那群宽容的羊所接受了。每天下午，羊群吃饱后，就有聪明的羊盯着我看、听我的笛声。"羊知音"大大地鼓舞了我，放羊的时候我就不停地吹，不停地练，直吹到口干舌燥、腮帮发酸、手指冻僵。由于没人指点，更不懂什么乐理，连简谱都不识，还是没什么进步。但那些忠实的听众——羊却始终给我面子，总是耐心、认真地听我的"演奏"。

　　后来，经济状况稍好，我又买了一套"七调套笛"，上高中、大学时又练了一段时间，但演奏技艺一直稳定在"给羊听"的水平。现在，我终于明白为什么古代的牧童总是和短笛分不开。

　　五十年过去了，牧童时代的短笛一直陪伴着我和弟弟。看到短笛，常常会想起陕北荒原上那群悠悠移动的羊群，夏天那呛人的羊骚味，那欢奔如宠物的羊羔，还有那些凝望自己的眼睛，那些聆听自己"悠扬"笛声的耳朵……

沙鸡印象

"蓝天时时闭日鸟，青湖处处鱼虾跳。兰山巍巍心归绿，黄河滔滔情不老。"这是我几年前写的一首《塞北江南》，其中"蓝天时时闭日鸟"一句的灵感就来自沙鸡。

母亲去世时，我的年纪很小，对母亲的记忆总共加起来也不超过五六个片段，其中一个片段就是卧病不起的母亲身边卧着一只受伤的沙鸡，不时发出"咕咕咕"的叫声。那只沙鸡好像是亲戚捡来送给母亲的，说是炖点汤给病重的母亲补补身体。看着受伤的沙鸡那可怜兮兮的样子，母亲实在不忍心吃掉："唉，它和我一样，成这个样子，也没几天活头了，吃了怪作孽的。"两个垂危的生命相互陪伴着走完了最后的时光。

母亲去世后，家里穷得没有守灵的公鸡，正好那只沙鸡是公的，就由它代替执行了守灵的任务。母亲出殡后，那只沙鸡也死了，家里人谁也不忍吃掉它，就找了个风水宝地给"厚葬"了。

此后，就是连续几年的饥荒。说来也怪，庄稼不成，棉蓬、盐蒿、灯索一类的草长得还不错。棉蓬籽救了我们的命，也让沙鸡吃饱了肚子。

入冬以后，沙鸡成群成群聚集到白于山下觅食过冬，栖息最集中的地方当然是草籽最多的地方。飞行的沙鸡队伍少的几十只，多的成百上千只。当沙鸡队伍飞过屋顶时，学校里讲课的老师总要停上十几秒、半分钟，师生一起欣赏鸟儿们飞翔的乐曲：小群沙鸡飞过，声音如细雨拍打树叶。大群飞过，则如飞机轰鸣。当千百生灵在空中遇到老鹰而急转弯时，翅膀拍打空气的声音如万马奔腾、大河倾泻、春雷初惊，气吞山河、白昼犹昏、恢宏无比。这些沙鸡的到来，给家乡荒凉、寂静的冬天带来了空前的生机。

起初两年，人们和沙鸡和谐共处，偶尔沿着电线杆走上一段，捡到一两只碰死、碰伤的沙鸡，炖半锅汤吃了了事。每只沙鸡只有二两肉，煮熟沙鸡很费火，而且味道远远赶不上羊肉、鸡肉。

不知从什么开始，沙鸡翎可以卖钱了，每只沙鸡有一对翎，能卖两三分钱。一些人为了几分钱、几两肉，就用尼龙绳做成活匣子套沙鸡，遇到下雪天，运气好了，一天能套七八只。慢慢地，城里人也吃沙鸡肉，而且吃得有些上瘾，供销社大量收购沙鸡肉，每只一毛二。毛主席、周总理逝世那年冬天，人们发现沙鸡晚上就栖息在离村子不远的盐蒿丛里，怕光是它们最致命的弱点。

一到夜里，村民肩上扛着一丈长的木杆，杆头上绑着筛子，手里握着比胳膊还长的手电筒，三三两两喊喊喳喳地出发了。手电的光柱交映在天空，沉寂了数百万年的荒野变得热闹起来。村民先用短手电寻找沙鸡，一旦发现目标，就用强光手电照射它们。那些可怜的生灵眼睛也睁不开，团团围在一起，乖乖等待空中筛子的扣下。一筛子下去，少的三两只，多的十来只。狠心的捕猎者一个一个拧断沙鸡的脖子，不管死活地扔进麻袋，系上口，背起麻袋继续寻找下一个目标。

后半夜，捕猎结束，捕猎者把沉甸甸的麻袋集中在架子车上，一部分人回家休息，另一部分人拉上猎物来到公社供销社，排起了的长队。工作人员挨家清点捕获的沙鸡，然后倾倒在一辆铁牛 55 拖拉机车厢里。

不一会儿，车厢里的沙鸡就堆成了小山，"山"上不时有半死不活的沙鸡在挣扎，有人就抓起它，重重地摔在车厢铁板上。卖了沙鸡，人们拿了钱到供销社去购买电池、手电筒和 3.8 伏的手电灯泡。半晌，沙鸡交易结束了，供销社里和手电有关的货物也脱销了。

一个冬天，就一个冬天，可怜的沙鸡就近乎绝迹。多少年过去了，我再也没有看到沙鸡出现，也没有看到关于沙鸡的报道。

父亲天生怜惜生灵，我们一家人只是沙鸡的看客，没有杀过一只沙鸡。

看着这些穷困潦倒、饥肠辘辘的人们，你说他们有什么错？也许是沙鸡祖先的错误，它们在进化时不该留下个怕光的弱点，以至于给自己的子孙栽下这灭绝的祸根。

燕子来时

前段时间参观同学新建的枸杞庄园。参观完毕，同学问我感受。我说，自己不懂建筑美学，不敢妄加评论，基本印象是建筑物风格、布局和环境都很美，有品位不奢华，有内涵不张扬。我指着大厅上的一只"燕子窝"小吊灯说："尤其是环保理念超前，很有创意，设计精妙天成。"同学笑着说："那是燕子的杰作，真是燕子窝。原打算小燕子出窝后就把它清理掉，结果所有人都舍不得拆，就保留了下来。现在再看，越看越好看。"我说："燕子通人性，你们也懂燕子啊！这个燕子窝可以请人设计成公司的标识。"同学说，他们打算庄园里所有建筑物的名字都从《道德经》里取。我说，太好了，你们的理念正遵循了"天人合一，道法自然"。

回到家里，我反复看这张燕子杰作的照片，一首儿歌在耳边响起："小燕子穿花衣，年年春天来这里。我问燕子为啥来？燕子说，这里的春天最美丽……"第一次听这首儿歌，是在姐姐家收音机的《小喇叭》节目里。当时就感觉很美、很亲切，就像在唱我们生活的那个村子、那个苗圃。

我们到苗圃第二年的冬天，天气极为寒冷，一个冬天都没有下雪，沙尘暴又频发。直到清明前，都没下过一场雨。挖甘草，挖下去一锹把深，还见不到湿沙土，草场返青遥遥无期。父亲向苗圃领导请示，要求紧急把羊群转场到下过雨的山里放，不然，三分之一的羊可能过不了"春乏"这一关。

父亲说走就走，把我和弟弟托付给了那间羊房子。望着父亲背着铺盖、赶着羊群远去的背影，我和弟弟都哭了。我俩好几天都不想吃饭，上课也没精神。那天中午，我和弟弟放学走出校门不远，就见猫咪小虎"喵喵"叫着向我俩跑来。小虎并没有像以往那样跳在我俩身上亲昵一番，而是在我俩的前面边往回家的方向走边回头叫着。

进屋后，小虎兴奋地从地下跳到炕上，再从炕上跳到地下，冲着屋顶连续地叫个不停。我抬头看时，两只燕子从门口飞进屋子落在头顶檩子上。小虎安静了下来，燕子叽叽咕咕叫个不停，像是在和我们对话，寂静了几天的小屋一下子热闹了起来。

哦，我明白了，小虎这是在告诉我俩，家里来了"新成员"。我兴奋地摸着小虎的脑袋："小虎呀，你快成精啦！"

做饭吃完后，我俩正要锁门去上学，两只燕子嘴里衔着泥巴从窗户上的小洞飞进了屋子。我赶快把上了锁的门重新打开，踩上板凳去掉窗户上的半块碎玻璃，以便燕子自由顺畅地出入。

我俩盯着看两只燕子飞进飞出，回过神时，上课迟到了。放学后，没有像往常那样磨磨叽叽跟同学打闹玩耍一阵，而是跟着小虎直接跑回家。开门看头顶的檩子，哦，燕子已经垒了手指尖大小的一块草泥。我们做饭、吃饭、做作业，两只燕子进进出出、叽叽咕咕地忙着衔泥，很少能停下来歇歇。小虎趴在炕上欣赏着两只燕子筑巢的姿态，随着燕子进出，小虎的脑瓜子也左右摇摆不停。

白天，一双燕子不知疲倦地衔泥垒窝，太阳落山就安静了下来，天

125

黑后卧在屋檐下的椽子上睡觉。小虎见燕子休息了，它自己也在我和弟弟身边睡了，等我们睡着后，就溜出去在夜色的掩护下捕猎。

刚开始看着燕子嘴里小小的泥团，我心想：那么大的窝啥时候才能垒成呀？每天放学回来，工程都有新的进展。四天后，基础工程差不多已经完成一半。不到十天，"土建"已全部完成。从燕子衔回来的绒草、鸡毛可以知道，燕子开始装修铺床了。

有两天没见燕子频繁进进出出，而是常常在窝里、门框上、电线上叽叽喳喳，一会儿对着人说话，一会儿对着猫咪演讲，一会儿又夫妻谈情。弟弟发现其中一只燕子卧在窝里的时间较长，猜测燕子可能下蛋了。趁燕子不在，我搬起板凳，爬上去一看，哇，果然有两颗白色的小蛋。我摸了摸，感觉其中一颗还热热的。再看，好精致的窝巢！泥巴和着柴草垒砌的窝里先铺了一层细草，又在上面垫上一层软绵绵的绒毛。窝巢边沿整整齐齐，比我们手工编织芨芨筐的边沿还整齐，两颗小白蛋稳稳地躺在里面，静候母亲的归来。弟弟在下面催促着，我还想多看一会儿。这时，两只燕子回来了，对着我大吵大叫，在我的头上来回飞，那剪刀般的尾巴快速掠过我的额头，吓得我赶快下来，一脚没踩稳，脑袋摔在地上，一会儿头上起了个核桃大的疙瘩。

弟弟幸灾乐祸地大笑着："让你胡看，小燕子也不是好惹的！"

我把看燕子蛋的事讲给同学听，有同学告诉我，他爷爷说燕子的脾气很大，人要是动了它们的蛋，它们就会把蛋抛出窝摔碎。我和弟弟好担心。下午回来看，先看到地上没有打碎的燕子蛋。踩板凳上去一看，蛋不但没少，还多了一颗。

窝里的蛋渐渐增多，最多时达到了五颗。后来发现，一只燕子白天待在窝里，晚上夫妻枕在窝边一起休息。很显然，这是燕子在孵小燕子。

燕子夫妻"换班时"会对叫几声,被吵醒的猫咪对着燕子窝叫两声或跳起来抗议一下。燕子有时会回应几声,甚至冲下来向猫咪示威。几次抗议无效,猫咪无奈地选择了接受喧闹。

趁燕子不在的时候,我每天都要踩着板凳上去看看小蛋孵化得咋样了。有一天,把蛋捧在手里,明显地感觉蛋里在跳动,第二天中午放学回来,看见四只小黄嘴一条线担在窝边。"明明是五个蛋,咋能只抱出四只小燕子呢?"弟弟问。我感觉脚下黏黏糊糊的,低头一看,是一摊黑乎乎的东西,还有蛋皮。我明白了,这是燕子把没孵出燕子的坏蛋抛出了窝。记得在老家看见过燕子把小燕子抛下窝的情况。爷爷说,那是燕子窝盛不下,或者是养活不了那么多的小燕子,就拣身体最弱的扔掉。

那天中午,我俩吃了点早晨的剩饭,又拌了些炒面,胡乱将就了一顿,一直在看燕子怎样喂养刚刚孵出的小燕子。两只燕子轮流捉虫子喂小燕子,每当大燕子衔着虫子飞到窝边时,四只还没有睁开眼睛的小燕子全都张大黄豆芽般的嘴,高声鸣叫着要吃的。一个个嘴巴张得比脑袋都大,大燕子并不在乎哪个小燕子叫声大,而是按顺序喂食,从没出过错。我一直没搞明白,两只燕子都是不见面单独喂食的,怎么会知道前面的燕子喂的是哪只。

炕上的猫咪看见大燕子喂食小燕子也很激动。大燕子每次进来喂食,猫咪都会跳起来叫两声。猫咪渐渐地疲劳了,兴趣也下降了,跳起来的频率越来越低,只是在吃饱睡足了才起来跟上面的住户互动一下。

观察发现,燕子也并非持续高频率地喂食小燕子,累了也会休息一会儿,或者在屋檐下,或者在水库边的树梢上。看大燕子不在,我俩又踩上板凳近距离看小燕子。哦,小燕子以为大燕子回来喂食,全都把嘴巴张得大大的。我没有食物可以喂给它们，刚一会儿，它们就安静了下来。四只小燕子身上稀稀疏疏长着一些灰黑色的羽芽，粉红色的皮肤裸露着，一呼一吸，肚子一起一伏像个小气球。我忍不住伸手摸了摸四个小家伙。弟弟在下面喊着要看，我捧起一只递给弟弟。就在这时，它们的父母高声呼喊着冲了进来，看见窝里孩子少了，发现孩子在弟弟手里，就快速绕着弟弟叫喊，并试图夺回弟弟手中的孩子。弟弟缩着脖子，用肘子护着脸赶快把小燕子还给我，我把小燕子放进窝里原来的位置，跳回地上，移开板凳，跑到屋外，小虎也神情紧张地跟着窜了出来。

两只燕子追赶出来，继续高喊着，随后又飞进屋子，在屋里飞了好几圈，又飞到外面，绕着我俩的头顶飞两三圈，直到我俩走开很远，它们才慢慢安静了下来返了回去。我俩和猫咪也平静了下来。

前天刚下过一场小雨，空气很清新。远远望去，水库边的湿坡上星星点点地开出许多黄色小花。走近看，是燕子草开的花。花朵如同铅笔头大小，花瓣比铅笔芯大不了多少。若非成片开放，走过去三遍都不会知道花的存在。这片盛开的小花引来成群的小蜜蜂，由于花朵太小，蜜蜂无法在上面停留，只能在飞舞中采蜜。蹲下身子，能听到蜜蜂翅膀扇动的"嗡嗡嗡"声。我不知道这种小草的学名，燕子草是当地人取的小名。父亲说，当地人叫燕子草，大概是因为这种草很小，开的花也很小，像众鸟中的燕子，不突出、不显眼、不花哨；也是因为这种草在小燕子出窝时开花，花朵就像燕子嘴里衔的小泥丁；或者是因为这草耐干旱、耐风沙，不管气候怎样，它都按时开放，就像燕子每年都按时飞来一样。

这是以前跟父亲放羊的时父亲讲给我的。想到这里，我突然觉得有些凄凉。燕子草开花了，还不见父亲和羊群转场归来。抬头远望，草地还是一片荒芜，只有杨柳枝头有一些春意。

过了两天，我忍不住每天都踩上凳子看小燕子。燕子对于我的这种没皮没脸的行为似乎没有先前那么反感、那么抵触，仅仅嚷嚷了几句就接着喂它们的孩子去了。摸着嘴角一天天变黑、羽毛一天天丰满的燕子，我既盼它们赶快长大展翅飞翔，又怕它们飞走后家里少了成员，少了生机。那天，我照旧上去摸小燕子，手还没碰到燕子窝，几只小燕子全都飞出了那个小窝。窗外等候的大燕子领着四个子女往羊圈前面飞去。

我从板凳上慢慢下来，出门和弟弟一起跟上去看刚刚出窝的燕子。就见两只大燕子领着小燕子，在墙头、柳梢间飞跃，一次比一次飞得高，一次比一次飞得远，终于飞到我们看不见的远处。

傍晚时分，我和弟弟正在做饭，听小虎站在门口喵喵地叫。出去一看，燕子又全都飞回来蹲在屋檐下的电线上。一群燕子像五线谱上的符号，叽叽咕咕地"说唱"。弟弟端着饭碗一边吃饭一边跟燕子对话："我是燕子，我是你们的朋友，我不吃你的糜子，我不吃你的谷子，我就在你家抱一窝儿子……"

我们正看得高兴，屋后传来了羊群的铃声。弟弟叫了一声："大大回来了！"饭碗扔在窗台上就向屋后跑去，我紧随其后。

牧人和羊群从金色的晚霞里归来，我俩呼叫着父亲，父亲不间断回应着。苗圃的领导和几位知青也来了，大家带着微笑相互握手、互相问候，一起把羊群赶进圈里……

此后，燕子再也没有进屋子的窝里，但每天中午都在屋檐下纳凉。秋凉后的某一天，我们没有听到燕子的叫声，也没有见到燕子的身影。父亲说，燕子飞到很远的南方去了，比北京都远。我问父亲，那么小的燕子咋能飞那么远呢？父亲说，燕子虽小，但骨头是硬的。

第二年，燕子又来了。老人说，燕子在谁家住得好了，第二年还来这家。我不知道这两只燕子是不是去年那两只燕子或是它们的子女，它们没有在原来的窝里住，而是在那个旧窝的旁边又垒了个新窝，我很不理解。父亲说，燕子对住的地方要求很高，稍不如意都不会垒窝，燕子年年都垒新窝，绝对不住别人的旧窝。燕子很有灵性，母亲和爷爷去世那年，我家都没住过燕子。

由于房子太小，我们每天活动的地方避不开燕子窝下方，不免遇到从燕子窝里抛下的杂物掉在身上。有一次就弄脏了父亲的帽子，有人说这不吉利，让我们把燕子窝捣掉。父亲坚决不干，说燕子是吉祥鸟，洗了帽子后，就在那个曾弄脏的点上用红线缝了朵小梅花，看上去挺美。

二十年前，学校要求孩子画一张反映春天气息的画。儿子问我画啥才能表达春天的气息？我随口就回答："燕子和春柳。"儿子问怎样构图。我找出儿子上幼儿园时的书，翻开一张有春柳和燕子的图，旁边是那首儿歌《小燕子》。儿子看着歌词唱："我们盖起了大工厂，装上了新机器，欢迎你年年来到这里……"唱完，儿子问："春天来了，咋看不到燕子呢？"我回忆了一下，还真是几年没见着燕子啦，显然是环境的问题。我对儿子说："可能是大工厂、新机器吓走了燕子吧。"

这几年，燕子又多了起来，不光农村，城里的住宅楼道、屋檐角、立交桥下、地下停车场、烂尾楼里，到处都是燕子垒的窝。

前不久的一个假日，在老家的旧宅院里看到盛开了一片小黄花，走近一看，原来是燕子草。我就拍了两张照片发在家族群里，写了一句话："此物不娇媚，正是我家花，名曰燕子。"妻子看后笑着说："你别说，我还真像那小草。"我知道，妻子小名叫"燕子"。

上 学

学龄前，早早跟着父亲识了些字，在家里也干不了个啥，所以不到五岁，家长就让我到学校里去混了。没凳子，就从家里拿了块木墩子，挤在过道里。没有书，也没有个像样的本子，只有一支秃铅笔和哥哥写过的旧本子。关键是没有学习任务，想来就来，想走就走，真可以算得上是个自由分子。

学校就设在生产队的库窑和羊窑中间的一个窑洞里。那时，学校就是教室，教室就是学校，教室和学校没有明显的界线。从一年级到三年，后来又增加到五年级，二十来个孩子挤在一孔窑洞里。门口还算亮堂，越往里光线越暗，窑掌里坐的孩子刚坐下根本就看不见书上的字。上课后，学生们第一个动作就是趴在桌上闭一会儿眼睛，再慢慢睁开，过一会儿才能看清书上的字。

整个学校就一个老师、一块黑板、一盒粉笔、一瓶红墨水、一支蘸笔、一把直尺、一支哨子、一副铁环、一根跳绳。

没有讲桌，第一排孩子的课桌就是讲桌。也没有讲台，在老师"讲台"边的墙壁上挖了三个洞，一个放粉笔，一个放红色墨水，一个放煤油灯——洞的上方被熏得黑黑的。"讲桌"靠墙的地方落着一本教案、五本教材、一本《新华字典》。老师没手表，没办法掌握上下课和放学的时间，后来生产队做了一个重要决定——买了一台小座钟。

学校上午上算术，下午上语文。一个年级上课，其他年级都跟着听。一年下来，高年级语文的背诵课我几乎都会背，数学也听了个差不多。凡是体育、美术、音乐课，不论哪个年级，都在一起上同样的内容。

有一次，在五年级数学课上，老师好像问了一个百分数还是什么问题，半天没人敢举手，老师生气地问："低年级的学生有谁知道？"我坐在最前面，不知道搞清楚没有，就大胆地举了手，竟然还给蒙对了。受了表扬的我有些飘飘然。

夏天，自留地里种了些菜，我家住得偏僻，怕丢了菜或者让跑来的牲畜给糟蹋了，就把我拉回来看家护院去了。老师见了我父亲说："赶快让钢蛋上学，娃娃聪明，没准将来还有点啥出息呢。"

第二年，家里决定让我正式上学。

跟前面混那几个月不同，这次可是正式的，得来真格的。为了上学，我可是好好地准备了一番。用仅有的几毛钱买了一根铅笔、一块橡皮、两个本子，跟哥哥要了一个他写过的本子，用背面做练习。没有书包，我就缠着老四，要来了他用了三年、背带绽了、下面两个角已经开了洞、褪色了的黄帆布包，上面是"大海航行靠舵手，干革命靠毛泽东思想"两行红漆字。姐姐花了一个晚上把书包补好了。大早上起来，我背起书包，用两只袖子交换着蹭了几下鼻涕，来到院子，学解放军正步走了一圈，感觉十分神气。

"不错，像个学生！就看学习怎么样。"听了父亲、姐姐、哥哥的话，我感觉身上来了一股劲。

报名那天，父亲一手握着牧羊棍，一手拉着我，把我交给老师。父亲只说了一句话："我这儿子要调皮，你就打，打下乱子是我的！"说完，转身就走了。老师问姓名、几岁，我都一一回答了。当问到"家庭成分"时，我一下愣住了，不知道该怎么回答。我们这样的家庭成分，我当然是知道的，可不敢说。老师问了几遍，我都没回答。这时，学生已经围了很多。

老师变了个方式问："想上学吧？"

"……想。"我怯怯地回答。

"哎，那你就要说出你的家庭成分。"老师指着报名表上"家庭成分"栏说。

"地……主……"我低着头回答。

围观的一个学生露出嘲笑的表情。我刚才的快乐心情一下子被打击得一落千丈。

我被安排坐在第一排。"桌子"是三块土台子担起的一块木板，上面紧紧地挤了四五个娃娃。由于位置太小，每个人只能侧着身子坐。"凳子"全是土基子砌成的土台子，为了不至于蹭太多的土、受太多的冻，每个娃娃都从家里带了一块破羊皮之类的东西铺在上面。

上学的第一天，由于新报名的人多，轮到我领书的时候，算术课本已经发完了，只剩下一本语文书。捧着崭新的课本，小心翼翼地翻开，最前面的三页是彩色的，第一页是毛泽东像，下面写着"毛主席万岁"，第二页是天安门城楼和"中华人民共和国万岁"，第三页是韶山、遵义、延安，写着"中国共产党万岁"。第一节课上第一页"毛主席万岁"并学习写横竖撇捺。这些我早已不在话下，于是迫不及待地往后翻看，大约有十几二十页，直到汉语拼音才停下来。上算术课，没有课本，就听老师讲，听了一会儿，跟着老师学写那些洋码码和1+2一类的东西，感到没意思，就东张西望、胡思乱想，忽然想起来中午的黄米杠子饭，肚子一下就饿了。想着想着，脑袋被粉笔弹子砸了一下，我随口说了句："毛主席万岁。"惹得满教室学生哄堂大笑。老师责问道："我问你1+2等于几，你给我回答毛主席万岁。刚上学第一天就这个姿势，往后还上天不成？"从此，就留下个毛病，只要发愣时间一长，就会猛地打个激灵，这毛病直到三年级才渐渐地清除了。

学校院子里栽着两根橼子，上面什么也没有，高年级同学都管那叫"篮球架"。后来才搞清楚，因为学生增加了，没桌子，就把篮球架上的木板拆下来当了桌子。

没了篮球架，也没有篮球，学校有的就是套滚的铁环、磨断了的跳绳。体育课、课外活动时间，天好的时候，老师带着我们做一些丢手绢、老鹰抓小鸡的活动。下雨天，就在教室里搞"吹哨传皮球"，哨声一响，小皮球传到谁谁就出个节目，多数同学也就唱两句歌。天冷的时候，教室里待不住、外面站不住，好多男孩子拥到墙角玩"挤油"，你挤我、我挤你，谁最先被挤出去，谁就是失败者，胜利者就要从他身上跳过去，称之为"骼骚"。据说韩信小的时候经常被"骼骚"，所以谁也没觉得被"骼骚"有多丢人。无论年纪大小，男孩每人的口袋都装了好多杏核，有的还装一块铁板儿。一到下课，男孩就围在一起弹杏核、溜板儿，谁输了就付给对方一定数量的杏核。放假后，经常能看到一些大男孩用铁板儿打硬币。时间一长，铁板儿磨得光溜溜的，拿在手里能当镜子用。一次，学校好不容易买了个旧足球，几天就破了。以后遇到谁家宰猪，就要个猪尿脬踢。后来，流行火柴枪，可那仅仅是少数大孩子的专利，我们这些小皮蛋子只有旁观的份儿。直到有一天，我们哥仨"砸锅卖铁"般地做了把火柴枪，才算在同学中有了"地位"。

女孩子的游戏相对较多，也比较文明。开始是抓银儿、解（gái）绷绷，后来有了打沙包、跳皮筋等。最普通的银儿是杏核，中档是羊骨头、螺钉、纽扣等，不管什么材质，五粒为一副。这些东西男生不屑一顾，可在女同学手里上下翻飞，无论怎样抛、接都很少掉在地上。解绷绷一般是花上三分钱买一根彩色的玻璃带（塑料头绳），可以两个人玩，也可以一个人玩。彩色玻璃带在女同学手里如同变魔术一般，一个接一个地翻出蜜蜂、蝴蝶、水棒槌（蜻蜓）等不同的花样，让我们这些男生看得眼花缭乱。

几乎每天上学前姐姐总是说："到学校好好学习就行了，少匪上些。衣裳都匪烂了，消化太快又费粮食。"可能是这个原因，下课后，我总是看别人玩得多，自己玩得少。刚上学那阵，我的书包里没有铅笔刀，更没有什么转笔刀。姐姐怕我削铅笔技术不过关，损坏了铅芯，更怕在学校拿铅笔乱画浪费铅笔，所以我的铅笔都是姐姐帮我削的。直到姐姐出嫁，我才在五哥的指导和监督下自己削铅笔。

有两年老家遭了饥荒，我和弟弟不得不中断学业去流浪混肚子。但不管到哪里，书包总是背在身上，流落到有学生的人家，晚上就跟他们一起学习。直到天年稍稍转好，家里有了些吃的，才又重返课堂。

小学毕业后，总担心家庭成分不好推荐不上而失学，最终因学习好而被推荐上了初中。为了确保我能顺利地上学，弟弟曾经失学一年，在家帮助父亲和哥哥。

升高中时赶上了改革开放，没了以成分论的说法，此后就再也没有中断学业，直到大学毕业参加了工作。我老说自己是"没完整上过小学，却完整上过大学"。

纸

　　中国是纸的故乡，但从有记忆起，纸却一直是我最想得到却又最难得到的学习必需品。

　　墙壁上记事是父亲多年的习惯：从哪学会一个生字就写在墙上，记住了就在字上画一斜杠；借了谁家的米面、工具或是书籍记在墙上，归还了在上面画一斜杠；重要亲戚孩子结婚的日子记在墙上，事过完在日子上画一斜杠；什么时候该给生产队羊群灌药了、剪毛了记在墙上，事办完了画上一斜杠……几个哥哥也跟父亲一样，用筷子、木棍在地面、墙壁上写字，在碟子里装上沙子用手指写字。上小学前后，由于家境贫困，买不起纸，就算有钱，供销社里的纸张也经常脱销。没有纸，练习写字、算题打草稿，也都在地面上、沙碟里甚至墙壁上。时间一长，家里墙皮上就字挨字、字落字。

　　看着这些，姐姐嘟嘟囔囔："好好的墙，让你们画得五麻子六道子的，多难看。"

　　父亲不以为然地笑着："不要紧，只要把字识下比啥都强。墙画烂了，抹上两锹泥就好了。"他接着开玩笑："等他们三个书念成了，当了干部，咱们不盛（住）这个烂窑，到城里头盛砖瓦房去。"

　　四哥半醒半睡地说了一句："唉，就咱这成分还想当干部？癞瓜子吃天鹅肉。"什么"书念成""当干部"离我太遥远，所以大人说这些我根本就当听了古朝（古代的故事）。我认真写生字、算算术，只有一个目标，就是争取得到老师的表扬，最低限度是不挨批评、不被罚站。

送亲当"押马娃娃"挣的两毛钱，花一毛四买了两个作业本、三分钱买了一支铅笔、两分钱买了一块橡皮。没有练习本，五哥在他那视若珍宝的书包里翻了半天，找出了十几页厚的一个背面还没有写字的薄本子，极不情愿地给了我。

为了节约用纸，写作业时尽量把字写得小一些，最好的练习本就是用过的作业本的背面。回家了就在沙盘、地面上写，后来还跟父亲学会了打算盘，用算盘做验算的确不错。

写完作业、再写完练习的本子仍然是好东西，没人舍得丢掉，连擦屁股都舍不得。农闲了，姐姐把攒下来的废纸用水浸湿，然后反复搅拌形成纸浆，再把这些纸浆均匀地贴在缸或坛子的外面，等过一两天纸浆被风干了，轻轻取下，找一些报纸贴在表面。这样，一个纸缸就做成了。不知是什么原因，用纸缸盛的米面很少变质，也很少生虫。走进农村，家家户户都有各式各样的纸缸，偶尔还能看到贴画报的纸缸。那时的纸缸子是农民家的重要摆设，也是农村的一道风景线。

这年，我们那儿来了石油钻井队。山坡上、农田里到处都是耸立的井架，到处都是机器的轰鸣声和浓浓的黑烟。钻井队没给当地带来什么好处，倒是客观上解决了我们缺少练习纸和点灯油的问题。打井时，工人们把用过的废洋灰（水泥）袋子都胡乱地堆放在帐篷外面，趁工人不注意，我们一伙孩子悄悄地溜过去"叼"（抢）上一把掉头就跑。有一次被工人抓住了，给每个人的脸上抹了一些红漆，还在一个娃娃的脸上写了"小偷"二字，弟弟为此大哭了一场。从那以后，我们恨透了石油工人。

在我们看来是有用的东西，其实石油工人们根本不当回事，井队搬家时候，他们就把那些纸袋子扔进泥浆池里，我们看了十分心疼。后来在大人的带领下，我们就大大方方地过去，给他们打声招呼，改"叼"为拿了。

回家后，抽掉袋子上的线绳，剥掉里外两层纸，把中间两三层干净的牛皮纸裁成三十二开大小的纸片，每十五六页订一个本子，本子在炕旮旯整整齐齐落了半人高。从此，我们再也不用为写字的练习纸发愁了。

由于牛皮纸太厚，做练习本十几页就比一本书还厚，加上书包又小，装上几本就装不进去了。后来干脆用线绳拴在书包上上学，由于牛皮纸比较皮实，即使刮风下雨也烂不了。但牛皮纸写字有一个很大的缺陷，就是太费铅笔了。

牛皮纸多了，用途也逐渐地广泛了起来，比如由于纸厚，做成窗帘，糊门缝，既结实又保暖。

快过年了，我和弟弟整天念叨着要买扑克，可就是没人理。父亲实在不耐烦了："扑克是哪来的？""供销社买来的。"我们回答。"供销社的扑克是哪来的？""从工厂里进货进来的。""工厂里的扑克又是哪来的？"父亲又问。"工人造出来的。""工人能造，你们也是人，为啥不想着造呢？"父亲问到了本质上。

对呀！咱们为啥就不能造呢？

怎么造？姐姐有了主意："像做鞋打褙子一样应该能行。"

我挑来了一些平整、干净的牛皮纸，五哥打了一勺子糨糊。在姐姐的指导下，把牛皮纸铺在门板上，喷上几口水，感觉纸有些潮湿了，用手使劲把纸抻展，然后薄薄地抹上一层糨糊，再铺一张纸，这样共铺四层牛皮纸，最上面再盖一张白粉连纸。纸铺好后压一张门板，上面用压菜石头、磨扇等压上一夜。到第二天早上，做扑克的纸褙子就制好了。

接下来就要制作印字的模子了。五哥在桃树上撇了几根手指胖的树枝，用锯子截成几段，把截面磨平，再分别刻成红桃、黑桃、梅花、方片，以及A、2、3、4、5、6、7、8、9、10、J、Q、K。

桃木很硬，铅笔刀、菜刀根本削不动，刚弄了一会儿，我的手就打起了泡，五哥的手也割破了。换其他木头太软，做模子印字不清楚。哪有快刀子？我想起了三哥，他是吆勒勒车的，生产队给他配了一把很锋利的刀子。虽说我和三哥关系好，但还是怕他那双像牛一样的大眼睛，一进门就低着头："三哥，把你那个快刀子借我用一下。"

"干啥？"

"削木头，做扑克。"我就把做扑克的事说了一遍。

"不行，刀子那么快，把手割掉了咋办？"他说话声很大，吓了我一跳，心想刀子可能借不来了。

"木头拿来，我给你削！"没想到老三还真给我"面子"。我赶快跑回去把木头拿了过来。老三的手脚十分麻利，过了一天，十几个木头模子就削好了。老四一看："啥烂尿手艺。这样的模子怎么印扑克？"说着接过模子去了老三家。过了一会儿，捧了一堆模子回来了。

"看看咱的手艺！"老四骄傲地喊着。我们一看，果然出手不凡，棱是棱、角是角。有了这次成功的经验，四哥后来又刻了全庄子第一块印烧纸的印版，庄院人都佩服这个年轻人的巧手。也因为这个，四哥后来去了盐化场，还当了几年技术员。

小姐姐已经把那些纸褙子裁成了扑克牌大小的方块。弟弟找来了过年准备的洋红、墨汁，几个人开始把花子端端正正地印在纸褙子上。直到深夜，我们终于印完了。大家觉得不错，就是没有"花花牌"。姐姐笑着说："你们睡觉去，明天早上就有了。"

第二天就是大年三十。早上起来一看，啊，扑克果然有了花花！原来姐姐给那些扑克贴上了窗花。大小王分别是老虎和猫。

比起买的，这副扑克粗笨许多，但那毕竟凝聚了我们一家人的智慧和劳动，所以我们玩起来也特别高兴。

有了纸，想法也就多了起来。除了造扑克，从第二年起，我们还造日历。程序比起造扑克要简单一些，从亲戚家借来日历，裁三百六十五张六十四开大小的牛皮纸，用木头刻十个大的阿拉伯数字，制扑克的小数字模子可以共用，再削年、月、日、农历几个字。印制的时候，先印星期日和春节、国庆等红色页面，然后再印黑色的普通页面。印好后用锥子在上边钻两个眼，再用线绳穿起来。牛皮纸太厚，一本不行，我们按季度装订了四本。最后，用铡刀切齐边沿，一年的日历就制好了。从那以后，父亲记事就记在这本日历上。

日历就像我们的生活。在那些艰难的岁月里，每天随着太阳的升起，我们揭去昨日的日历、翻开新的一页，有一种辞旧迎新的感觉：今天的太阳又上来了，真是明亮！但愿昨日的噩梦连同那页旧日历一同送进灶火里化为灰烬，伴随着灶火里噼里啪啦的盐把声飞上九霄云外（传说做了噩梦，早晨扔一把盐在灶火里，可以炸破小人的肚子）；但愿新的日历能带来好运，有饭吃、没受气、考个好分数。

就这样，艰难地翻动着一页页日历，三百六十五页、七百三十页、三千六百页过去了，突然间觉得日历越来越薄了，越翻越轻了，越翻越美了。随着日历一页页地翻过，我们的国家一天天地强大了，我们的生活也一天好过一天，一年胜过一年。

现在，我家不再动手制作日历了，但日历还在一页一页地往过翻，总的感觉是，今天的日历总比昨天的新，明天的日历总比今天的美！

两滴墨水

上三年级，老师要求学生用钢笔、油笔写字。

一支包尖的"永生"牌、"英雄"牌钢笔要一块两毛八，普通的也要九毛钱，一支最差的开尖钢笔也要六毛二。买不起钢笔，二哥就掏九分钱给我买了一支油笔芯，用牛皮纸粘上糨糊搓个卷，外面缠上一圈从废旧牛皮纸袋拆下的尼龙线，我就算有了一支能写字的油笔。

一天，我前面表侄子的油笔没油了，转身借我的油笔用一下，用的当中，又让他的同桌春蛋儿借去用了一下。不知咋搞的，三借两借，油笔头上的珠子掉了。

要知道那支笔可是我的命根子，我自然不饶他们，哭着喊着大闹一通，让他们赔我的油笔。告到老师那里，老师断了官司："侄子赔五分钱，春蛋赔四分钱。"

其实，要说耐用、嵌手（好用），那还是钢笔。钢笔从哪里来呢？大人买，不可能，没钱啊，只能自己想别的办法。

春天来了，又能挖甘草了。一季度甘草挖下来，买了一双黄军鞋，还剩两毛七分钱。按说，两毛七分钱刚好能买一支带杆的油笔。可我就是不甘心买油笔。想了几天，终于有了主意：五哥不是想买一支包尖钢笔吗，他现在已经有一支开尖的，虽说笔帽劈了，可修一修还很好用。

其实五哥挖的甘草比我多多了，除了买军鞋、扯白布衫和蓝裤子的布料之外，还有一块多钱。他要是买新钢笔，那支旧的就有可能淘汰给我。我联合上弟弟对五哥说，你看人家谁谁自从买了包尖钢笔，学习成绩一下子好多了。老师夸奖，他字也写得更漂亮了。五哥拿出自己的钱数了数，嗯，够买钢笔了。五哥终于下决心买回了一支包尖钢笔。这时，我就缠着五哥要他原来那支开尖笔。五哥舍不得给我，我就做了一些让步，掏一毛钱买，他不答应；那就一毛二，再不行，那就一毛五……最后，用一毛八分钱买下了五哥的那支钢笔，又花了五分钱配了一个笔帽。虽说是旧的、不搭色，但用起来蛮好。

钢笔有了，可墨水呢？那就赖着用五哥的呗！这是我早就谋算好了的。买钢笔的时候，怨他没提出来，那我就装愣。现在好了，钢笔卖给我了，贴上墨水那是必须的。五哥是个软心肠，也就认了。

不过，用五哥的墨水也没那么简单。他经常会附加这样或那样的条件，比如洗锅、扫地、揭烟囱、喂猪，甚至给他提鞋等。为了不受或者少受五哥的控制，我就尽量节省着用墨水，能不用钢笔就不用钢笔。

一次考试的时候，座位前面堂侄子的钢笔没墨水了，转过身来，跟我借了两滴。

孩子间的借墨水还墨水，跟大人间的借还米面很相似，都是很讲技巧的。借还米面时，一般都是用盆子、升子盛，盛满后用尺子或筷子在上面平平划过去，这样才显得标准。盆子、升子大小是固定的，一般不会干出大地主刘文彩那种"小斗出、大斗入"的事。但尺子、筷子或多或少总是有点弯的，通常借出时弯子向下，还来时弯子向上，这一上一下可就有了差距。我观察过借墨水，借出的人总是在墨水即将滴下的时候将自己的笔尖靠近对方的笔尖，还的时候必须要让墨水自然滴下。那天借给他墨水时，我也采纳了这个"技巧"，他要提意见我就不借给他，因为我知道他不光是转过身来借墨水，还偷看了我的卷子，而后者可能才是重点。

过了个假期，他以为我忘了那两滴墨水，装着不吭声。我实在忍不住了，开学第二天我就找他说："你借我的两滴墨水啥时候还呢？"

"这才刚开学，我咋就借了你的墨水？"

"少给老子装糊涂，放假前考期末考试，考算术的时候！"我好歹也是他的长辈，又是债主，自然敢用强硬的口气跟他说话。

"哎呀，想不起来了，没有！不对，你上学期开学那阵借了我两滴墨水，一直没还。"

"那时我根本就没有钢笔，借啥墨水？"

"那你第二天咋不跟我要呢？"

看到他这么耍赖，我的火不由得冒上了嗓子眼，捞起铅笔，对着他的手就戳了两下。半天后，堂侄子的手肿了，老师把我狠狠地批评了一通。

儿子上小学的时候，我很少给买笔和墨水。我问儿子："写字的笔哪来的？"儿子说："打扫一次教室卫生，能捡半把铅笔、四五支碳素笔，足够用啦！"

去年，在亲戚的婚礼上见了堂侄子，他帮忙记礼。看见他拿签字笔记礼，我想起了"两滴墨水"，开玩笑地说："五十年啦，两滴墨水啥时候还？敢不还，小心老子再给你戳两个窟窿。"侄子拱手作揖："还，还，还！不过，现在买不到墨水了。一会儿侄儿多敬你老两杯酒，这事就算了、消了。""不行，酒是酒，墨水是墨水，不能抹！"

旁听者不解，我讲了上面的故事，一群人哈哈笑了起来！

学生的营生

以前的农村，不管男的女的、大人娃娃，都没有吃闲饭的。人多人不闲，盆多盆不闲。

学生娃娃都得早早起来，大的烧火做饭，小的拾掇家、给地里干活的大人送饭。

我送饭时一手拎着一大罐子黄米黏饭，另一只手提着半罐子米汤，上面摞着半碗酸菜，罐系子上还拴着个干炒面口袋。两把手都提着大罐子，鼻涕吊了老长老长，快要把嘴压塌了也腾不出手去擦。但这并不影响我玩耍：边走边踢石子、踩蚂蚁、撵马蛇虫……

由于个子小，手上又没力气，罐子摇摇晃晃，里面的米汤、菜汤不停地往出溢。送完饭回来，两条裤腿就结了"瓜瓜"（锅巴）。要着要着，坏了，饭罐子碰在一块砖头上碎了。幸好是空罐子，不然父亲吃不上饭可就麻烦了。

灌系子两头甩两个破碎的罐子耳朵，我拎在手上垂头丧气地向姐姐报告"情况"。姐姐一把夺过灌系子，我赶快闭上眼睛、抱着脑袋，等待笤帚疙瘩。噫？亲爱的笤帚疙瘩迟迟没有光临，就听姐姐喊："还不赶紧念书去！迟到了又让老师说我！"

我暗自高兴——又躲过了一劫！骂两句没事。骂上又不疼，装作没听见就好了；挨打是装不住的，因为笤帚疙瘩落在屁股上是有感觉的。我问过那些送饭的孩子，多数孩子尤其是男孩几乎没有哪个是没打过饭罐子的，也没有哪个打了罐子不挨打的。呵呵，这个调查结果比考两个一百分还高兴。

哦，送饭娃娃有一条规矩：罐子打破了，破罐子摔了，但罐系子不能摔，一定要拿回家。原因有二：其一，罐系子是关键证据，证明罐子是打了而不是丢了，丢了罐子那罪过可就大了；其二，因为那时的罐系子通常都是用绿色或蓝色的铜芯电线编织的，搞到一段这样的电线比买罐子还难。

不知是腿子短、走得慢，还是不爱干活，不管走哪儿，我总觉得路很长，一段不到两里的路能走半个钟头，饭送到了再去上学，往往是要迟到的。印象中，我的第一节课多数都是站在教室门口上的。好在我学习还不错，在同样迟到的同学中，我挨老师的批评最少。

放学了，书包往炕上一扔，背起背篓就到滩里去拔草。拔的青草要装满一背篓，够当天驴和猪吃的，这是最低标准。完不成任务，你的晚饭可能就没了保障。

老天下了一场保墒雨，草长起来了，遍地是冰草、白草、莠子、芦草、打碗花、籽儿条、猪耳朵草……这些都是牲畜最爱吃的。不多一阵儿，背篓就盛满了。完成任务的同时，顺带着揪些蒿瓜，有时再铲些苦苦菜、黄黄苔（蒲公英），以便在大人跟前讨个笑脸。如果天色还早，小伙伴们还会打闹一会儿，放飞童年的快乐。

然而天遂人愿的事少，小的时候三年两头地旱，草芽钻在坷垃缝里就是不出来，找都找不见。也怪了，越是天旱，拔草的人就越多，想凑一背篓草真难，经常到天黑了还完不成任务。为了躲过大人挑剔的眼睛，几个小伙伴想出了作假的办法：在背篓里放上几根树枝、几片树叶，再把草放到上面。一进大门，故意提高嗓门："草拔回来了！"大人远远看着背篓里的草装得满满的，这才算交了差。

时间一长，大人发现驴肚子瘪瘪的，干活也没了力气；猪半夜里叫喊，猪圈里的猪粪也变少了。于是，我们的那点小手段被揭穿了。躲是躲不过去了，屁股支过去挨上几笤帚疙瘩。屁股挨了打，可拔草的营生不能免。一边摸着红肿的屁股，一边费力地弯下腰去拔草，嘴里埋怨着自己：活该，让你以后再给我作假！

为了给社员改善一下生活，生产队把山羊羔早早地隔了奶，在母羊角上编了号，通过抓阄的方式分给社员挤奶吃。草拔回来了，天色晚了，羊也进圈了。庄子上的老人和娃娃们一手提着个大罐子，一手拎着缸子，一齐涌到羊圈挤奶。

羊很有灵性，三五天后许多羊就盯住了主人，见主人进圈来挤奶，就"咩咩"地叫着主动找过来。每当羊来我跟前的时候，我都会拍拍它的脑门、摸摸它的尖角、揪揪它的耳朵，一股温暖的亲近感油然而生。随后，顺手拉起羊的左后腿夹在自己蹲下的右腿膝关节下，轻轻拍一拍羊乳房，清理掉上面的尘土和柴草，左手端缸子，右手大拇指和食指捏住山羊的奶头，自上而下轻轻一捋，缸子的底部发出"唰唰唰"的响声。那富有节奏的、悦耳的响声，好像是自己从古琴上拨出的旋律。每挤满一缸子奶，我就站起来倒进挂在墙头树枝上的罐子里，顺便直一直自己的腰。通常这个时候，听话的羊会在原地等着主人再来挤奶，直到挤不出奶了，再换另一只羊。这时，下一只山羊早已站在我身后，反刍着嘴里的食物，恭候主人的光临。挤完了奶的羊依然站在我的身旁，我提着盛满奶的灌子回到两只山羊跟前，捋一捋它们的脊背。羊满意地卧下了，我满意地回家了。

草水好的年份，两只羊就能挤一大罐奶子。提回家里用纱箩一过滤，一部分兑进熬好的黄米米汤里，剩下的倒在一个有盖子的罐子里，盖上盖子，三四天后酸奶就卧成了。羊酸奶十分可口，可以直接喝，也可以拌黄米干饭吃。如果奶子再多了，就用大锅烧开，凉上一夜，第二天早晨奶子上面就结出一层厚厚的奶皮。揭起奶皮，撒上白糖，轻轻一折，咬上一口，清香立刻溢满全身，不由得流下口水。

为实现粮食"上纲要"，冬天，家家户户都要积肥。学生一放寒假，只要出门就背篓不离身、粪叉不离手，不管大粪、驴粪、牛粪、狗粪，见了就拾。由于我家离庄子远，没地方拾粪，虽然肩膀勒得红红的，手背冻肿得像馒头一样，手掌上磨起了厚厚的老茧，还是完不成积肥的任务，积肥的工分自然就拿不全。

爷爷是庄子上公认的第一勤快人，他常埋怨："那么多双手，那么多只粪叉，那么多口背篓，全庄子的人和牲畜加起来，就那么多的沟门子，就能拉那么多的粪便，哪有那么多的粪便给拾呀？"

春暖了，地开了，每到星期天，我就扛起铁锹到野滩里挖甘草。由于人小、没力气，加上手脚笨、身子懒，又缺少辨别能力，看着同样的甘草秧，别人挖下去就有粗榔头，而我呢，好不容易挖下去，却总是一条黄串串。往往从开春到六一儿童节，我还挣不够一双黄军鞋……

假期是快乐的，也是辛苦的。说快乐，是因为没有老师的训斥，没有人喊着你按时上学；说辛苦，是因为放了假的学生都必须参加生产队的劳动。

夏天的营生主要是拔麦子、锄地，冬天主要是打坝、积肥。除了搂地、扬场，老家所有的农活我没有没干过的，最苦的农活应该算是拔麦子了。

那时农村小学似乎没有很严格的放假时间，每到麦子发黄就放暑假。

拔麦子是天气最热的时候，男人们光着膀子、挽起裤腿、赤着脚片，女人们盘起辫子也光着脚丫。麦子发黄后，一个星期内必须收获完毕，否则就会掉籽，做不到颗粒归仓。

拔麦子讲究"断趟"，就是把参加拔麦子的人分成几个小组，一般每组五到七人，组里有一个在最前面领队，称为"拉趟的"。"拉趟的"通常是干活最麻利的，他在最前面将拔下的麦子等距离放在地上，后面的人跟着放在上面，这样便于收集、拉运。

各组之间形成了一种竞争关系。队长一声令下，各小组开始拔麦。一旦开拔，就容不得任何一个人掉队，掉队了就会影响整个队伍的进度。

为了从小锻炼手上的功夫，男孩是不给戴手套的，就算给也是很薄、很破的手套。常年干农活的农民还好，像我们这些嫩娃娃，没等从地的东头拔到西头，手就打起了血泡。而更痛苦的是腰酸得要命，快速的节奏根本就不允许你停下来喘口气。你刚一直腰，就听屁股后面的人死命地喊："快，再快。拔干净，再干净！"嗓子冒火一般，也只能等到地头上才能喝一口水。你水还没咽下去，下个来回就又开始了。通常半天中间只有二十分钟的休息时间，其他时间你想借着尿尿偷个懒——没门，催命鬼一般的生产队长手舞足蹈，你休想喘气！

干全工的大人拔三沟，而我们这样的学生最多半工——拔一沟半。就是过去一沟过来两沟，或者过来一沟过去两沟。像我这样体力差的孩子，干脆就一沟，就这也要哥哥、姐姐帮忙才能完成。好不容易熬到工间休息，喝水、尿尿全都不顾，直接就肚皮朝天躺在地上半死过去。

半天下来，回家吃饭手疼得连碗筷都不会用了。好多次想得上个病不去，可就算给老天爷磕头也得不上个病。我们干一沟只能挣三厘工分，我曾跟队长讲理："应该给我算三厘三，而不是三厘。"队长睁大眼睛道："娃娃，你算术学得蛮好，但你没看看你们拔的麦子撒了多少颗粒？能给你算三厘，还是沟子里蠕檬头子——高抬你了。"

冬天学大寨打坝、挖水库，我们这些学生主要是推车、装土、卸土。

这些活比起拔麦子要稍好受一些，但这样大的劳动量，加上冬天吃两顿饭，肚子早早就饿了。等回家，连拍拍身上尘土的劲都没了。其实打坝的活基本都是白辛苦，由于没有科学论证，也没有技术人员指导，冬天打的坝，来年夏天一场山洪下来，推得什么都没了。白干不白干，根本就不是我们这些学生娃娃能管得上、关心得着的，我们只管干活、挣工分，不要让在粮食分配上吃亏就是了。

相比之下，锄地、积肥这类的活也就不值得一提了。

农村学校在秋收的时候还要放一周左右的忙假，主要是收割荞麦、糜谷等。忙假结束了，新粮食下来，能吃个饱肚子。紧接着该期中考试了，基本都能考个好分数，好的分数加上溜溜达达的劳动快乐，感觉上学的日子还不错。

还有好多的家务活，喂羊喂猪、砍草铡草、垫圈出粪、扫柴烧炕、担水扫院、做饭洗锅、叠被扫地……农村的活实在是太多了，永远也没有干完的那一天。真不知老祖宗是怎么创造出"生活"二字的，生活啊生活，就是天天"生"出没完没了的"活"让你干。

大体力活一天干下来，累得腰酸腿疼躺在炕上直呻唤"我的腰"，可大人却笑话："五十岁才开始长腰牙呢！娃娃家，哪达来的个腰？"我经常伙同弟弟跟大人辩解，有什么用呢，该干的活一样也少不了！

年少瞌睡多，经常累得连晚饭也来不及吃，就囫囵身睡了。等到半夜，被虱子叮醒、肚子饿醒，才知道脱衣服。早晨肚子饿得咕咕叫，你还得先给大人送了饭，然后才能自己吃。

上高中、大学后，每到暑假，总要回去帮哥哥干些农活，不然你怎么好意思拿学费？

参加工作后，由于工作"忙"，很少回农村，也很少干农活了。离开农村四十年，每到春耕秋收、下雨霜冻、重要节令，我都要写信或打电话、发信息给老家的哥哥们，问问墒情好坏、苗情如何、收成怎样。

现在的农村好了，重体力活越来越少了。娃娃上小学就到了城里，大人就不给机会干农活。哥哥苦笑着说："现在农村的孩子真是幸福得过了头。说是农村长大的，连韭菜和麦苗都分不清，甚至洋芋长在哪里都不知道。"

过年回老家，几个发小对我说："看看，你们坐办公室的就是不一样，活得年轻的。我们都苦成老汉了。"握着他们的手，我说："你们一个个手上连老茧都没有了，能苦到哪里？咱们谁比谁苦还真不知道呢。"二哥笑着说："从耕种到收碾，全是机械化。种地的人，种了一年的地，连地的另一头都没去过。比起过去，不知道幸福了多少倍！"

有时工作累了，真想回老家去当个农民。

看 病

记忆中，以前的人似乎都很结实，很少有病，也很少看病。

对于普通人来说，感冒咳嗽、头疼脑热、肚疼拉稀根本就不是病。感冒实在重了、发烧起不来了，姐姐拉过手，从肩膀到指尖捋上几遍，用布条缠住手指，然后拿做针线活的针在指头蛋上重重扎几针。看着放出那些黑如墨汁或清如白水的液珠，姐姐嘴里念叨着："真是着凉了。"接着用一个空的抹脸油瓶，在脑门上拔一罐。每逢流行感冒到来，校园里就会出现一批脑门上顶着紫色大"月亮"的同学。肚子疼，哥哥从木匣子里取出一块方方正正的盐根，温水化开喝下，然后光肚皮贴在热炕上，焐上一阵子也就好了。吃东西中毒了，找半截甘草，熬半碗甘草水灌下肚子，问题也就解决了……

有一天村上来了一个"侉子"，说是从县上哪个机关被打成右派后放下来接受改造的。因为有文化又懂些医疗知识，村上也顾不得什么右派不右派的，他自然就成了村上的赤脚医生。

长期以来，农村极缺文化人，大凡有文化的人，都称为"先生"，如看病先生、教书先生、阴阳先生、风水先生、礼宾先生。医生姓王，大家都称他王先生。

年迈的爷爷夜间从炕上摔了下来，动弹不了。王先生察看了伤情，又号了脉，对父亲说："老人伤得很严重，怕是扛不过去了。"

姐姐提来一暖壶刚刚烧开的水，一只碗里掰了点红糖，倒上开水请先生喝水。另一只碗倒上白开水，就见王先生从药箱里取出小铁盒，从铁盒里取出大小不等的两只针管，反复吸入、射出开水，说是在消毒。消毒完毕，用小针管吸了点药，给爷爷手腕处打了一针。过了一会儿，说"好着呢"，就拿起镊子敲开一只小玻璃瓶，拿大针管吸入药水，再注入另一个有橡胶盖的小瓶里，把小瓶在空中摇晃了多次，又把药吸入针管。王先生从一个大点的瓶子里取出一小撮湿棉花，在爷爷屁股上擦了擦，接着就在那个湿湿的地方打了一针。一旁观看的我直龇牙，王先生侧目问我："要不，给你也打一针？"我缩着脖子就跑了。

一次，父亲突然浑身发抖，我们把所有的被子、皮袄全都压在父亲身上，父亲还是喊冷。五哥和我忙得手足无措，我脑海里冒出一个极遭的想法：父亲会不会也像母亲、爷爷一样死去？这时，小弟大喊："找先生，找王先生！"五哥起来要去找王先生，把父亲交给我。我害怕父亲死去，就提出自己去找先生。五哥给了个手势，我快速窜出门。怎奈不争气的鞋跟不住脚，我只好光着脚板跑出去。

说来也巧，我跑了不远，就看到一个人背着个箱子在村子里走着。那人身体比较单薄，背着药箱走路一直是斜着身子。通过走路姿势，我一眼就认出是王先生。我扯开嗓门高喊："王先生……"那人好像没听清楚，我就学父亲的办法，抓起两把黄土抛向空中。边向那人跑边嘶声高喊，继续抓起黄土抛向空中。他掉转方向朝我走来，见到王先生，我上气不接下气，颤抖的口舌已经说不出话，一手捂着腔子，一手指我家的方向。王先生只说了句："走，咱不慌。"他一手扶着药箱跑了起来。

王先生望、闻、问、切一气做完，那沉着的神态让我们安稳了下来。

他给父亲打了一针，拉开一个小皮包，亮出两排明亮的银针，一会儿，父亲从头到脚都扎满了银针。父亲微闭着眼睛，像一只受伤的刺猬躺在炕上继续颤抖着。

王先生不停地轮番捻动每一根银针，并观察父亲的反应。父亲急促的呼吸和颤抖的身体渐渐平复下来，王先生的屁股这才落在炕上，拿出手绢擦了擦汗。没擦两下，手绢已经湿透了。他解开衣襟，汗水顺着脖子直往胸怀里流。我递上我家那块破烂并有些发霉的毛巾，王先生接过毛巾，看也没看就用这块毛巾擦汗。擦了几下，拧去毛巾的汗水，再接着擦，似乎一点也没感觉到那块毛巾的丑陋。

父亲用手指了指暖壶和放红糖的柜子，五哥这才给王先生倒了一碗红糖水。王先生喝了口红糖水，长长地出了口气，露出一丝微笑："没事，缓一缓就好了。"

父亲颤抖消除了，王先生取下银针，用棉球擦拭后装了起来。父亲要起来，王先生摆手："盖好盖头（被子），甭再着凉了。"父亲安排五哥和我去做饭，五哥缩了缩脖子。王先生赶紧说："不用不用。我先头在队长家吃过了，肚子饱饱的。这个月的返销粮还没下来，你家口粮没断顿吧？"一句话说得父亲和五哥的眼泪花转了起来。

父亲坚持坐起来，说躺下对先生不礼貌。我把被子叠起来，炕上稍显宽展了一些。他俩对坐在小炕桌前聊着，父亲破天荒地陪王先生喝了几口红糖水。王先生给父亲讲了几个重要穴位的位置、作用等，好像向父亲问了些关于阴阳五行八卦、"六十花甲子"什么的，父亲迟疑了一下，说："你也学这个？"王先生说："这是老祖先留下的好东西，中医也能用到。"父亲习惯性地看了看门外，说："先生不嫌弃我家的成分？"王先生笑了笑："谁嫌弃谁呀？我也是下放的右派。"

王先生看父亲的症状基本消除了，从几个小瓶里分别数了几粒药片，简单交代了服用方法，然后用一片小麻纸包了起来。"多少钱？"父亲问话的同时摸了摸衣服口袋，也没摸出钱来。王先生打开笔记本，说："两毛六。先记上，等秋后决算下来了再付吧。""两毛六？""主要是扎针，又没花啥本。"说着，收起药箱就要离开。父亲还要留他吃饭，王先生说最近周边可能传染肺结核，他抓紧到各家转转，并提醒我们，如果有人咳嗽就赶快找他。

父亲坚持起来，上垴畔送王先生。望着先生的背影，父亲眼泪流了出来。

几天以后，五哥开始咳嗽。父亲立刻想起王先生安顿的话，赶快带着五哥去找先生。王先生第一时间确诊了肺结核，拿出治疗方案——注射青霉素。由于这次注射要半个月，费用也比较高，而且每天都要打针。王先生说他没有那么多的药，要去公社医院开药。另外，他打针的时间也不能保证。于是，他借给我们一个注射器和两个钝针头，并教大哥、二哥如何打针。

六块钱"巨额"的药费让父亲为难了，他紧急召开了一个家庭会议。最后，几个哥哥分担了药费。半个月以后，五哥的肺结核好了，小哥仨又回到了先前亲密的打闹、游玩生活。

五哥的肺结核治好后，我们对王先生更加信任甚至有些崇拜。父亲和哥哥们常说王先生有眼光、有知识，看书能做到"一目十行"。王先生对我们这个穷家也是偏爱三分，经常和父亲、哥哥们扯磨到深夜。因为王先生和大哥、二哥年龄相仿，所以他们以弟兄相称，侄儿侄女们一直称王先生"干大"，称他夫人"干妈"。慢慢地，我们才知道王先生是因为他妻姐连累被打成右派下放的。他妻姐是三边地区家喻户晓的秦腔名角张桂英，此前已被打成右派下放了。

为了生计，父亲带着我们哥仨去了公社苗圃。父亲每年能跟王先生见两三次面，每次见面，父亲总是带几小包药回来。那段时间，我们头疼脑热、拉肚子这样的事就基本解决了。

1979 年的一个假期，父亲带着我回村上办事。一天，王先生兴冲冲地来二哥家找父亲道别，说他平反了，落实政策去比邻的公社上班。父亲第一句话是"那我们以后看病找谁"，接着才恭喜、祝贺。两人盘腿坐在土炕上说了很多话，父亲让他又给家里所有人都号了脉。王先生让大哥给他剃了个头，对着镜子高兴地说："哎，只有老大剃的头才符合一个干部的形象嘛。"

看着王先生的药箱，父亲问："我总共欠了多少钱？"王先生拿出药箱底下的笔记本，翻开最后几页。我站在王先生身后看得清清楚楚，全是生产队那几户最穷的人家的药费欠账单。王先生看了几遍，把那几页撕下，放在油灯上点着了。看着烧成灰烬的账单，我们都愣了。王先生对着天空吹了吹发烫的手指，摇摇头说："好啦，谁也不欠药费了。"

临走，王先生送给二哥一个小包，里面有一个注射器、一把镊子、一包银针和两本医书。说这是他自己的东西，以后不当医生了，用不上了。留给二哥做个纪念，还能发挥点作用。二哥因此成了半个医生，家里人的小病小灾他自己就解决了。也因为这个，二哥后来又让孙女上了医科大学。这个小包，二哥一直保存到今天。

正在说话间，大队支书来了，手里挥舞着一张纸，进门就说："恭喜老王！"原来我家也平反了。

王先生和"老王"两人的手紧紧地握在一起，什么都没说，只是流泪……

王先生离开后，我们也从公社苗圃搬了回来。此后的父亲似乎很少有病，偶尔有点问题，还是会翻山过沟跑二十里地去找王先生。父亲每次回来并没有带药，而是带点饼干、水果糖之类的。家里人都明白，父亲不是去眊（看）病，而是去眊老朋友。

几年后，王先生退休了，县城住了半年不习惯，夫妻俩又回来我们村上，直到先后离世，也没有离开过这个村子。

我家的经济条件越来越好，父亲依然坚持过着简单的生活，很少得病。2013年，父亲突然变得反应迟钝，去了几个大医院找专家看病，诊断结果是脑梗，只能用些药减缓病情的发展。父亲一直坚持说自己"没病"，并拒绝吃药。谁要是劝父亲吃药，他总是摇头说："还是王先生的药管用。"

父亲走了，在他生命最后的三年里一颗药都没吃。

耍　水

为了生计，父亲带我们一家人来到了公社苗圃。

乡下把游泳叫作"耍水"或"浮水"。农民对"游泳"这个洋词似乎很陌生。

六一儿童节一过，苗圃的水库里就热闹了起来。说是水库，用规范的称呼应该叫"带子井"。

父亲是放羊的，中午不回家，没人管我们，于是我们就自己给自己"放了羊"。我和弟弟放学回家匆匆做一点黄米黏饭或者搅团之类的饭，就些酸菜一吃，锅碗都顾不得洗，就带上小虎向水库奔去。远远听到"扑通扑通"的脚片子打水的声音，便迫不及待地边跑边脱去布衫，来到水库边上，已有五六个娃娃泡在水里了。

中午的水库是热闹的也是僻静的。说热闹，是因为从六一到处暑，水库里从来不缺少耍水的娃娃；说僻静，是因为中午没有大人，也绝没有女人来，完全就是我们男娃娃的乐园。村上的女人和苗圃的女知青都知道中午是男孩耍水的时间，加上干营生忙，还要做一家人的饭，吃完饭抓紧时间歇个晌，下午还要下地干活，根本没时间光顾这里。不过个别时候也有个别好奇的女孩假装不知道，路过看几眼耍水的男娃娃。这个时候，我们或者快速跳进水里，或者钻进沙子里，实在来不及就顺手抓过一把树叶，遮盖一下害羞的部位。那些稍微年长的男孩看到有女孩来看，便故意把脚片子打得更响，以显摆自己"出色"的水性。

耍水的是清一色小男娃、清一色的光屁股，偶尔来一个身体发育、某个地方长出毛的大男孩，不用我们吭声，他一定会自己把自己羞走。

老家那里，除了公社苗圃附近的几个村子学苗圃挖了水库，有一些会水的孩子外，好像再没有其他人会"浮水"了。苗圃的职工大都来自各村子，一两年一换。每来一批新民工，总会参观我们的"游泳场"，看看这人是怎么浮在水上的。

一次，一个叫"小炮"的男孩放假后来苗圃看他哥哥，趁哥哥歇晌的当当（时候）偷偷跑来看我们耍水。看着我们在水里玩得高兴，小炮也有了下水的冲动，便问："水有多深？"

"深得很，不敢下来！"有人回答。

"不可能，水明明在你们的脖子跟前，哄谁呢？"

说着话，小炮脱掉衣服，腿一迈就下来了。

这可把我们吓坏了，一帮小家伙爬出水面，连裤子也顾不上穿，拔腿就跑。跑了一段路，我突然觉得不对头，便停下脚步给旁边的小宝说："小炮的哥哥可坏了，要是他兄弟淹死了，他非把咱几个人打死不可！"

"那咋办？听说——水里的人抓住东西就——不放了。我们下去救，他——要是抓住咱们不——放，咱们也会跟着一块淹死的。"小宝显然也知道大炮的厉害，站在那里上牙碰着下牙哆嗦着，话也不会说了。

我也很紧张，脑子快速转动着，时间一分一秒飞快地过着，一时也没了主意。

"哎，向日葵秆子！"我大叫了起来。

"对，用——向日葵秆子——捞！"小宝转哭丧为笑容。

两人各拉了几根葵花秆，大声呼喊着其他同伴："过来救人！快！"

几个人都停住了逃跑的脚步，掉转头返回水库，我和小宝一前一后跳进水里。刚才还两手乱扑腾的小炮这时已经没有多少动作了，头发漂在水里像水草一样左右摇摆着。我一手捏着向日葵秆，另一手抓着小宝手里向日葵秆的另一头，稳稳地向小炮游去。我观察小炮基本上没多少反应，就用葵花秆反复戳他的头和手。人的求生欲望是强烈的，他终于抓住了葵花秆，小宝小心翼翼地把我和小炮往水边托。等快到水边的时候，岸上的几个男孩伸过手来，有的拉手，有的拽头发，把小炮托上岸。

小炮已经说不出话了，不停地翻着白眼，浑身直打哆嗦。我们几个把小炮头朝下、脚朝上困在沙坡上。小炮的嘴里直往出吐绿水，肚子呼哧呼哧地起伏着。我们几个轮流按压他的肚子、胸部，拍打他的背部……

约莫十几分钟后，小泡开始咳嗽，眼睛渐渐睁开了。

听着背后有脚步声，我转身一看："大炮！"

几个人拔腿就跑，躲进了树林里。远远地听着他在大骂："你们这些碎籽儿，哄着把你那个愣大往死淹呢！老师咋教你们这些条驴子的！等着，我把你们这些碎籽儿娃娃全都扔进水库淹死。"

我们的衣服还在沙滩里，谁也不敢过去找衣服穿。

过了好久，小炮坐起来了，大炮过去把衣服拿来给穿上。正准备走的时候，他头一歪："我让你都给我胡闹。"我们顿时明白了他的动机。说话间，他把沙滩上的衣服全都扔进水里，这才解了恨，领着小炮回去了。

大炮一走，我们几个健步如飞地钻进水里捞衣服，捞了好久，还有三个人的布衫没找着。

不管怎样，总算没淹死人，没挨大炮的揍。

经过一番惊心动魄的折腾，几个从没经过事的可怜男孩已经精疲力竭、饥肠辘辘。大家趴在沙滩上，一边等着衣服晾干，一边议论着刚才惊心动魄的场面。个把小时后，衣服已经干得差不多了，大家穿好衣服，到苗圃的地里拔了一些蔓菁之类的东西胡乱啃了一通，垂头丧气地各自回家。临分别时，每个人都说："咱们再也不耍水了。"

父亲放羊回来，我和弟弟已经把晚饭做好了，也没注意我的衣服。第二天，父亲走后，我和弟弟来到水库试图找到丢失的衣服。我们从昨天发生大事的地方沿着水库边往东慢慢地察看。

"那是啥？"弟弟惊叫。

"哪达？"

"瞎着呢，你看那个树梢下面。"

我急忙跑过去仔细一看，水里的树枝上果然挂着衣服，只是不知道是不是我的。不管怎样，先捞上来再说。捞上来一看，是平子的。接着往前看，又找到了两件衣服，不用说，肯定有我的，其中一件是小宝的。

找到了衣服的我获得了一种从未有过的"圆满感"，比昨天成功救人还要高兴得多。我俩拿着衣服先后去了小宝和平子家。平子妈妈很高兴，还留我们两个吃了一顿咸猪肉臊子饸饹面。

午饭后，几个人感觉很无聊，平子建议："咱们不耍水，去水库看看，然后去揪蒿瓜。"说罢，我们一起向水库走去。还离水库好远，又听到了一阵脚片子打水的声音。再看平子和弟弟，已经脱了布衫。

这事很快传到了老师那里，传遍了全村、全苗圃，于是老师、苗圃领导、全村大人都禁止我们耍水。为了制止我们偷着耍水，想了各种办法，比如给背上写字，我们耍完水就照着原来的字再描一下，反正也模模糊糊的。最厉害的是，用指甲划胳膊上的皮肤，耍过水的皮肤轻轻一划就是道印子。后来，我们也有了经验，耍完水不要往沙子里钻，用衣服擦擦身子就不会划出印子。大人对付我们唯一的办法就是派人到水库看着，可是大热天的中午谁愿意放弃歇晌干这事？就这样，我和弟弟跟他们一直要到离开苗圃回老家。

后来，我去过大连的海滨浴场，也去过天涯海角的游泳场。名气不小，看了后感觉不过如此。与小时候耍水的孟沙窝苗圃水库简直没法比。水库在公社苗圃的林子里，外面是成片的沙柳和杨树，水库四周是沙子、菜地和苗圃，菜地种的有向日葵、西红柿、黄萝卜、水萝卜、苤莲、蔓菁等。水是清的、甜的、干净的，偶尔喝上几口没有任何问题。沙是软的、温的、细的，钻到里面没有石子、砖块，更没有玻璃碴子、废塑料袋。水库边上全是能吃的东西，游泳饿了，随便吃上一些，没人找你的后账。四周是绿色的，景色自然而迷人，没有半点哗众取宠、矫揉造作之意。

二十年前，儿子学游泳，我带着儿子去了几趟游泳馆，闻着那呛人的消毒液味就恶心，每次回来不是肚子发胀就是眼睛红肿。儿子上初中后，我再没进过一次游泳馆。提起游泳，还是想念童年耍水的苗圃水库。前年回去了一次，沙滩依旧，苗圃不在，周围的树和田地也没了，水库已经被沙子压了。依然在村上当农民的发小问我："村里现在发展什么能让村民致富？"我不敢有啥建议，心想：重新挖开水库、栽上树，搞一个生态浴场。再种些瓜菜，供游人采摘。对了，再养些羊供游客打平伙，这样的田园风光哪里去找？

今年五月，通过《我和知青的家》一篇文章，找到了当年苗圃的知青们，我们哥俩加入了知青群。群里常常聊起水库，聊起游泳。梦里，我在公社苗圃边上栽了一片树、建了一排房子，和我的发小们一起耍水、嬉戏，吃蔓菁、啃苤蓝，看画书、晒沙子、逗小虎。

搬　家

要结婚了，对于我这样一个没有任何经济基础的年轻人来说，困难实在是太多了，最大的困难当然是房子。在那个福利年代，住房只能靠单位解决。凭我那点浅薄的资历，分房子这事距离自己太遥远，关键是单位根本就没有房子。这样，就在银川郊区尹家渠村，以每月三十元的租金租了一间农房。这三十块钱，单位倒是给报销了。

从朋友那里借了一寸半木材，从老家叫来木匠侄子打了点家具，简单上了点油漆就到了结婚的日子。家里最值钱的物件，也是家里唯一的家电，是一台十八寸日本零件国内组装的彩电。当时正赶上了全民抢购风潮，商场里连坏了的家电都卖完了。那还是自治区大庆，分配给单位的两台指标，因本人手气好，正好抓上了阄，不然可就是个无家电的新婚家庭了。

吃水要从院子的压水井往上打。没有煤气，也烧不起电，冬天就在取暖的炉子上做饭，夏天火炉放在院子里，做饭时捅开火，做完饭再封上。下雨天做饭要打伞的。后来，买了台"汽化炉"，稍稍改善了做饭条件。

厕所就是一个土坷垃围成的圈，一个人上厕所需要另一个人站岗。村子通往我单位只有一条弯弯曲曲的土路，平时人骑自行车，遇到下雨，就得自行车骑人了。回家的第一件事就是用螺丝刀挖掉自行车挡泥板里塞得紧紧的泥巴，然后擦洗，起码得折腾一个来小时。

儿子出生了，从单位库房里找来一张旧单人床，用铁丝拧了拧支在门口。每天中午晚上洗完尿布，我就直接躺在上面打呼噜。妻子奶水不好，我找到村子里养奶牛的农户，每天打一瓶牛奶。没有冰箱，到晚上牛奶就酸了，饿得孩子不停地哭。好容易凑合到满四十天，赶快把妻儿送回了陕北娘家。

单位自建了一批房子，一打分，我刚好被划在外面。新房子没分到，单位给调剂了一套五十五平米的旧楼房。拿到钥匙的当天，我就买了一小桶涂料和一把毛滚子，连夜刷了涂料、打扫了卫生。搬家前，我清点了所有物品：一套自制的家具、一张大床、一张小床、一张旧办公桌、一张折叠圆桌、一些锅碗瓢盆、几条被褥、一只液化炉，还有那台最值钱的十八寸彩电。星期天叫来兄弟外甥，路边拦了两辆脚蹬三轮车，两个小时就把家搬完了。我买了两瓶啤酒，一盘猪肉小炒、几个白皮饼子、一锅小米稀饭，就把帮忙的人给"谢待"了。

妻子带着儿子从娘家回来，看着"新"家，满脸惊喜，把那小小的五十五平米看了又看，每个开关、每个水龙头、每扇窗户都试了一遍，上完卫生间，洗了手边涂护手霜边高兴地说："好呀，上厕所再也不用你站岗了，再也不用淋雨、受冻了。"为了解决洗衣问题，夫妻二人以分期付款的方式买了一台亲戚家的二手洗衣机，半年才还清。

冬天了，楼上没接暖气，我每天下班回来要提一桶煤上楼，捅开炉子好好烧一阵，在炉火上做饭。半年后，我得了严重的腰疼，上下楼都要扶着楼梯。提不了煤，就买了个电暖器烘一烘，看电视只好围着被子，睡觉铺上电热毯，上面再压上厚被子。为让身上发热，每天晚上拖三遍

164

地板。两年下来，水泥地板比镜子还光亮。

为了解决夫妻分居问题，妻子离别了钟爱的讲台，干起了保险工作。收入慢慢地增长，电话、冰箱、影碟机陆续进入我家。

1998年的一天，妻子问我："如果有人给贷款，咱敢不敢住个新房子？"我没敢回答妻子的问话，利用周末搞了个调研，最后决定以分期付款的方式买一套八十多平米有暖气的住房，这也是银川最早的商品住房。

三年后，单位给调剂了一套七十九平米的福利房，为孩子上学方便，我们又搬了一次。原来的家具还新，一件都没舍得丢弃，全都搬过来。由于质量不过关，几乎所有的家具都散了架，只好找木工重新安装固定了一番，算是能凑合着用，只是不能移动。老式楼板房年久失修，一下雨楼顶就渗水。单位给修了一下，水不渗了，屋顶、墙壁留下了一道道泥痕，一块块楼板显示得清清楚楚。供热管道严重老化，暖气怎么都烧不热，自己买了套管钳子，折腾了几次，不但没折腾好，还淹了楼下，赔情道歉还得赔偿损失。

岳父母从老家来银川照顾孩子，就在客厅支了一张自制的大床给老人住。两室一厅一卫的房子拥挤了很多，早晨起来，三个人排队等卫生间，统筹不好就可能导致迟到。为了减轻排队压力，我比原来提前了半个小时起床。

2005年前后，和全国一样，银川进入快速大规模商品房建设阶段，到处都是新开的楼盘，改善住房成了很多人的想法。周末，一家三口看了几个楼盘，看上了一套位置和价格都比较合适的一百一十八平米的房子，虽然是五楼，但带着个阁楼还不错，有点"空中别墅"的味道。全家人研究是否买房子，妻子说："卡上就三万块钱，能买个房子？"

我卖掉先前的商品房，通过分期付款的方式购买了那套带阁楼的大房子。找了几个工人，自己设计、自己采购，三个月就把房子装修好了，大半年后搬进新房。儿子看着自己的新床、新书桌，愉悦的心情溢于言表。早晨再也不用抢卫生间了，晚上的鼾声不再打扰儿子了，不再操心屋顶漏水、自来水管爆裂、暖气不热之类的烦恼事。三人在各自独立的小空间里，看书、写文章、做功课、看电视，互不干扰，生活质量上了一个档次，心里有种超级的满足感。住房条件的改善，让我再也不能像以前那样，只要提到自己不爱学习、不爱写作，就拿"没有个像样的书房"做借口。没有了借口，终于在安静的书房里坐下来踏实看书，认真写作。一段时期似乎没有大的烦恼，每天只要好好工作就行。十几年就这样慢慢地过去了，心想这辈子就住这里啦。

　　城市化步伐快得出乎人的预料，各个城市的人居环境都在快速改善。随着年龄的增长，自己身体的毛病渐渐多了起来。趁着"全民健身"的热潮，我家也开始锻炼身体。有一天突然发现住宅小区附近没有公园，也没有运动场所。妻子嘟囔说："好多年轻人都换了有水系的大房子。咱们家住在塞上湖城，怎么走半天也见不到个水。"

　　转了两个月，看上了一套价格合适、邻近湖边的大房子。卖掉旧房子，一家三口群策群力，很快买下并装修好了房子。半年后住进了环境优美的新居。

　　每天在家就能看到绿树兰山、碧草明湖，打开窗户就能呼吸到新鲜的空气，读书写作的效率也提高了。有空就陪妻子在湖边跑步锻炼，两年后，身体各项指标都正常了。

　　妻子说："这次真的是要在这里住一辈子啦！"

渴　望

记得爷爷讲过一个故事：从前，白于山风调雨顺、草木茂盛、鸟语花香。有一年这里来了一条龙，天下了特大暴雨，发了山洪，房子冲垮了、窑洞淹没了、树木连根拔起了、田地变成了湖泊。由于降雨太多，老龙筋疲力尽，困在山下久久不能起飞，浑身发出呛鼻的臭味。为了能让龙重新回到天上，老百姓用担子挑水、用盆端水、用罐子提水，不停地往龙的身上泼，一直干了三个月，湖泊没了、河沟干了、井也枯了，老龙终于挣扎着抬起头，咆哮一声腾空而去……

从此这里就很少降雨，森林退化了、草原枯黄了，下雨成了人们最奢侈的愿望。

人们见面打招呼、给家里写信、打电话首先要问："最近下雨了没有？""这场雨下透了没有？""窑里收上水了没有？"

谁家说媳妇，第一件事就是先打好两口窑，并且把水收满。过去农村穷，家里没啥值钱的东西，所以大门通常不上锁，但家家户户的水窑是必须要锁的，因为这是全家人的命。家里有吃公家饭的，能在开春季节想办法找个水罐车给家里拉一车水倒进窑里，那是家族最大的荣耀。

人们有一种习惯，只要天阴，就把水路扫干净，在门口立上一把铁锹，等着给窑里收水。遇到下雪，一家老小就扛上扫帚、铁锹，拉上架子车，扫的扫、铲的铲、拉的拉，总要把窖填满了。

洗脸从来都是一家人共洗半盆水，长辈先洗，过来是女人、男人，最后才是娃娃。我家人多，轮到我和弟弟洗脸的时候，水早已成了黑糊糊。看着那脏兮兮、稠乎乎的"水"，我基本没了洗脸的想法，爷爷这时就过来揪住我和弟弟的耳朵喊："看你这个脏尻，脖子黑得都成车串了。稠水不稠脸，洗！"于是按在盆子里胡乱抹上两把，就算是洗了个脸。其实多数时候我俩都是逃掉的，日积月累，脸上、脖子上、手上渍了一层厚厚的垢甲。我们认识的男孩大约也都这德行，所以相互间谁也不嫌躲谁。每逢过年、过节，爷爷总要下决心彻底给我们洗上一次脸，由于"成绩"太好，洗的时候经常要用笤帚疙瘩搓，以至于每次洗脸我都要哭上一鼻子。"好大的成绩呀，洗下来的脏西都能种两亩好荞麦了。"爷爷老是用这句话逗我们发笑。

洗了脸的水不论多黑都不能泼掉，还要用来抹桌子、洒地。洗碗刷锅的水更是好东西，家里养的鸡、猪、狗嗓子眼天天冒烟，都眼巴巴地等着喝这点精贵的高汤呢。

山里流传着有这样一个故事：老赵家娶媳妇，来了许多大客亲戚，主家招呼亲戚好好地喝了一场酒。由于路途远，安排大家住下。办这么大的一个事，用了不少水，头天煮面的面汤都没敢倒掉，等着第二天接着煮面。没有水，大客亲戚的脸怎么洗呢？主家犯了愁。总管赵有理不愧是闻名乡里的大能人，他终于想出了一个洗脸的好办法。第二天早晨，等三十多个大客亲戚都睡起来，人到齐后，赵总管手里端了少半碗水，把大伙请在大门外的顺风坡上，大客亲戚迷惑不解："这是干啥？""请咱们新亲戚洗个脸吧！"赵有理眯着眼睛边指挥大家站队边回答。"请咱们亲戚站在下风处，个头从小到大排成一队。"等队排好后，赵有理

168

站到上风处，深深吸了口气，把这半碗水噙到嘴里，然后对着亲戚的脸用力一喷。亲戚们每个人脸上都挂满了水珠，随着顺手一抹。"不错，不错。总算上让亲戚们洗了个脸！"

还有一个故事：两个女人约好去逛集，其中一个家里临时有事去不了，便给另一个说："实在去不了，家里来亲戚了。"另一个十分生气地说："你看你这个人过分不？闪得我把脸都洗了，你又说不去了，可惜我的半碗水了。"

关于水奇缺的故事还有许多，其实都是外面人取笑山里缺水而杜撰的。故事讲得是过分了点，但缺水程度的确到了维持生命的最低线。

山里祖祖辈辈就没有个洗澡的地方。有人说山里人一生只洗三次澡：生下来洗一次，结婚洗一次，离开人世最后洗一次。更有甚者一生只洗一次，就是出生。你问那怎么受得了？山里人不洗澡自有道理，也有他们的解决办法。所谓"道理"，就是山里气温凉爽，大夏天午休都要盖被子，干活很少出汗。夏天，孩子淋雨、溜沙子等，也能起到清洁皮肤的作用。还有他们穿的遍纳底布鞋，脚上的汗随出随蒸发，脚根本就不会发臭，如果在沙子里走一走，就更没问题啦。

以前，也确实有男人一年只洗十来次脸：过年洗一次脸，剃一次头洗一次脸。

本人生下来洗没洗澡不得而知，按照母亲勤勉的个性，不会不给我洗个身子。但实话讲，在出山之前，我的确没进澡堂子或淋浴正正规规洗过一个澡。倒是有几次算作"洗澡"的经历令人难忘。

夏天，每逢下雨，爷爷就喊着我和弟弟、侄子脱光衣服，到院子里淋雨，说是"淋了雨的娃娃肯长"。上学了，由于家里可怜，没有雨伞、雨衣此类"现代人"的雨具，连一块油布也没有。下雨出门、上学只能让雨淋着，遇到连阴雨又没的衣服换，晚上还没晾干早晨又要接着淋雨。衣服湿透了，身上一搓就起"中药丸"，索性脱了衣服在雨里洗个干净。生产队里有个涝坝，主要用途是收水饮牲口、洗羊的。遇上天下大雨，只要收了水，村里的男孩就去耍水，耍得多了，澡也就算洗了。

老家那里，春天的风沙很大，一些山岇、沟坡上积了很多沙子。入夏后，没有水可耍的我们就会去溜沙子。太阳晒过的沙子不但温暖，而且没有一点点污浊的东西。溜沙子如同耍水，也是一群小男孩的专有运动，大家都光着屁股，身子埋在热乎乎的沙子里别提有多舒服了。和一群孩子打闹、嬉戏、溜坡沙，可以说是童年最快乐的游戏。经常因为忘了吃饭，被撵来的家长用柳条抽打屁股。这样玩几天，比洗澡还好。对了，我们一出生就躺在热乎乎的沙袋里，整天不是沐浴热沙就是蹬腿玩沙。旱鸟和鸡不就是这样吗？

没水洗澡，后果是比较严重的。严重不在于脸不干净、身上难闻，最大的问题是滋生寄生虫。无论大人小孩，谁人身上没几群寄生虫？家长勤快还行，稍不勤快的，孩子头发上就会爬满虮子，有时虱子也会在发根处活动。至于衣服里面，更是结成队爬在针线缝里，随时都要在身上吮吸鲜血。开会或者劳动休息间隙，妇女有两件事：一件是纳鞋底，另一件是给孩子捉虱子、捋虮子。晚上灯下，孩子睡下，大人翻开衣服捉虱子。孩子长大一些就自己捉。我发明了用榔头沿着针线缝砸，用烧红的针锥子烫。当然，最彻底的做法是用开水烫洗。只是缺少换洗的衣服，更大的问题是缺水！

为了对付虱子虮子，人们发明了篦子。继物理手段之后，又用化学手段绞杀身上的寄生虫，人们发明了灭虱灵。双管齐下，虱子、虮子似乎少了很多。但如果不用水洗、水烫，虱子、虮子依然到处横行。盐环定饮水工程通水后，乡亲们终于可以认认真真洗衣服、洗澡，虱子、虮子渐渐地消失了，不光人身上没有了，连猪身上都见不到了。

在干旱地区，天不下雨，用窖里的水洗衣服是一件很奢侈的事，甚至被认为是造孽。除了下雨，洗衣服就集中在过年、开学、过六一儿童节。有些人的衣服从新到烂也没沾过水。我是个爱掉鼻子的娃娃，谁要笑话我，我就回敬一句："掉鼻子娃娃有出息。"我似乎不知道也不大会擤鼻子，鼻涕一下来，就一套对付的办法：先在袖子上面擦，再用下面擦，实在不行就拉起前襟子再擦一下，天长日久，衣服袖子和前襟黑得能够"光彩照人"，敲一敲就发出"梆梆梆"的响声。

爷爷爱干净，经常喊："吊鼻子孙子，下雨天了，快把衣服洗一下。"父亲却常常为我开脱："洗啥洗？穿不烂都洗烂了。"

上中学了，懂得干净了，想洗衣服就要等礼拜天跑十几二十里路去姐姐家，因为那里有水井。姐姐之所以能嫁到那里，一个重要原因是有水。我们那里地下水特别深，而且全是苦咸的，只能勉强饮自家的牲口，外面来的牲口喝一口都摇头。生产队饮牲口打水的草绳要用两头牛来驮，打水时至少要两个人，一个摇辘轳，另一个拔绳，打一桶水少说也要五分钟。用那个水洗衣服，衣服发硬而且会留下一坨一坨白色的碱"地图"。

为了能参加六一广播体操比赛，我跑到生产队"学大寨"刚打好的一个水坝上去洗布衫，没想到洗完后发现白布衫变成了土黄布衫，挨了大人的一顿骂不说，因为布衫的颜色不合群，准备了好长时间的体操比赛也没参加上，坐在教室门槛上哭得连家也不回。

山里所有的淡水都来自老天恩赐的雨雪。天一旱，庄稼死了，草不长了，窖干了，坝枯了。一年到头，人们最大的企盼就是老天爷能下几场保墒雨。春夏季一个月不下雨，农民的心就慌了，粮价就涨了，肉价也跟着涨了。

祖上传下来一些祈雨的仪式，如找来三个少女，蒙上眼睛，在她们前面放上三碗水、三碗灰，然后由一位长者发令，让她们去摸，每人摸翻一个碗就停下，最后看摸到的水多还是灰多。如果水多，就表明祈雨成功，宰一只羊，把羊血和水、灰倒在一个坑里埋掉，大家把羊肉一吃，非常高兴。反之，则表明祈雨不灵，大家灰心丧气。

老家还有一种祈雨方式——抬楼子，还唱《祈雨调》："龙王救万民，清风细雨救万民。天旱了、着火了，地下的青苗晒干了……"

这些方法是否灵验不得而知，但农民盼雨的心情却是迫切无比。

获悉国家决定近期对白于山区人民企盼已久的生命工程——盐环定扬水工程进行改建扩建。可以预见，在不久的将来，家乡百姓就要永远告别"嗓子冒烟"的历史。作小诗一首："白于山下卤水咸，世代煎熬泪流干。蛟龙携水门前泻，滋润万物人心甜。"

水　窖

不管是在外地还是在老家，再好再新鲜的食材，总是做不出以前的味道。老家的哥哥们说，除了土壤污染的原因，还跟做饭的水有很大关系。以前是用窖水煮的，现在是用自来水，水里少了土地的元素、少了大地的活性。

黄土高原上生活的先民们很早就发明了水窖。老家那里全都吃窖水，每家每户都有一口水窖。水窖是这里人极其重要的财富，如果家里只有一把锁子，那一定是要锁在窖口上的。

1973年，老天爷一年都没下一场像样的雨，窖里没有收上水。刚入冬，多数人家的水窖里就没水了。

为了解决村民的吃水问题，村里安排了一个架子车，每天从十里外有井水的地方往返两次拉水。架子车上是用盛柴油的铁桶改装的水罐，上面开了个四方形的灌水口。侧面底边伸出一个放水的铁管，管头套着半截架子车的废旧内胎橡胶管，口部橡胶管折叠后用绳子扎着，放水时解开橡胶管。铁桶盛满水，可以倒两大缸。村民凭票供水，每车水供应两家。记得拉水的每四天来一趟我家，在这四天当中，做饭、喝水、洗脸、洗锅、喂猪、喂狗全都指望这一缸水，计划稍不周详水就不够了。衣服脏了，出门前拿刷子蘸点水刷一刷，洗脚就别想了。羊在沟里饮苦咸水，驴要赶到三四里外的水井上去饮。

不懂事的我问父亲："为啥不多打些水窖呢？是不是人太懒了？"父亲说："从你爷爷开始，咱家就没出半个懒汉。打水窖的苦太重，打窖人的肚子管不起。打一个水窖要消耗百十斤粮食。'土工土工，一天五顿'呢。"哦，不光没水喝，我家的口粮更是问题。每天的米汤、洋芋就咸菜怎么能扛住打窖这种重苦呀？

不久，我和弟弟出去流浪，不光混饭吃，还混水喝。

改革开放后，我考上高中那个暑假没有作业，锄完地相对有些空闲时间。四哥说："现在的粮食可以放开肚皮吃了，但水还是不敢放开用。是不是打个窖？"家里人都赞成。于是，在四哥的指挥下，大家准备了架子车、辘轳、土筐、铁锹、镢头、锄头、木架、绳子和麻眼刀等，四嫂发了面蒸了一筐白面馒头。第二天一早，父亲带着四哥和我们小哥仨，在门前附近的草坡上选择合适的打窖点。

我本以为很简单的事，做起来却不简单。水窖不能离家太近，小孩、车马、牛羊活动不安全；也不能太远，担水费力费时，遇到雨雪风天更麻烦。水窖上坡处一定要有集雨场，不然有窖也收不到水。水窖所在位置必须是原始的老黄土，不能有人挖过的坑、水拉过的沟壕等。

看了好几个地方都不理想，我指着路边一块草坡说："那不是个好地方？"父亲瞪了我一眼："你在上水处，把水收走了，下面那两家的窖咋办？"我争辩说："留下的草场够他们收水的。"父亲说："不能光留够，一定要留宽余才行。左邻右舍的，可不能这么做事。"

父亲往坡上又走了几十步，前后左右看了好几遍，说："先看在这儿，一会儿请来下坡那两家人都看看。人家都没意见才行。这不是咱一家的事。"

那两家没有意见，这是我完全预料到的。父亲请来他们，只是表示一种尊重。

父亲掐了掐手指，说："还有十天土旺，能干。"拿出罗盘测了一下，用铁锹画了个锅盖大的圈，说："就这儿，这就是窖口！"接着又在下坡处以窖口为圆心画了个半圆："挖上来的土就倒这儿。"

四哥放了一串鞭炮，奠了点酒，我们就开工了。

父亲用镬头在小圈处把生地掏开个坑，四哥和我们小哥仨每人一把锹，沿着父亲掏开的坑挖土，挖出来的土盛在筐子里。土盛满筐子，我和弟弟抬着倾倒在父亲画的半圆外围。

工间回家吃些馍馍，喝口水，休息一会儿。四哥看我端碗喝水的姿势有些别扭，笑着问我："秀才咋样，能干动不？"好面子的我微笑着回了一句："挺好。"四哥啥也没说，从库房里找出一双破手套递给我。我说："没事。"喝了口水，继续干活。

中午吃饭的时候，我和弟弟的手全都捏不住筷子了。

饭后歇了一个多小时的晌，父亲锄谷子、拔草去了，四哥五哥在窖口上方绑起个木架子，把辘轳固定在架子上。四哥给我们做了分工，四哥一个人在下面挖土，我们三个在上面摇辘轳提土、倒土。

晚上收工后，我和弟弟展展地瘫在门台阶上。四嫂说："干不动明天就缓上一天。"父亲大声说："大小伙子，哪有干不动的。挣扎着把饭吃了，美美睡一觉就好了。"

一早起来，虽然仍然手疼腰酸，但劲又有了。干一会儿活，手也没那么疼了，腰也没那么酸了。我想起爷爷说过的话："人就是贱骨头，越睡越懒，越干活越有劲。劲用完了，睡一觉就又生出来了。"

午后，下面的作业面稍宽了一些，我也到了下面。

为避免吊筐中的土掉在我们头上，我和四哥头上分别戴着有一圈帽檐的凉帽和草帽。说是凉帽，其实下面不透风，加上干活出汗，总觉得氧气不足。挖一筐土，就要张大嘴深呼吸几次。盛土的筐子是两个，一上一下、一空一实，所以中间几乎没有过多偷空的间隙。两个干活人急促而有节奏的呼吸声夹杂着偶尔的咳嗽声回荡在小小的空间里。我们开始还穿着布衫，干一会儿就成了光膀子。

　　手不疼了，踩锹的脚掌又疼又酸。休息间隙，四哥找来一个破鞋底绑在我踩锹的左脚鞋下，踩起锹感觉好多了。

　　土一锹一锹往下挖，一筐一筐往上提。上满一筐土，就喊上面摇辘轳。为尽量减少筐子里的土在上吊过程中往出漏，五哥和弟弟在上面小心翼翼地摇辘轳，我扶着盛满土缓缓上升的筐子，唯恐筐子里的土漏出来，直到手够不着为止。不只是怕土撒在头上，土掉出来再落在地上，就会形成飞尘，在那个狭小的空间里很呛人。

　　随着深度的慢慢增加，土里的草根、虫子越来越少了，土越来越干净了。在四哥的把控下，窖的宽度跟着深度缓缓拓开。三天下来，下面两个人已经不觉得拥挤了，喝水、吃干粮都可以在下面，只是要把水罐子和干粮篮子盖好，不能让阴土进去。哦，爷爷曾说阴土里有太岁，千万不能把小便留下，所以小便时还得上去。我上去小便回来，告诉四哥外面阳光晒着脊背真舒服。四哥去了一趟，回来说也有同感。后面喝水、吃干粮还是回到上面，让受阴的身子沐浴一下热情的阳光。

　　窖里不好搭梯子，上下都要靠五哥和弟弟用辘轳提着土筐接送。早晨和午休后下来还行，中午和晚上两次收工上去，五哥和小弟很费力。随着深度的增加，提人越来越费力。每次都是四哥先上，上去后和五哥摇我上去。四哥坐在土筐里慢慢向上移动，我在下面用力往上举。看着粗壮的棕绳,我想起了学校的攀登架。上学期,公社综合加工厂给我们学校做了一套攀登架。在体育老师的示范下,我很快就学会了使用攀绳。锻炼了一段时间,连攀竿也可以轻松上下两个来回。

等空筐子下来时,我把筐子从绳扣上解下,让四哥、五哥把绳子拴在辘轳上,我双手抓住绳子,双脚像剪刀一样绞住绳子,使劲一蹬,就上升半个身子,三下两下就攀上窖口。四哥看得新奇,随后也轻松学会了攀绳。下来的时候,那就更不是问题了。回想起来,那架势有点像电视上经常看到的空降兵。

第四天,四哥目测了一下深度,感觉差不多过了一丈。拿来卷尺一量,已经一丈两尺多了。四哥拿着锄头,一点一点把够得着的窖壁削平、刮圆,我跟在后面学着干。该收工回家吃饭午休了,四哥又用卷尺沿着窖壁画了圆,这边看看,那边照照,把不适合的地方刮了又刮。看着四哥专心的样子,我想说不就是土窖吗,干吗这么精细?话到嘴边又没说出来,我知道四哥做事向来严谨,而且坚持自己的道理,也就悄悄在一边看着。自以为还算"心灵手巧"的我,在遇到四哥干这种细活的时候,自己只能"干瞪眼"。

中午吃饭时,我向父亲汇报四哥干活如何如何仔细,父亲笑着说:"你四哥从你爷爷那儿学到的仔细,手还巧,我是不行。所以你们这两天干活,我只能刁空去看看进度,也提不出个啥好的意见。"

下午,四哥沿着窖壁画了个最大的圆,说:"这就是窖的腰带。"他又拎起旁边的水罐子,指着上面说:"现在开始就要慢慢收缩了。"我环视一周,向窖口望去,有一种大功即将告成的感觉。深吸了一口气,给手心吐了唾沫,快速搓了两下,继续干了起来。满满的一筐土缓缓离开我的手,向窖口高升,土筐移开窖口时,阳光照了进来,我的双手变得鲜红而透亮，像圆圆镜子里天仙的脸庞。哦，那双手不仅能捉住笔杆，照样能捉稳锹把。我仔细看了看手，先前的血泡没了，伤疤也褪去了，只留下几串光滑的老茧。

三天后，水窖达到两丈四尺，轮廓已经出来，挖土的任务完成了。五哥从窖上转场到窖下，只有小弟留在上面值守。四哥用木橡和绳子绑了一个高凳，带着五哥用麻眼刀在窖壁上钻麻眼。我问四哥："为啥叫麻眼？"四哥说："你看我钻的这些洞像不像麻雀洞？"我一下子明白了，钻"麻眼"的工具也就理解了。

四哥转动着麻眼刀对五哥说："麻眼距离不能太远，也不能太近。一拃左右比较合适。麻眼要向纳鞋底的遍纳针线那样才结实，不能弄成一排一行的。哦，麻眼口要向上倾斜一点，这样胶泥才巴得牢靠。"

为了让麻眼保持潮湿，以便粘贴胶泥，当晚增加了一顿干粮，点了马灯连夜打麻眼。一道星光从窖口上方划过，窖口上那一片夜空的几颗星星显得格外明朗。弟弟咿咿呀呀的笛声吹得我有些发愣，灯光下那些密密麻麻的麻眼似乎成了一颗颗星星。

麻眼终于打完了，我们上来用麦草垛子把窖口封住。晚饭间，父亲说他放羊时候发现沟里一个水洞眼有好胶泥，说第二天一早带我们去挖。我说我们自己去就好了，父亲说地方偏僻，不好找，突然又说："就在那年掉下羊那里。"我说："我记得，记得特别清楚。"

我们从沟里拉回两架子车红胶土，在新窖附近敲碎、过滤后，送入窖底用水搅拌，用铡刀背摔打数遍，我和弟弟光着脚丫子在胶泥里反复踩踏。感觉胶泥像一团揉好了的面一样有劲道，才停下来。

再经过一夜的沉睡，第二天胶泥就醒好了，就像包饺子的面那样细腻、滑润而不粘手。

我把胶泥捏成刚刚能塞进麻眼里的棒形，弟弟用擀杖把胶泥擀成一片片人饼。五哥把这些胶泥棒塞进麻眼里，四哥把泥饼粘贴在泥棒上，并用木槌敲打粘牢。全部贴完，人撤出，把窖口盖好。每天下去用木槌压茬仔细敲两遍，连续五六天，感觉胶泥和窖壁成了一个整体才结束。最后向窖里倒入几桶水，封好窖口放一段时间，这叫"养窖"。水窖至少要养十天，然后才可以盛水。

小时候在山里流浪时，见过一种水窖，叫"窑窖"，窖口以下不似瓶状，如窑洞一般，窑洞外高里低是倾斜的。那样的窖都是靠着沟边的，趁着沟边好取土、好倒土，省力省工。

最后一道程序就是用砖头、水泥箍好窖口，再装上"井"字形木条和一个盖子。细心的四哥让我们修好水路，并在水路上挖了两个沉淀坑。

等了半个月，天终于下雨了。我着急地披了一个麻袋，找来两把铁锹准备出去收水。父亲说："等等，第一波水淌过再收水。你没经验，让你四哥带你去。"我在屋檐下等了一会儿，四哥才换上雨鞋，穿了一件破山羊皮袄子出门。

雨水早就漫过了两个沉淀坑，我拿锹准备挖开揽水的小坝，四哥让我再等等，说是下水有好几个窖，等他们收得差不多了咱再收。这么大的雨，而且还在下着，咱上水不怕没水收。

四哥从窖口往里观察了一会儿，终于放话可以收水了。我两三锹就挖开了小土坝，听话的水流像巨蟒般跃入窖里。听着窖里"哗哗哗"的回声，我想伸出脑袋多看一会儿，四哥拉开我："离远，水火无情！"我俩各自拄着一把锹，静静地听着窖里的水声。过了一会儿，四哥说："听声差不多有大半窖了。"我俩过去一看，真是大半窖。四哥把水路堵上，围着窖口转了一圈，给了我一个手势——回家，然后提着锹就前面回家了。我想叫住四哥，话还没说出来，四哥已经提着铁锨蹦蹦跳跳进了院子。

我跟回家，问四哥："趁这么好的水，为啥不收满呢？"父亲接过话，说："胶泥贴的窖从来只收大半窖水，新窖第一次收水只能收半窖。"我和弟弟都用不解的眼神看着父亲，父亲指着我手里的馍馍接着说，"啥事都有个节制的好。就像吃东西，七八成饱最好，要不就会生病。满招损，谦受益嘛。"弟弟点头小声说："水收多了，会把窖泡塌？"五哥摇摇头，做了个向下按的手势，我俩明白，这个时候不能说不吉利的话。

雨过天晴，空气清新，地里的农活一时还干不了，我想去外面看看，父亲安顿我两天内不要到窖口附近踩踏。看着新土围起窖岗子，一时没活干，感觉手心有些发痒。

七月会开始了，从大哥到我和弟弟，哥几个几乎每天都要陪父亲去看秦腔。最后一天，大家都买了件新衣服，"劳苦功高"的我也沾了光，得了件新衣服。

还有三四天就开学了，我担着水桶、拎着绳子准备去窖上担两担水回来洗衣服、洗被子。父亲跟来新窖，对里面喊了两声，说："水收得很'应字'（合适）。两窖水用到明年秋天都没问题。这个窖比老窖大些，能盛二十五六方水。"

我把水桶扣在绳子上，轻轻放下水窖。听着水桶落在水面上，把绳子用力一摆，感觉手里的绳子慢慢地变重并开始下沉——水桶已经吃满了水。看着鬓角生出些许白发的父亲，我感觉自己长大了，双脚立稳，右手用力往上提，然后把绳子交给左手。右手再往上一提，再把绳子交给左手。经过五六次，满满一桶水就提上来了。把水倒进另一只空桶里，又提了一桶水上来，然后把盛满水的桶稍稍倾斜一点，吹掉水面上漂浮的树枝、草芥、羊粪蛋和甲壳虫残体。我把绳子盘好交给父亲，自己拿起扁担，挑起两桶水迈开平稳的步伐往家里走。我感觉父亲看着我，便侧脸看了一眼父亲，他那充满喜悦的面容让我浑身发热，心想：要是再有母亲看着我，那该是何等幸福？就算干再多的活也不会觉得累！

放下水，父亲接过扁担，端端正正担在墙上的两根木桩子上，说："扁担要担得高高的、平平的，这是你爷爷留下的规矩。"父亲已经不止一次说过这话，我和弟弟曾因跨、踩扁担挨过爷爷的鞭子。

世纪之交，在"母亲水窖工程"实施中，每家每户都建了集雨场，以后窖里收的水再也不是浑的了，再也没有漂浮的羊粪蛋、甲壳虫、草秸秆。

后来，多数人家为了省事，用水泥代替胶泥砌护了水窖。但喝着水泥窖里的水总觉得味道不地道，半年左右，水里就生出了小虫子。

以前胶泥砌护的水窖，从新窖打成第一次收水，一直到下次清理淤泥，里面的水从来就没有坏过。以前很少听说谁家的胶泥窖塌了，用胶泥糊制的水窖，一般寿命都在三四十年，保护好的能用几代人。水泥砌护的水窖不到十年有的就塌了。

四哥说，胶泥跟土是一家子，胶泥糊的窖盛上水，看上去水是死水，其实窖里的水和外面的水是通的，是活水。"水养窖，窖也养水。"水不会坏，窖也不容易塌。用本地窖里的水煮本地的食物，都是一家子，所以饭就香。

自从盐环定引黄工程建成后，各家都通了自来水，水更干净了，用水更方便了，但从那以后，我就再也没吃上地道的"老家味道"。

寻找温暖

农村做饭、取暖主要是用柴草和羊粪、驴粪。生产队羊圈里的羊粪是按日历表由社员轮流来扫的，一般每十几天能轮一次。缺少烧头的我们，整天盯着墙上的扫粪日历表看，等呀、熬呀，好不容易等到自家第二天扫粪了，结果早晨一场小雨，羊粪全粘在了地上变成了生产队的肥。

姐姐扔掉扫帚、背篓，抓着羊圈门就哭了起来："天啊，难道接下来的十几天，让我们生吃不成？"

"姐姐，不哭了，咱们回吧，不行就烧点猪苿子，将就将就。"我开始学着安慰人。"猪苿子烧了，猪吃啥呢？"

羊圈门口站了半天，衣服淋湿了，姐姐只好背上背篓去亲戚家借羊粪。借来的羊粪是潮湿的，点火的柴是潮湿的，火柴也是潮湿的。费了半盒火取好不容易点着了火，烟囱出烟不利，阻了满满一屋子烟，什么都看不着，只能凭感觉摸着做饭。一边做饭一边抹眼泪，一顿饭做下来，姐弟几人都变成了大熊猫。

夏天的水亲，冬天的火亲。夏天还好将就，冬天的日子可就难熬了。不知啥原因，七十年代冬天的天气特别寒冷，不管穿啥，不管在哪，都是个冻。入冬前，家家户户都要上山掏柠条、猫头刺，有的要到二十里外的沙漠里搂沙蒿。早几年还能掏着，后来山变秃了、荒漠化了，根本就没得掏、没得搂。为了能烧个热炕，礼拜天我们就到沟里去寻找浪沫。所谓"浪沫"，就是山洪带下来或风刮来裹在沙子里的碎柴草等。由于是裹在沙子里的，所以要用筛子从沙子里往出过滤，费时又费力，往往忙乎半天才能弄两背篓。

平常放学后，所有的学生娃娃每人一把扫帚、一个背篓，几十个娃娃全部撒在梭草滩里。几十把扫帚在挥舞，扬起一股股的尘土，和傍晚的炊烟混在一起，顺着沟湾飘过大山口。夕阳辉映，远远望去，像一条巨大的长龙。太阳下山前，把扫成一堆堆的梭草装进背篓里背回家。一会儿，村子里家家户户的烟囱都冒起了白烟。尘土散去，白烟接着飘扬。我常常观看这景象到夜幕降临。

晚饭吃饱了，炕热了，一家人围在热炕上，父亲看书，姐姐做针线，我们几个学生做作业。这是一天里最幸福的时刻。

进入深冬，天越来越冻，梭草渐渐地扫完了，扫柴的人渐渐地稀少了，手上的老茧磨掉了一层又一层。最后只剩下家里最穷的那三两户的娃娃缩着脑袋，怀抱老扫帚，坚守着这块突兀的阵地。扫帚上芨芨磨得不到一拃长，只剩下扫帚圈和扫帚把。把子磨得光溜溜的，抓在手里直打滑。扫帚立在地上，远远看去像个夯土的础子。

梭草滩光秃秃的能当打谷场用，几个可怜的孩子扫上半后晌也扫不了半背篓东西。身上光筒筒（没穿内衣）穿着一件烂皮袄子，腿上吊着条早已脱了棉花的烂棉裤，头上没有暖帽，手上没有手套，只能干一会儿营生焐一会儿耳朵、暖一会儿手，鼻涕掉下来也顾不上管它。

回到家，把背篓往院子里一扔，嘴里吸溜着跑进家，连手带脚就钻进毡底下的热炕上。

天气好还能扫一点东西烧炕取暖，遇到下雪可就悲惨了。能抬点砟子炭烧个火盆算是很富有的人家，我家自然是不敢奢望的。没的烧，只能硬撑着挨冻。不幸的是，家里偏偏有个尿床的。三天不见太阳，铺盖不能晾晒，连炕都被尿塌了。等天晴了，扫些柴草，但炕却没法烧了，一家人陪着受冻过冬。后来有了经验，给尿床的单独盘一个小炕，炕上铺一层沙子，人就睡在沙子上。尿湿了，就把沙子换掉。

为了节省燃料，冬天只吃两顿饭。早上起来，水缸冻了个冰套，有时干脆就冻实了。取不上水，经常是脸也不洗就上学去了。学校是生产队办的，没有钱买炭，也没有人搂柴，连火炉子也没有。

入冬后，父亲找来一些破羊皮，给弟弟的裤腿边上缝一圈，袖口缝一圈，再拿上一块铺在板凳上。五哥和我都嫌太难看，没有接受父亲的武装，挨冻是可想而知的。

学生娃娃不管穿多厚，都被冻得瑟瑟发抖，学校唯一的取暖措施就是运动。上课中间，老师看学生们冻得实在挡不住，就让大家跺脚取暖。几分钟过后，身上不太冻了，可教室里尘土飞扬，呛得大伙咳声不断。冬天课堂上听到最多的声音是搓手声、吸鼻涕声、咳嗽声和跺脚声。书声琅琅的景象只能等到夏天去寻找了。一节课上下来，大家就拿袖子抹一抹桌上的灰，再到外面拍一拍身上的土，清理一下嗓子。上课前，要在外面跑一跑，等身上发热了才能进教室。但也不能活动量太大，一来怕身上出汗得感冒，二来怕活动多了消化太快肚子饿得受不了。

冬天最怕冻的就是耳朵和手脚。没有暖帽，上学路上边走边用手焐耳朵，耳朵刚不冻了，手又冻蛰了。

一个风雪交加的傍晚，我从几里外的山坡上拾粪回来，感觉天很冻，开始焐了一会儿耳朵，后来觉得不太冻，也就没管。一进屋子，弟弟看了一眼我，愣住了，随后大叫："六哥的耳朵咋那么大？"我一照镜子，天哪，左耳比右耳大了一倍！姐姐赶快从外面揽回来半簸箕雪，用雪搓洗冻肿的耳朵，不一会儿，耳朵像火烧一般发烫，疼得我直龇牙。两三个小时，肿慢慢地消下去了。耳朵总算保住了，半个月后，脱了一层皮。

没有手套，保护手的基本办法就是把伸进袖筒里。可是干活、做作业、焐耳朵都要把手伸出来。入冬没几天，手就肿得跟馒头一样，接着手背上就密密麻麻地裂开了许多大大小小的口子，最大的口子都快赶上娃娃嘴哩，整个冬天都在流脓和黄水。冻了疮的手，手指几乎弯不过来，干活、写作业十分困难，抓不住扫帚、握不紧笔，期末考试的时候，卷面上的字经常是歪歪扭扭。那时候，所有人家都买不起冻疮膏之类的药物，能买点凡士林抹一抹就算是不错的了，像我这样，只能等过年谁家宰猪时蹭点猪油了。

比起耳朵和手，脚的命运就更加悲惨了。脚上的鞋是从姑姑家孙子穿过的破鞋里捡来的，上下、前后、左右八面来风。为了善待自己的脚，从入秋开始学着打毛线、织袜子。笨手笨脚，加上年纪又小，连打毛线带织袜子最快也要两个月。袜子好不容易织好了，穿在脚上才一天底就开了洞。找块烂皮子缝上，一两天也就坏了。

天下雪，穿着这样的鞋袜上学，温热的肉体和寒冷的积雪靠在一起，那滋味就不用说了。到了学校，脚已经没了知觉。抬起脚，轻轻一抠，从脚后跟抠下来一个圆圆的冰坨，就像放大镜一样。我没觉得多痛苦，还拿起两个冰坨玩。放学回到家里，先把脚伸进毡底下焐上半个时辰才能下地干活。

晚上，最痛苦的事情莫过于脱袜子。脚冻得到处都是疮疤，一天下来，疮疤上流的脓和血把袜子牢牢地粘在脚上。脱袜子的时候，一边向下翻袜子，一边用铅笔刀把袜子和肉拨开，一不小心，伤了肉疼在身上，伤了袜子却疼在心上。脱一次袜子哭一次鼻子。这样的日子熬了一个多月，实在忍受不了了，我做了一个决定：天爱咋样冻就让他冻去，从今天起不穿袜子了！任凭大人怎么劝，我就是不听。一个冬天下来，我的脚竟然没被冻掉。

不穿袜子，脚上很快就开了裂子。没钱买药，父亲就把烧熟的洋芋剥了皮，放在木墩子上用榔头使劲地捶。一会儿，洋芋就变成了糊状的东西，然后填进脚裂子里抹平，连续三四天，脚上的裂子就合上了。这种办法大约是农村人家喻户晓的。

父亲还发明了一种治疗裂子的办法，就是在火上烤车里胎的橡胶，让熔化的胶液滴进裂子里。虽然很烫、很疼，但效果比洋芋糊要显著。

早晨很冻，衣服冰得沾不得身。每天晚上捉罢虱子，大人就把皮袄子、裤子翻过来压在毡下面，早晨起来赶快翻过来穿上。每当这时，我就有一种说不上的幸福感。

一年冬天，我的双腿因冻疮流黄水，一片连着一片。以前是袜子脱不下来，现在连裤子也脱不下来了。每次脱裤子都要弟弟帮忙，我一边扒裤子，一边用铅笔刀往开拨，原来脱袜子的时候自己弄疼了哭，现在不但自己哭，还要骂得弟弟陪我哭。每晚脱裤子，何止一般的痛苦，那简直能比得上过堂、上刑了。也许你要问不脱裤子睡觉可以吗，我试过，疯狂的虱子会让你整夜不得安宁。

开春了，天暖和了，烂棉裤不用再穿了，可腿上的疮依旧在肆虐。"剃龙头"那天，四哥给邻居老李剃头，老李说头上起了黄水痂痂，小心别碰破。四哥说知道了。热水洗过之后，四哥把剃头刀在荡刀布上荡了几下，然后快速地剃了起来。只听老李"哎呀哎呀"，四哥只管剃头不应声。只见老李的头发连同痂痂不停地落在地上，头皮上流出了鲜红的血。我在一旁看着，开始心里很不舒服，过一会儿也就好了。几天以后，老李头上的疬疬全都好了。

一个星期天，天气好，家里又没人，我就烧了半锅热水，找来剃头刀子，照着四哥给老李剃头的办法，用热水把腿洗了一遍，然后用刀子剃疬疬。好家伙，一上刀子，才知道是什么滋味，每剃一下都疼得钻心。喊叫也没用，家里没人，给谁听呢？"开弓没有回头箭"，既然做就把它做完。我拿来一双筷子咬在牙上，继续干。可是谈何容易，根本不像四哥给老李剃头那么简单。他割的是别人的肉，而且别人又看不着；我割的是自己的肉，而且要眼睁睁地看着割。我心里想着课本里学过的那些英雄，一狠心，又坚持了一会儿。半个时辰过去了，筷子咬断了，才剃了一条腿。看着流在地上的血水，我一屁股坐在板凳上，浑身发软，起不来了。这时，四哥推门进来了："你在干啥？"我已没有力气回答。看了一下，四哥明白了，他拿起刀子，根本不管我疼不疼、叫不叫，三下五除二就剃完了。之后，他用干净的热水洗了一下，抹了一些不知道从哪弄来的冻疮糕，把我往炕上一扔，掉头又出去了。

说来，那时候的孩子就是皮实，动了这么一番"手术"居然一点事没有。过几天，腿上的疮疤全都好了！

中学离家十几里地，上初中后就住校了。当时正赶上学校搬迁，新学校的教室盖好了，可房上缺瓦，就把旧学校房子上的瓦揭下来盖在新房子上。学生没有宿舍，就临时安排住在揭了瓦的旧教室里。地上铺些麦草，边上用些破砖头、檩子一挡，这就是临时床铺了。就这样，一"临时"就是一年多。

夏天，虽然有时漏点雨，赶上那年天旱没下几场雨，所以很快就将就过去了。冬天一来，可就难过了。旧房子没人看管，玻璃全让石油队那些喇叭裤、长毛子给砸碎了，连一张纸都糊不住。睡在地上能看着天。门上的板子全都变了形，一关门、开门就掉了下来。我的被子薄，为了御寒，大家就互相找对象"打筒筒"（两床被子摞在一起，两人睡在一个被窝里互相取暖）。当时我们自嘲，那叫"沟子对沟子，赛如火炉子"。这样的日子也没过多久，由于和我"打筒筒"的那位同学有尿床的毛病，我俩就分开了。

窗户上没有玻璃，房子里的温度和外面没什么两样，遇上下雪天，雪下在被子上，一点都不带融化的。早晨起来轻轻一抖，被子还是干的。

天越来越冻了，一天夜里，睡到半夜，感觉有个毛乎乎的东西睡在我旁边。我迷迷糊糊摸了一下，好像有点热，就接着睡去了。早上醒来一看，哇，原来是一头猪娃子。由于门没法关，所以这样的事经常发生在宿舍里。天冻夜寒，同学们晚上不免要起夜，厕所那么远，天那么冻，所以大家只好对着窗户往外尿。一次，我不知道天色迟早，眼睛也没睁，对着窗外就尿了起来。"干啥呢？"一个熟悉的声音传了过来，我吓得一头就钻进了被窝蒙上头。

"谁干的？起来！"原来是校长，他大叫起来。校长一推门，只听着门上板子"哗啦"掉了下来。校长骂着，一个个挨着敲被窝里的脑袋，谁也不承认是自己干的。

一个冬天下来，窗外冰台子冻了足有一尺多厚。开春后，学校叫来了一辆手扶拖拉机，把门前的土挖了个大坑，拉走五六车肥料，又垫上新土。

二十年后的一次同学聚会上，老校长说起了这事，我承认是我干的。校长笑着说："当时，我扫见那个光溜溜的屁股，估计就是你！"看着校长满头的银发，我端起酒杯敬了校长一杯。"我这个校长没当好呀，让你们在那么艰苦的条件下读书，真是对不起你们……"老校长语气沉重地端起酒杯一饮而尽。"现在好了！"说着眼里泛起了泪花，"只是学生没你们那时候用功。"

拖拉机来了

刚上学的一天上午，老师带着神秘的表情宣布："同学们：告诉你们一个好消息，拖拉机来咱们庄子揭地来了。今儿上午的课不上了，放假半天，去看拖拉机！"

教室一下子炸开了锅。

"啥是拖拉机？"

"我大见过拖拉机。他说拖拉机就是铁牛，劲可大啦。"

"哎，哎，我大也见过，他说拖拉机只揭地、不吃草。"

"吹啥牛 × 呢？我大早就见过，他说拖拉机放屁可臭了，就是拾不上粪！"

……

我急切地听着每个人的解说，并竭力地想象着拖拉机的样子。像牛一样，也许像骡子一样，身材很大？也许有一张大嘴、一双大眼睛、四只大蹄子？它咬不咬人呢……

"咚咚咚"，老师的板擦在讲桌上敲了几下，大声道："同学们、同学们，大家安静一下，听我说！一会儿同学们看拖拉机的时候，一定要遵守纪律，听老师指挥，不能大声吵闹，不能随便靠近拖拉机，更不能乱摸乱动……谁不听话，我就不让谁看！看完拖拉机，高年级的学生每人写一篇作文，低年级的学生说一说看了拖拉机的感受。"

同学们睁大眼睛看着老师。我心想：这么大的事，一定要遵守纪律，要不然拖拉机不让我们看可咋办呀？

"我说的大家听清了没有？"老师问。

"听清了！"同学们的回答声异常响亮。

"听清了就排好队跟我走。革命军人个个要牢记，预备，唱！"

"革命军人个个要牢记，三大纪律八项要注意。第一一切行动听指挥，步调一致才能得胜利……"我们排着整齐的队伍，唱着《三大纪律，八项注意》，把胳膊甩得老高，紧跟在老师后边。

走着走着，我那不争气的"老牛车"被别人踩掉了，只好掉队去路边拔了个甘草秧把鞋绑好。也许着急，也许手脚太笨，等我把鞋绑好再抬头时，队伍已经走了老远，我拼命去追。好不容易追上了，鞋又掉了。我干脆把鞋提在手上，光着脚片子算了。

队伍绕过打麦场边，来到队长家的院子。哇，好家伙，好多人围着一间高高的"红房子"看。这就是拖拉机？人群叽叽喳喳。学生娃娃们个头小，外面看不清楚，胆大的就钻进人群里。由于要操心鞋，我没有往里挤。一会儿，队长发话了："大人都看好了，赶快上工，让娃娃看看稀罕！"我们一下就拥了上去，这才看清拖拉机的样子：红房子，白房梁，头上长两只"大眼睛"，头顶上写着"东方红"三个大字，房子前面是许多铁管子和一大块铁疙瘩，下面两边是两条很宽很高的铁链子，"鼻子"里冒着烟。

不知道后面谁挤了我，还是碰了哪个地方，拖拉机声音突然大了起来，"突突突"，把我吓了一跳。在一旁看拖拉机的小脚表婶子说："不敢动，把拖拉闹惊了咋办？"我脖子一缩、头一低，退到人群外边。

一会儿，吃饱了油溮饼子的拖拉机师傅神气活现地向我们介绍："这就是拖拉机，也叫铁牛。劲可大了，比一群牛的劲还要大。以后揭地就不用牛了，再过几年，点灯也不用油了！这是发动机，这是驾驶室，这是链轨，也叫履带——就像你们穿的鞋。"

鞋？我这才想起了自己的鞋，只剩下一只了，便慌了手脚，沙哑着嗓子叫着："我的孩（鞋），我的孩！"大家都在看拖拉机，根本就没人理我。我挤遍了人群，终于找到了鞋子。本就已经破得不能再穿，经过这番踩踏，彻底上不了脚了。我一气之下把两只破鞋全都扔进旁边的深沟里。

从此我就光着脚片子，时间一长，脚底就渍上了一层厚厚的坚硬得像鞋底一样的老皮，八莲子、枸条茨、矛头刺一类的刺根本扎不进去。以后每到夏天，就光着脚，省了姐姐辛苦地给做鞋了。

光脚板上学总归心情不大好，两三天都闷闷不乐。星期天早上，自己再跑去看拖拉机，正好我大哥是负责伺候拖拉机的，我就走到大哥跟前："我想坐拖拉机。"大哥没吭声。一会儿，拖拉机师傅来了，大哥一把把我抱上拖拉机牵引犁的座椅上，他也随拖拉机揭地去了。

拖拉机果然劲很大，拉着四张巨大的犁，鼻子黑烟一冒，呼突突就走了，后面扬起了一股股的黄土。我眯着眼睛，双手紧握座椅扶手。坐了几来回，大哥看我太受罪，把我抱下拖拉机。我揉掉眼里的尘土，依依不舍离开拖拉机回家。

姐姐见我变成了"出土文物"，挥舞着笤帚疙瘩喊道："前天把孩丢了，今天又董（弄）成个土疙瘩，看拖拉机能顶饱就别回来吃饭！"我揉着眼睛，关闭了耳朵，心想：我总算成为全校第一个坐拖拉机的人了！

电影和话匣子

生产队来了电影队。那时我没有上学的任务，连晚饭也没吃，就早早来到准备放电影的地方——生产队的牛圈。

牛槽前面立着两根椽子，上面挂着一块好大好大的白布，四边像褥边一样都缝着四绺黑布。这就是电影？我绕着那块大布，前前后后、左左右右反复看了几遍，什么名堂也没看出来，也就跑在一边玩去了。

忽然听到有唱歌的声音。循声望去，牛圈当中有两个木箱子，上面坐着两个男人。咦，唱歌明明是女人的声音，怎么没人呢？我盯着那两个人看了又看。没错，是男人呀，而且他们两人在扯磨，并没有唱歌呀。

唱歌的人在哪呢？莫非藏在这两个大木箱子里边？我伸着脖子往前看了又看、听了又听，确认歌声不是从箱子面传出的。

坐在木箱子上的人大概看出了我的好奇，其中一个人手里拿着一个黑色匣子，在我面前晃了一下，然后放在身后，我听着歌声也到了那人的身后。那人又拿起匣子在我眼前晃了一下，把黑匣子搁在他们两人中间。现在，我确信歌声就是从那只小盒子里传出的。不对，那么小的匣子怎么能装下一个人呢？莫非真有那么小的人？

为了弄清楚声音的源头，我壮着胆子往那人跟前凑了凑，把手放在木箱子边上，又看了一下那人的脸——表情好像没什么变化，随后绕到那人的背后。谁知那人又把小匣子拿到前头。等我跑到前头，他又把匣子拿到后头。就这样反复了好几次，跑得我满头大汗，还是没有看清那个匣子的庐山真面目。

没办法，只剩下一招，就是求人。我习惯性地把左手的三个指头放在嘴里，吹出了吱吱的声音。稍微站了一会儿，拿出嘴里的手，把两只手往裤腰里一插，吐了吐舌头，厚着脸皮又往前挪了挪身子，靠在那人跟前："哎呀，那个，能给我看一下你那个匣子不？"

那人用手指轻轻地扫了一下我的脸："看是可以，你能把你家最好的宝贝拿来给我看一下不？"

"能行！"我想也没想就回答。

"你家有啥好宝贝？"那人接着问。

"不知道。"

"不知道？好好想一想。"

我想了好久，终于想到了一样东西。

"我爷爷有一个烟锅子，能看出来天是不是下雨呢。"爷爷平时寸步不离那烟锅子，动都不让我动一下。

那人笑了笑："好，你只要把你爷爷的烟锅子拿来，我就让你看小匣子！"他话音刚落，我转身就往家跑。

"赶快吃饭，吃了饭好看电影去。"姐姐看见我回来了，大声喊着。

我好像没听见似的，径直向爷爷的房子跑去。趁爷爷不注意的时候，一把拉起那个烟锅子掉头就跑。

跑出好半截子路，远远听着爷爷在后面高声骂着："坏东西，看我不打断你的腿！"我偷偷往后一瞅，爷爷拄着拐棍正在追我。我把鞋脱了，一趟子就跑得他看不见了。

那两个人看着我手里拿着烟锅子在前面跑，还有个老爷爷在后面追着，他们笑得腰都弯了。我跑上前去，把烟锅子递了过去："我——爷爷——追来了，给你烟锅子。"我上气不接下气地说着，可那人却若无其事地把小匣子往腋下一夹，二郎腿一翘，带招不理的。看着爷爷马上就追来了，我着急道："你说话不算数！不行，给我看匣子！"

　　那人看着爷爷生气的样子，赶忙迎上前去把烟锅子还给了爷爷："这是你孙子？挺聪明，挺有意思的。"

　　"聪明个啥！三天不打，上墙揭瓦！"爷爷拿过烟锅子，看了看高高挂起的大布，嘴里说着："电影这样？有啥看的？""老爷爷，等天黑才能演电影呢，现在还没开始呢。"拿小匣子的人回答。听了那人的话，爷爷拿着烟锅子转身回家去了。

　　我心想，烟锅子也让爷爷拿回去了，那匣子我肯定是看不成了。可就在这时，那人向我招手："小鬼过来，给你看看。看可以，可不准乱动，要不然里面的人就吓跑了。"他神秘地说。

　　"嗯，嗯。"我应承着，伸出脖子前后左右看木箱子上的那个匣子，匣子外面包了一层黑色的皮子，皮子上面有些小眼，匣子侧面有两个小轮子。我又往前凑了凑，又大着胆子摸了一下那轮子，匣子里唱歌的声音变成了说话声，我赶紧把手缩了回来。那人用手按住了匣子，摇摇头，眨眨眼，一直盯着我看。

　　过了一会儿，我问管匣子的人："哎……那个……表叔……"

　　乡下人崇尚老实，信奉实在。农村人祖祖辈辈都住在那里，周围三十里，不管认识不认识，只要拉一拉就能拉上亲戚，"表叔"既是实实在在的亲戚称呼，又是一种社会称呼。称"表叔"比城里人称"叔叔"更显得实在和亲切。有亲戚关系，叫"表叔"是应该的；而对陌生人称呼"表叔"，我还没有用过。没办法，想看那匣子，嘴就得软一点、甜一点。

"那个……表叔。"我鼓足了勇气，终于破天荒地用了这个平常只在亲戚关系上才用的称呼，"就让我再看一下吧，表叔，求你了！"

"好，只准看，不准摸。"那位"表叔"回答着把手抬了起来。

我伸过头去，仔细观察着匣子。好像有个盖，是用扣子扣着的。看着看着，好奇的我早已忘了刚才的承诺，忍不住伸手就去揭那个盖子。

"不要动！盖子揭开，里头的人就跑了咋办！"那"表叔"显然是生气了。我吓得收起小手，抱头跑掉了……

不久，我在亲戚家又见到了类似的话匣子，才知道那叫收音机。过了几年，哥哥家也买了一台卧式的。那时人们都喜欢听秦腔，大人干活走了，我们几个孩子在家听收音机，无意间收到了秦腔，就赶快关上开关，说是等大人回来再听。大人回来后，再打开收音机，秦腔却没了。上高中时，宿舍里有同学拿个袖珍收音机，我们每天吃饭时听评书，在忙碌的高考备战中获得了一点难得的放松。我成家的时候，"三转一响"已经过时了。现在，每天中午散步时，想听评书就打开手机听，随时打开随时听，想听哪段听哪段。这是后话。

我这个看电影的人，电影没见着，却先见到了稀奇的收音机。虽然没搞清楚那里面装的是啥东西，唱歌说话的人究竟装在哪里，但总算是开了眼界。

拿着小板凳的人早已挤满了牛圈，着急的人们不停地问"咋还不开始"？像我这样没板凳的孩子，就围着牛圈乱跑乱叫、乱打乱闹。

天终于黑了，一条清晰的天河悬在夜空，繁星不停地闪烁着。那个"表叔"在离牛圈不远的地方打开了一个木箱子。只见他从木箱子里搬出一台奇异的物件，随后把一条绳子绕在物件一头的轮子上，使劲一扯，"呼突突突"，那物件就响了起来。紧接着，整个牛圈亮如白昼。人群里发出一片惊叫声，随即一拥而上，围住了那个发亮的地方，都挤着看那个发亮的玻璃泡。

"不敢盯着看，小心伤了眼睛。电影马上开演了，有板凳的坐下，没有板凳的圪蹴下！""表叔"大喊了几声，在队长的协助下，社员们才又坐下、蹲下。

"表叔"麻利地准备着那些放映的机器：一个底座上安着两个轮子，还有一个像手电一样的东西固定在中间。下午看的那个小匣子还放在旁边，里边仍叽里咕噜地说着什么。

一会儿，机器上的"手电"照亮了那块挂着的白布，"伟大领袖毛主席万岁"的字样出现在白布上。先演了一段电影，好像说是毛主席接见了一个越南来的姓阮的人。接下来，白布上又出现了如何种玉米的画面。那玉米长得真快，叶子一片一片地往上蹿。社员们好不羡慕："要是咱们这儿的玉米能长那么快，那咱就不用发愁没粮吃了。"

演了一会儿，玻璃灯泡又亮了起来，放电影的换了一个轮子。爷爷看着这么亮的灯，拿起烟锅对着就去点烟。

"怎么点不着呢？"爷爷有些疑惑。放电影的人啥也没说，玻璃灯泡灭了。在一阵音乐声中，白布上赫然出现了几个大字，我还认不全，哥哥告诉我："那是《智取威虎山》。"

我没拿板凳，站得时间长了腿子有些酸，就挤出人群，想找个坐的地方。后来发现白布的另一面也能看，于是就和几个伙伴坐在牛槽上看电影。看着看着，迷迷糊糊就睡着了。

再睁开眼睛的时候，已经是太阳照到屁股上了。我埋怨父亲、哥哥没叫醒我，以至于连电影里演的啥都不知道。父亲瞪着眼睛说："活该，我又没让你睡觉的。就那，还是老子把你背回来的。"爷爷一边喝着黏饭撇出的米汤，一边笑着说："要不，这阵儿老牛正在舔你的小沟蛋子呢。好了，赶快洗脸吃饭。"我下意识捂着屁股用父亲洗过脸的水洗脸。

此后，我经常带着侄子去三四里外的村子看电影。随着年龄的增长，我的活动范围更大了。为了不使鞋子被挤丢了，就把鞋埋在看电影路上的沙土里。等回来找时，却怎么也找不到了，此后很长一段时间没鞋穿。这并没有影响到我继续跑出去看电影，《红灯记》《沙家浜》等样板戏看遍了，还看了《南征北战》《地雷战》《地道战》《小兵张嘎》《渡江侦察记》《鸡毛信》《大闹天宫》等。

上初中时，公社的会议室里搞了个小电影院。没有凳子，就用砖头水泥砌了几排矮小的台子。当时每张电影票五分钱，可就是那五分钱，我们这些穷学生也掏不起。记得那天电影院小黑板上写的是《一江春水向东流》。下午自习课，我借来同学的电影票，悄悄照着画了一张。晚上，趁着进场人最多的时候挤在里面，居然浑水摸鱼过了关。

从此，我画电影票就更加认真了，买了支红蓝黑三色圆珠笔，用三角板在白纸上画得横平竖直，美术字、数字都写得很漂亮。有同学眼红，也学着画，但几乎全被识破了，于是就找我画。天下哪有免费的午餐？画可以，但你得提供我晚上看电影的瓜子或者冰棍，觉得要价太高，可以三次折一次。我只要每天送出去三张票，瓜子冰棍就有了保障。我画的电影票从来没被放电影的识别出来。

时间一长，放电影的就觉得有问题：这几个娃娃没见来买过票，怎么会经常来看电影？虽然票上看不出来，但稍微一盘问，几个"做贼心虚"的孩子就跑了。有时，放电影的明知我们的票有问题，也会放我们进去，也许是可怜我们这些穷学生，也许是为了充个人气吧。

1980年，放假较早的我和弟弟去县城看正在上高中的哥哥。哥哥破天荒地带我俩进了一次有座位号、单人单座、有扶手的真正的电影院，似懂非懂地看了一场叫《不是为了爱情》的电影，第一次接触到"爱情"这个词，觉得好神秘、好神圣。

大学毕业那年，送电影票给女校友，她出乎意料地跟我看了一场电影。电影名已经完全忘记了，但那是我谈对象的开始。婚后，有了孩子，整天因孩子的头疼感冒、接送上学、辅导作业、陪伴课外辅导班忙得不可开交。儿子上大学走了，觉得空落落的，我突然想起了看电影。两口子到商业街吃了点快餐，第一次走进电影城，在自助售票机上捣饬了半天才买到了两张电影票。

电影院里好几个放映室。进去放映室，阶梯上稀稀疏疏排着几排大座椅，干净的地面，巨大的银屏，还有画面和音响的冲击力，远远不是二十年前大电影院的那种感受。一场电影看下来，一点也不累，接着看，也没人请你出去。

作为工业化产品的电影原来可以如此享受，这完全颠覆了我对电影的认知！以后，每过一段时间，我就和妻子看场电影，享受一下现代生活的乐趣。

听广播

上小学的时候，记得学校墙上用锅底灰写了一行大字："教育必须为无产阶级政治服务，必须同生产劳动相结合。"对后半句，我似乎知道大概意思，而前半句根本就弄不明白。我问大人："什么是无产阶级？""什么是政治？"大人好像稀里糊涂解释了一下，我也听了个稀里糊涂。直到上初中，我还是不太明白这句话的意思。

一天早上，学校组织我们出去学农，"与生产劳动相结合"，我们的任务是和社员一起给队里栽电线杆、拉广播线。老师告诉我们这次学农活动的意义如何重大，然后讲了一下什么是广播。

滩里，社员和高年级的学生有的给电杆上拧带螺丝的瓷瓶，有的挖坑子，有的拉铁丝。而我们这些低年级娃娃只能将就着干一些抬电线杆（其实就是些使不成的烂椽棒子）、扶电线杆、埋坑子之类的轻活。

也许因为干这样的活新鲜，加上听广播的心情迫切，社员们并没有像平常那样磨洋工，用了多半天的时间就把电线架好了。

公社放大站的一个干部把一个像碗一样的东西挂在队长家的墙上，说这就是"广播"。广播上有两根线，他把其中的一根接在了架老好的电线上，另一根线头上拴了个螺丝疙瘩埋在了地下，说是地线。埋好地线后，说是要浇点水广播才能响，又听有人说浇点尿响声更大。队长扯着嗓子问："哪个娃娃过来浇泡尿？"

半天没人应声，队长看了一下四周："来来来，钢蛋胆子大，过来尿泡尿！"因为上次要红宝书的事，我挺害怕队长的，所以队长说了我也就顾不上害羞，只好按队长的话过去，背对着大家往埋地线的坑子尿尿。

可能是人太多害羞的缘故，感觉有尿，可怎么就尿不下来。队长在后面催着："钢蛋，快些，放广播的时间马上就到了！"

有人大声说了一句："把眼睛闭上尿。"

我眼睛一闭，哎，真的尿出来了。尿着尿着，感觉脚背热乎乎的，睁眼一看，哇，尿了我一鞋帮子。

一切都完备了，队长看了一下桌子上"鸡啄米"的钟表，说："社员们，大家进来坐好，广播马上就要响了！"家里顿时拥了一屋子人。

队长婆姨是个喜拉人（好客），她热情地安排着："年老人坐在炕里头，年轻人坐在炕沿边，娃娃没地方坐，就站在地上。"我的两眼像上了钉子一样，死死盯着广播。过了好长时间，它还是不响。

有人问："是不是有啥毛病？广播咋就不响呢？"放大站的干部看了一下手表："队长家的钟表快了二十分钟。不过也快到时间了，还有三四分钟。"队长拿起钟表跟放大站干部对表，并笑着说："快一个月没对表了。"干部说："一天差不到一分钟就是好钟表！"

三四分钟是多长时间？我暗自和下课的十分钟对比了一下，心想快了。

我就站在广播下面往上看，脑袋举得时间一长脖子酸得受不了。刚把头低下，"哇"的一声吓了我一大跳。广播终于响了。也许因为声音太大，也许因为大家太激动了，广播里的《东方红》刚唱了两句，只听

201

"呼隆"一声，队长家的炕被压塌了！

社员们一边说着"不好意思"之类的话，一边掀起毛毡和席子，炕面子塌了三四块。

为了不让大家感到尴尬，队长婆姨不停地说："不要紧，夏月天又不烧炕"。队长过来跟我开玩笑："钢蛋，都是你一泡尿尿得广播声音这么大，把炕都震塌了。"

大家就这么蹲在压塌的炕上凑合着听广播，谁也不出声，直到《国际歌》响完。

过了几天，队上家家户户都陆续装了广播，只有我家因离村里太远，做了很多努力，一直都没有实现通广播的愿望。父亲后来到公社苗圃放羊，家也都跟着搬去，老家房子和窑洞门全都用土块砌了，拉广播的想法也就此作罢。

改革开放后，人们富裕了，家里陆续买了收音机、电视机，后来又有了智能手机。有线广播只能留在记忆里。

车的轨迹

车，是人类文明的象征物。我们的先辈很早就用上了车。有了车，华夏大地上的战争就是浩大的车马对阵。千古一帝秦始皇，活着好车，死了还要拿车殉葬，秦陵出土的铜车马精美、宏大，被誉为"青铜之冠"。商鞅变法失败后，以车裂终结了生命。

进入现代文明社会，火车、汽车的出现大大拓展了车的概念和用途。过去四十多年，独轮车、拉拉车、汽车、高铁……快速驶过我们的生活，留下清晰的轨迹。回望我家的车辙，那是一条清晰的车的变迁史。

记忆中见到的第一辆车，是我家挖地坑窑用过的手推独轮车。听说那是爷爷带着父亲自己制作的。那辆车非常简单，两个长木椽上横穿了五六根木条，构成了一个梯子形状的木架，余出来的一半就是推车的把手。木架上固定了几块木板，这便是车厢。车下面钉子形的地方连接着一个木轮子。车厢靠近把手的下面固定着两根立柱，和车轮构成了支撑车厢的三角形。

当年爷爷发扬愚公精神，带领全家人干了我家的"一号工程"——地坑院，那时候还没我。独轮车见证了我家艰苦奋斗的历史，是我家的重要"文物"。

缺少玩具的日子，五哥经常带着我、弟弟和大侄子推着独轮车玩耍。

看五哥推着很带劲，我也试着推。在那两根又粗又笨的车把面前，我那双可怜的手简直像小猫爪，用了好大的劲才抬起车把。还没迈开半步，小车就栽倒了。五哥帮我扶起车子，我再试，还是掌握不了平衡。四哥拿来一段绳子，两头拴在车把上，把绳子搭在我的肩膀上。这样，我还真能推着空车往前走几步。但车上坐了人，就没本事推了。弟弟还不大会走路，大侄子也推不了。我们都是坐车的，只有五哥是推车的。五哥埋怨："你们几个小肉蛋，这个都干不了，就会吃。"

见过架子车的人再也不愿意用那又笨、又小、又没有效率的独轮车。独轮车闲置了，我家使用架子车都要从姑姑家借。

为了能有一辆架子车，父亲卖了家里存下的所有羊皮、羊毛，也只买了一套车脚子（轮胎和轴）。这宝贝买回来后一直被父亲锁在库房里，做车厢的木材很长时间都没着落。一天，父亲外出行礼，库房钥匙留在家里，四哥打开库房推出车脚子，端详了一会儿，找到了玩耍的办法。五哥在后面推，我和弟弟、侄子几个人轮流着手脚并用地挂在轴上，一群孩子像屎壳郎滚粪蛋一样在院子里推着玩。你掉下来我吊上去，我摔下来你再吊上去。奔跑着、呼喊着、尖叫着，猫、鸡、狗全都被撵出院子不敢进来。在地坑院休息的爷爷实在忍受不了这般喧闹，拄着拐棍上来院子，一通皮鞭把我们赶去屋后的树园子。

树园子不像院子那么光趟，车脚子推起来很费劲，就转场到更远的路上去玩。我们选择了一段相对平直的路面，上坡时人下来，下坡时人挂上。一群孩子越玩越兴奋，越玩越带劲，一个个全都变成了土疙瘩。五哥大概觉得自己已经能够自如地控制车脚子了，在一群傻孩子的鼓舞声中，下坡速度一次比一次快。也许是手上出汗，也许是体力不支，一下子没掌握好，车脚子连同轴上挂着的我和侄子翻到路壕里。我吓得闭上眼睛，身子滚了两个轱辘，手、肚皮和脊背在土疙瘩上蹭了几下，耳朵里一阵隆隆声。很快，一切动静都没了。我睁开眼睛，大侄子肘头挂地，满脸是土，不停地咳嗽。五哥双手捂着眼睛站在路壕边上哭。我没感觉太多不舒服，摸了摸侄子脸，好像没啥大问题。见我和侄子都坐起来了，五哥跑下来把我俩拉起来。转圈看了看又拍了拍我俩身上的土，感觉没啥大问题，这才停止哭泣，把车脚子弄上路壕，在前面推着回家了。

我和侄子继续互相给对方清理了身上的土和柴草，侄子突然尖叫了一声："血！脊背上有血！"我摸了一下，觉着有点黏糊，一看果然是深红的血，这才觉得背上有些疼。已经这样了，疼就疼吧，现在只能忍着。我问伤口多大。侄子说不太宽，大概是树枝划了半拃长的口子，血已经不流了。我扶着侄子一瘸一拐往家走，就看见侄子裤腿扯开好长的口子。回去后，嫂子骂了一通，还向父亲告了状。嫂子当晚就补好了侄子的裤子，而背上的伤影响了我两三天的吃、坐和睡。几天以后，这一切都被我忘得一干二净。

年过完，准备开春干活的时候，不知道从哪弄来两根橡子和几块木板，父亲带着三个大哥哥，在表兄的指导下，花了几天时间制作出了架子车厢。在两个铁卡子上垫了些烂鞋帮，用铁卡子将车厢固定在车脚子上。一家人围着架子车看了一遍又一遍，拉着、推着架子车在院子里转了两圈。觉得一切都没问题了，父亲摘下门帘铺在车厢里，请爷爷坐上去。我本想上去陪坐，父亲看了我一眼，我猛然觉得后背疼了一下，终究没敢开口，只能看着弟弟享受。几个哥哥每人拉着架子车在院子里转了一圈，爷爷一手扶着车飞膀子，一手捏着干烟锅子，从头到尾没顾得上抽一口，小山羊胡子翘得高高的，不停地笑着。

爷爷下来，我们本以为父亲会让几个小孩坐上去感受一下。可父亲理都没理我们，喊大哥让把车子立在东耳房的屋檐下，把门帘盖在两个车轮胎上，又在上面绑了几道绳子，仔细检查了一遍，回伙房吃饭去了。

从拉粪开始，用了半年，父亲就放开了对架子车的管理，家里有啥活都可以用。掏柴、拉庄稼，送公粮，夏天当床在屋外纳凉，以及娶亲、送亲、找姑娘、回娘家、走四外奶家、逃荒……不光自己用，也借给别人家用，整天忙得不亦乐乎。

生产队买了辆拉拉车，全村选了两个力气大、有责任心的小伙当"吆车的"。糜子开镰的第二天，拉拉车第一次出工。用一系列复杂的套绳，将三只骡子两前一后地和拉拉车系在一起，骡子头上、车飞膀子上拴着花红。主驾手三哥和一名副驾手一左一右站在拉拉车两侧，三哥手执竹竿皮梢长鞭，鞭梢上拴着一绺红丝带。一个巨大的糜垛高高地落在结实的车上。队长一声令下，三哥手里的长鞭空中一甩，发出闪电般"咔咔"的响声，三只骡子整齐地迈开蹄子，拉拉车稀里哗啦就走出了熟地，走上大路。哇，三哥好威风。我长大一定要当拉拉车驾手！

我和一群没上学的小男孩跑步跟在拉拉车后面，一直跟到打谷场上。孩子们围着拉拉车站了半圈，庄稼快卸完的时候，就抢着往车上爬。三哥牛眼一睁，吓得孩子们全都后退到场边的墙根下。庄稼卸完了，却没有一个孩子敢往前走，大家都盯着看我。我也不敢前进一步，眼睛盯着三哥看。三哥停了一下，走过来一把抱起弟弟放进车厢，其他孩子一拥而上。

我凑到三哥背后，从三哥有力的胳膊一直看到红丝带鞭梢，看遍每一只骡子。我看着那宽敞的车厢、厚重的飞膀、宽宽的轮胎……在心里一点一点地和我家的架子车作比较。

拉拉车很快就来到糜子地里，三哥跳下车，"吁——"车轱辘发出

206

长长的吱的一声，骡子和拉拉车同时停下。我仔细看了看车轱辘，发现有样东西我家的架子车上没有。后来三哥告诉我，那叫刮木，是用来停车的。我问："那咱家的车车为啥没有？"三哥摇头："不知道。要不，你想办法给加一个？"

天渐渐冷了，到拉荞麦和麻子的时候，孩子们不再成群结队去坐拉拉车。正好，我去坐，而且是来来回回都坐，不管空车还是满车，那么大个拉拉车，还在乎坐一个小孩子？空车坐多了没啥新鲜感，随意坐在车厢里乱动，不小心让车厢木板上凸出的钉子挂破了屁股。为了继续坐车，硬咬牙坚持着没喊出来，直到收工回家才给三哥看。三哥笑着摸了摸我的屁股："嗯，不愧是钢蛋！"

三哥潇洒地挥舞着铁杈，把一个个荞麦捆子扔上车厢，车上的荞麦垛子像充气的皮球一样快速升高。我想，都这么高了，再高我咋坐上去呀？车装得满满的像座小山，三哥和副驾各拉开一捆皮绳，分别把绳子一头拴在车左右后拐上，另一头从荞麦山头对角扔向车辕。三哥在前面拽，副驾手在后面像拉弓箭上的弦一样一松一紧拉放着绳子，前面、后面同时喊着号子"一二、一二"，两人同时使劲。绳子越来越紧，最后固定在车上。两根绳子都拉紧了，车上的荞麦山被勒出两道深沟，"山"也矮了许多。

三哥看着我微笑着，趁我不注意，双手从我腰上一抓，"呼——"我像长了翅膀一样飞了起来，感觉五脏六腑全都压在小腹里，接着屁股落在"山头"的小坑里，弹了一下稳稳落在坑里。"坐好没有？""好了！""抓紧皮绳！""好！"皮鞭一响，沉重的拉拉车开走了。坑里的我对下面什么也看不见，就听骡子"呵哧呵哧"的呼吸声，"咯吱咯吱"的绳索摩擦车辕声，以及连续不断的铃铛声、主副驾手的帮力声……

深秋的暖阳照在软绵绵的荞麦山上，除了天空的大雁，谁也看不着我。我独自享受着这一切，好幸福、好奢侈啊！

"低头！"一个高喊的声音打断了我的胡思乱想，我刚缩回脑袋，电线从头皮上方掠过。那晚，我梦见骑着大雁盘旋在白于山上空。

此后，庄子上凡娶亲，都是三哥赶拉拉去的。一年下来，攒了半抽屉红布条。

刚上学那年，老师先组织我们看了犁地的拖拉机。几个月后，表姐要出嫁，说是娶亲来的不是拉拉车，而是手扶拖拉机。学校又放假半天，我们又参观了手扶拖拉机。

爷爷病重，医生开的方子里有两味药在我们那个小镇上抓不到。为救命，父亲请全庄子唯一有自行车的堂兄跑县城去抓药。堂兄早晨去，下午就把药抓了回来。父亲羡慕地说："啥时我们家能有个自行车就好了。"五哥上高中，我们那年拔苦豆子卖了点钱，父亲就花五十块钱给五哥买了一辆很破旧的自行车。座子是自己拿破羊皮包的，脚踏板是用两块木头打了眼穿上去的。自行车虽然破旧，五哥每周末能回到三十里外我的苗圃吃个饱肚子，我和弟弟抓住机会学会了骑自行车。放暑假了，两人想去城里"买点学习用具"。一上路才发现，沙路上骑自行车可不是那么容易。刚刚学会自行车，还不会带人，只能凑合着"狗撵兔子"（接力骑），往城里去一个单程就花了两个小时。回来的路上，不争气的自行车链条老是掉。我不停地用手往上装，两手成了乌鸦爪子，白布衫襟子也染了几坨黑油，更糟糕的是自行车彻底没法骑了。弟弟腿疼得根本就走不动，只好把他驮在自行车上，我推着自行车一步一步往回走。天黑透了，还有十五里路。弟弟又渴又饿，我想起父亲的好朋友苏兽医家就住在附近，就投奔他家，吃了饭、住了一夜。

开学前两天才接到盐池一中批准我转去上学的口信。早晨天刚亮我就起来，步行十五里到大姐家借上她家新买的飞鸽自行车，带上干粮，从大姐家一口气骑到我上学的蒙海则中学，跨度近两百里。开好转学证明，把小书箱和铺盖绑在自行车上，简单吃了点东西，又掉转头向盐池县城骑。还没到定边县城，天色已晚。望着西下的红日，我感觉浑身困乏。又坚持了四十里，实在无力前行，就投奔县城北郊二嫂娘家住了一晚上。第二天一大早，看见自行车就两腿就发软，想到眼前有这么重要的事要办，只能硬着头皮继续前行。我走走骑骑、骑骑走走，三个小时总算到了盐池县城。见到舅舅，我一头就栽倒在地上……

高三了，学校就放了十天过年假。大雪封路，乡下根本就不通公交车，我就借上水电局上班的小姐夫的自行车回家。一路多次滑倒、摔跤不提，过了青山便是一条平直的下坡砂石路。归心似箭的我，远远望见村子，加快了速度。下坡路快，我谨慎地捏着刹车。刚走了不到三分之一，刹车冒了，自行车像失控的野马般奔驰起来。眼前的公路瞬间变得很窄，车速不断加快。我抬起脚谨慎地踏向自行车前胎，车速稍微降低了一些。

一股烧着胶皮的味道扑鼻而来。我知道鞋底磨损很严重，想再使点劲停下来，但路的一边是一人深的壕沟，另一边是崖壁，向哪边摔倒都有生命危险。我换了另一只鞋上去减速，没半分钟再换回原来那只鞋。理智提醒我：算了，命要紧，大不了穿烂鞋过年，我又不是没穿烂鞋过过年。就这样，来回切换鞋子，并尽量用鞋底的不同部位刹车。

终于平安下到了坡底，停车一看，两只鞋的鞋底磨穿了。

刚毕业那两年，自行车还是凭票买的。同事看我没自行车，就把他准备结婚的"红旗"卖给了我。我三个月才付完了款。

刚成家那阵，每年回老家都坐班车，从银川到定边县城至少要四个小时。再搭采油公司的拉油车到乡上，每次都由侄子在镇上用三轮车接我们回去。一次，没拦上油罐车，我借了辆摩托，骑在半路坏了，给别人丢下了一大堆的麻烦。

改革开放后，小姐夫承包了县水电局的钻井队。过年的时候，在宁夏上班、上学的全都集中到县城的小姐姐家，然后坐上姐夫的"北京212"回老家。上车时，只顾往上挤，到了老家，我下车一数，原来车里大大小小坐了十一个人。

南方出差回来的同事告诉我们，沿海城市的人都在谈论小汽车进入家庭的事。他打算考个驾照，问我有没有想法。我笑了笑，那还在猴年马月呢。仅仅三年，我和妻子也拿了驾照。儿子上高中，离家太远，骑自行车显然不是办法。于是连凑带借，花十四万买了辆小车，在郊外宽马路上遛了几圈，第二天就开车送儿子上学了。

岳母在西安住院，我从银川、儿子从北京同时坐高铁出发，三个小时后相聚在西京医院。妻子说比过去坐班车回定边都快。

记得当时搬进小区，院子里就六辆车。十五年后我搬家离开时，物业说院子里已经停了一百六十多辆车，小区外马路边还停着四十多辆。刚买车那几年，马路宽、车辆少，每次开车都感觉很爽。现在出门，自己用得最多的交通工具就两种：一种是自带的"11号"，另一种是共享单车。

偷　吃

　　同学打电话让我们周末去他家果园里摘枣子。我说："那多不好意思，那都是卖钱的东西。"同学说："我们又不是专门种枣的。雇人摘，再拿去卖，买不了几个钱，怪麻烦的。"摘着枣子，一帮同学聊起了我童年"偷吃"的事。

　　"偷吃"这个词在大多数国人的生活中已经消失多年了。但每逢这样的场合，我就不由自主想起这个令人心酸的词，想起那个令人心酸的童年。

　　二十世纪六十年代末、七十年代初，家乡接二连三地跌了几个大年成。人们白天忙着"抓革命、促生产"，晚上忙着"填肚皮、养娃娃"。革命是踏踏实实地抓了，但生产却没有促起来。肚子饿了，当然要寻找食物，这是连小蚂蚁都具备的本能。

　　记忆中，爷爷住的那间屋子的大梁上总高高地挂着一个柳筐，上面用油布盖着，我们从没目睹过筐子里的全貌。筐子里的宝贝，除了过年和重要节日我们这些年幼的孙子、重孙子能尝一点，平时也只有三个回娘家的姑姑、大姐以及爷爷的外孙子来了吃一点。

　　爷爷从筐子里取东西的时候，总是背着人，不让任何人看。从每次取出的东西看，筐子里应该有干馍馍、馓子、"洋糖"、干枣、柿饼、核桃等。

因为筐子是用绳子拴着的，绳子的结扣是只有爷爷才会的独特系法，筐口油布的盖法也有玄机。所有的秘密爷爷自己都记得非常清楚，一旦有人动过，绝对逃不过他那双老鹰一般敏锐的眼睛。所以我们不但不敢动，甚至平时连"馋"的念头都很少有，就像这筐子压根就不存在一样。

一次，爷爷的外孙子、我的表弟来家里玩。爷爷不在家，表弟没吃上好东西，心有些不甘，就建议我俩踩板凳上去偷东西吃。我说爷爷眼睛"毒"得很，碰一下他都知道。表弟看了看头顶上的筐子说："我就不信！"说着搬来板凳就要上去，我拉着他的胳膊说："真的。关键是爷爷发现了还要骂人、打人呢！"

受爷爷宠爱的表弟还是坚持站上板凳，观察了一会儿，小心翼翼地揭开盖筐口油布的一个小角，抓了一把核桃、干枣递给我，自己又抓了一把。然后按原样盖好油布，挪开板凳，两人跑到磨窑里偷着吃。我们拿出核桃、干枣数了数，表弟的枣子比我多两个，我又从他手上抢来一个。刚要吃，弟弟站在草窑门口，气喘吁吁地喊道："好呀，你们两个偷爷爷的好东西，我要告爷爷，看不剁掉你们的爪子！"说完，扭转头做出就要走的架势，我赶快跑过去把弟弟拉了进来。表弟当然明白，弟弟可不是白来的，不给他嘴上抹点蜜肯定是不行的。他只好把"红利"分给了弟弟一些，我也一样。分完后，弟弟发现自己手上的核桃、枣子跟我俩的数量差不多，就把手又伸过来，我只好又给了一个枣，表弟给了一个核桃。一看东西比我俩都多了，他这才承诺"打死都不告状"。

吃完后，把核桃皮、枣核丢进草林里，抹抹嘴，若无其事地回到大房子。爷爷看见外孙子来了，笑着伸手打算取出筐子里的东西给外孙子吃。刚要揭油布，又停了下来，仔细看着筐子，接着转过身来对我喊道：

"你偷吃了我的东西！"说着，手里的拐棍就飞了过来，要不是我有心理准备躲得快，那一拐棍就落在我胳膊上。第二棍抡起来时，我已经跑到门外，边跑边大声解释："我没偷，是他偷的！"

其实这事也怪我，我应该告诉表弟，我曾自作聪明地动了一下爷爷的宝贝，被爷爷精准发现，并"奖励"了我一拐棍。那次我做的准备工作比表弟今天要充分得多、仔细得多，而且我认为自己的"反侦察能力"是很厉害的。

这件事对家里人的教育作用很大，此后，再也没人敢动那筐子。

爷爷去世后，那只高挂着的筐子就消失了。父亲一直都秉持着"有福同享、有难同当"的物质分配原则，没有继承爷爷的做法，最主要的是没条件去做。

表姐来家里给父亲拜年的时候拿了一瓶苹果罐头，全家人都觉得是一种极大的荣耀。看着这么好的东西，我们小哥仨直流口水。父亲说，万一有个重要亲戚有病什么的好拿上去看，这样也有个面子。两年多过去了，一直没有出现值得把这瓶罐头作为礼物送出的事。

每当晚饭吃得欠了点，五哥就拿来罐头在炕桌上把玩，甚至拿出改锥在瓶盖上比划。看父亲心情好的时候，我就会都大胆建议："一家人解个馋？"我说完，哥仨就盯着父亲的脸看，希望父亲说出一个字——"行"或者点个头。父亲呢，像没有听到一样，好久都不答话。每次等来的答复都一样：一个微微的摇头带着一个甜蜜的微笑，然后又继续看书去了。五哥对我和弟弟使个鬼脸收起改锥，弟弟和我面对面趴在炕上，失落地把那个罐头瓶滚过来滚过去、滚过去滚过来。不解人情的花狸猫兴奋地参与进来滚罐头，我冲着花狸猫的脑门给了一个"崩瓜子"……

一次，父亲没在家，我和弟弟无聊地滚着那瓶罐头，没有记性的猫还是参与了进来。滚着滚着，罐头瓶被猫一爪子抛下炕，正好砸在堵坑洞门掉下来的砖头上，玻璃瓶碎了，果肉、罐头汁洒了半地。猫吓跑了，我们哥仨全都愣了。五哥第一个反应过来，撒腿到伙房抓来两个空碗和一只调羹，蹲在地上，轻轻地把摔碎了还口朝上的少半个瓶子拿起放进一个碗里，再把散开的果肉盛在另一个碗里，把碎玻璃扫在倒垃圾的小簸箕里。五哥边捡边骂，我和弟弟光脚呆呆地站在地上任凭处置，没有任何话可说。五哥手里捏着扫把，盯着簸箕里的碎玻璃，半晌说了一句："等大大回来收拾你两个碎皮！"

父亲当晚没回来。第二天早晨，我起来撒尿，一数两个碗里的果肉少了一块，心想：肯定是他俩中的谁半夜起来偷吃了。我抓起一块，用舌尖舔了一下，啥味道？一点都不好吃。既然拿在手上了，不好吃也给它吃掉，就假装很好吃，把那块东西给吃了。天大亮，弟弟起来第一时间就去看罐头，手指着两个碗里的果肉数了数，突然大叫起来："罐头少了，少了两块！你们两个偷吃了！"五哥看着我，我看着五哥，几乎同时说："不可能！你数错了。"弟弟又数了一遍，还是少了两块，接着喊、闹。五哥只好让弟弟吃了一块，说："剩下的谁也不许动。等大大回来再说！"

"啥味道，怪怪的？"父亲进门就问，我们谁也不答话，眼睛盯着父亲看。父亲到柜子跟前，看见碗里的罐头："你们终于给撬开了？咋没吃呢？"我壮着胆子说了句："等你回来一起吃呢。"父亲嘿嘿笑了笑："明明少了三块，还等我回来吃？"我以为就我们三个数过，原来父亲也数过，而且记得也很清楚呀。就见父亲抓起一块果肉，闻了闻，说："坏了吧？"他又咬了一小口尝了尝，赶快吐掉："坏得厉害，不能吃，吃了坏肚子的。倒掉！"说着端起两个碗，转身要出去倒掉。弟弟赶快喊："我们都吃了，没坏肚子！"父亲放下碗，擦了擦弟弟的泪珠，摸了摸他的头，又捧着那双被寒风吹打得像哈密瓜皮似的脸蛋，说："娃娃，吃了得病要打针的，下次有人再送咱再吃……"

那时农村没人知道什么保质期，只要没有严重变色、变味就认为没问题。一瓶罐头从张家到李家再到王家、赵家，甚至还能转回到张家，只要看上去没坏就像击鼓传花一样接着转。我家的那瓶罐头，之前不知道转了多少家。现在我们不光吃食品看保质期，连餐巾纸都有保质期。

那个年代，大家都没得吃，好像肚子就没个饱的时候，老捉摸着弄点吃的。没上学，在自家找吃的、偷着吃。上学后，结交一群小朋友，经常伙上几个人去偷人家的杏子、桃子、青豌豆、蔓菁。有一次，我和两个小朋友偷了表叔家的杏子，让表婶发现了，找来父亲告了状，父亲当着表婶的面把我按在地上，好一通巴掌。

其实也不是我们每次偷吃都遭父亲的打、骂，有一次还得到了父亲的庇护。侄子看生产队的西瓜熟了，就让我放哨，他去摘瓜。我俩抱着西瓜，躲在一个挖黄鼠留下的坑子里砸开西瓜就吃。快吃完了，就听看西瓜的老赵大声骂"贼娃子偷西瓜"。侄子伸出脑袋看，被老赵发现了，提着皮鞭就撵过来。我俩慌不择路，被挡在沟边。眼看老赵追来了，我一侧身，父亲就在眼前。老赵过来抡起鞭子要打我们，父亲伸手拦住，最终把老赵劝走了。父亲找到那个坑子，捡起西瓜皮说"回家喂鸡"，路上把瓜皮溜了一遍。在我记忆里，这是父亲一生中第一次、也是唯一一次为我们当了干坏事的"保护伞"。

上小学的学校附近就是生产队的牛圈。一次课间我肚子饿了，就下到牛圈，想看看喂牛的大姑父有没有啥吃的。进牛窑一看，大姑父手里端着个马勺（水瓢），正在吃着啥。见我进来，大姑父就给了我一大把，原来是黑豆。我好高兴，吃了几颗，到上课时间了。大姑父给我把口袋装满，安顿说："喂牲口的黑豆只炒了半熟，吃半把就行了，吃多了胀肚子。"以后每次肚子饿了我就往牛圈跑，不管大姑父在不在，我都可进去"偷"两把黑豆，其中一把悄悄塞给弟弟。过了一个学期，生产队喂牛的换成别人，也就断了我"偷"黑豆的路。

本庄子不好偷，就把视线转移到邻居庄子上。一次我带着几个同学偷邻居村的西瓜，结果瓜没偷着还被告到学校。老师问谁干的"光荣"事。我低头装作若无其事，最后一个学习不大好、也是我平时看不起的同学站起来独自担当了。这件事彻底改变了我对那个同学的看法，从此我们两人成了朋友。上初中，被偷西瓜那家的儿子跟我成了同桌，说起这事，两人都有点不好意思。

晚上睡下，我跟通铺上挨着睡的同学说："肚子饿得睡不着。"同学小声回我："我也是。我发现沟对面地里的蔓菁长大了，去……"我小声干脆地回道："走！"旁边有人问："干啥去？"我俩一起回答："尿尿！"

外面下着小雨，我跟在那同学后面，一路小跑，一口气翻过湿滑的泥沟。不远处石油钻井架上的灯光一晃一晃照亮了郁郁葱葱的一大片蔓菁，我真想趴下去啃一顿。在"怦怦"的心跳声中，挑了几个秧子茂盛的拔起来，摔掉根系上的土，拧掉秧子，把蔓菁揣进怀里。翻过沟找了一个能避雨的草窖，拿麦草擦擦蔓菁外面的土，剥去皮，两人就啃了起来。听着"咔嚓咔嚓"的啃蔓菁声，担心被路过的人听见，两人放慢了进食的速度。

吃饱了，用麦草把蔓菁皮盖起来，拍拍身上的柴草，准备返回宿舍。一摸衣服口袋，坏了，我那支当家的钢笔丢了！我要回蔓菁地里找，同学扯着我的胳膊说："算了，我把圆珠笔送你。"我说："哎呀，要命的是钢笔上面刻着名字呀！"于是，我又冒着雨"二返长安"，居然在我拔蔓菁的脚印旁找到了那支钢笔。我激动得差点大声喊了出来，重重地亲了一口那支可爱的钢笔，把它紧紧攥在手里，一口气跑回宿舍，兴奋得大半夜没睡着。

跟那个年代的老家人聊天，经常能聊起"偷吃"的事，大家都感慨地说，那时瓜果成熟的时候必须在地边上搭个窝棚，住上人专门看管，不然一夜间就可能被清了园。现在，瓜果多得送人都没人要，老盼着有人来偷些才好，可老也没人来偷，好多都烂在了地里。

写完这篇文章，拿给一个年轻朋友看。朋友笑着说："吃的东西还用得着'偷'，谁家还没些吃的？"我就讲了"晋惠帝何不食肉糜"的典故。

闻苹果

1972 年的某一天，小姐姐的箱子里有了一个气味特别香的果子，小姐姐告诉我们那叫"苹果"。

小姐姐每次打开箱子，我们小兄弟仨就跑过去，用头顶着箱盖不让姐姐上锁。每当这时，小姐姐就会神秘地说："只要你们听话，我就让你们每个人闻一下。但是，绝对不许咬——有毒！"我们都点点头，姐姐拿起苹果分别在我们哥仨的鼻尖上轻轻地停留两秒。然后我们盯着红红的苹果，依依不舍地缩回脑袋，让姐姐锁了箱子。谁要是调皮捣蛋，姐姐就警告他："再不听话，就不让你闻苹果了。"

每次打开箱子，总是香味扑鼻，然而苹果那干净漂亮的红脸蛋慢慢地变成了麻子脸。

爷爷病重了，医生说："老人时间不多了，想吃啥就给吃点啥吧。"姐姐拿出了那颗闻了几个月的苹果给爷爷吃。爷爷尝了一点，说："这么好的东西，每人都尝一点儿吧。"于是从父亲开始，大哥大嫂、二哥二嫂……全家几十口人每人都舔了一下。哦，我们哥仨总算都尝过苹果了。

直到这时，我才知道苹果原来是能吃的，也才明白姐姐一直在用苹果管理着我们哥仨。

那个时代，我们山里的孩子只知道桃、杏，连"水果"这个词都没听过，更别说吃了。

我带着没进过县城的弟弟进城，临走前父亲给了五毛钱，安顿说："买两个面包，别饿肚子。"

我俩是背上干粮进城的，饿肚子的事不需要考虑，进城就是要尝尝没吃过的东西。两人从东街走到西街，从西街逛到东街，到处都是没见过、没吃过的稀罕品。可羞涩的口袋里就五毛钱，买啥呢？

一样很亮眼、没吃过，甚至连见也没见过的东西吸引了我俩。两人一商量，就买它！

"这是啥？"弟弟大胆地问。"橘子，好吃，南方产的。"卖东西的回答。"南方是哪里？""好像是四川还是哪里。""昂，我知道了，我们庄子来的那些养蜂的全都是四川的。那就买三毛钱的！"我决定。

于是，三毛钱买了五六个橘子。想吃，可不知道咋个吃法。问卖东西的人吧，又不好意思回去，怕丢人。两人就远远地看着后面来买了橘子的人是咋吃的。怪了，来了几拨买橘子的人，买完后全都拎走了，没有一个人当场吃。

天色不早，不能再等了，该回家了，大冬天的可不能露宿街头呀。我俩跟国营食堂讨了碗面汤喝了就返程，拿出包里的干粮边吃边走边谈论这橘子究竟该怎么吃。

在我俩经验里，苹果是舔着吃的，桃、杏、犁是咬着吃的，那么橘子也应该是舔着或者咬着吃的。我先舔了舔，没尝出什么味，轻轻地咬一口撕开，发现里边是些水泡泡。吃皮还是吃瓤？吃了一口皮，很涩很涩，难道没熟？换一个，还是涩。那就应该是吃瓤，啃一口，酸溜溜的，不小心一股水刺进眼睛里。弟弟和我一样，吃一会儿皮，再尝一会儿瓤。

不管好吃不好吃，自己买了，反正是花了钱就得吃掉。两人把几个橘子的皮和瓤全都吃掉了，最终也没搞清楚究竟是该吃皮还是该吃瓤。弟弟埋怨我："都是你要买的，难吃死了！"我安慰弟弟："不管怎样，咱总算吃过了橘子。"

回来后把这事告诉父亲。父亲说："好吃不好吃，我又没吃。没糟蹋就行了。"我接着问："大大吃过橘子没？""没有。"父亲摇头。我突然意识到自己太自私，怎么也该给父亲留一个尝尝。

一次，大姐回娘家，带了半把香蕉。已经很晚了，大姐没说咋吃，就坐便车回了。第二天中午，小姐姐就把香蕉当成萝卜、洋芋之类的蔬菜切成片炒了。没多久，香蕉就成了黑糊糊，一家人稀里糊涂都给吃了。又一次，小姐姐回娘家带了几个"大果子"，每人吃了几个。我和弟弟各挑了两个大的，用缝衣服的线一头拴一个挂在脖子上。上课时偷偷摸一摸，下课时拿起来闻一闻，吃饭、睡觉都不离身，直到果子的把脱落了，才用牙齿尖一点点刮着吃掉。

改革开放后，直到上高中，我才知道橘子和香蕉怎么吃，才接触到"水果"这个词。

现在，生活在银川的我们一年四季都可以吃到任何季节的新鲜水果。不仅有当地的，也有南方的；不仅有本地的、国产的，甚至有进口的。每天吃的水果，比吃的饭还多。老家几个勤劳的哥哥，除了传统的杏、桃，都种了苹果、葡萄、梨、核桃、枣等，院子里的一棵苹果树嫁接了五六个品种。走进每家的院子，简直就像走进了花果山。

老家那边传来了关于乡村振兴的好消息：哥哥、侄子们建起了一批塑料大棚，他们要依靠自己的技能，生产出更多、更好、更适销对路的水果，把劳动创造的甜蜜播撒到更远的地方。

火柴枪

天热了，小区院子里一群孩子端着各种各样的水枪打闹着、追逐着。几个中老年人有感而发："现在的孩子真是幸福。""是啊，我们小时候都是自己动手做玩具枪。"

刚上小学那年，学校开始流行火柴枪。两个高年级的学生最先拥有火柴枪，一下课，就开始摆弄炫耀他们的"武器"。全校包括我在内的三十多个学生都是他们的忠实观众。一向以"指哪打哪"的弹弓绝手自居的五哥，一下子失落到了沟底。

玩耍中，一个同学射出的一根火柴扎在另一个同学的眉心上，老师就没收了两个人的火柴枪。

快放寒假了，我向父亲提议："放假后老师就回家了，咱们是不是请老师吃顿饭？"父亲痛快地答应了："难得老师不嫌弃咱们，对你们三个都好。家里再穷，也该请老师来家吃顿饭。"

我高兴极了，早早到学校就给老师说了请吃饭的事，老师也很痛快地答应了。老师和我们一起做、一起吃，跟父亲拉了不少话。我头一次感到一个"外人"跟我们这么亲近、这么友好。

去学校的路上，我大着胆子跟老师说起火柴枪的事。老师说："现在没收了，等放假后再还给他们，要不他们过年也没个耍的。"我问老师：“火柴枪好不好做？”老师说：“只要有东西，你也会做。”我跟老师提出想看看没收来的火柴枪，等放假了也做一个。星期六放学后，老师把我叫到办公室兼宿舍，拉开抽屉，让我看那两支火柴枪。我又得寸进尺地提出借一把拿回家“研究研究”。老师说可以，不过下星期一就要还他，不能耽误学习。我把枪往怀里一装，头也不回，一口气就跑回了家。

回家后，放下书就主动削山芋、拉风箱烧火，干一会儿活就摸一下衣服。五哥说：“啥毛病吗？你咋一干活就装肚子疼？”我没有回答，极力保持平静。趁我不防，五哥和小弟把我按倒在地，搜出怀里的火柴枪。

问我哪来的火柴枪。我说问老师借的。他们不相信。我越是极力地解释，他俩越是不相信，声音越来越大。有些疲惫的正在灶火小板凳上打盹的父亲突然喊了一声：“吃都吃不饱，还嫌消化不了？不准糟蹋洋火！”

吃过饭，父亲去大窑了。

五哥把火柴枪放进怀里，叫上小弟，两个人抬着猪食桶出去喂猪。出门前给我指了一下风箱盖，我当然明白他的意思——那是平常放火柴的地方。可是他们都没注意，父亲刚才离开伙房的时候，已经把火柴带走了。接着就听五哥对着窗户向里喊：“老六，把火棍子拿出来搅一下猪食！”小弟也附和着。我真切地听见小弟喊的是“火取子”（火柴）而不是“火棍子”。我着急地跳起来，大声回答：“我知道，不要再死声啦！”我心里骂着：两个笨蛋，喊得这么清楚，还怕父亲听不明白吗！你俩站着说话不腰疼，你们知不知道现在的情况有多复杂！

点着了灯，父亲把火柴放在眼前的小炕桌下，距离炕边有点远，我试了几试都没敢动手。外面两人的喊叫声停了下，却把猪食桶子敲得"咚咚"响，催促我快点把火柴拿出去。我心想：父亲明明看见你们手里拿着火柴枪，才把火柴"顺手"拿走的，你俩有本事倒是进来取呀！

正当我一筹莫展的时候，小虎钻到小炕桌下面取暖。我趴在炕边试图逗小虎，看看它的小爪能不能把火柴推过来。谁知这个不解人意的小东西，你越是逗它，它越是把火柴往父亲身边拨。我指着猫小声骂："狗东西，我白疼你了！"小虎叫了一声，索性闭上眼睛打起了呼噜……

外面的声响越发急促，我着急地又是挠腮又是抓耳。哎，主意来了。我上炕拉了个枕头躺在父亲身边，拽了拽自己的耳朵说里面痒痒的，让父亲给掏掏耳朵。父亲一手端着书，一手摸着炕上的火柴轻轻打开，摸出一根，然后放下书给我掏耳朵。我心中窃喜，悄悄摸出五六根火柴捏在手里，然后把火柴盒合上。父亲掏完一只耳朵，还要掏另一只耳朵时，我说："好了，那只耳朵不痒。"溜下炕，鞋后跟都没提起来就冲了出去，把搅猪食的火棍子更是"忘"在脑后。

为了不让父亲听见，我们哥仨拐弯来到以前晚上从来都不敢来的"有鬼"的小沟湾里，趁着月光玩起了火柴枪。因为枪在五哥手里，我就把手里的火柴全都递给了五哥。五哥很公平地说："一共六根火取，一人两根。老七先打。"他搬开枪头，塞进一根火柴，合上五块自行车链条，然后拉上枪栓，递给小弟，交代道："不能对准人！"小弟举起枪，冲着天空扣下了扳机。枪发出了很小的声响，火柴被燃着了。接着来第二根，还是不够响亮。然后到我，再到五哥，声响都不够理想。研究了半天，最后一致认为，是火柴在手心里捏得时间太长受潮了。我摸了摸口袋，哎，还有一根呢。我想自己来一下，但早让五哥抢去了。他装好火柴，手举得高高的，"叭"的一声，寂寞的沟湾报以响亮的回声。

我刚刚欢呼了一声，屁股就被人踢了一脚，就听父亲训斥道："马上期末考试了，不好好复习，还在这儿耍洋火枪呢。往回家滚！"再看火柴枪已经到了父亲的手里，接着被狠狠摔在地上……第二天，父亲就把火柴枪交给了老师。我自然是挨了一顿老师的训斥，感觉几天都抬不起头。

放寒假后，拿火柴枪的人一天比一天多，眼看着就剩下我家哥仨没有火柴枪了！

我们哥仨开了个小小的"形势分析会"，作出了一个重大决定：造枪！"砸锅卖铁"也得搞一把枪出来，而且要比他们所有的枪都好！不然我们哥仨以后在小伙伴们跟前就更没颜面混了。

假期作业本来就没多少，三五天全部搞定。我们凭记忆在纸上画了一个火柴枪的草图，标上每个部件用啥做的，根据手的大小，大致推算出各部件的大小、长短。又用两天时间，通过询问和对实物的观察，进一步调整优化了草图。

决心已定，哥仨你一言我一语就开始策划起"制造方案"：弄一根一尺半长的八号铁丝，做枪架子；一根带帽的自行车辐条，做枪栓和枪口；一条车内胎胶皮，做拉簧；最重要的是要五节自行车链条，做枪膛。方案确定后，五哥将各项任务分摊落实到人。

五哥攒下两毛多钱，所以他自己买八号铁丝和带帽的自行车辐条。车内胎胶皮也他找。小弟太小，还没上学，造枪的事情做不上贡献，那就在烧火、洗锅、收拾屋子上多干点，搞好后勤保障，支持"中心任务"。讨厌的五哥把最难办到的五节自行车链条的重任硬压给了我。我本想和五哥交换一下任务，怎奈我那羞涩的口袋里没积攒下一个钢镚，不得不硬着头皮接下这个光荣而艰巨的任务。

两三天后，五哥把分配给他自己准备的东西全都摆在炕上，问我车链条怎么样了。我低下头，直搓手上的垢甲。

第二天，我就逐个找那些有火柴枪的孩子，看他们从哪弄的。找了一圈，得知军子有十几节自行车链条。军子和我是好朋友，平时有啥事他都好商量，唯独这次，我好说歹说，他就是不给。我提出帮他喂羊、扫柴、拾粪，甚至拿出我最心爱的舅舅给的"学毛选先进"精装笔记本换他都不干。后来我明白了，大概是怕我有了火柴枪，他就失去了优越感，我就疏远了他这个好朋友。

"谈判"进行得异常艰难。天都黑了，军子还是丝毫不松口。后来我也急了，使出了不该使的绝招：要是不答应，我就再也不帮他写作业了！这下可戳到了军子的软肋上，他只好同意给我车链条。父亲批评过我，说帮别人写作业就是害了别人。现在为了搞到车链子，我也顾不上这么多了，就算屁股上挨两鞭杆也在所不惜了。

拿到链条的当晚，我们几个按照预先设计的方案，叮叮当当折腾了半夜。因为没有手钳子，小孩手上没力气，五哥和我的手都让铁丝划了几道口子。谁也没喊疼，按上一撮土面，伤口凝固了接着干。父亲几次醒来催促我们睡觉，甚至把灯都吹灭了。等父亲睡着了，我们就用皮袄遮住灯光接着干。

三星西下的时候，火柴枪终于造了出来。由于夜深人静，我们哥仨没敢装上火柴试枪。五哥把枪压在枕头下，大功告成的哥仨开始睡觉。睡了一会儿，我把手伸到枕头下面，哦，那里早有两只大小不同的手按在枪上，不知多久以后才都睡着……

上午，父亲放羊走远了，五哥再次拿出枪。出门前，我要去拿风箱盖上的火柴，五哥摆摆手。五哥带着我和小弟来到草窑，他让我俩闭上

225

眼睛。当我俩睁开眼睛时，看见五哥手里捏着一盒火柴——大概是卖猪鬃时买的。于是，我们开始试火柴枪。几番打磨撞针后，达到了每发必响的效果。哥仁再次兴奋起来，我和小弟各打了三枪。火柴是五哥的，他打几枪取决于他的意愿，我俩只有眼红的份。

玩了一会儿，再仔细看看这把枪，总觉得跟庄子里孩子们拿的枪没什么两样，这样拿出去也不会引起别人的注意。哥仁琢磨着如何能给枪增加点神气。

我们从废旧水泥袋上抽下尼龙线，缠在枪把上。从一堆碎铺衬里翻出一块红色小布条，用一小段绿色塑料头绳拴在枪把上。五哥拿着枪，从墙头上跳下的同时打响火柴枪，像杨子荣一般威武。我和小弟模仿着做了好多次，都没成功。五哥收拾干净自己的鼻涕，整理了一下自己的衣服，脑袋扬得高高的，说："嗨，嗨，杨子荣只有一个！"

我失落地坐在门槛上，嘴里嘟囔着："费那么大劲把车链子弄回来，就只配当个'坐山雕'！"五哥露出尴尬的表情，过来拉着我的手从墙头上跳了几次，终于有一次成功了。为了保住成功的纪录，我再也没做过那个动作。

傍晚，我们哥仁带着这把火柴枪去生产队的羊圈里喂羊。快到羊圈的时候，五哥高高举起枪，"叭"的一声，引来了一群娃娃的注意。看着这把枪独特的造型、舒适的枪把和飞舞的红缨，所有人都投以羡慕的目光，哥仁收获到了一种前所未有的荣耀。

玩了几天后，我们哥仁的口袋都被枪磨破了洞。一天早晨起来，枪不见了。直到大年三十父亲才拿出来，说："过年要一要就行了，这一天一盒洋火谁能养活起呢？"

后来受电影《小兵张嘎》的启示，在巧手工匠四哥的指导下，我们又用柴油机、拖拉机上的废料造了一把在同学中绝无仅有的木把火药枪。

多年前，我参加打靶比赛得了个第一名，奖品是一把手枪造型的打火机。这把"枪"一直摆在书架上。看到它，就想起了童年那把自制的火柴枪，想起了游戏的童年，想起了天真的伙伴。

票　证

前几天，从旧衣服里翻出几张伍元、拾元、伍拾元票子，很长时间没用现金了，感觉钱有些面生。

的确，时下中国人的生活中几乎见不到什么重要的票了。如果把时间倒推四五十年，那可是一个"票"的时代：饭馆吃饭要粮票、割肉要肉票、打油要油票、包糖要糖票、扯布做衣要布票、称棉花做棉衣棉被要棉票等。各种票的背后，代表着按计划生产、供应的生活物品，所以有票未必能走遍天下，但无票绝对是寸步难行。

各种票不仅有全国的、地方的，还有系统、部门、企业、单位内部的，可以说是五花八门、形形色色。

姐姐订婚那天，在介绍人的撮合下，男方家主事人和父亲在衣襟下面捏手指，谈论着什么。哥哥说，那是在"言彩礼"。接着，便由姐姐向男方"要"陪嫁。一切进行完毕，爷爷突然说："还得要三尺六寸布票、一斤二两棉花票。"介绍人赶快说："应该的，应该的。"爷爷捋着自己的山羊胡子笑着说："要不，有钱也扯不来布、称不来棉花嘛。"

辛苦了一年的父亲在年终决算时往往要给生产队倒找钱。父亲在生产队劳动只有一个意义，就是分粮食。每年都如此，这样的目的我们很小很早就知道，所以过年穿件新衣服，必须早做打算，比如春秋挖甘草，夏天拔苦豆子。我第一次靠自己的劳动收获两块六毛钱，盘算着早点扯上布好送给姐姐做过年穿的衣裳。可旧布票去年腊月就用完了，好像还欠着姑姑家的二尺半布票呢。

晚饭做熟了好久，还不见父亲回来。垴畔上扬着大雪，我们有些心焦。我和哥哥正要出去找父亲，一开门，一个"雪人"挤了进来。"雪人"开口咳嗽，才认出是父亲。我们拿起笤帚给父亲扫去身上的积雪，父亲摘下暖帽边拍边说："拿回来了，拿回来了。队上开会，完了就分布证和棉花证。"说着从怀里掏出一个纸卷搁在小炕桌上。我赶快打开纸卷，是两大两小四张不同颜色的纸——布票和棉花票。我数了一遍，五哥、弟弟各数了一遍，父亲最后又数了一遍，几个人的数据一致，布票共一丈四尺四寸，棉花票一斤二两。父亲说："对了，每人三尺六寸布票、三两棉花票。"

我着急地问父亲："做布衫几尺布？"父亲回了我一句："我又不会做衣裳，问你姐去。"姐姐家在十几里外的地方，我怎么问？父亲接着说："咱先还了借人家的二尺半布票，剩下的不着急。马上要打返销粮了，咱还是先顾救好肚子，然后再说顾救身子的话吧。先吃饭！"

吃过饭，借着收碗筷的机会，我又大着胆子问父亲："大，不早点扯布做衣裳，我姐啥时间才能做出来？年咋过呢？"父亲眼睛盯在书上，头也没抬，说："娃娃，三十晚上睡一觉，年就过了。年好过，这日子难过呀！"父亲扶了扶石头眼镜，继续看他的书去了。

我们期待的返销粮终于下来了。父亲身上的钱不够，就动员我们把卖甘草的钱贡献出来一部分。我们虽然不乐意，但为了糊口，还是交出去了一些。不交也不行啊，因为家里所有的钱都在父亲身上，我们哥仨拥有的只是个数字。

过了腊八，穿新衣服的心情越来越迫切了，可布票依旧锁在父亲的箱子里，我们只有干等的份。

腊月十六一早，父亲剃了个胡子，换了件出门的外罩衣，拿刷子刷了刷裤子上的污垢，对我和弟弟说："你们两个今天替我放一天羊，我去供销社扯点布、称点棉花，送给你姐做几件过年的衣裳。家里就那点钱，全都在我身上，具体能置办到啥程度，我也不知道。你姐一大家子人，也不容易，咱们不能让你姐再'挖窟窿'。不管办成啥样，你们都不能有意见，不准耍脾气！"

除夕那天上午，连续"执勤"了三天的我和弟弟继续来到垴畔上，向着去姐姐家的小路瞭望。羊快要出圈的时候，眼睛超尖的弟弟突然喊："西沟边上来个人，不对，是两个人，好像还有自行车！"我俩确信，那就是姐姐和姐夫，所以不由分说就迎了上去。

果然是姐夫骑自行车捎着姐姐。自行车把上挂着个筐子，盛的应该是年茶；姐姐背上背着个大包袱，肯定是我们过年的衣裳。

一进家，姐姐快速打开包裹，先给父亲穿上新棉袄、扣好布扣子，拽拽袖子、捋捋肩膀、扯扯襟子，用牙咬断多出来的线头，仔细捡去针眼上一个个小棉星。父亲左右掉转身子任由姐姐摆布，姐姐、姐夫上下左右端详着父亲。姐夫说父亲"一下子年轻了一大截"。

接着给五哥穿衣服，是一件有两个口袋的军绿色罩衫（套在棉袄外面的），也是这么一套程序。我和弟弟已经没有耐心欣赏五哥了，伸手去拿属于自己的衣裳。姐姐按住我俩的手说："等等！"就见弟弟着急地在地上跺着脚，乱转圈圈。

终于轮到我了，应该也是一件罩衫。姐姐打开叠得方方正正的衣服，空中一抖套在我的破棉袄上，快速扣好扣子。又用更快的速度给弟弟穿上布衫。

父亲、姐姐、五哥好像做了分工似的，把我俩围起来，像姐姐那样履行前面的程序。我看着自己罩衫不同颜色的袖口，觉得别扭，又看弟弟的袖口也是一样。弟弟转过身去，我又发现他布衫后襟的下半段是旧布弥上去的。再拽过自己布衫的后襟看，也是旧布。

看着快要掉下眼泪的我和弟弟，父亲想开口说啥，姐姐截住话头解释说："买布的钱不够，大大把'多余'的布票卖了，钱还是不够，就少扯了一尺八。"姐姐说她拿到布料为难了好久，只能找些颜色差别不大的旧布弥在袖口、后襟下半截那些稍微不显眼的地方。姐姐还说为啥给父亲缝件新棉袄呢，一家之主，出去也好有个面子。为啥给五哥一件新的呢，自从姐姐嫁出去后，他在家里接替了姐姐原来做的大多数活。我俩在这个家的贡献少，毕竟年龄还小，面子也没父亲和哥哥那么重要……

我正好面对着父亲，就见父亲的眼泪唰唰地往下流。姐夫过来安慰父亲："这已经很不容易、很不容易了。不管怎样，赶过年总算每人都添了一件衣裳。咱都高高兴兴地过个年！"说着拿来筐子，揭开上面的油布，露出几方子烧好的猪肉，还有托馍馍、油果子和摇碎了的馓子。姐姐拿起一个托馍馍，掰下两个耳朵，先给弟弟和我每人一个，再掰下两个给了父亲和五哥。

吃着散发着浓郁香豆草味的白馍馍，看着全家人穿上新衣服，父亲抹去眼泪，脸上又露出了笑容，指着姐姐手里的馍馍："你们两口子也吃。"又指着我们哥仨："瓷眉愣瞪的，也不给你姐夫倒碗水。"五哥吐了下舌头，两手拍了下大腿："哎，姐姐、姐夫来了半天，还都在地上站着。"父亲拿笤帚象征性地扫了一下炕边，让姐夫坐下。

姐夫说："不客气。我们还要赶紧回去给人还自行车，娃娃还等着吃奶呢。"

出门前，姐姐又挨着看了一遍几个人的衣服，说："好着呢。"姐姐坐上姐夫的自行车，父亲说了句"为难我女子哩"。姐姐回眸看了我们一眼，然后转身把脸埋进姐夫的后背……

第二年春天，供销社来了一种叫粘胶布的白布，价格比原来的白布便宜，而且只要一半的布票，人们称作"半票布"。五哥带着我们抓紧挖甘草，我终于穿了新的白布衫准备参加六一儿童节的广播操比赛。后来因为用洪水洗了，导致颜色差异太大没能参加比赛，这是后话。

挖甘草的好处不只是卖钱。一次我们卖了甘草，还意外地拿到了一斤三两陕西粮票。哥仨买了四个面包，花去了四毛八分钱和八两粮票。回家把面包撕开喂给父亲，父亲惊奇地问："没粮票，哪来的面包？不会黑市上买的吧？"五哥把剩下的一张半斤粮票和卖甘草的钱递给父亲，说："供销社给的。"父亲吃着面包点着头，直说"好，好。再好好挖甘草"。

粮票就像人的腿子。自从有了粮票，我们就有了进县城开眼界、下馆子的更大"理想"。那年冬天，我和弟弟拿着粮票和钱，第二次进了县城。想下馆子，一看国营食堂墙上的价格表，实在是没实力实现这个理想。又看见有人喝我们没喝过的白米（大米）稀饭，一问，人家要全国粮票或者宁夏粮票。看见有人排队在食堂小窗口买熟的猪头肉，过去一问，人家要肉票，说肉票只有城里人才有。哥俩碰了一鼻子灰，依旧买两个面包充了饥。

回来后我把进城的故事讲给姐姐，并遗憾地说："城里真好。就是没喝上白米米汤。"姐姐问："为啥？"我说："没有全国粮票，也没

232

有宁夏粮票。"姐姐说:"以后卖甘草来我们那里,路虽然远点,但给的是宁夏粮票。"姐姐说她卖了甘草,就拿宁夏粮票在粮库里买了三斤大米。舍不得一顿吃完,就在黄米里掺了一点。米饭做熟,外甥女哭得不吃,跑到奶奶家说"妈妈的干饭里有虫子"。

我们用架子车拉着甘草正准备去姐姐那里卖,大哥见了说:"现在咱们供销社也给的是宁夏粮票。再不给宁夏粮票,恐怕卖甘草的全都跑盐池县去了。"这次卖甘草,真是拿到了四张宁夏粮票,正面写着"壹市斤""半市斤""贰市两",背面写着"涂改无效,伪造必究"什么的。看着手里的宁夏粮票,我极力地想象着白米饭的味道,想象着稻子的模样,想象着那稻花飘香的地方。

表姐嫁人了。我似懂非懂地听他们说表姐有福气,嫁了个"穿四个崖窑"(有上衣口袋)的当兵的,说表姐夫是"全国粮票"。

1984 年 9 月初,我带着"粮、户关系"去大学报名。学校的工作人员说:"你必须带上给粮库交了公粮的证明才行。"我问同宿舍的一个同学,他说没有这个要求。后来才搞明白,人说城里人都是"自带粮票的"。交公粮的时间早过了,家里人只好花三十多块钱买了一百八十斤粮票,交入粮库,才拿到真正的"粮食关系"。

上大学的第二年,在报纸上看到一张"布票"和"粮票"对话的漫画。"布票"说:"我已经退休了。""粮票"说:"我也快了。"

改革开放让票证满天飞的短缺时代一去不复返。没有票证的证明,人们的身份差别更小;没有票证束缚,人们走得更远。

票证承载着时代记忆,那时的票证现在成了收藏界一个独特的门类。搞收藏多年的同学说,他在这上面发了不小的财。

糖蛋蛋

三哥结婚那天，我又一次见到了心中的偶像——六舅。

一见面，六舅就把我抱在怀里，亲了亲我们洗得不大干净的脸蛋，从口袋里掏出一大把五颜六色的糖蛋蛋往我的口袋里装，摸遍我全身竟然没找到口袋，就脱下我的鞋，说："来，没有崖窑咱就装鞋壳壳里！"说着，一把糖蛋蛋装进了我的鞋壳里。六舅这头往里装，糖蛋蛋从另一头往出漏，顺着门前的坡往下滚。一群孩子一哄而上争抢糖蛋蛋，我迅速趴在地上，用身子压住身边的几颗糖，嘴里喊着："我六舅给我的糖！"那些孩子根本不理会我的歇斯底里，滚远的糖蛋蛋瞬间被抢光了。我捡起身下五颗糖蛋蛋，指着抢了我糖蛋蛋的孩子，哭着喊道："等我长大挣了钱，买一毛线口袋糖，一个都不给你们吃，爱死你呢！"

过年时，村上的年轻人挨家挨户给老人拜年。小孩子拜年，谁家能给一颗糖就不错了。我和弟弟到姑姑家拜年，姑姑总给我们一把糖和核桃、干枣，把我俩的手塞得满满的。吃完糖，把糖纸将得展展的夹在课本里，等到开学了，拿上花花绿绿的糖纸给同学夸。一次期中考试前，父亲拿出唯一的一颗糖，说谁考第一糖就给谁。结果我们哥仨都考了年级第一，父亲就咬碎那颗糖，每人分了几块糖渣。

上初中时，听说姐姐家添了外甥，我高兴坏了。好不容易熬到星期六，下午一下课就飞出校门。刚走了几步，突然想起父亲常说的一句话：去别人家不能空着手。拿啥礼物呢？我一个穷学生，中午都还没吃饭，就等着下午到姐姐家饱饱吃一顿呢。我摸遍了口袋和衣角，啥也没摸到。又在书包里翻腾了一遍，一不小心文具盒掉在地上，文具盒底部课表下露出了一张崭新的绿色两毛钱，那是过年时姐夫给的压岁钱。我拿起钱对着太阳照了照，用指甲弹了弹——可救了我啦！

看着供销社琳琅满目的货物和高不可攀的价格，我耷拉着脑袋在那条小街道上走了几个来回。手中崭新的钱被我搓成卷展开，再搓成卷再展开。我靠在电线杆上，实在没了主意。"一毛钱三十个糖蛋蛋……"一个熟悉的山西方言声从小巷里传出，我循声望去，就是那个天天都在校门口叫卖的老汉。"一毛钱三十个糖蛋蛋……"又是一声，我急忙迎上去，生怕老汉走掉了。我把钱递给老汉，没带商量地说："两毛钱七十个！"我从纸盒子里边挑边数糖蛋蛋："二、四、六、八、十……""娃娃，你这钱咋缺了个拐角？""不可能，我今天才拿出来的新钱！"我头也没抬，继续数着糖蛋蛋。"你自己看，我还能哄你个小娃娃？"接过钱一看，果然缺了一角。天啊，我的头一下子大了！

停了一会儿，老汉对我说："我看你也是个老实娃娃，不会拿烂钱骗我。你是不是掉在路上了？回去找找，我在这等你。"我沿着街道找了两圈，回来告诉老汉没找到。老汉说："这样，钱缺了一块它还是钱，能在信用社换成新钱，不过不是两毛，但最少还能换一毛。你把钱放下，先拿上三十个糖蛋蛋。后天信用社上班了，你去换，换好了给我。"我拿着三十个糖蛋蛋一路小跑，去了姐姐家。自己一个没舍得吃，三个外甥每人十个，包括刚满月的小外甥。姐姐笑着说："他还吃不了，这十个给你。"

1981年家里粮食丰收了，哥哥给我五十块钱让我去办年货，安顿我："水果糖称两斤，其他核桃、柿饼、花生看着买。"我买了三斤"杂拌"水果糖。父亲身边放着两个篮子，微笑着迎接一批又一批前来拜年的人。大人们花生瓜子随便吃，孩子每人一把水果糖。每送出去一把糖，父亲就说一句"现在的日子真是好了"。

参加工作以后，每年过年，家里人都要给父亲准备过年的东西。除了新衣服、发压钱之类的，糖总少不了，但品种一直在更新，最早是水果糖，后来是"高粱饴"、奶糖，再后来就是无糖糖。十几年前，过年的糖过了元宵节就没了，有时过年期间还要补充一些。最近十年，过年准备两小盒糖，一直放到过下一个年，连包装都没打开。

糖买得越来越少了，我们的生活却越来越甜蜜了。我感谢这个伟大的时代，我也永远记得一路走来的艰辛。

钟　表

没有钟表之前，我们的祖先靠漏记录时间，官府通过更夫敲打的更声告知百姓时间。我小的时候，钟表是显示时间最方便、也近乎是唯一的工具。谁家有一台钟表，全家人都以此为荣；谁手腕上有一块手表，不知能引来多少羡慕的目光。

农民以种地养畜为生，日出而作、日落而息，人们似乎不需要钟表这类显示时间的工具。我从记事起到后来的那几年，全庄子没有一台钟表，没有一块手表。

听说有一种看时间的东西，我没有见过。一次，大队开会的会议地点就在我们庄子。记得那天来讲话的是公社书记，是我当时见过最大的官。他穿着一件白衬衣，袖口卷得高高的，胳膊上戴着一根铁链，链条上拴着一块镶玻璃的圆片。大人们说，那就是手表。书记在讲话中不时挥舞着胳膊，手表一闪一闪明晃晃的，表盘上反射的太阳光不时光顾我的眼睛。一开始我无意识地用胳膊挡一下那刺眼的光，转瞬又有一种荣耀感，又伸着脖子期盼、追赶那束珍贵的光芒。书记讲的啥我一概不知，我的最大的收获是第一次见到了一个叫作"手表"的高贵物品。

后来去县城，住在亲戚家。拉风箱烧火的表兄手臂上戴着一块蓝色表盘的手表。往灶火里煨炭的一瞬间，在火光映照下，那蓝色的表盘比中秋朗月还要美丽。

上学那年，生产队开办了小学。为了让老师知道上下课时间，生产队买了一台钟表。老师在小小的办公桌上腾出一小块地方，用嘴吹了又吹上面的灰尘，觉得不放心，又用自己新买的擦脸毛巾擦了几遍。队长抓住小桌摇了摇，给桌腿下面支了点薄瓦片，这才把钟表交给老师。老师咧着嘴，露出洁白的牙齿，拧了拧钟表背后的旋钮，把钟表靠在耳朵上听了听，然后放在办公桌靠墙的拐角处。老师放下又拿起钟表，歪着脖子反复调整了三四次方位，才让那神像般的钟表落定。

上课前，老师一手高高举起那个心爱物，一手指着上面的部件告诉我们："钟表上有三根针，最长、看见转动的这根红色的指针叫秒针，绕着钟表盘转一圈是六十秒，也是一分钟；比秒针短一点宽一点的叫分针……最短的这根针叫时针，'时间'的'时'，转一圈是十二小时，转两圈就是一天一夜。咱们一节课四十五分钟，我定好铃子，到了下课时间，钟表铃子就会自动响……"

在三个年级的混合教室里，刚上学的我坐在距离钟表最近的地方。两只眼睛死盯着分针和那个刻度，至于老师讲的啥课，我根本没听。老师显然看出了我在开小差，几次用尺子在我面前晃动，我还是没法集中注意力听课。

分针走得也太慢了，盯得我眼睛发涩、脖子发酸，才走了不到十个格子。那该死的分针，就像我家那头老驴，就算皮鞭抽在身上，依然我行我素、不紧不慢。我恨不得钻进去用手往前拨一段。想着想着，手就在空中做起了动作。老师终于忍不住了，拿尺子在我手上拍了一下。我收起双手，低下脑袋，眼睛却偷偷地向上翻着，死盯着钟表的分针……眼看指针指到了下课的刻度上，钟表就是没有反应。我闭上眼睛，准备舒缓一下神经。就在此刻，钟表突然响了，我一紧张，书、本、铅笔掉了一地……

后来在舅舅家见到一台钟表，比我们学校的大。头顶上有一对明亮的铃铛，表盘上一只公鸡带着一群小鸡啄米，一秒钟啄一下，感觉好神奇。接着又在一个远房亲戚家见到墙壁上挂着一台更大的钟表，钟表下面还吊着个"秤砣"，不停地摆来摆去。时针指向几点，就会发出几声敲钟声；指向半点，就响一声。回来后，我饶有兴致地向小伙伴讲了好几天关于钟表的见闻。

上初中时，学校没法解决冬天的取暖问题，村子的五六个孩子每天步行近十里路回家吃饭睡觉。早晨带点干粮、窝头或者炒面什么的，中午凑合着吃点，不饿就行。下午下课回家再吃饭，我们称之为"跑灶"。为了早晨七点半前赶到学校上晨读，必须六点半之前出门才不至于迟到。

我家没有钟表，几个同学家也都没有钟表。父亲只能靠看星星、月亮，听公鸡打鸣叫我起床。我起来后，去喊最近的另一个同学。这时庄子里的狗全都叫起来，其他同学就在犬吠声中凑在一起，然后向学校的方向走去。大家边走边大声说话，以驱赶对天黑的胆怯。

父亲这样叫我起床，时间长了，我自己也就有了一些经验，到外面尿尿时会根据星星、月亮的位置判断时间的早晚，比如三星西下，"十五、十六，日月明透"。

夜空晴朗还行，遇到阴霾天气，就只能靠听公鸡叫鸣，但冬天鸡窝里贪睡的公鸡叫鸣并不那么准时。为了不让我迟到或者起床太早，天阴的时候，父亲常常只睡前半夜，后半夜每隔一会儿就出去外面听一听、看一看，等我上学走了他再睡一会儿。好几次父亲因叫早了我而自责：

239

"半夜三更就去学校，冻坏了吧？"我说："没事，我有皮袄子冻不着。"父亲说："赶明手头松宽一点，咱也买个钟表——最便宜的那种。"父亲和我都明白，按照当时那种家庭条件，买钟表就是纸上画的个饼子。

城里的一个远方表兄下乡办事，在我家住了一晚上。晚上睡觉时，表兄取下手表拧发条。拧完发条后，大口哈气，用手绢仔细擦了几遍手表和表带。父亲问："手表多少钱？"表兄说："这是上海十七钻的，一百多。十九钻的还要贵一点，要是进口的欧米伽，就更贵了。"表兄把表递给父亲，父亲把手在衣襟上擦了擦，轻轻接过手表，凑到灯下看了看，又赶快还给表哥。表哥捏着手表捂在父亲耳朵上，问："表叔听见里面的钢音没？"父亲说："对对对，听得真真的，比榔头敲犁铧声还刚劲！"表哥又拿到我耳朵上。父亲赶快说："算了算了，娃娃家能懂个啥！"表哥指着表盘告诉父亲怎样认表上的时间，父亲不停地点头。那么小的表盘，那么昏暗的灯光，父亲肯定没搞明白，点头仅表示尊重。印象中，这个远方表哥是来我家住的第一个城里下来的干部。

刚上初中那阵儿，学校上下课的铃子都是由做饭大师傅兼职敲的。前面大师傅走了，新来了个大师傅不认识钟表，校领导就让参与值班的学生看钟表、敲铃铛。

一个周六的下午，班主任把红袖章和钟表交给我，郑重地告诉我："下礼拜轮到咱们班执勤，按规定我是下周的值班班长。根据这段时间各方面的表现，你就是执勤班副班长。看好钟表，盯好时间，晚自习跟我巡逻！"老师教我怎样定闹铃，我接过钟表看了看，试着拧了拧，点头表示明白。我把钟表和红袖章装进书包，转身一口气跑回十里外的村子。一进村子，我就拿出钟表拎在手上，见人就主动上前打招呼。我以最长路径、最慢速度穿过半个村子，只看到三四个人，心里有些失落。

看着钟表，父亲似乎看到了我读书成功的一线希望，露出难得的笑容。夜里熄灯后，父子躺在炕上与我聊了很长时间。

星期天中午吃过饭，父亲出乎意料地说："早点去，别打铃迟到了。"而以往这时，父亲总会说："再干一会儿活，去学校早了也是外面站着。"我提起钟表，沿着昨天回来的路线，提前两个多小时来到学校。

校园空荡荡、静悄悄的，甚至比放假时还要安静。我戴上红袖章，拎着钟表，从门房开始，沿着宿舍、教室、食堂、库房、操场、猪圈，转了一大圈回到门房，除了看大门的，其他一个人都没见着。我来到班主任老师宿舍门前，从书包里拿出语文书。把书包平放在宿舍门口的青砖台阶上，我坐在书包上，语文书在我双膝上，钟表平躺在翻开的语文书上。我再一次定了闹铃，打了十分钟的提前量，又紧了紧发条，边背课文边恭候全校师生的到来。

我把学过要求背诵的课文全都背诵了一遍，怎么还有一个半小时？不会是这钟表出了问题吧？我来到学校对面的邮电所，正好有认识的人手上带着手表。两人对了对时间，我手上的钟表还快了三分钟！我回到原地，继续坐下等待……

"来得挺早！"我一抬头，是班主任老师。老师把我让进宿舍，问我："会用表了吧？"我说："会了！"我期待老师说说执勤的事，老师没有再说啥，就把全班的语文作业交给我，让我带回教室。来校园的人渐渐多了起来，校园渐渐热闹了起来。

距离上晚自习还有十分钟时间，我操起灶房砸煤的锤子，对着树上那块锈迹斑斑的犁铧重重地敲了下去。敲完后，感觉节奏不大美气。十分钟后，又敲了一次，这次节奏稍好了一些。

就这样，决定全校师生行动步调的钟表，在我的怀里被我抱了一个星期。星期六下午放学铃敲完后，我们把钟表连同红袖章交给了下一个班级。完后，老师对我说："学校这样安排是影响学生学习的。"有些心虚的我立刻明白，老师这是在批评我这周听课、学习不认真。

1984年考上大学那年，采油公司给村上赔了些耕地占用补偿费。父亲、哥哥们决定拿出一百元给我买块手表，"破天荒"地作为对我的奖励。我拿着钱到七外爷家，请七外爷带我在银川新华街钟表商店里买了块"宝石花"手表。同学里戴手表的并不多，我觉得自己这样的家庭条件戴块手表有些奢侈，手表一直悄悄地藏在衬衣袖子里，睡觉时就压在枕头下面。

不久，电子手表大流行，我把这块手表给了父亲。父亲戴着手表，高兴地看了一会儿，又从手腕上摘下手表说："这是洋气玩意，我一个放羊的戴上不自在。"我说："现在'三转一响'不时兴了，农民戴手表很普遍。放羊戴手表，天阴看时间挺好的。"我又给父亲戴在手腕上，父亲微笑着说："那好吧。"

以后好多年，不管是学生时代的假期还是上班后的节假日，每次见到父亲，总能看到手腕上的那块手表。一次，见父亲总是紧捂着衬衣袖口，我"无意中"摸了一下父亲的袖口，知道手腕上没有手表。我问手表呢，父亲说修去了。哥哥告诉我父亲的表坏了，修不好了。还说父亲平时很少戴那块表，只是见到我的时候才戴。

我感觉好惭愧，就给父亲买了一块不用上发条、走时更准、更时尚的石英表。后来经济条件更好了，父亲拿上了手机。然而父亲依然戴着那块石英表，他只信任那块手表的时间。

父亲去世三周年，哥哥整理父亲的遗物时，我又看到了那块边上有些磨损的石英表。我突然想起，有一次父亲在亲戚面前夸耀"这表是儿子给我买的"。

　　我后悔为什么没给父亲买块更好的新手表呢……

　　　　　　　　　　　　　　　　　　　壬寅重阳节

钥　匙

　　有钥匙就有锁子，有锁子就有钥匙，这个大概不会有错。钥匙和锁子的关系远比矛和盾的关系密切得多。曾几何时，好东西全都锁在库房里、柜子里、匣子里。物资越是匮乏，钥匙的意义就越大，那拥有钥匙越多的人控制的资源也就越多。

　　在物资匮乏、温饱不济的年代，钥匙绝对是权力的象征。为确保十分有限物资的安全，人们不得不用上十二分的心思去加强管理、堵塞漏洞。于是，公家大院、集体库房、农家院落，仓囤、柜子、匣子到处都有"铁将军"把守。上面防下面、队干防社员、墙里防墙外，爷爷防孙子、老子防儿子、婆婆防媳妇……

　　记忆中，姑奶家的东西管得很严，不光库房，连洋芋窖、草圈都上着锁。儿媳妇自从嫁到那个家里，就没见过婆婆家的钥匙长啥样。每到做饭的时候，姑奶就从枕头下拿出大铜钥匙，像捣蒜一样迈着小脚去库房盛出米、面、油。盛完后，在米面上面按上手印，在香油缸的油面上摆出麦草花样，然后回到大房盘起腿等着吃饭。姑奶去世前一天，才把钥匙交给年过花甲的儿媳妇。只有拿到钥匙才算真正熬成婆。

　　上小学时，每天上学路过生产队库房，都能看见门上的大锁扣上挂着三把大小不同的铁锁。看到紧锁着的门，我就想象库房里的好东西，粮食和麻子肯定是有的。只要有人从库房出来，总能看到他们口袋鼓鼓囊囊的，嘴皮上沾满了麻子壳。几次想从门缝往里看个究竟，都因里面太黑而啥也没看到。

我正用一只眼睛往里看着，屁股上被人拍了一巴掌："钢蛋想干啥？！"原来是队长。队长后面跟着出纳和"贫协会"主任。三个人分别打开三把不同的锁子，库房门"咯吱吱"被推开了。我似乎没听见上课的铃声，尾随三人进了库房。

哇，好多东西呀！粮食、油籽、香油、羊皮、羊毛、羊绒，犁、耧、碌子等农具，及牲畜套车、套农具所需的拥脖、加板、搭背、套绳等。生产队库房的东西让我理解了一个刚刚学到的词——琳琅满目。队长来到香油缸前，拿油提子轻轻提起半提香油，用鼻子闻了闻、舌头舔了舔。"香！"我不由得说了出来。队长把提子移到我嘴边说："张嘴——"我嘴一张，一小段香油线滑入我的嘴里，又顺着咽喉下到肚里。往前走，就是盛麻子的屯子。我刚想抓一把，看见上面有大大的印字，便没敢动手。队长抓了一大把麻子给我。我双手捧住，慢慢倒入裤子上唯一的口袋。自己又抓了两把，塞满口袋、塞满嘴后，手里还捏着半把。这才想起该回教室上课了，跑步到教室门口被一个土坑绊倒了。正在讲课的老师见我摔倒没爬起来，便出来拉我起来，看我没事就让我进教室坐下。我低着头，慢慢地小声咀嚼着嘴里的麻子，老师课堂上讲的什么我全然不知。嘴里的麻子完全变成细细的麻浆，咽下肚子后，才觉得两个胳膊肘子有些疼痛。抬起一看，肘子下面两大片油皮被擦掉了，像揭了皮的桃子一般微微向外渗着血珠。想伸手去抹，才发现两手都还紧紧地捏着半把麻子。我对着伤口轻轻吹了吹——由它去吧。

在那个时候，屁股上吊一串钥匙是大人们的标配。本人的身份和家里条件怎么样，从钥匙上就能看出个大概。比如，我们队长腰上的钥匙最多，而且挂着庄子里最长的一把钥匙。每每看到队长腰上那把长长的钥匙，我都能联想到生产队仓库那些好东西。晚上常常梦见那把钥匙挂在父亲腰上，我大声对小朋友夸耀说："钥匙，那——么——长，像个棒槌，我两拃都没拃到头！"

赵三喜从小就没了父母，也没上多少学，凭着自己的好苦性被招了女婿来到我们村。招女婿有个不成文的规定：一是不当岳父家的掌柜的，二是养下儿子跟岳父姓。三喜能下苦、脾气好，在家也受尊重，除了没当掌柜的，其他啥都不缺。其实当不当这个掌柜的，三喜并不看重，只是庄子上那群闲话婆的嘴让人有些受不了。老岳父去世了，有人问三喜："你该当掌柜的了吧？"三喜微笑着淡淡回答："外母还在。"老岳母去世了，又有人问："上面没人了，这下总该当掌柜的了吧？"三喜笑而不答。

没钥匙掌什么"柜"？一段时间，人们发现三喜腰上的钥匙渐渐地多了起来。劳动休息间隙，队长问三喜："兄弟的钥匙比我的都多，看样子这是当上掌柜的了。"表哥接过话开玩笑说："不过，这钥匙也太多了些吧。这么多钥匙，有用没有啊？"三喜摘下钥匙，一一解释说：这是大门的，这是正房的，这是耳房的，这是伙房的，这是二连柜的，这是两个箱子的，这是匣子的，这是羊棚的，这是草圈的，这是洋芋窖窖的，这是水窖的，这是……

队长笑着说："还有六把呢。不急，慢慢安排着，总会派上用处的。钥匙多了不压人嘛，对吧？三喜掌柜的！"队长说完，大家鼓起了掌。三喜摇摇头拎起锄头，第一个下地干活去了。

其实大家都明白，那一嘟噜钥匙，只有草圈和水窖的那两把钥匙才是三喜真正拥有的，其他的都是捡来的。

一年前，三喜婆姨去世百日那天，有人提醒三喜儿子："你父亲一辈子没当过个掌柜的，年纪大了，该让他体面地当两天掌柜的，也不枉活一回男人。"儿子当着几个舅舅的面，把母亲一直形影不离的那串钥匙双手递给父亲。

三喜张着那张剩下不到五颗牙的大嘴，说："钱都在卡上，想花钱买东西，手机一扫就好了。家里吃的、穿的、用的堆得到处都是，门大开着都没人进来，要锁子干啥？钥匙还让在原地方搁着，你妈走了，算是给我留个念想。"哥哥搭话说："路边的西瓜没人摘，果子熟了掉在路上都没人捡。唉，现在的人都满福了。"

孙子不知从哪找来三喜当年腰上拴的那串生了锈的钥匙，拿给爷爷看："这钥匙我还留着。"三喜轻轻给了孙子一巴掌："这你可不能学爷爷！"

回想童年的自己，身上就一把房门上的"精沟子"钥匙，还三天两头地丢，没少挨父亲的骂。上班、结婚后钥匙一下子多了起来：办公室的、文件柜的、抽屉的、电脑的、小区大门的、单元门的、家里防盗门的、入户门的、保险柜的、煤房的、自行车棚的、自行车的，再加上指甲剪、挖耳勺等，钥匙要用专门的包去装……我花了五毛钱买了一套钥匙环、钥匙钩、钥匙链，把所有钥匙拴在一起。一大串钥匙挂在腰带上，开始还觉得有个掌柜的范儿。随着时间的推移，越来越觉得钥匙是个累赘，特别是参加体育活动、集体劳动等时，钥匙稀里哗啦碍手碍脚，不但一点没了掌柜的感觉，甚至讨厌起那一嘟噜玩意。

一次劳动结束，我拖着疲惫的身子回到家才发现一大串钥匙丢了。于是换锁子、配钥匙，忙乎了好一阵子，更痛苦了好一段时间。我下决心要精简钥匙，减到最后还是一大串。有了小汽车的钥匙，就弄个钥匙牌和布娃娃拴上。钥匙装在裤兜里，布娃娃甩在外面好像挺美。不到半年，钥匙牌和布娃娃就扔掉了。

上次搬家后，腰上不再挂钥匙了，小区大门、单元门手机一刷就好，入户门手指一按就开，单位文件柜、电脑全有密码。有了智能手机，我就是掌柜的。

前天晚上，梦见十几年前丢的那串钥匙找到了。醒来后，我对着自己笑了。

穷怕亲戚

穷在身边无人问，富居深山有远亲。

母亲在世的时候，家里日子过得红火，母亲又爱与亲戚往来、好客，所以家里是亲戚不断、人气充盈。母亲的故去加之其他原因，人去财散，家境败落得比《红楼梦》里贾府"忽喇喇似大厦倾"的速度还快。

家穷了，远亲不来，近亲总还是有几个来的。那个年代，不光是我家，很多人家都怕来亲戚。我家来亲戚比来盗贼更可怕，家徒四壁的，盗贼来干啥？事实上从我记事起，家里连个贼影都没见过。

父亲是大户人家过来的，认亲戚、好面子，家里再穷，也不能怠慢了亲戚。家里一来亲戚，父亲就笑盈盈地让进上房坐下，连"吃了吗"都不问一声，便提高嗓门喊："女子，赶快做饭！"

姐姐有时装作没听见，不应声；有时支吾一声，磨磨蹭蹭，盼着亲戚说几句话就走。父亲热情又爱扯磨，尤其和亲家们投缘，磨扯得很长很长。眼看到做饭时间了，姐姐急得都快跳起来了，两人的磨就是扯不完，屁股沉得就是不起身。无奈的姐姐坐在灶火旮旯的木墩子上，拿着烧火棍在地上乱划，边掉眼泪边嘟囔："我也想好好招待亲戚呢，咱家西北风都没有多余的，拿啥给吃上呢？"

到吃饭时间了，父亲大声问："饭好了没有？这些娃娃木讷死了！"

哥哥也急得满地转。弟弟和我双手支着下巴呆呆地坐在门槛上，等待着有东西解除此刻的饥饿。风把大房门吹开了个缝，哥哥跑过去对着门缝给父亲招手。父亲出来问："啥事？"姐姐哭丧着脸说："咱们家米干面尽，拿啥做啥饭？"

父亲是当家的，这种大事非得他想办法不可。父亲把米缸子、面袋子、油罐子全都搬着看了一遍，紧紧腰带说："啥都没了？我去借！"说完，随手拿起个小口袋，夹在腋窝下面，又提了个瓶子出门了。

半个时辰后，父亲一手提着少半袋子面，一手拎着半瓶子油回来了。我们都清楚，那是从姑姑家借来的。偌大的庄子，除了姑姑家，没几户人家能借到白面。父亲那时经常向姑姑家借面借油，借得多了，年底还不上，就拿柜子顶账。

放下东西后，转身看见亲戚从大房门出去准备走，父亲快步上去拦住："不要走、不要走，饭马上就好。嗨，我以为啥事呢，缸里没水了，我去担了两担水。饭马上好，吃了再走。哈哈，日月长在，何必把人忙坏。"

不用说，姐姐要做油涮饼子，炒山芋丝。这是老家招待亲戚的标配，也是当时最好的饭菜。哥哥生火，我和弟弟削山芋。任务完成后，我俩站在一旁看姐姐烫面做油涮饼子。

姐姐先烧了一锅清米汤（本来就没米），挖了两碗面倒在盆里，把热米汤浇在面上。面烫好了，擀成一个大面张，熟好一勺热油，拈一撮高菊花、葱花放入勺子里，快速倒在面张张上，冒起一股白烟，香味顿时散发出来，香遍了整个院落。姐姐接着在油上撒了半把面和一撮盐，迅速把面张上的油抹匀，把面张卷成长卷，然后把面卷揪成差不多等长的十来段。每段都拧成螺丝状，立起来在案板上压扁，再擀开。大铁锅烧热了，拿麻团在熟好的油缸子里蘸一下，沿着锅边滑一圈，快速将面饼滑入热锅里。锅里冒出轻轻的油烟和热气，发出"吱啦啦"的响声。看着看着，我不由自主地把三个手指放在嘴里，"吱吱吱"地吮吸个不停，不一会儿，鼻涕连同口水沿着手腕、胳膊肘顺势而下。此刻的我无暇顾及弟弟，想来也是一个德行。

稍一会儿，姐姐给锅里的面饼翻了个身，黄亮的饼子上冒着小小的油泡泡，香味猛烈冲击着我的味觉。锅边飞出一小块饼边，我正要伸手，姐姐一把捡起塞进弟弟嘴里，我的垂涎物更加势不可挡地流了出来。

我看了一眼姐姐，好家伙，眉头皱得能赶上笤帚疙瘩，翻了我两眼说："呀，六七岁的黄黄（大娃娃）了，给我争点气好不好！"

我把手指从嘴里收了回来。姐姐接着说："出去把你的行那（鼻涕）给我收拾干净！"我出去在墙上擦了擦，站了一会儿又回来趴在锅台边上。

姐姐把烙熟的饼子切成三角形，其中有一块碎了掉在地上，她拿起来吹了吹，给弟弟、我和哥哥每人一小块。我往嘴里一放，立刻香遍了全身！"好了，先出去耍去！"姐姐拿起擀面杖扬了一下，我和弟弟出去了。

我俩在外面站了一会儿，看见姐姐把饼子和洋芋丝端到大房子。等她返回伙房后，我俩就把脊背贴到大房门口两侧的墙上，一边一个，如同站岗的一般。听着父亲和亲家客气地开吃了，你让我、我让你，吃着说着，说着吃着，十分开心。

我想：自己要是大人，此刻也坐在炕上开吃了。站着站着，我俩不约而同地贴着墙慢慢地把身子向门框跟前移动。弟弟把半个脸侧了进去，随即又缩回来，接着又伸出一个脑袋再撤回来。一次比一次动作大，一次比一次停留的时间长。终于被亲戚看见了："进来，进来！还有那个呢？"听到这里，没等父亲发话，我俩就冲了进去。亲戚从碟子里拿了两块饼子，先递给弟弟一块。我侧眼看了一下父亲的脸，感觉没啥问题，才用袖子擦了一下鼻涕，伸手接过饼子掉头就跑。

有了这次经验，我俩的胆子逐渐地大了起来。又来亲戚，就把下颏往炕沿上一担，听大人扯磨，不时还插上一句，每到这时父亲就会训上一句："娃娃家，大人说话，不要插嘴！出去耍去！"姐姐看见了，不顾亲戚在，一手拉一个把我俩拽了出去，狠狠训斥了一番。我俩又回到了以前的状态。

农忙的时候，来了亲戚吃顿饭就走了。最怕冬天没事，亲戚住上两天，可就愁坏了主家。

老家流传着这样一个故事。有一个女婿没事干，住在岳父家好几天不走，吃得岳母实在扛不住了，但又不好意思打发人走。岳母苦思冥想，终于想出了一个妙招。这天早晨起来，岳母边擦窗户玻璃边问女婿："他姐夫，我的眼睛不好，你帮我看看南面圪上那个黑影影是人还是树。""老妈，那明明是棵树，咋能是人呢？"女婿轻松地回答道。"哦，就是嘛！我思摸着，他要是个人，那他一定会走的；不走那就不是人。"听了这话，女婿收拾行囊回家了。

包产到户后，农村有了吃的，但也都忙了起来，除了红白喜事，很少有人顾得上串亲戚。这些年，娃娃都送进了城里上小学，年轻人种地、打工，老年人都在城里带孙子，串亲戚成了稀罕事。每到瓜果成熟时，老哥哥就打电话、发视频给在外忙碌的亲人们："赶快回来吃呀、拿呀，果子掉得满地都是。"猪肥羊壮的时候，也说："赶快回来吃呀、拿呀，猪羊肥得都放不住了！"年茶做好了，还说："满箱满柜的好吃的，没人吃呀！"

我们呢，只在微信里享受一下，"忙"得根本就回不去。

从手电到手机

上初中那会儿，老家庄子的晚上还是漆黑的。改革开放后，庄子通电了，手上有些余钱的人家陆续考虑购置家电。

我家刚凑钱办起了米面加工厂，家人手里都很紧巴巴的，顾了生产就顾不了享受。二嫂埋怨二哥："人家都买这家电、那家电，咱家一件家电都没有。"二哥按亮手电在墙壁上绕了绕，幽默地回答："呵呵，谁说没有，这不是家电？"

要说家电，我们家族中最早还是大哥家五年前买的一台收音机。用那台收音机，我第一次听到了相声、评书。大人下地干活时，侄子收到了大人爱听的秦腔，就小心翼翼关了收音机，等父母回来听。父母回来打开收音机时，唱秦腔的人早就"跑"了。

为了让辛苦了一年的二嫂有所安慰，过年的时候，二哥从好朋友的商店里赊了一台双卡录音机，直到夏天麦子下来才还了欠款。五哥刚结婚时房子很小，我和弟弟寒暑假都是住在二哥家的。有录音机的那个年、那个寒假的生活是最丰富的。我以"学习英语"为借口，买了几盒空白磁带，在那台录音机上复制了两盒的英语课文，还复制了流行歌曲《望星空》《港台流行曲》、小提琴协奏曲《梁祝》等。开学后，拿到学校用同学的录音机听。

过年前，小姐姐来家看父亲，说是家里买了彩色电视机，让我们过完年都去她家看电视。向来急性子的父亲第二天就调动起全家所有的三辆自行车，早饭一吃就出发了。每辆自行车都是前面坐小孩后面坐大人，大大小小十个人，轰轰烈烈地到小姐姐家看电视。

一进门，哇，小姐姐家的电视怎么这么清晰，还是彩色的，跟墙上的画一样！这才是我想象中的电视机！

记得上初中时，公社买了台黑白电视机，把中学所有男生都叫去，用绳子绑着往起拉天线架子。费了九牛二虎之力，天线架立起来了，电视的图像全是雪花点，声音也模模糊糊的。看了半天什么都没看清，也没听清。

父亲试了姐姐做的过年的新衣服，盘腿端坐在炕上，眼睛盯在电视屏幕上，始终微笑着听大家的议论。几个哥哥看着图像，还用手摸摸电视机，动一动按钮。姐姐说好节目要到下午才有。我们这才脱了外衣洗了手，一起帮小姐姐家搓馓子、做花花、炸油饼。年茶做完，大家回到大房子里，喝着茉莉花茶看着电视。"《红楼梦》开了！"我兴奋地叫出了声，大家立刻安静了下来。我刚从学校图书馆里借到《红楼梦》完整读了一遍，假期回来还装在书包里。看完一集电视剧，在广告间隙，我简单预告了后面两三集可能演的内容。大家都嗑着瓜子，有一句没一句地聊着。

两集看完，大家意犹未尽。姐姐说晚上还有两集。父亲发话："看完两集再打手电回家。"

天冻、夜黑、人多，一个手电筒只能照个影子，路上摔了好几次。后来，干脆大人推自行车、走路，小孩驮在自行车上。我们一路上都在评说电视机的好，羡慕小姐姐、小姐夫能干，回到家已经十一点了。

第二年腊月大侄子结婚时，大哥家买了庄子上的第一台电视机。虽是黑白的，但并不影响庄里人看电视的热情。过年期间，中央电视台正播放《西游记》，大人喜欢看，孩子更喜欢看。每天下午，大哥家早早生好火炉，烧热土炕，再摆上家里所有的十来个大大小小的板凳。《新闻联播》还没开始，屋里已经挤满了人。成年人坐炕上，还有瓜子吃、有水喝，地上板凳上坐的和"买站票"的人实在太多，也就没这个待遇啦。

正看到关键处，一阵风刮来，电视屏幕上全成了雪花点，屋里一下乱成了一窝蜂。我和大侄子赶快操起套管扳手来到天线竿下面，凭经验改变天线的方向。我俩看不见屋里的电视屏幕，大哥站在院子中央，透过玻璃窗看电视屏幕上的变化，不停地"左"，"右"，"再左"，"再右"，"向左一点点"，"向右一点点"。我俩也不知道"一点点"是多少，不是不够，就是过了。终于听大哥高声喊道："好！"这才停下，向插竿子的土眼缝隙里塞点砖块。

我俩刚返回屋里坐下，一阵更大的风刮来，电视又没了图像。我俩又出去旋转天线。为消除隐患，我们用榔头在先前塞砖块的缝隙里敲下去几个木楔子，又浇了半桶水，再喊来几个小伙子，轮流值班扶天线竿子，等到水结冰才松手离开。

第二天中午天气转暖，冰融化后，风轻轻一吹，电视又没信号了。做木匠的大侄子想了一个一劳永逸的办法：像栽电线杆那样，用麻绳固定了天线竿子。

每天晚上《西游记》看完，女人们帮着打扫屋子，男人们带着孩子在院子里燃放带来的小烟花爆竹，兴致上来了，还扭一会儿秧歌。那年过年，大哥家就成了庄里人的文化据点。

第二年，庄里增加了四五台电视机，大哥家这个临时性的"文化据点"也就淡出了。二十年后，几个在家的老哥在四哥大院子边上盖了一间彩钢房，多渠道弄来些锣、鼓、镲、钹和二胡、板胡、三弦、笛子等乐器，成了一个新的永久的"文化据点"。这是后话。

之后的三五年间，电视机、洗衣机、录音机、电风扇陆续进入老家几个哥哥家。社会上，这些已经成了年轻人结婚的"标配"。

经济发展了，人们收入快速增长，购买力也极速上升，引发了1988年的全国性涨价。马上要结婚了，我连一件家电都没有，商店里各种家电销售一空。五金商场只剩下一台洗衣机，还坏了。售货员问我买不买，我说跟对象商量一下，刚一转身，就被别人买走了。也好，我这个刚参加工作的小干部，口袋里本来就没几个钱，这下可省事了。

为了庆祝自治区成立三十周年，政府动用各种关系，从深圳搞了一批"日本原件"、国内组装的十八英寸平价彩电，我们单位分到两台的指标。需求多、数量少，最公平的分配方式就是抓阄。看着桌上的纸团，我的心怦怦直跳，既希望抓到又不希望抓到。抓不到，就错过唯一一次买平价彩电的机会，结婚别想有电视了；抓到，明摆着要花钱买，自己又没钱。呵，老天也太精明了，他怎么就知道我结婚没电视机？五十个人抓阄，我大约是在中间位置抓的，打开纸团一看，上面写着"彩电一台"！我惊叫了一声，把纸团展开给大家看，抓阄结束。

上午拿上大庆办发的粉红色的电视机购置券，下午就跑出去筹集买电视机的款了。总价两千两百元的电视机，我借来一千六百元，总算在购置券作废前把电视机搬回了宿舍。舍友说："把新电视打开看吧，闲着也是闲着。"我笑着回了句："想得美，那可是我家的大半个家当！"

婚后很长一段时间，衣服、床单、被套都是用搓板洗。表姐去外地工作，把她家的双筒"威力"洗衣机折价卖给了我们。刚结婚的小两口实在拿不出钱，就分期付款，五个月才付清。可惜我们租住的尹家渠农户的房子没有上下水。压水井取了水倒入洗衣机，洗完衣服的水还要用桶子提上倒在村口的排水沟。半自动洗衣机几乎成了手动洗衣机，我索性恢复了原来的大盆、搓板。

1992年银川推行"电炊"，各单位都发了很多优惠券。我和妻子一口气买了电饭锅、电炒瓢，还买了电风扇、电暖器、电熨斗。电网配置不够，只要开两样以上电器就跳闸断电，常常是菜炒一半、米饭半生就跳闸了。每次做饭时，总是要先关掉电视等，米饭要提前蒸。电暖器只在买回家那天用了一次……

1993年8月，我终于住上了单位分配的一套没有暖气的五十五平米的旧宿舍。上下水没问题，电源稍好些，洗衣机用了起来。但在用电高峰时，电暖器还是不能开太久，没有暖气的家很冷，我就靠不停地干家务活来产生热量实现取暖。电视机三天两头失彩、图像变形。维修一次，打开机后盖就是五十元，稍换个元件就一二百。为了不花维修费，我买了个电烙铁，自学家电维修。后来各种毛病更多，一排十二个按键，一年坏了七个，电源开关按下去就弹不起来，只好在插线板上开关电视。

为了解决夫妻两地分居的问题，妻子告别了心爱的教师讲台，应聘到保险公司跑业务。三年下来，还真有成效。公司年底发奖金，一口气买了二十九英寸的国产大电视、影碟机。每到周末，家里就来朋友、同学，一起唱卡拉OK。

第二年，家里安装了程控电话，两人都配备了数字显示的传呼机。一次开会中，两位同事的传呼机响了，领导有些恼火，批评了那两人，并责令大家关闭传呼机或调至静音。我刚拿上传呼机，还不大会设置震动、静音、闹铃什么的。领导刚恢复平静，重新开始讲话，我的传呼机就响了……会后，我专门向领导做了检查。一段时期，回传呼成了日常生活中一件重要的基本事项，谁每天没有三五个传呼，就感觉在社会上混得很差、没朋友，甚至好像做人都有了问题。街上电话亭边总是排着等待回电话的队伍。传呼机也成了身份地位的象征，谁腰上要是别了一台某某外国品牌的双排汉显传呼机，你一定感觉他很有实力。

又一年年底，家里增添了电冰箱，从此，再也没有因为倒掉剩饭剩菜挨父亲训斥。妻子公司奖励了一台二手大哥大，拿着大哥大出去办事、应酬，常常引来羡慕的目光，所以妻子总是把大哥大装在包底，在公众场合很少拿出来。好几次，大哥大被人借去"撑面子"。

有一天，妻子回来说公司老总拿了一款叫什么手机的"小哥大"。不久，电信公司把我家的大哥大免费更换成了手机。我拿着手机试了一下，确实很好，妻子说等年底发了奖金给我也买一部。我问了价格和话费，觉得我这样的身份和收入，还远没达到用手机的程度。有同事拿着一台比手机还小的叫"小灵通"的电话。同事热情地给我介绍：价格便宜，话费和座机的一样，还是单向收费。于是，我也有了一部小灵通。和手机相比，小灵通只能在本市用，而且信号不稳定，通话效果也差很多，接打电话经常要寻找个好位置才行。

两年后，手机价格大幅度下降，并改接打双向收费为打出单项收费，取消了漫游费。似乎一夜之间，人们腰上的传呼机神秘地失踪了，小灵通也不见了。街上的人全都拿着手机，老家哥哥们也都用上了手机。过年期间，我把自己手机给父亲看，并让父亲跟姐姐通了个电话。父亲问："多少钱？"从父亲的眼神里我看出他很想要一台。我说："买一个送您。"父亲赶快说："我不是那个意思。"紧接着又说："也行吧，那就买个最便宜的，能打电话就行。"

此后，不管啥时候，只要我打手机，很快就能听到父亲的声音。有时休息日也能接到父亲的电话。我总习惯性地问父亲身体好着没，吃饭睡觉都好不好？父亲只说四个字："都好着呢！"结束通话时我总要问父亲："还有啥事？"父亲说："没啥事，话费贵，就说这些。"父亲总是在咳嗽声中挂断电话。

没过几年，智能手机开始流行，国产手机的品质快速提升，价格比国外品牌的便宜不少。有一天，我发现视频聊天不错，就买了部新款手机，把上一年刚买的手机淘汰给了父亲。在老家的侄子帮父亲调试好手机，就给我拨打了视频电话。视频里，父亲只是微笑，不说话。任凭我怎样呼喊，父亲还是不说话——老人已经无法与人交流了。我侧过脸，眼泪一下就出来了。我知道父亲的日子不多了，带上妻子连夜奔回老家看父亲……

聊天交流感情当然是面对面最好。我每次跟父亲见面聊天都聊得很好，但用上电话这种媒介总觉得没话说。那晚回家的路上，我突然意识到自己错了，父亲在电话上说话少，是怕我多花电话费。

两年前，做完装修房子的预算，我问儿子："家电咋没列上？"儿子说："洗衣机搬过来接着用，电脑有，还要啥？有外卖、有快递，点新鲜的吃，冰箱也没用。过几年物联网成熟了，就更不要冰箱了。"我说："电视呀。""电视？你们一年也看不了几次，再过两年恐怕就和我们九〇后一样，彻底告别了电视。"儿子指着手机说："关键是网络和手机。手机比所有家电加起来都重要得多。"

搬进新房子，妻子整天抱着手机，不是和岳母、儿子、姐妹打电话、通视频，就是刷短视频、网购。老家几个哥哥，经常通过视频给我看家里的庄稼、果园、大棚、猪羊、书法、鼓乐、宠物等。这两年，我的书多半是用手机听的、读的。老师、文友、读者也通过手机联系。手机每天都督促我"管住嘴、迈开腿"，像灵魂伴侣一样与我形影不离。

五十年，我们的家电从手中一个小小的手电开始，轰轰烈烈地追逐了一大圈，最后又回到了手中一个小小的手机。

从"油坊二师傅"到"县长"

天渐渐地冷了，"当爹又当娘"的父亲又为我们的过冬衣裳忙碌着。没有布票，父亲就找了些卖不上钱的羊皮，请教皮匠师傅后，自己把皮子熟了、刮了，然后请人给我缝了件小皮袄。由于皮子没有熟好，又硬又油又黑又臭，我只有不出门见人的时候才穿。

刚上初中那年入冬不久的一个星期天，我在苗圃替父亲放羊。一不留神，七只羊穿越水库冰面时，踩破冰面，卡在冰窟窿里。我吓坏了，这些羊要是死了，我们根本赔不起，更严重的是，父亲来之不易的这份活计就会丢掉！

也许是艺"高"人胆大，也该"英雄"出少年，仗着自己能在水里扑腾两下子，我迅速作出了一个让父亲"想起来一辈子都后怕"的决定：学一回"草原英雄小姐妹"和罗盛教——入水救羊！

我甩掉鞋袜，脱掉棉裤，顿觉寒风穿心，便把脱了一半的棉袄又穿上，抓起一根棍子，"咔嚓"一声就跳进冰里。再抬起头时，脑袋被冰面挡住了。凭着自己对水库的熟悉，我沉到水底摸了块石头，三两下就把冰面冲破了。深深地换了两口气，转身用棍子敲打冰面，困住羊的冰窟窿和阳岸间的通道一会儿就打开了。我拖着沉重的棉袄游回岸上，七只羊也跟着我上了岸。我抹了抹头上的水，回望了一下水库，脱掉身上满是水的棉袄。羊群使劲抖毛，冰水不停地甩在我身上。看着羊安全了，我穿上鞋，拎起裤子快速跑回家。在羊棚的向阳处点起一堆火，烤干身子，穿上棉裤。光着膀子的我这时只能选择那件难看又难闻的小皮袄。穿上小皮袄，腰里系了根绳子，拿了半块干粮边走边啃。回到水库边，树杈上那件垂头丧气的破棉袄已经成了冰疙瘩。我知道那件严重超期服役的破棉袄这次是彻底退役了。正在吃树叶的羊群暂停口里的咀嚼看着我，我看着那可爱的羊群，根本分不清哪几只是先前"闯了祸"的。我坐在地上，大大地咬了一口干粮，羊群继续觅食……

第二天早早起来，步行十来里到学校，悄悄坐进黑咕隆咚的教室里，出早操时我谎称肚子痛没去。我默默地祈祷天永远都不要亮才好。不解人情的太阳还是按时升起了，我那件难看的皮袄出类拔萃地暴露在全校师生的眼前。我抹了两把脸——豁出去了，谁爱笑话就笑话吧！

还好，过了一天，投在小皮袄上的那些目光就失去了温度，我的心也慢慢地平静了。

放学后，无聊的我和几个同学去学校附近的一个油坊玩。油坊大师傅盯着我看了一会儿，笑着说："小王同志是新来的油坊大师傅？"有人接话说："哪有这么小的大师傅，也就是个二师傅吧。"从此，"油坊二师傅"的别号就牢牢地烙在了我的身上。

星期六回家，父亲问我："穿上皮袄子挺暖和的吧？"我只是流泪，没有说一句话。父亲看着我，眼睛也红了，摸着我的头说："娃娃，好好念书，考了第一名，我就……"我抓住父亲的手，没让他把话说完。

放寒假那天，我和弟弟都拿出寒假通知书给父亲看，父亲只说了声"好。"我没敢盯着父亲的眼睛看。父亲伸出两只干瘪而布满老茧的手，半天说了一句："你们两个倒好，都考了第一。家里只够一件棉袄的布票和钱，你大拿啥弄两件去呢？"那晚，父亲一口饭也没吃就出门去了，很晚才回来。第二天早晨，父亲对我说："你替我放两天羊，我去一趟你姐姐家。"

那年过年，我和弟弟都穿了件棉袄，棉袄上半截是新的，下半截是旧布弥上去的。

天暖和了，又要准备换夏装、过六一了，弟弟念叨着："老师说，过六一要白布衫、蓝裤子……"父亲指着门口的两把铁锹说："在那儿呢。"以后每到星期天，我俩就挖甘草，终于第一次靠自力更生实现了自己的"换装梦"。尝到了甜头的我俩入秋就拔苦豆子，接着又实现了过年的新装计划。

前几年，我去了上初中上学的那个村子。村上人见面就脱口而出："三十年没见了，'油坊二师傅'现在在哪高就？"他们问这话时，我丝毫没有当年那种"羞耻感"。

十几年前，在一个什么农副产品贸易博览会上，我看见"九道弯"二毛皮货，感觉好亲切、好漂亮，就买了一件二毛皮坎肩和一条二毛皮围脖。一次，考汽车驾照的移库，早晨天气很冷，就穿上了那件二毛皮坎肩。说来也怪，同一辆车，我前面的十二个人全没过，我一把就过了。

今年过年，单位一位同事穿了一身蓝色中山装，我感到很亲切，想起了自己一段难忘的"中山装"故事。

1984年我考上了大学，作为奖励，哥哥送了我一件深蓝色迪卡面料的中山装。

到学校穿了一段时间，发现中山装在青年当中已经不流行了，大家正在讨论西装成为校服的问题，忙忙碌碌的我也没太在意这些。

一次，同宿舍的同学开玩笑说我穿中山装看着像个"老干部"，又有同学说更像个"县长"。于是，一件中山装把我从"油坊二师傅"提升为"县长"。那件中山装陪伴了我四年，"县长"雅号也跟随了我四年，以至于都没有人记得我的姓名啦。翻开毕业留念册，留言上的称谓几乎是清一色的"县长"。

　　我对中山装似乎有一种特殊的感情。参加工作后，有了工资的我又买了一件蓝色毛料中山装，每天系上风纪扣，在西装的潮流中又特立独行了五六年。

　　随着时代的不断发展、收入的快速增长，各种各样的好衣服我们买了不计其数、穿了不计其数，唯独小皮袄和中山装让我难以忘怀。

　　去年搬家时，一家三口人的衣服就装了五六大包。前天，妻子说："天热了，感觉又没衣裳穿了。"我打开两组衣柜的柜门："看，这么多！"妻子白了我一眼。

燎疳

　　去年正月廿三，一个同学来电话问："想不想燎疳？""燎疳？在哪里？回盐池吗？太远了，黑天半夜开车跑一来回，明天还要上班呢……"同学打住我的话："少摆你那老班长的臭架子。我还没说完你就稀里哗啦说了这么多。就在郊外。"我赶快解释："都三十多年没见过燎疳啦。我这不是激动嘛！"

　　他发了个地址过来，我一下班就驱车赶去郊外的一个镇子上，见面就问："燎疳在哪儿？"同学不客气地说："不出廿三都是年，天还亮，星星全了还早，咱先吃饭、喝两口。多年不见，看看你的臭拳长进了没有？""你叫我来燎疳还是吃饭喝酒来了？快带我去燎疳的地方，让民俗专家看看你准备得够不够规范。""能燎疳就不错了，还挑毛病？端杯！"

　　吃饭间，我不停地往窗外看，同学不停地提醒："喝酒、动筷子！"好不容易等到天黑下来，老同学看我这个样子，便说："好吧，先燎疳，燎完疳再接着喝。"撂下筷子，来到他家的责任田里。朦胧的夜色里，田地中央堆着一堆柴草，我们站在上风位的一侧。同学打着火，柴火瞬间照亮了农田、树木、村庄，照亮了一个个开心的面容。寒冷迅速被烈火驱散，情绪顿时被火光点燃。女主人在篝火上撒了一把粗盐巴，噼里啪啦的火星向四面飞溅。大家欢笑着、涌动着，你推我揉地跳过熊熊燃烧的火堆，我的相机里留下了一个个美妙的瞬间。

眼下的情景把我拉回了近五十年前老家燎疳的场面……

母亲的病一天比一天重，整日天旋地转、恶心吐血，几乎不能下地。父亲和哥哥用架子车把母亲拉到镇子上看，医生号了脉，开了药和两瓶葡萄糖，服用后没有一点效果。爷爷说："再过几天就燎疳呢，燎一燎，病兴许就回头了。"听到"燎疳"一词，我立刻兴奋起来："我要燎疳，我要燎疳！"五哥、小弟也一起喊。

心烦的父亲皱着眉头说："悄着，你妈难受！"爷爷把我们小哥仨招呼在一旁，告诉我们："燎疳可不能用家里的柴草。要想火烧得旺，就得多搂些柴草。从今天起就要加紧准备。"

哥仨挤在墙角里，愣愣地看着爷爷，谁都不说话。小弟因营养不良、缺钙，已经两岁了，还不大会走路。爷爷知道我这个"白瞪眼"根本就指不上事，所以这事就是说给五哥的，或者正忙着伺候母亲的小姐姐的。母亲病重，一家人生活的重担事实上已经落在了小姐姐身上，她哪有心情管燎疳的事！我心里明白，会干不会干，态度很重要。于是中午就背起小背篓、端上小簸箕，跟着五哥去干活。

当我们到南山草坡上时，那里已经有十几把扫帚在飞扬。枯草多、羊粪多的最佳区域已经被先到的人"圈地"了，我们只能选择相对好一点的地盘，也画个大大的圈，在边界放上背篓、簸箕、暖帽等。跟来的大黄狗在这些边界上还撒了尿，做了"软标"，并忠实地守护着"领地"。

五哥明知道我指不上事，还是对我们的工作进行了安排：他用扫帚扫，我用簸箕端，往背篓里盛。我和往常一样，还是跟不上五哥的节奏，五哥气愤地责骂道："你把事挑起来，你倒是干呀！干活不行，就会说嘴。"

五哥的话深深地刺激了我，向来都漫不经心的我这次不知道从哪里来的劲头，很快就赶上了五哥的进度，还拿起秃扫把也扫了一小背篓的莎草和羊粪。干累了，也扫不到莎草和羊粪了，直腰的时候抬头望去，哇，那道长长的坡上掀起了十几股小旋风，十几股小旋风的尾巴汇成了一条长长的"黄龙"。"黄龙"沿着山坡游向西沟，和傍晚的炊烟交融在一起，顺着山口飘过烽火台，飘向西南山的那一边——红日落下的地方。我想象着，山那边一定有很多莎草和羊粪。不，不只是有莎草和羊粪，那边的风光一定很美，有大树、有清泉、有云雾，可能还有神仙居住。等我长大了，一定要到山的那边去看一看。可惜直到今天我也没去那边看一看。唉，这个宏大的理想恐怕要等退休才能实现了。

那天是我干活以来第一次不作假，大小背篓都盛得满满的，不再用树枝把背篓下面架空，或者进门前用手把背篓里的柴翻得虚虚的。我帮五哥把大背篓扶上他的背，他再帮我把小背篓拎上我的背。我第一次背负重物，脚下踩踏不稳，每迈一步都小心翼翼，小背篓在我背上摇摇晃晃。走着走着，感觉脚下渐渐地平稳了，心里也踏实了。

回去后，奇迹般地受到了爷爷的表扬，我感到如沐春风、如饮蜜糖，甚至比吃臊子饸饹都要舒服。表扬过后，爷爷说："莎草和羊粪的火苗起不来，还得要硬点的柴草。"

第二天又跟五哥去挖"猫头刺"。"猫头刺"长得像猫头一般大小，圆鼓鼓的，满身都是针一样的小刺。五哥用锄头钩，让我往一起拢。"刺儿头"真是难惹，我轻轻一碰，手上就是好几根刺，"妈呀——"眼泪就出来了，一屁股坐在地上一根根地拔小刺。五哥丢下锄头，过来帮我拔小刺，嘴里嘟囔着："像个白面秀才，嘴上劲大，除了会说就是会吃……

268

我天生命苦，啥活都是我的。"然后教我怎样对付这些刺。用锄头搂起，铁锹拍打，用脚踩踏。对于零星的刺疙瘩，就把手缩进袖筒里，用被鼻涕糊得厚厚的、油光发亮的袖子外边轻轻把它们拢在一起。现在想来，自己当时也就是充当了一个给五哥做个伴、解个心慌的角色。如果没我在，可能五哥会干得更快。

天色将黑，完成最后一道工序，用粪叉把"猫头刺"挑上架子车，再用绳子绑好，然后回家。按往常，我坐在架子车后边，五哥拉着架子车，像跳跷跷板一样，一边跑一边跳，顺坡而下，很快就回到家里。今天架子车装成了一个大"猫头刺"，我根本就没法坐上去。没有我在后面压着，五哥也无法展示他引以为豪的飞车技能。五哥抬高车拉杆，让车拉杆的后部着地，以增加摩擦力。我拽着车飞膀子上的一根绳子，跟着架子车缓缓移动。哥俩全然没有获得劳动成果后的喜悦，听着车拉杆后部摩擦地面"刺啦刺啦"的声音回到家里，路上一句话也没有。

看着这些刺，爷爷说："燎疳的火头要高、火头要硬、烧的时间要长，最好还得有像树枝枝那样的硬柴。"我感觉好饿、好累、好冻、好委屈，又流出了伤心的泪水。爷爷摸着我的头鼓励我："明儿晚上就燎疳，加油！"

五哥带着我又去框子林里捡树枝。想得美，在那个家家都缺少燃料的年代，框子林里每天都被背着背篓拾粪的人巡察了十几遍，哪还有什么树枝给你捡？望着高高的树上有一些干枯的树枝，我想要是能变成一只猫爬上去把那些干树枝折下来，那该多好呀。五哥试着往上爬，爬到最低的一段枯树枝跟前，试了几次都使不上劲，害怕折断树枝把自己摔下来，只好慢慢地挪下树。

远处传来喊叫我俩名字的声音，竟是三哥、四哥拎着绳子来了。他们让五哥继续趴在树上，把绳子一头扔上去，让五哥拴在枯树枝上，下面的人轻轻一拽，干树枝就断了。伴随着枯树枝的掉落，我不停地欢呼着、跳跃着。他们让五哥再爬高一些，看看能不能捅下来一疙瘩喜鹊窝。五哥爬到跟前，试了几次，根本就捅不动。这时两只喜鹊快速飞过来，要啄五哥，吓得五哥抱着头直叫喊。三哥眼疾手快，掏出弹弓，对着喜鹊一通"点射"，终于把五哥解救了下来。哥哥们背着劳动成果，我咿咿呀呀唱着谁也听不懂的自编儿歌，跟在后面快乐地凯旋。

羊进了圈，爷爷在大门外抓起一把黄土，高高地抛向空中："哦——东北风。火堆要放在草圈的西南下风处，最少三十步开外。记住，傍风都不行！"选好位置，大家七手八脚把三天来收获的柴火按类别堆放在附近的上风处，又把"倒穷土"以来积攒下的垃圾里的可燃物也端过来。

天还早，我拉着小弟、大侄子，把脖子支在院子西边的墙头上，盯着"一竿子高"的太阳看。火红的日边不断地有大雁飞过，乌鸦掠过。等了好久，就是不见太阳落下，我恨不得用根绳子把太阳拉下山去。

"太阳太阳快落山，我们等着要燎疳！"原来是弯腰老杏树上五哥在喊叫。我们跟着五哥一起喊："太阳太阳快落山，我们等着要燎疳！太阳太阳快落山，我们等着要燎疳！"听到我们喊，庄子里的孩子也跟着喊。

喊了一阵子，姐姐出来在我们几个的屁股上每人给了一鞋底："简直把天都要戳开个窟窿！妈病了，难受得要命，你们就不能安生点！"我们几个乖乖地回家，在热炕上焐那双冻蛰了的手。

油灯刚刚掌亮，我甩下小弟，跟五哥跑去窖岗岗上看星星。冻得浑身发抖的五哥带着我们边跳边喊："星星星星快快全，我们着急要燎疳！星星星星快快全，我们着急要燎疳！"邻居家等着燎疳的孩子们也跟着喊……我们边喊边盯着大门看，这次姐姐没有再出来制止。

大门开了，房门开了，爷爷、大哥、二哥、三哥、四哥先后出来，朝着准备好的燎疳点走来，我们很快向那里集中。父亲一手举着正在燃烧的火棍子，另一手抱着被褥走出大门。到了柴草堆的边上，转过身向院里望去，大家都随着父亲的目光望去。

母亲从昏暗的灯光里走来，怀里抱着个盆子，另一手拉着还不大会走路的小儿子。姐姐搀着母亲的胳膊，帮着端盆子。母亲费力地抬起"三寸金莲"跨过门槛，一步、一步、再一步，向大门外缓缓移动。几个哥哥、嫂子要迎上前去，母亲摆手，大家原地止步。到了大门口，母亲不让姐姐搀扶，自己扶着院墙，来到燎疳现场。风很冷很硬，母亲有些站不住，小姐姐搀起母亲的胳膊，大家站在母亲身后，围成了半圈挡风墙。

爷爷拄着粪叉环视了一圈，从大到小清点了人员，大声宣布："点火！"父亲把火棍子伸进一堆毛茸茸的莎草里，风吹火起，"呼噜噜，呼噜噜"。火光映照在脸上，小孩们顿时雀跃起来。

爷爷带着大哥返回院子，从门楣下摘下"疳娃娃"，并取出墙角砖头下压着的一些被风撕碎的春联、门神一并投进火堆。母亲用她那干瘦的手从盆里抓出一把粗盐，点豆子般撒在最旺的火头上。在"啪啪啪"的响声中，又用揞布蘸点水往火堆上洒，嘴里念叨着什么"阿弥陀佛，全家快乐……""揞布串串，全家平安……"

印象中爷爷还往火里扔了张什么画，手里捏着几个枣子，告诉我们这几个枣子就像种地的种子，现在谁也不许吃。我问那啥时候吃？爷爷说那是敬土地神的，耕地那天中午卸了犁才能吃。究竟啥时候吃的那几个枣子，我已经没有印象了。

五哥把过年没有放响的拤捻子炮扔了进去，火星噼里啪啦四处飞溅。母亲露出了自碎姐姐夭折一年来的第一个笑容，就是这难得的一丝丝笑容，撕裂了院落上笼罩了好久的阴霾。爷爷笑了，父亲笑了，全家顿时沸腾起来，连同猫、狗、羊都卷进了沸腾的浪花中。

爷爷挂着粪叉，第一个迈过火堆，父亲跟着跳了过去。我急切地想飞过火焰，五哥拉住我："没规矩。妈还没跳呢。"

小姐姐接过母亲手里的盆和揾布，要换着母亲跨过火焰。母亲轻轻推开小姐姐，准备像往年那样自己跨过去。一阵剧烈的眩晕袭来，母亲强忍着没有呕吐出来——事实上肚子里也没什么可吐的。父亲、姐姐要伸手揾扶，母亲捂着肚子轻轻摇头，一只手牵着小弟。冷风吹着烈火快速燃烧着柴草，炽热的火焰照得人浑身发烫，大家都焦急地看着母亲的细微举动。我拽着母亲的衣襟，望着母亲的下颌无助地摇晃着，恨不得背起母亲跳过去。

缓了一会儿，母亲重新立直身子，捋了捋脖子，擦了擦眼泪，理了理头发，小声鼓励自己："争点气，跨过去，跨过去，跨过去病就好了……"说完，真就从火上跨了过去，几个哥哥早在对面接住母亲。

大家依次跳了过去，只有不太会走路的小弟还摇摇欲倒地站立在火堆的那一边。五哥要过去拉小弟跳火，母亲摆摆手，对着地上的树枝看着。四哥立刻明白了母亲的意思，从地上捡起一根树枝，用菜刀三两下就削出一根小拐杖，过去交给小弟。小弟挂着拐杖，侧着腿跨过了火堆，迈开了人生的第一步。热烈的掌声中，母亲迎面抱住小儿子亲了又亲、疼了又疼，泪水汪汪地差点哭出来。小弟也就是靠这根拐棍学会了走路……

每个人都跨过三次火焰，五哥、我和大侄子、侄女早都超额完成了这个"最低指标"。爷爷用粪叉挑起一团"猫头刺"扔进火里，我们又扔了几根树枝，火光升上了半天，超过了那棵弯腰老杏树的顶端。

几个哥哥高喊着，轮番从火焰最高处越过。五哥挂着铁锹来了个"撑竿跳"。跳完，把铁锹交给我。我试了几次都不敢跳过去，五哥从身后一推，我过去了——从火边上踏过去了。我心里还是不服气，可就是没那个胆量，似乎也没那个能力。五哥体育、干农活一直都很好，在这方面我从来就没能赶上他，更没奢望过超越他。大约从那次燎疳，我就认定了这点。但那次，我也不白给，跟着五哥从坡上快速跑下来，还真跳过了最高的火焰。我的行动鼓舞了侄子、侄女，一群孩子来回穿梭。一时间乱了秩序，不时有人撞在一起，交了"撞头运"。爷爷指指点点地笑着说："这是好兆头，这叫'好运当头'！"

要说这"交好运"，还真不容易，跟大侄子的一次撞头撞得我"心花怒放"，坐在地上好久才缓过来。一摸，头上撞了个核桃大的疙瘩。母亲给揉了揉，没事，继续来！这才发现跳火的集团里增加了好几个邻居的孩子，大家一个接一个从坡上快速跑下。有的跳过了，有的没有跳过，你推我搡，不免有人踩进火堆。火星子溅在头上，燎了头发倒还没事，一个火星子钻进邻居孩子的裤裆，大哥眼疾手快，两把就把火捏灭了。还好，裤子才烧了个锤头大的洞，要是动作再慢点，裤子烧坏，腿子也就烧伤了。姐姐把那孩子领进屋子，用清油揉了揉肉腿上烫着的地方，又给补了裤子。穿好裤子，那孩子继续出来跳火。

孩子们一个个衣襟全都敞开了，像上了蒸笼一般，头上冒着热气，头发全都湿了。接连不断的咳嗽并没有挡住我的狂热。我感觉嗓子在燃烧，脚板在鞋里面直打滑，跑了几下就丢了鞋子。捡起地上的一只鞋子，往脚上穿时，发现根本就穿不上去，原来是"一顺子"。呵呵，掉了鞋子的不光我一个。

柴草没了，火头渐渐地下降，家里人把锅碗瓢盆、擀面杖、面刀拿出来燎了一遍，大哥特意把母亲睡的枕头、被褥燎了几遍。

花狸猫从身边跑过，我一把抱起花狸猫，在火焰上燎了三番。第二天发现猫的胡子没了，此后好久这猫都没有抓老鼠。爷爷说："胡子是猫的胆子，你把猫的胆子给燎没了，猫还怎么捉老鼠呢？"

嫂子从鸡窝里抱出熟睡的老公鸡也燎了一下，公鸡伸长脖子"喔喔喔"叫起鸣来，惹得大家哈哈大笑。

爷爷庄重地说："好呀，燎了疳，就全都干净了、没病了、没灾了、平安了。"

火苗消失了，喧闹也降温了。我蹲在火堆边上清理嗓子，发尖上掉下一滴滴的汗珠，在红亮的火上激起了一个个小小的热泉。

红亮的火堆开始出现黑斑，大家把目光集中到手持铁锹的父亲身上。爷爷点点头，父亲铲起一锹火子问爷爷："想要个啥花？"爷爷说："白面馍馍好吃，今年的墒情也不错，那就麦子吧。"只见父亲迎着风头，将铁锹往空中使劲一扬，大家一起喊："麦子花——"火子趁着风势腾空而上，撒向天际。大家的喊声随着火子的落下而缓缓落下。山沟里的"崖娃娃"也回声："麦子花——"爷爷抬高嗓门高兴地喊："好花，好麦子，好收成！""崖娃娃"跟着喊："好花，好麦子，好收成！"

第二锹，母亲说："小米养人，就谷子吧。"火子扬起，大家一起高喊："谷子花——"风小了，花没盛开。母亲有些伤感地说："唉，人病了，说的话也没力量啦……"

第三锹，大家让母亲继续说，母亲摇摇头说："再来一次就不灵哩。"父亲说："那就荞麦花。""荞麦花——"在大家的喊声中，明亮的"荞麦花"漫天盛开。我仿佛看见漫滩遍野的荞麦花，嗅到扑鼻而来的"臭香"花粉味，听见充满双耳的"嗡嗡嗡"的群蜂颂歌声。

第四锹，几个哥哥嫂子的意见是山芋。铁锹把"山芋花——"火花被送入了天河，花形虽小，但很集中、很清晰也很明亮。爷爷看着我，问："好灵验呀。喊山芋，还真就闻到了烤山芋味，谁干的？"我双手捂住脸，笑而不答。

第五锹，小姐姐希望豆子能丰收，好让今年的米汤稠一些。"豆子花——"火花粒粒饱满，均匀散开，凝固在空中，和北斗星接在一起，小孩子、板凳狗、花狸猫那些明亮的眼睛也加入其中。苍穹到地面，地面到苍穹，我无法分清哪些是星星，哪些是火星，哪些是眼睛，形神完全遨游在天宇当中……

第六锹，三哥、四哥带头喊："糜子花——"花形依旧不错。大家拍手庆贺。

第七锹，父亲问："五谷还有哪一谷没喊？"有说是"番瓜、茭瓜"，有说"白菜、芹菜""萝卜、蔓菁"。二哥说："五谷里面没有这些东西，其实最主要的是少了稻子，只是咱们这里没有这东西，到西面子黄河流过的地方才有的。"那时我还没见过大米，更没吃过大米饭，根本不知稻子为何物。爷爷说白米饭非常好吃。后来我来了美丽富饶的宁夏川，天天都能吃到白米饭。

爷爷说燎疳要扬"六谷花"，"一谷都不能少"。有爱吃西瓜的、爱吃香瓜的，父亲一一扬花给大家喊。父亲还专门给爱吃辣椒的爷爷喊了"辣子花"，侄女爱染指甲就喊"指甲草花"，我和弟弟还喊了"蒿瓜花""缩牛牛花"（马兰花，果实可食用）。

爷爷提议："前面都是给人喊的，正月二十三，老牛老马缓一天。明天就要开耕了，也该给羊牲口要点草。"于是，就喊"苜蓿花""甘草花""莠子花"。

火子还有不少，父亲提醒大家："再来一次谷子。""谷子花——"正好风没来，"谷子花"依旧没有盛开。

"算了，人拗不过天的。"母亲的语气非常微弱，大家却都听到了。小姐姐赶快说："谷子不成，那是老鼠苦害的。"父亲赶快喊"踩老鼠，踩老鼠"，大家快速地踩踏地上乱窜的"老鼠"——火子。

踩完"老鼠"，父亲又扬了一掀让大家喊"杏子花"。火子落在老杏树上瞬间凝固，比清明节杏树开花还漂亮许多。爷爷说："这弯腰杏树跟我同岁，也都年过古稀了，还年年开花，好呀，好呀！"

五哥和我争论，是他的"西瓜花"漂亮，还是我的"小瓜花"健壮。两人争论不休，父亲又分别扬了"西瓜花""小瓜花"，依然相差不大。爷爷说："你们两个这是得了'眼红病'，赶快'送红眼子'吧！"大家捡起土坷垃，在上面吐口唾沫，粘上地上的火子，站在沟边上往远处扔。扔出去的同时高喊："扔蝎子哩！""扔蜈蚣哩！""扔毛蚰蜒哩！""扔长虫哩！"

三哥一扔，一条火红的弧线飞出，像流星一般飞到沟对岸去了。几个大哥哥也都扔得远。五哥比不过他们，就和我比。五哥先扔，看着红火子飞到沟底中央。我把胳膊抡了好几圈，还没扔到沟底。爷爷笑着说："我看你的'红眼子'是送不出去哩。"

我坚决不认可，就跟五哥争，争不过就哭。爷爷惹不起我，就给五哥做工作，让我们俩再扔一次。我知道自己比不过，就想别的办法。至于五哥扔了多远，我连看都没看。三哥明白爷爷的意图，过来抓住我的手，一使劲，带火星子的土坷垃飞了老远。爷爷安慰我："这回他老五就是'红眼子'。"我一下子就不哭了。面子是争到了，可心里总觉得有些不踏实，也就高兴不起来。

大人们收拾完东西进了家。一队锣鼓在大门外响起来。父亲出去告诉他们："家里有病人，今天的伞头交给表叔。"母亲听见了说："最后一天啦，去吧。我没事。"父亲拴好腰带，回望了一眼母亲，出去了。

看着早已被"咚咚锵锵"的声音牵了魂的我们小哥仨，姐姐轻轻给了个手势："都滚蛋……"五哥领着我、背着小弟，跟头咕噜地跑了出去，生怕姐姐改了主意。

大门外一群人在锣鼓声中扭起了秧歌。"索拉索拉叨拉叨，索叨拉索咪来咪……"父亲指挥着的队形的变换，我们在队形外跟着扭起来，小弟拄着小拐杖也扭了起来。在父亲的笑容里，我们第一次看到了他对这个体弱小儿子的信心和希望！

门前不远处表叔家的火燃了起来。秧歌队飞蛾般扑向火光，小孩子蜂拥般投入花海。表叔家的火熄了，"六谷花"扬完了，大家又转移到另一家，就这样串了四五家。

最后一站是姑姑家。来的人有些还抱来柴草扔进姑姑家的火堆。人也不只是某一家人，火不只是某一家的火，燎疳不只是燎疳，而成了"燎疳节"加"秧歌会"。随着姑父铁锹的起落，唱和起伏，秧歌亢落，锣鼓缓急，树花谢开。只见沟西庄子里的火花飞上天空，三四处火焰交相辉映，喊声此起彼伏，我们这边也敲起锣鼓、高声喊唱。两个村子互为唱和，如交响乐，似大合唱，吼声把小山沟震得嗡嗡作响，烈火把两个小山村都要点着啦。

天河星际，花飞灯烁，火雨流光，星与火的碰撞，人与天的合奏，形与神的融会……无所谓秧歌队、非秧歌队，无所谓歌手、非歌手，无所谓谁贵谁贱、谁尊谁卑，谁肚子里装的是肉、谁肚子里盛的是酸菜。

锣鼓是节奏，火花是激情。旱船跑驴，高跷腰鼓，酸曲道情，学教搀扶，男女老幼，高歌劲舞，直到火星散尽、精疲力竭、瘫软在地……

这是一年当中最火热的夜晚，年文化中最高潮的辉煌。

天下没有不散的筵席，生活也没有天天的放纵。年过完了，冰雪消融，大地复苏。队长宣布："秧歌队解散，明天开始耕地，种庄稼！"秧歌队收起乐器和装束，大家依依不舍四散而去，爷爷带着我们回家。还没睡着，雄鸡已经打鸣。

《诗经·庭燎》云："夜如何其？夜未央，庭燎之光。君子至止，鸾声将将。"

稍长大一些，我才明白，原来庄子里各家燎疳的时间是有意错开的。当时我家在周边算是大户，在最北端，所以我家最先开始，其他家户从北向南依次燃火，最后到姑姑家。

母亲整天念叨："疳也燎了，病咋不见好呢……"

二十二天后，年仅四十一岁的母亲带着无限的牵挂和极度的无奈长眠不起……

出殡那天，母亲也是从火堆上过去的……

认识母亲的人都说母亲是因为哭她那个碎女子哭死的。我以前不明白，母亲生了十个孩子，怎么会因为一个早夭的女子哭死呢？随着年龄的增长，我渐渐地明白了：儿女是心头肉，割哪块都要命啊！

后来，每当燎疳篝火燃起的时候，我都会看见母亲端着盆子从火光中走来……

粽情难忘

一年一端阳，一岁一安康。每逢端阳节，我就会想起童年时的一件对不起小弟的事。

中国每个传统节日都有这个节日特有的饮食，如过年的扁食、年糕，正月十五的元宵，二月二的油搅团，中秋节的月饼，重阳节的炖羊肉，冬至节的扁食，腊八节的五谷粥，等等。节日食物也都有鲜明的地域特色，如元宵主要在南方，扁食主要在北方，这是由自然物产所决定的。

我老家陕北缺水，没有水生芦苇，所以也没有粽子。端午的传统节日食物是软米甑糕，原料全都来自本地农产品：软糜子、红枣等。

五十年前端午节前几天，大姐搭便车回娘家，送来了几碗软米和几把干枣。

放下东西，大姐比划着教父亲和四哥怎样做甑糕：把枣洗干净，用水泡上，泡枣的水不要倒掉；软米也要泡，一定要放在阴凉处，尽量多泡几天。"米能泡几天，甑糕就能放几天都不坏。"蒸甑糕时依次放上锅叉、甑碟、蒸锅布，再倒上浸泡好的软米，米里面镶上枣，开始加火。蒸到六成熟，再把泡枣子的水往软米上盘，然后捂上锅盖蒸到完全熟。大姐说这是母亲的做法，她也记了个大概。

因为当天要赶回去给孩子喂奶，回去的时候天色将晚，大姐说路上害怕，要父亲安排一个兄弟陪她回去。

安排谁合适呢？我双手捂着怦怦乱跳的腔子，急切的眼神在父亲和大姐脸上不停地来回切换。现在想来，五哥和小弟当时的心情和眼神应该跟我没什么不一样，只是我当时根本就顾不上关照他们两位。小哥仨都着急地喊着"让我去，让我去，让我去"。父亲用笤帚轻轻扫了一圈我们哥仨的脑袋，摇着头低声说："都给我悄悄地！谁喊的声音大，我就偏偏不让谁去！"

哥仨立刻安静了下来，只有花狸猫绕着小炕桌，在父亲和大姐之间来回地窜，发出"喵喵"的叫声，好像说它可以陪大姐回去。

大姐抱起花狸猫，笑眯眯地扫视着我们哥仨。父亲终于开口表态了："老五得干活，家里离不开。"好呀，我去的可能性从三成提高到了一半，心跳得更加厉害。父亲接着说："老五听话，你都十来岁了，就不要跟两个小兄弟争了。"

听到父亲的话，看着五哥发红即将流出泪水的眼睛，我顿生了小小的"恻隐之心"，五哥真不容易，每次遇到这种情况，父亲总是那句话："你是哥，你就让一下两个小兄弟。"我真想说：让五哥去……然而，强大的自私轻松地战胜了弱小的慷慨，这话终究没能说出我的口。

"老碎……"父亲说完"老碎"两个字，哽咽了一下。我头脑还没反应过来，眼泪已经抢先出来表现了。"唉，老碎……老碎太小，鞋也没有，路上八莲刺那么多……天快黑了，你又走不动，还得你大姐背你呢。十几里路，回去啥时间啦，娃娃还等着吃奶呢。再说，你那么小，一个人咋回来呢？"父亲的话字字都落在了我的心坎上。"唉，老碎算了吧……"

我快速跑去伙房，舀了半马勺水洗了把脸。出来伙房，直接跑上埂畔，生怕父亲改变了主意。就见父亲从大姐的手里把小弟拉开，小弟扯着嗓子哭喊："我能走动……六哥也没鞋，他凭啥能去？我不怕八莲刺……我不怕狗，自己能找到路回来……"父亲安慰着他："听话，咱现在就煮甑糕吃……"

往前走了一段，渐渐听不到弟弟的哭声了，我站在水窖岗子上急切地等着大姐。一串清脆的铃铛声中，花狸猫沿着地边埂跟了过来。我抱起猫摸了摸，想着把猫带上，回来的时候有猫陪着也不至于太心慌。看着花狸猫明亮的大圆眼，想起猫每天晚上陪我和弟弟睡觉的情形，心想：我把猫带走了，小弟晚上睡觉咋办？我抱起猫返回家里。

不知父亲和大姐怎么安慰和承诺的，小弟这时不哭了。父亲拧了把我的耳朵，说："明天就回来，家里的活还等着你呢。还有，老碎干的活也都给你留着。"我嘴里承诺着，把猫塞进小弟怀里，掉过头紧紧拉着那双有福的手，迈开步子跟大姐去了她家，再也没敢转身看一眼，只听着背后的"喵喵"声渐渐地弱去……

我问大姐："你家有没有甑糕？"大姐说："反正有你吃的。"我又问她："你心里想让谁陪你回去？"大姐说："当然是你。"听到这话，我心里好舒坦啊。几年后，我才知道这并不是大姐的真话。因为她曾对父亲说五哥每次去她家都能干好多活，干得又好又快，她婆家人都说五哥是个好娃娃。五哥给大姐争了好多面子，而我呢，只会说嘴。

前面的一段比较光坦的黄土路没有多少八莲刺，我走得很快。进入沙地后八莲刺骤然多了起来，我那双前露脚趾、后脱脚跟的鞋子实在护不住两只稚嫩的脚丫。天亮着的时候，大姐帮我拔刺，每拔出一根刺，大姐就龇一下牙，嘴里不停念叨"没妈娃娃真可怜"。

夜幕降临后，我就只能根据刺痛的位置自己摸着去拔刺了。为了不影响行路的速度，刺只扎了一只脚，我是不会停下来的，而是用没扎刺那只脚跳着走。只有当两只脚都被扎了，才停下来拔刺。我让大姐不要停下等我，拔完刺很快就追上她。我在后面听大姐唱着：

小米子干饭驴那个肉汤，

越吃我来越心慌。

夹上包包走娘家，

娘家门上更枉凉。

鼻涕擤在南墙上，

眼泪淌在花鞋上……

拔刺的时候，我想起爷爷常说的那句话：为嘴伤心啊！

其实，我那时并没觉得八莲刺扎在脚上有多疼，嘴里哼着自己都不知道啥内容的小曲，小跑着跟在大姐身边。我不停地问大姐："还有多远？"大姐总是回答："快了，快到了。"终于，大姐指着不远处微弱的灯光，说那就是她家。几声狗叫之后，传来了小孩的哭声，大姐加快了步伐。我也不知道脚上到底扎没扎着刺，快速地跟着大姐。

一进门，大姐抱起孩子就给喂奶，大姐老婆婆嘟囔着递给我大半碗叫作糯米甑糕的饭。昏暗的灯光下，我看不清糯米甑糕长啥样，只是低头悄悄地吃着，好像连枣核子都咽了下去。吃过饭，大姐在油灯下从我脚上挑出了十几根刺。

第二天早晨，大姐又给了我一碗跟昨晚一样的饭。我才看清糯米甑糕的真容：像小虫子一样的白米粘在一起，里面镶嵌着红枣，上面是一层白雪般的砂糖。再吃一口，哇，咋就这么香呢！我放慢速度，一小口、一小口地品尝着。突然，一个念头奔了出来：吃过饭就回家，让小弟也来吃一吃这传说中的糯米甑糕。

吃过饭，大姐给我补裤子，我不停地催促大姐快点。大姐笑着说："你还是个急性子。"补完裤子，姐夫找来一双他侄子穿过的稍微新一点的鞋给我换上。大姐指了回家的路，安顿我："路上小心狗。"我将了将手里的棍子，回答道："没事，狗我见得多了。"回家路上，我反复回味着"糯米甑糕"的滋味，不由得哼起熟悉的信天游：

五月里来五端午，

糯米甑糕砂砂糖。

白糖黑糖都撒上，

没有王哥的憨水香……

回到家，直到傍晚才等到放牲口归来的小弟，我用尽自己可怜的知识库里最溢美的词汇，夸张地描绘了大姐家糯米甑糕的形和味，听得一家人直流口水。

第二天早晨我眼睛睁开时，已经不见了小弟！

两天后小弟回来了。我问糯米甑糕好吃吧，小弟直摇头。我突然觉得自己对不起小弟，不该那样诱惑一颗幼小的心灵。我端了一碗刚刚做好的软米甑糕递给小弟，自己也端起一碗。在我的带动下，小弟也无奈地吃了起来。吃着吃着，我脱口而出"比糯米甑糕香"，其中有安慰小弟的意思，更多的是我真切的感受。父亲也说这就是母亲当年做的甑糕的味道。四哥自豪地说，那当然嘛，这是他的杰作，是按照母亲当年的做法认真做的。父亲提醒说："今天端午节，是你四哥的生日。"大家都端着盛有软米甑糕的蓝边碗碰在一起，祝四哥生日快乐。一家人很久都没这么高兴了。

后来大姐说我是有福的，正好赶上姐夫开汽车的哥哥从西面子带回来几碗糯米，一大家人两顿就吃完了。我很清楚，小弟一直到改革开放以后才第一次吃上糯米甑糕。当然，这以后我能吃到的糯米甑糕也越来越多了。

上大学时，在川区的同学家第一次见到了糯米粽子，感觉好奇特，饭还有用植物叶子包着吃的？我不知从何下手，同学教我怎么个吃法。

刚结婚时，单位没有住房，我就租住在银川郊区尹家渠二队的农家里。过端午节，妻子买了两斤糯米和半斤红枣，准备蒸糯米甑糕吃。热情的房东夫妇拿来粽叶，手把手教我们包粽子。

我问粽叶是从哪弄来的。房东说湖里多的是。我突然明白了，搞了半天，原来就是芦苇。仔细观察粽叶，发现每片叶子的中间部位都有三个"牙印"。我很快联想到老家地里长的芦草，也有三个"牙印"。哦，他们原来是一家子，长在旱地的叫芦草，长在湖泊里的叫芦苇。小时候，吹笛子用的笛膜就是从盖房子用的芦苇秆里拨出来的。有了孩子后，过端午前，我就带着儿子去湖里采一点粽叶，然后自己包粽子吃。

小时候曾听爷爷讲过芦草叶上为什么有三个"牙印"的故事。相传一年端午节，寂寞的王母娘娘也下凡来，与凡人一起赛龙舟、拔艾草、包粽子、搓花绳、喝雄黄酒。由于太投入，王母娘娘竟然忽略了上厕所这件事。等内急时，已经来不及返回天庭，于是就钻进芦苇荡里解决了。没想到被一个什么调皮的东西给扎了一下。王母娘娘掉转头，狠狠咬了那东西一口："老娘的屁股也是你敢动的！"咬完后，才发现是片芦苇叶。从此，所有的芦苇叶就都有了三个"牙印"。

柳叶长、杏叶圆，盐巴咸、糖果甜，万物形成自有其道，此处不必细究。

随着经济社会的发展，糯米甑糕里加上了越来越多的东西，葡萄干、杏仁、莲子、核桃、豆沙、水果，甚至做成"八宝"的。粽子的花样更是不断翻新，肉馅、鱼馅、蛋黄、蟹黄、桂花、玫瑰酱、水果，甜的、咸的、麻辣的等。只有你想不到，没有你吃不到。你要是天天吃，一年都不会吃重样。家搬进城里后，有一段时间，小区附近的市场上有个老头天天推着小车卖甑糕，我只要见了就买两块钱的，以至于后来老头看见我，问也不问就切一块给我。我也不用问价，给两块钱掉头就走。也可能甑糕和粽子吃着了，以至于我好多年都不想吃那些糯米做的东西。

前几天老家带来一盒粽子，我放在灶台上几天都没理它。今早妻子说："过端午了，喜欢不喜欢地吃上一个粽子吧。"打开一看，原来是软黄米做的。我快速剥开，蘸着砂糖吃了一个，呀，就是小时候那个味道。于是，我又吃了两个。

夏日的雨

《诗经》说："迨天之未阴雨……绸缪牖户。"意思是，趁着天还没下雨的时候，就先收拾好门窗。

"蚂蚁搬家蛇过道，阴雨马上就来到。"每逢天气闷热、蚂蚁搬家、夕阳接云的时候，爷爷就站在门口高声喊："男人去把水路铲开，扫干净；女人多抱些就火柴回家，多准备些干羊粪；娃娃，赶快去捡坷垃，要不下雨没有土坷垃擦沟子哩！"

我最先行动起来，跑在水洞边容易取土坷垃的地方，搬下来一些坷垃，双手捧几块回来，垒在屋檐下的拐角处。小弟身体弱，动作也慢一些，跟在我后面，抱回来的土坷垃和我抱回来的分开放着，嘴里不停念叨着："我抱的坷垃就我自己用，谁也不准动我的坷垃。"

父亲带着几个哥哥扛起铁锹、扫帚奔大门前水窖的上坡而去，爷爷拄着拐杖跟了去，站在高高的窖岗子上，指挥大家干活。坡上顿时扬起一股股尘土，坡上其他收水的人家也都扬起了尘土。

五哥帮着小姐姐抱就火柴、揽羊粪，对我喊着："不要只顾自个儿，多捡些坷垃，少了不够用！"五哥占着簸箕，我没有工具。用手捧效率太低，就改用鞋壳壳。一阵风吹过来，眼看雨要落下来，我的任务还没完成一半。爷爷远远地挥舞着拐杖，高声催促着："赶紧，赶紧，不要让雨把土坷垃淋湿。没啥擦沟子，总不能让狗来给你舔吧？小心咬了你那白白的小沟蛋子……"我催促弟弟，可他依旧保持着自己不紧不慢的工作节奏。你不说还好，越说他越抵触，说犟了还会彻底罢工。我只好用衣服襟子往回兜坷垃，为了尽快完成任务，今天就豁出去沾上一身土沫子了。

两趟跑下来，头上汗珠一颗颗掉在土坷垃上，干透了、渴极了的土坷垃瞬间就吞噬了汗珠，就好像汗水不曾掉下。一阵惊雷响过，土坷垃上的汗滴越来越密集，一抬头，铜钱大的雨点噼里啪啦打在脸上。小姐姐和五哥用锹把、鞭杆快速把窗外草帘上的绳扣顶开，把帘子展开护住了窗纸。

"下雨啦！"房前屋后、左邻右舍的孩子们沸腾了起来。我丢下土坷垃，站在屋檐下，和着他们也喊了起来。

爷爷、父亲和几个哥哥返回大房子。房子被草窗帘遮得黑黑的，只有门口亮着，一家人站在门里朝门外看着。阵风卷着热浪、雨点和地面上的黄土翻滚着，一股股土腥味呛得人直咳嗽。

爷爷朝天看看说："今天的云层厚，肯定能下场保墒雨。"地面顿时起了水，水上漂着一个个水泡。几个哥哥兴奋地说："水起泡儿，下到后儿。""幸亏爷爷喊咱们扫了集雨场、挖开了水路，这阵再出去可就来不及了。""烧的也都准备好了。"我生怕自己的成绩被忽略了，赶快说："还有这么多土坷垃。"

屋顶上的水顺着瓦沟冲到院子，小姐姐喊着五哥、我和弟弟赶快到伙房，取来大小盆子、罐子，支在瓦沟水落下的地方。不一会儿水就满了，三哥搬来过年杀猪用的大缸，直接支在瓦沟下。父亲看看院子里的水，让前面的三哥、四哥分别披上毛毡，顶上麻袋，提上铁锹去水窖跟前观察收水的情况。

五哥、我和弟弟挽起裤腿，把黑黑的光脚丫子伸出去让雨淋着，身后的爷爷一把将我和弟弟推进雨里，我俩的衣服瞬间就湿透了，紧紧贴在身上。就听小姐姐大声喊："你们两个把衣服脱离，趁水方便，我给你们洗一下！"我还没动，弟弟已经脱了个精光，在雨里跑着、跳着。再看看自己身上衣服的惨象，还不如没穿衣服，也就索性脱光了，无牵无挂地在雨里耍个痛快。见我俩无拘无束玩得这么痛快，五哥、大侄子也加入了欢雨的行列，只是年龄偏大的五哥还留着腿上的裤子。

雨声、风声、欢笑声，盆声、罐声、拍手声，整个院子如同上演了一场大戏。有表演，有伴奏，有观众，有喝彩。瞬间把一年多来的忧苦全都忘得干干净净。

收水的三哥、四哥扛着铁锹一蹦一跳回来了，他俩摘下门板，转身向门前的沟边跑去。我们几个耍水的也跟了过去，就见山洪正从门前山坡的几个沟壑奔流下来，水汇集到坡下的大水壕里，接着一道飞瀑泻下冲到沟里，水里不时漂浮着西瓜、香瓜和菜叶子。三哥跳进水壕，把门板横在身子前面，四哥、五哥和我手拉着手，确保三哥别让洪水冲走了。小姐姐用铁锹、耙子扒拉着西瓜、香瓜和菜叶子，看着一个个瓜蛋子滚下深沟，所有人都唏嘘不已。瓜也没捞着几个，洪水越来越大，父亲觉得危险，便强行把我们弄回家。

"猪圈，猪！"小姐姐突然大喊着向猪圈跑去，我们也跟了过去。到跟前一看，猪圈的一小半已经塌在沟里，剩下的一半全是水，猪不见了。小姐姐着急地哭了："几个烂瓜蛋子能值几个钱？我的猪呀！"我抹了抹脸上的水，向四周望去，哎，猪耷拉着脑袋定定地站在坳畔上！那时我们才知道，原来猪天生就会游泳。后来又知道，除了聪明的人需要学习才能游泳外，几乎所有的哺乳动物生来就会游泳，因为它们在娘胎里就在游泳。

猪找到了，鸡狗都全乎，水窖也收满了，大人都在家安静了下来。几个孩子在雨水里继续欢闹了大半个时辰。雨小了，我感到肚子饿了，才想起家里有刚刚捞回来的香瓜和西瓜。五哥拧掉裤子上的水，就这么湿湿地穿上。我和弟弟、大侄子的衣服全都洗了，挂在晾衣绳上继续接受洗刷。我们从家里随便找个围裙、破皮袄裹在身上，赶忙吃大人留下的瓜。西瓜瓤子刚刚变粉，香瓜瓤子也还白着，吃在嘴里一点味道也没有。爷爷说："瓜果都是在节令上吃的东西，只有熟了才能吃。人把瓤子吃了，籽还留着，明年再种，还有瓜吃。生着吃了，啥也留不下，瓜就断了后，那就是作孽。"

不管好吃不好吃，我们几个孩子把那些瓜稀里糊涂全都吃了。小姐姐、嫂子喊着几个孩子回到院子水坑里，互相把身上的黑垢甲搓干净。洗完、搓完，身上像脱了一层壳。晚上睡在炕上，感觉毛毡格外的扎，毡棱子也格外的杠。

雨下了一夜，迷迷糊糊听爷爷问父亲："水路堵好了没有？水窖不要'灌耳子'哩。"

水窖像个坛子，中间大、口底小。窖打好后，要用"马眼刀"在窖内壁上钻若干小眼，在眼里塞上胶泥，相当于钉子，然后将胶泥片粘在这些泥钉上。所有的胶泥片连在一起，就给水窖穿了一身"衣服"，或者装了层"内胆"。为了让"衣服"穿得牢靠些，还要用锤子将胶泥片捶打三遍以上，这样胶泥片和胶泥钉就成为了一个整体。"衣服"不是全身都穿，只穿在窖底和内壁下部的大半，"脖子"和窖口部分并没有胶泥。每次收水必须要盯着看，水位不能高于有胶泥的位置，否则水窖就可能被浸泡而导致垮塌。水位超过有胶泥"耳部"的地方就叫作"灌耳子"。

早晨起来天完全放晴，云彩全到了西边马鞍山的上空。晾绳上的衣服依然湿漉漉的，我还裹着那件山羊皮袄子。叠好被子，小姐姐喊着我和弟弟去自留地里摘几个番瓜花，掐把葱秧子。感觉上坬畔的空气好清爽，往西一看，两道彩虹挂在苍穹上，我和弟弟高声喊着："哦——虹（jiàng）啦！虹啦！"一家人都来坬畔上看彩虹。爷爷说："东虹轰隆西虹雨，南虹北虹卖儿女。天还有雨，擦沟子的土坷垃不要扔了。"

我和弟弟到地里，避开瓜秧上的水珠，小心翼翼地摘了十来朵雄番瓜花，又掐了半把葱秧子。我挑出一根脆硬的葱秧，掐去两头，弟弟也学我的做法，两人吹起了不成调的曲子。我们这边吹，沟对岸"崖娃娃"也吹，一唱一和、一和一唱。玩得正高兴，就见小姐姐朝我俩招手，我俩这才回过神赶快往回跑。

吃饭时咋不见了父亲，四哥说："一五更就出去了。昨天下大雨，今天肯定修路去了。"我出去看铁锹和背篓都少了，准备上坬畔梁头上瞭望，父亲背着一背篓青草从梁上下来了。父亲说："昨天雨下得太猛，我看了一下，糜子地可能板结了，我给队长说，明天赶羊群给踩一踩。"

几天过后，山坡上的高菊花、扫钱草、蒿瓜、索牛牛、地椒、地软全都长出来了。五哥每天放学回来，我们就提着筐子去采摘，每次都有不少收获。

月明中秋

老家那地方雨水少、地皮薄，种地的农民祖祖辈辈都是靠天吃饭。老天爷高兴了，一亩地能产两三百斤，不高兴了，"种一楼斗子，收两楼斗子"。在这样的自然环境中生存，老百姓都会存些粮食，起码能吃三年，这样才能确保连续出现灾年时不饿肚子。大集体那会儿，多数人出工不出力，土地肥力下降，产出很低，丰收年景也分不了多少粮食。本来就没有多少存粮，二十世纪七十年代初，遭遇了连续三年大旱，饿肚子成了多数人家的常态。

没吃的，总不能坐着等死吧？八月十四，父亲放羊回来，五哥、我和弟弟坐在门槛上发呆。父亲问我们："饭做好了没？坐这儿。"我们只摇头不说话。父亲稍显生气，继续问："咋不……"突然想起来中午送饭时我已经告诉父亲，家里米干面净，晚上一点吃的都没有了。父亲手拄着牧羊棍，站立了一会儿，说："我去借点。"五哥说："我大娘家都借了五次了，前面借的一次都没还呢。"一筹莫展的父亲摘下身上的水壶和干粮口袋，这才想起来干粮口袋里有六颗洋芋，说是在路上捡的。五哥捧着洋芋进家，边抠洋芋皮边对我说："地里还有几棵不死不活的白菜，去给咱拔回来。"

一人一碗洋芋熬白菜，暂时止住了饥饿。坐在当院的架子车上，父亲双手抱着头，琢磨着到哪去弄点吃的。我望着将圆的明月，心想：这要是一个能吃大饼子，我现在就飞上去咬它一口。正胡思乱想着，见父亲一拍大腿站了起来："庙山，沟对面庙山上棉蓬厚得很。我这两天放羊看见那边红郎郎的一大仚，全是棉蓬。"

说来也真怪，天旱的时候庄稼不长，棉蓬却长得很好。这大概就是老天爷留给人的活路。

经过分析，明天八月十五晚上，看草的人一定在家过节吃月饼，正是下手的好机会。

我们一家大小各扛一把锄，各拾一条绳子，趁月亮还没上来，翻过沟一趟子就跑到棉蓬地里。"运气不错，今晚看棉蓬的还真没在。"父亲高兴地说。侧眼一看，地里已有四五批人在搂棉蓬，全都是我们村的。就听一个熟悉的声音说："不要瓷等，快闹！"

十几个人低下头拼命地用锄往回搂，一句话也没有，只听见一阵阵粗大的喘气声。这声音大得似乎能传进看草人的耳朵里，我的手脚似乎有些发抖。"够了，捆起来回吧。"五哥说。看着那么好的棉蓬，我越搂越想搂。"好了，再多就背不动了。"父亲也又一次催我。那就回吧。

我们几个人铺开绳子，把钩来的棉蓬垒起来踏瓷实，然后迅速捆了起来。哇，好大的三捆子。五哥先帮父亲和我扶到背上，自己再借一个斜坡慢慢地背了起来。三个人每人背了个"小山包"摇摇晃晃，缓慢地向沟边挪去。

整天饿着肚子，身上根本就没劲，刚挪到沟边，我的腿子一软，连人带草就滚下了沟。父亲和五哥吓得撕破嗓子喊："钢蛋，钢蛋！"庄子上的人都觉得我很皮实，送我外号"钢蛋"，家里人有时也这么称呼我。

两人扔掉背上的棉蓬，也跟着连爬带滚地下了沟。两人不顾自己是不是受了伤，找到我赶快问："感觉哪达疼？"我好像觉得没什么，只是浑身发热，说："大大，我饿。"两人把我身上的棉蓬卸掉，从上到下摸了一遍，然后拉着我走了几步，又让我跺了跺脚，确定没啥事，这才一屁股坐在地上，缓了好久好久。

等身上凉了下来，大家才都觉着饿了。哥哥好像想起了什么，说："我知道了！"说完爬上沟沿。不一会儿，提回来几个大蔓菁，可是救了我们的命。三个人用秧子擦了擦蔓菁上的土就啃了起来。肚子不饿了，大家才想起了今晚的正经营生——棉蓬。三捆子棉蓬全都捆得好好地躺在沟底下。

原来前面由于慌张，只知道背着棉蓬过沟，没想到直接推下沟，然后再下去找。大家你看我，我看你，苦笑了几声。

棉蓬是老家那时许多人的救命草，也是救命"粮"。成熟的棉蓬籽，用水搓洗几遍，再用碾子脱去外层的黑皮，晾干后放在大铁锅里炒熟，用磨磨成炒面，虽然苦、涩，但总还可以充饥，而且没发现对身体有啥伤害。

为了改善"适口性"——对不起，容我解释一下："适口性"本来是一个畜牧学上的术语，这里借来一用也许更为合适。为了改善"适口性"，让人能咽下去，人们想了很多办法：一是多用水搓洗，除去一部分苦味。由于我们那地方缺水，做不到。二是加一些香草，如炒面花、地角叶、茴香粉、香豆草等，这些都是山上有的或是地里种的。添加上这些以后，棉蓬炒面的味道至少闻起来很香。味道问题解决了，但粗变细的问题始终没有解决，当炒面咽到嗓子眼，就像有什么东西堵在那里，若不使劲，很难咽下去。父亲看着我们咽不下去，就示范给我们看。就

293

见父亲把棉蓬炒面用开水拌了，用筷子挝起一大块送入口中，动用上半身几乎所有的肌肉，把那一团东西咽了下去。我清楚地看见父亲咽下炒面后逼出了眼泪。他笑了笑，故意抿了抿嘴，说："很香，好吃，真的。"父亲接着吃了第二口。我们学着父亲的样子，也试着吃起来。吃着吃着，就能咽下去了。这是后话，就算今晚不睡觉，也不可能把棉蓬变成炒面。

回家后，我们把"劳动成果"晾在场上，一个个躺在院子里就起不起来了。躺了一会儿，父亲望着明亮的圆月说："今天是八月十五中秋节，再做点啥好东西吃呢？"小姐姐翻遍纸箱子、纸缸子，就是没有找到米面，再看看粮栈子（用土坯围起来盛粮食的容器），什么也没有。全家人难道就这么看着月亮过中秋？月亮又不是月饼，怎么能顶饱？

父亲蹲在门槛上，嘴里念叨着："吃点啥呢？"说着说着，两行眼泪掉在补了补丁的膝盖上。过了一会儿，父亲站了起来，紧了紧松动的裤腰，然后转身进屋，提了把剪刀出来说："你们先睡，我出去一趟。"说着，从门旮旯后面捡起半条旧口袋，往腋下一夹就出去了。

虽说肚子饿了，但瞌睡还是找上眼皮来搁搅，姐弟四个很快就入睡了。睡得正香的时候，父亲拍着我们的脑袋喊："起来推磨，做饭吃。"我迷迷糊糊地问："做饭还是做梦？"

"当然是做饭，你们看这是啥！"

我强睁开眼睛一看：谷穗子，半簸箕黄澄澄的谷穗子！

四个人惊叫着，一骨碌爬起来，问："哪儿来的谷子？谷穗子怎么吃呀？"

"别问那么多。先拿手把谷子搓下来，拿磨推了，再拿箩过一下就能蒸窝窝吃。"父亲显然已经想好了。

没有牲口，拿啥推磨？

"你们三个男娃轮着揉，一人十圈。"姐姐给我们哥仨分配了任务。肚子不等人，听说要吃东西了，更加来劲了，饿得人身上直冒汗。姐姐迅速把磨膛扫干净，再把谷子塞进磨眼里。

"快点推，快点推，吃了饭就不饿了。"我这样鼓励着自己，心里数着一圈、两圈、三圈……八圈、九圈。刚到十圈，一头就晕倒在磨道上。弟弟接着我继续揉磨，刚到八圈就坚持不住了，抱着脑袋缩在一旁呕吐，可什么东西都没吐出来。五哥接着来了二十圈，真够厉害的！

我想驴怎么就不知道晕呢？也许是给驴上了蒙眼的原因。于是我就把破布衫蒙到头上接着揉下一轮的磨，结果还没揉上几圈就晕得受不了了。我顿生对驴子的敬意，进而又想：我要是变成驴该多好啊，虽然干活累点，可抓住草就能吃。

大约七八个轮回，总算磨完了那半簸箕谷子。手脚麻利的姐姐很快蒸熟了一锅谷面窝窝。几个人看着这久违的粮食，竟然不知道该怎么办。姐姐提高嗓门："不想吃？我一个人吃啦！"我们这才伸手抓起窝窝，然后慢慢地咬下一口。父亲吃了几个窝窝说是吃饱了，舀了一勺子蒸锅水，坐在小板凳上跷着二郎腿，边喝边望着我们，眼眶里又转起了泪花。

过了几天，生产队开批斗会，父亲又被揪到台上，我这才知道那顿饭的代价。

重阳温厚

重阳节由来已久，早在战国时期就已存在，唐朝定为正式节日。

我第一次知道这个节日还是在生产队的打谷场上。

三哥是生产队拉拉车的驾车手，我没事就跟着三哥去坐拉拉车。庄稼拉完了，三哥身份就转化成了打场的吆骡子手。拉拉车的光沾不上了，其他的"光"也许还能沾一点，就算沾不上光，外面的世界总比家里要精彩一些，至少躲开了那些无趣的没完没了的重复的家务活。三哥他们打牌"砍牛腿"，我站在身后看个热闹。运气好的话，碰上他们打平伙，还有可能混着吃块肉、喝口汤的。

生产队菜地里的萝卜蔓菁长得又嫩又大，可队长整天像凶神恶煞一般盯得死死的，我们这些毛孩子哪敢进去拔着吃。那些给生产队干活的扛硬劳力，尤其是打场的大人可就不同了，只要有人说一句，即便不是队长、会计、出纳、贫协会主任什么的"官"，也可以拔几个蔓菁吃。菜地就在打谷场边上，那一大片绿油油的蔓菁早都钻进了我那双明亮的、善于发现食物的眼睛。我和两个小朋友，在场边围墙的墙头上像小猫一般跑来跑去，一会儿跳下场里，一会儿又跳下蔓菁地边。

蹲在墙头抽烟的表哥望着蔓菁萝卜，嘴里念叨着："你们看，庄稼都上场了，霜都煞了几遍了，白菜、萝卜、蔓菁的叶子还嫩闪闪的。"

三哥搭话道："农谚说，'碌子响，萝卜蔓菁长'。"表哥说："我咋觉得嘴干的，肚子好像饿了。去，钢蛋给咱拔几个蔓菁来吃。""我不敢，队长看见了骂人呢。"我回答。"有啥不敢的！队长看见，就说是表哥我让你拔的。"我跳下墙头，冲到早已看中的几个蔓菁跟前，三下五除二就提起了五六个，翻身越墙，把蔓菁交给坐在碌子上休息的另外两个人。我先给自己留了一个最大的，其他的每人一个分了出去。怎么还多出一个？就听草垛背后有人喊："钢蛋，给我留一个！"闻声抬头，就见表哥边扣裤子前开口上的扣子边向我走来。我拿着蔓菁秧提起蔓菁，像抛绣球一样把蔓菁抛了过去，表哥手没腾出来，蔓菁砸在场面的硬地上摔成几瓣。表哥顺势盘腿坐在地上，手也没擦一下，捡起蔓菁块就吃了起来，嘴里大声说："蔓菁、苤蓝就像核桃要敲着吃一样，是贱骨头，要摔着吃。摔着吃又水又嫩、才够甜嘛！"

三哥停下打场的碌子，摘下骡子笼嘴，收集来所有的蔓菁秧子，喂给平时拉拉车上驾辕的那头黑红色骡子。我和小朋友用指甲费力地慢慢剥着蔓菁皮，就见大人都把蔓菁摔在地上，蔓菁一个个裂开了，露出雪白的"内脏"。他们捡起摔开的蔓菁，"咔嚓咔嚓"咬着吃起来，感觉好香啊！

我手里的蔓菁皮剥去了一半，已经没法摔了，只能继续把皮剥完再吃。大人都吃完了，我才剥完皮，刚喂到嘴边，圆鼓鼓、滑溜溜的蔓菁滑出缺乏控制力的小手，掉在地上滚了一身土。正要去捡，骡子已经抢先啃了起来。我只好向表哥申请再拔一个补上，当然，趁他们不注意我多拔了一个，快速地拧掉秧子揣进怀里。

吃完蔓菁，不渴也不饿了。我和小朋友靠在麻子垛的向阳处，懒洋洋地享受着热乎乎的暖阳。三哥一手拽着缰绳一手挥着鞭子，吆喝着骡子一圈又一圈继续碾场。骡蹄子、石磙子震得脚底下隆隆作响，金黄色的谷子像奔驰的磙子的长尾巴，上下飞舞着。

表哥几个人拿着铁杈翻挑着碾压过的谷子，问三哥："今天初几了？"三哥把右手的鞭子交给左手，手指轻轻掐了掐，说："初九，九月初九，重阳节！""忙忙乎乎地把重阳节都忘了。""忘就忘了，现在破'四旧'，又不让过重阳节，记住了又能咋？""真是，整天就是干活，记住记不住都没用。唉，人啊，就这么瞎活着，稀里糊涂就四十岁了。老娘走了，昨天的生日也没人能想起来。"

哎，啥时候冒出个重阳节？清明节、端午节、八月十五中秋节我都知道，咋没听说过个重阳节？心里想着，嘴里就问出来："表兄哥，啥是重阳节？""九月初九就叫个重阳节，阳、阳、羊，这个时间的羊最肥，是吃羊肉的节，所以叫个'重羊节'。唉，一说羊肉，还真觉得犒得慌。王三，要不咱伙混几个人弄个羊，打个平伙？""你们弄去，我掺和不起。今天把肉吃了，明天分口粮时候就要扣呢。表兄哥，要我说，这重阳节是在庄稼上场时间过的，应该就是丰收节。阳是太阳，不是牛羊那个'羊'。"三哥岔开话题，挥了挥鞭子唱了起来：

　　　　九呀九重阳，哎，收呀收秋忙。

　　　　谷子来那个糜子呀，哎，堆呀堆满了场。

　　　　感谢毛主席，哎，感谢共产党。

　　　　今年的那个收成哟，比呀比往年强……

　　　　红个丹丹的太阳，哎，暖呀暖堂堂。

　　　　满场的那个新谷子，哎，喷呀喷鼻香……

我听着听着就想起了曾经跟他蹭过一次打平伙羊肉，今天三哥要是能答应打平伙，那我可就"捞着哩"。表哥接着用话语刺激三哥："又是个怕婆姨的软蛋！"我心想：表哥真是胡说，三哥那双牛眼一瞪，谁不害怕？才不会怕婆姨呢。我期待着三哥能松口，等了好久，三哥终究还是没有答应。我的打平伙羊肉……

表哥他们把场翻了一遍，三哥吆着骡子继续碾场，嘴里唱着："哦……噢……吆……"表哥也跟着唱起来。听了好久，我一个字也没听懂他们唱的啥。后来我才搞明白，三哥和表哥唱的那个本来就没有词，也没有固定的调，就是唱给骡子听的，也给自己解个心慌。

此后，上小学、上初中一直没再听说过重阳节。在盐池一中上高中时，在舅舅家吃了炖羊肉，听四外奶说是过重阳节。正好舅舅家墙上的挂历上有毛泽东手书词："岁岁重阳，今又重阳……"这才捡起了尘封八年的"重阳节"一词。

大学期间，在背诵的唐诗宋词里经常见到"重阳节"。孟浩然"待到重阳日，还来就菊花"，杜牧"尘世难逢开口笑，菊花须插满头归"，卢照邻"他乡共酌金花酒，万里同悲鸿雁天"，李清照"莫道不销魂，帘卷西风，人比黄花瘦"，最撩人心弦的还是诗佛王维的"独在异乡为异客，每逢佳节倍思亲。遥知兄弟登高处，遍插茱萸少一人"……感情古人对重阳节看得那么重。从这些诗里，我越来越多地了解到"菊花""茱萸""登高"这些重阳节的重要元素，也越来越看重这个节日。

参加工作后，参与了一些单位离退休干部的活动，其中最多的就是给离退休干部过重阳节。一次，发改委主任在活动上朗诵了毛泽东词《采桑子·重阳》，朗诵到"人生易老天难老"时，我身上似有一股暖流，心里对重阳节产生了一种敬畏。

周末，父亲和姐姐来我家。看着父亲微笑着红润的脸庞，我好高兴，赶紧到市场上买了几斤盐池羊肉炖上。姐姐说："哎呀，住在城里的干部，还记得过重阳？"我说："老大大来了，自然就想起来了。西方人过什么父亲节、母亲节，我说咱重阳节最好，有传统、有内涵、有高度。"我就把自己对重阳节的认识和理解说给父亲和姐姐：重阳节是九月初九。《易经》以"六"为阴，以"九"为阳，九月九日，日月并阳，两九相重，所以称"重阳"。"九"是最大数，"九"和"久"是同音，这就有了长长久久的寓意。所以古人就在这天祭祖、敬老，当下人们又把这天确定为"老人节""敬老节"，与时俱进地赋予重阳节新的含义。九月是"菊月"，菊花盛开，正是赏菊的好时节，所以重阳有赏菊的传统风俗，也把这天称作"菊花节"。南方地区正是插茱萸的季节，有插茱萸的传统风俗。

我和妻子炖羊肉、做菜，姐姐从包里掏出一块形如小枕头的黄米糕，说是刚从老家拿的新糕。剥去保鲜膜，米糕色如黄金、润比田黄，摸上去硬邦邦的。放在蒸锅上蒸了几分钟，糕块魔术般变软了。姐姐在糕上抹了些香油，把糕搓成长条，用线割成一片一片的，擀成面张，包上红糖做成了一个个糕角角。锅里油热到八分，把糕角角一个一个排队下进热油中，糕角角慢慢由金黄变成焦黄，表面上发满无数小泡泡。糖糕的香味扑鼻而来，我急忙收了收口水。姐姐用筷子夹起一个糖糕角角，在油锅边上磕了磕放在一个碟子里。我正要伸手，妻子翻了我一眼说："八十多的老爹还在那儿，你就敢先下手？"我摇摇头，端着"滋啦啦"响的油糕递给父亲，父亲看着糖糕又看着我的脸，笑着说："等等再炸出来几个一达里吃。"我缩了缩脖子，红着脸又把碟子端回灶台。

姐姐解下围裙，妻子端着两碟子糕一起坐在餐桌上。儿子正好进门，跟爷爷和姑姑打了个招呼，书包都没放下、手也没洗，过来就拿糕角角。妻子伸手打儿子的手，一个糕角角已经抓在儿子手上。就见儿子高高提起糕角角，对着一个角咬了一口，红糖慢慢溢出咬开的口子。儿子似乎意识到大家都没动手，自己有点失礼了，便用舌头搅拌着滚烫的糕，指着碟子里的糕角角含含糊糊说不出话。我们都看着儿子的表演，竟然忘了动筷子，就听父亲说："来来来，都动筷子！糕要趁热吃，冷了就不香了。"

大家慢慢吃着糕角角，我去尝了口羊肉，说："羊肉还有些硬，再让炖一会儿。先吃糕角角。"父亲说："重阳节吃糕寓意好。吃了糕，步步高。"接着讲了重阳节的讲究，"九"是最大数，也有最高的意思，如"九霄""九天""九五之尊"等，民间有登高的传统习俗。由于"高"和"糕"谐音，所以老家有吃糕的习惯。

吃过糖糕，又吃了羊肉，电饭锅里的米饭没人动，都说吃得"硬"了。儿子说："既然吃得'硬'了，那就出去登个高，爷爷不是说有登高的传统吗？"父亲说："好，吃糕登高步步高，正好消化消化。"

秋深气寒，我不敢带父亲去登贺兰山，就到览山公园登了个小山。一连串的台阶，父亲小跑着一口气登了上去。我跟着上去都喘气。父亲笑着说："年轻人还不如个老汉。"父亲欣赏着夕阳辉映下的贺兰山，问："有多远？"我怕父亲想爬贺兰山，赶快说："看着很近，其实开汽车都得走一个小时，关键是到跟前就没路了。"父亲大概看出了我的意思，笑着说："路还不是人踩出来的。咱家刚搬到山沟里那阵不也是没路吗？几个月路就在你们脚片子底下踩出来了。"望着雄伟的贺兰山，再看看虽已年迈但充满精气神的父亲，我心里好惭愧！

果真是"人生易老"啊！第二年中秋节，父亲身体突然出现了问题。

也是重阳节那天，我们带着父亲请附属医院（现宁夏医科大学总医院）的专家给父亲做了诊断，医生说："人老了，自然现象，实在没啥好办法。"

农谚说："九月九，风吹漫天吼。"最后那个重阳节，父亲躺在炕上，只是静静地听着外面呼呼的风声，没有吃糖糕角角，大家也都没吃。一个月后，呼呼的风送父亲去了很远的地方。

年从腊八初

过了腊八就是年。又是一岁匆匆去，又一腊八匆匆来。

不知为啥，每到腊八节，我都有一些怀旧的情绪。

遥想古人的腊八节是怎样的庄重与虔诚，鸡鸣头番、星辰满天时，人们捧着热腾腾的腊八粥，祭拜神灵、祭祀祖先、祈祷丰年、禳灾驱疫。

腊月之"腊"有两个含义：《隋书·礼仪志》曰"腊者，接也"；"腊"同"猎"，肉月旁，就是以肉冬祭。相传释迦牟尼成道之日是腊月初八，腊八节最初是"佛成道节"，后来祭祀祖先、欢庆丰收成为腊八节的主旋律。

腊月初七下午，爷爷从库房里端回一个盆，盆里有五口碗，装着红豆、花豆、扁豆、绿豆、豇豆五种不同的豆子。爷爷端坐在炕上，指挥几个孙子拣豆子，嘴里不停强调着："给老先人吃的，不要把秕子混进来！"我和弟弟不停地问爷爷："啥时候吃腊八饭呀？"问多了，爷爷来了一句："这是给先人吃的！"

我们拣完豆子，爷爷又从他的小匣子里捏出一把蕨麻籽，挑出形状不好和不够完整的，与选出来饱满的豆子放在一起，让小姐姐拿去泡上水。

晚饭后，姐姐盛出两碗小米、五碗黄米问爷爷："够不够？""怕

303

是悬，就算搭配着吃，得吃到灶王爷上天那一日。"姐姐又加了两碗黄米。爷爷安顿道："水多放些，米汤熬好了还要加面呢。哦，米要先炒一下才香。"

看着那么大一锅水，我跟弟弟商量好，两人轮着拉风箱。我先来，左手不停地往灶火里喂羊粪，右手一来一回不紧不慢地拉着风箱。姐姐催促着："哎，让你拉风箱，你梦周公呢？"我把左手搭在右手上，使劲拉几下拉杆，灶火里的火焰愤怒地冲向没有感觉的黑锅底！姐姐一不盯我，风箱又恢复了先前的"老母鸡走路"声。感觉比平常烧火的时间多了两倍，两只胳膊全都酸困了，咋还不见锅盖缝隙冒一丝热气？

说好轮流烧火的弟弟不见了影子，我扯着嗓子喊了两声，弟弟没有回音。姐姐皱着眉头冲我大声说："烧一锅水累不死你。腊八饭是敬神灵、敬先人的，做饭不能有怨气！"水刚烧开，姐姐下豆子的时候，弟弟进来了："六哥缓缓，我烧会儿火。"说着拉我起来。我胳膊一甩："滚远远地。"

姐姐和了碗口大的一块荞面，用盆端着去大房子炕上，弟弟端着盘子，我抱着案板，两人像蚂蚁搬树叶一样一前一后走着。盘子遮住了视线，弟弟进门时一下没走好被门槛绊倒，人趴在地上哭了，盘子摔出老远。我立在门框上，幸灾乐祸地笑着说："谁让你烧火躲尖溜滑呢，活该！"姐姐拉起弟弟、捡起盘子说："明早腊八饭给你好多'麻雀头'，就不给你六哥。"姐姐哄着弟弟，掉头又训斥我："你是他哥，你不帮忙拉一下，还说风凉话？"我委屈地说："我抱这么大个案板，哪有手帮他嘛！"姐姐提高嗓门："那也不能幸灾乐祸耻笑人！"爷爷接过我手里的案板说："好了好了，没事了。"

外面干活的人都进了大房子。五哥端来半盆热水，姐姐拿出平常连她自己都舍不得用的胰子（香皂），爷爷、父亲等一家人先后洗了手。腊八饭没包饺子那么复杂，爷爷和父亲并不用上手干活，连三哥、四哥都不用上手。洗手只是家里人的一种习惯性礼节。

　　姐姐带着我们三个小弟兄在案板上干活。姐姐和五哥搓"麦穗子"，我和弟弟揉"麻雀头"。爷爷在旁边说："你们两个小东西，'麻雀头'揉几个就行了，'麻雀头'太多明天麻雀就多，会糟害麦子的。'麦穗子'多搓些，明年大丰收，咱好多吃几顿白面馍馍。"我问："爷爷你不是说吃'麻雀头'麻雀就会头疼不吃麦子哩？那咱们就多多揉些'麻雀头'，不就有好多麻雀头疼不吃咱种的麦子了吗？"爷爷放下手里的旱烟锅子，盯着我看了看，说："哎，把'麻雀头'弄小点、揉圆点。碎尿娃娃，歪理还多得很呢，干活！"爷爷巴掌伸过来，我一躲，没打着。我冲爷爷做了个鬼脸，父亲"嗯"一声，我再也没敢吭声。

　　我和弟弟你一个、我一个揉着小面蛋，"麻雀头"在案板上像雪球一般不停地滚动着，一会儿就堆了一堆。再看，他俩的"麦穗子"已经堆满了盘子和小炕桌，案板的另一边也都快堆满了。

　　我俩揉完'麻雀头'，姐姐又教我俩压"麦落"，就是把他们搓的一小部分"麦穗"交叉落起来，压在一起，形如麦垛。

　　灯光下，看着如此富裕的"麦穗山""麦垛子"和两碗"麻雀头"，全家人好像看到了来年的丰收景象和大吉大利。"好了，早早睡觉，明天要早起煮腊八饭，敬神灵、敬先人。"爷爷一声令下，我们赶快出去撒尿。钻进热被窝，不知不觉就进入梦乡了。

　　睡得正香，就听姐姐捅我："赶快起来烧火，煮'麻雀头''麦穗子'！"我赖在热被窝里还想睡一会儿，前面起来的五哥拿窗台上冰冷的擀面杖放我身上冰我，我的瞌睡一下子就没了。我还是干自己

305

的"老本行"——拉风箱烧火，五哥给姐姐打下手。

公鸡打鸣的时候，锅烧开了。姐姐把锅盖一揭，热气顿时弥漫伙房，昏暗的屋子全都藏在热气里。就听姐姐把难熟的"麻雀头"往锅里下，连续噼里啪啦的声音像冰雹砸在番瓜叶上的声音。接着"麦垛""麦穗"也出溜出溜下了锅。

我连续喂了两把羊粪，双手合力使劲拉了一阵风箱，很快就听见锅里"咕咚咚"响了起来。"这还像个干活的。"姐姐鼓励着我。我已经闻到了腊八饭"五味合璧"的香味，想象着锅里腊八饭的样子，口水流出了嘴角。

"哎呀，外面家里全是雾。"爷爷高声说着进了伙房，"好呀，'晴年雾腊八'，明年收成肯定好着呢！"父亲附和着爷爷的话，接着说："饭熟了，拿个新的干净的碗盛上一碗端大房来。筷子不要了，我从大房柜子里拿新的。"又听爷爷大声补充说："不准偷吃，也不要尝！"

"好了，老五你端过去，我是女人不能端。"听姐姐说着，我也站起来。来到大房子，就见柜盖上灯亮着，匣子上立着列祖列宗的排位，前面是个小盅，里面盛了些五谷杂粮。父亲接过五哥手里的腊八饭，再双手呈给爷爷，爷爷把碗稳稳放在小盅和排位中间的空位处。看看家里人都到齐了，爷爷焚起三炷香插在小盅里。然后跪地磕了三个头，我们也跟着一起磕头。待三炷香焚尽，爷爷端起腊八饭，父亲递上一双新筷子。一家人跟着爷爷出门，外面已经拂晓，轻雾还弥漫着。先来到屋后树园子那棵大杏树前，给树干抹点，又依次去了碾磨道、棚圈、大门、地坑院、库房……最后回到伙房。这时，迷雾淡去，红红的太阳升上了东山头。

姐姐按人头盛上几碗腊八饭，热气微微充满了伙房，爷爷第一个尝

306

了说："好，不错。"大家都吃了起来，边吃着热腾腾的腊八饭，边说着预示来年丰收的话。我手冻蜇了捏不住筷子，双手焐在热饭碗上，伸长脖子沿着碗边轻轻吸了几口。

爷爷吃着，中间放下饭说："吃过饭，谁下去地坑院把我门口挂的那辫子蒜拿来，今天要记着腌'腊八蒜'。年时没'腊八蒜'，过年的扁食都不香啦。"姐姐说："也不光是没有'腊八蒜'的问题，我第一次拌扁食馅到底是没我妈拌得好。"爷爷赶忙说："孙女子的手艺好着呢，才十二三点人，谁能做到？哎，今天这腊八饭做得像你妈的手艺。"一句话说得姐姐哭了，五哥和我也哭了。父亲压抑着泪花，打岔说："小女子盛一盆腊八饭，我给你大娘送去。"姐姐回答："前面就盛好了。"院子的老黄狗叫着，大家朝外看去，就见大姑父端着一盆腊八饭从大门口进来了。

大姑父进来陪老丈人坐了一会儿，抽了锅旱烟，说是家里忙，起身就要回去。姐姐一看两家的盆，都是两年前横山来卖缸的，拿荞麦换的一样的盆。大姑父端着我家的腊八饭起身回家，爷爷用稍带埋怨的口吻说："让你们早点，看看，你大娘还是比咱们早。"

大哥、二哥两家人吃过、拿过，姐姐把剩下的腊八饭盛在两个老盆里，我们端着放进最寒冷的地坑院南窑里。此后，每天早饭都要热些腊八饭吃，一直延续到腊月廿三。

五哥取来蒜，我们七手八脚给剥了皮，装进一个黑釉小罐子里。爷爷一边说着："老天安排的事很妙，平时腌的蒜是红的，只有腊八腌的蒜是绿的。过年了，人家不缺少红色，就缺点绿色，'腊八蒜'正好补了这缺。文化人叫啥'翡翠碧玉'蒜。"

听爷爷说"绿色"，看见蒜，我想起一个场景。去年过年时，窗台上泥碗里的蒜长出的绿芽特别的鲜嫩。从玻璃小窗往里看，好像一幅画！我问爷爷："啥时间能给碗里栽蒜呢？"爷爷说："小娃娃还能想起这事？现在天太冻，得到立春跟前。"

腊八饭吃完那天，我又想起了栽蒜，就在一个带豁口的碗里装些沙土、浇上水，栽了十来瓣蒜。过年那天，蒜苗已经长了半拃高。我还放在窗台小玻璃窗那个地方，常常独自站在窗外欣赏那幅"活画"，盼着春天早点到来。

第二年，父亲把家搬到距离庄子二里地多的一个僻静的沟湾里。那年，爷爷走了，小姐姐嫁了。那年大旱，麦子连种子都没收回来。进入冬天，家里就断了口粮，我和弟弟不得不出去流浪。腊八前一天回了一次家，用自己的"收获"接济了一下守在家里的人。五哥守着冰冷的锅台，不知道该怎么熬腊八饭。我拿出一路上众人施舍的米面，用纱箩把米面分开。米里有小米、黄米、高粱米、玉米碴子和软米子，面里有荞面、白面、玉米面，还有燕麦炒面。

父亲坐在油灯下，一声不吭，静静地看着我们哥仁熬米汤、揉"麻雀头"、搓"麦穗子"。腊八早晨，一家人依然起得很早，按照历年的仪式敬了神灵和祖宗，还跑去抹了老院子后的老杏树。吃饭前，五哥问父亲："还给大娘送不？"父亲干脆地说："今天这顿腊八饭是百家饭，更不能独食，要泼洒。"父亲亲自端着那个盆去给大姑送腊八饭，只是里面只盛了个底。父亲送饭回来，把带回了的大半盆腊八饭放在一边，端起我们做的腊八饭，一口气吃了两大碗，放下筷子说："今年的腊八饭真香！咱家的腊八饭有了新说法、新名字，就叫'百家米面吉祥饭'。你们都吃饱，但愿明年一切都好！"

父亲离开我们已经六年了。前年，我家搬了大房子，请岳父母来我家过年。一天晚上,老人、妻子都睡了,我突然想起明天是腊八节,就找出冰箱里从二哥家带来的红豆、花豆、绿豆、扁豆和黑豆,以及莲子、蕨麻等,泡在水里。第二天五点钟我独自起来,悄悄熬了一锅腊八粥。粥熟了,打开窗户看着灯火通明的银川,在桌子上摆上父母的照片和老杏树的照片,盛了一碗粥供在照片前,焚了三炷香,磕了头。我对着父母的遗像肃立了好久,默默地对父亲说:"您爱吃的腊八饭做好了,豆子、米面全是老家地里产的。只是我没办法弄那个'百家米面吉祥饭'啦……"

仪式完毕,老人和妻子都起来了,全家人一起吃了腊八粥。

我铺开红纸,既然"年从腊八初",那就从写春联开始,准备过咱们中国人的大年吧!

杀　猪

腊八节到了，年的脚步越来越近，我不由得想起童年老家杀过年猪的情景。

猪喂胖了，和食（自制的饲料）快吃完了。爷爷观察了两天天象，说："这两天晚上星星都明亮，也没有月晕。猪今晚就不要喂了，咱明天杀猪！"父亲、姐姐按照惯例去请相忙的男人、女人。这些人中最主要的是那个捉刀子的人，这人必须是爷爷"钦点"的，人不合适是一定不行的。据说人品不端正可能会把刀子捅歪，那样猪肉的味道会受影响。

杀猪是男人的活计，没有表叔这样的硬汉子，年还真不好过。不过，事情也有例外，邻村有一个寡妇，不知为何事，接近年关时跟宰猪的吵了架，就听那宰猪的放话："我看她小寡妇咋个能宰猪过年！"这看似柔弱的小寡妇一赌气，谁也没叫，自己关着大门把猪宰了。从此，再没人敢惹这个小寡妇。

一切安排妥当，爷爷把红柳鞭杆往窗台边上一横，说："明天都早起干活，睡懒觉的小心你的沟蛋子！"

天还不亮，爷爷就把院落打扫干净，然后进屋掀起我们小弟兄三个合睡的被子，高声喊："太阳都快照上沟墩子了，还睡？！"我们没等爷爷的鞭杆落下就跳起来穿裤子，然后出去帮大人干活。

父亲在大门外土坡上挖了一个大灶膛，支上那口一年只用一次的超大锅，几个哥哥担来水把锅盛满，然后生火烧水。看见牛粪燃起的浓烟，帮忙的姑父姑姑、表叔表婶都陆续赶到。

来相忙的都是眼里有活的人，不用主家说话，他们自己就忙碌起来。在那口大锅旁边挖两个半人深的坑，将两口大缸的大半截栽进坑里，周围填上土，用脚踩实。

请来相忙的女人们拿着自家的盆子、菜刀、围裙、袖套、洋芋刮刮、小板凳等来到伙房，摆开锅、碗、瓢、盆、案开始干活。姐姐捞出小半缸咸菜，给大家洗、切。

我和弟弟从洋芋窖里提来两大筐洋芋、一捆红葱、几棵大白菜。为了不被姐姐控制着没完没了拉那个笨重的风箱，我赶快主动承担起削洋芋皮的活。这时我通常都和小伙伴一起削洋芋——其实这是我们之间早就达成的"便工"协议。我们以最快的速度削完洋芋，便去看逮猪、杀猪。

女孩通常比较胆小，只好窝在伙房里剥葱、捣蒜、拉风箱。

表叔拎着两把杀猪刀，迈着八字步进了大门，在爷爷的陪同下来到上房，喝上一碗砖茶，抽上一锅子爷爷亲手种的旱烟，然后来到事先支好的磨刀石前坐下，不慌不忙地开始淋水磨刀。表叔磨了一会儿，拿起刀对着太阳看了看，又在自己头发上试了试，然后把两把刀交给大哥："好了！"自己继续跟爷爷喝茶、抽烟、拉话。

大家摘下几块门板，在院子中央用板凳、砖头支起个大案台。等到大锅里的水烧开了，几个身强力壮的汉子挽起袖子、拎着绳子跳进猪圈。听到刺耳的猪叫声，我就跑到门前的小山坡上，我最害怕看到那捅刀子的场面。

姐姐端着盆子、笤帚放在大案子跟前，赶紧掉头躲进伙房。一群人把五花大绑的肥猪抬上案子，大哥给猪嘴上绑了带小绞棍的绳子，猪的叫声变小了。就见父亲指着山坡上的我骂道："贼小子，让你捉个猪腿子，能吓死你。我就不信你不吃猪肉！等老子收拾你个碎皮！"父亲骂着，用笤帚扫扫猪脖子，然后把接血的盆子放到案子边上。只见表叔高挽着袖子，由爷爷陪着来到躺着肥猪的案子前。我再也不敢看下去了，跳进挖黄鼠留下的坑子里，捂上两只耳朵。过了好一会儿，放开耳朵，确定彻底听不到猪叫了，这才跳上坑子回到院子。

姐姐给猪血里撒了把粗盐，端着热腾腾的盆子回伙房。据说撒上盐巴，猪血不会太快凝固。

男人们忙着把猪身上的绳子解开，再重新绑在猪后腿上，用一根粗壮的杠子穿过猪的两腿中间，四个小伙子抬着肥猪纵向顺入盛满开水的大缸里。父亲像打夯一样喊着号子："上呀、下呀，上呀、下呀！"肥猪像个巨型的活塞"呼嗵呼嗵"地跳跃，缸里的开水飞溅出来，旁观的小孩快速躲开，地面上腾起一股股小热泉。

大约十来个回合，父亲薅一把毛，说："来了，来了！"大家就把冒着热气、水淋淋的猪抬上案子。旁边的我赶快跟过去，不顾烫手，快速拔下猪背上的长鬃，然后找一个隐蔽的地方，找些柴草把猪鬃隐藏起来，再压上几块土坷垃。这是过年买鞭炮的钱！要知道以前这事都是五哥干的。由于他今天出去放羊，好事总算轮到我老六啦。

黄雀捕蝉，螳螂在后。这一切被跟在身后的小弟看得清清楚楚、明明白白。我咋就这么不小心，让这个"尾巴"给跟上了？罢了、罢了，没等弟弟开口，我便主动说："放心，买了炮给你分！"我开始跟弟弟谈判：买一百头的鞭炮，给他分三十头，我五十头，五哥二十头。小弟不干，威胁我如果不给他四十头，就把秘密告诉五哥。最后，我俩各退一步，他分三十五头，我分四十五头。五哥的二十头还是不能减，太少了他一定会逼着我俩交出猪鬃的。

果然，五哥晚上回来，开口便对我俩高喊："猪鬃哪去了？"我俩赶快躲在父亲身后，父亲对五哥喊了一句："十来岁的人了，还不让一下两个小的！"五哥的眼泪花乱转，不得不咽下这口气。看见五哥这么难受，我动了恻隐之心：除了二十头鞭炮，再把所有的卡捻子炮都给他打火柴枪。五哥噘着嘴："那也不给你们两个耍枪！"我这才觉得今天这事考虑得不够周全，因为此前五哥做好火柴枪后，曾答应我和弟弟过年时给我们每人耍半天的。这样一来，耍枪的事怕是要泡汤了。

和弟弟达成分鞭炮的协议后，我说了声："猪尿脬！"哥俩快速返回燎猪毛的现场。猪被倒过来抬进另一口开水缸里上下起落，黑猪的上半身已经成了"大白萝卜"。光溜溜的猪头带动着两只肥大的耳朵随着杠子的起落上下扇动。

案子上的猪很快被十来双手薅得白白净净，吊在一个结实的木架上。一群调皮的小孩绕着架子打闹，轮番用手拍打那热乎乎、圆鼓鼓、白生生的猪肚子。

表叔利索地卸下猪头，端正地摆在案子的一头。又割下猪的项圈，这叫"槽头肉"，是今天专门给大家吃的。表叔把刀子横咬在嘴里，用一把锋利的斧头砍下锁骨，早有人支过来盆子接住膛血。表叔把锁骨递给姐姐。到这里，杀猪人的分内任务就已完成，接下来干的活都属于额外人情。

我和弟弟高声叫道："表叔，还有猪尾巴呢！"表叔剁下猪尾巴交给我，用他那油乎乎的手摸了一下我的下巴，笑着说："嗯，猪尾巴好，吃了就不流憨水哩！"

姐姐数了数今天来的小孩，然后把猪尾巴切成若干段，确保每个小孩能吃到一段。去年侄子为没吃上猪尾巴哭了半夜。

爷爷陪表叔进屋喝茶扯磨去了，大哥拿起刀子给猪开膛破肚。几个人用大盘子接走肚子、肠子和心肝肺，大哥把猪苦胆挂在门框上挂门帘的钉子上。几个男孩低着头，用手掰开猪肚子往上看，大哥喊了声："干啥？"吓得大家都躲开了，只有我还在原地不动，手伸给大哥说："尿脬，猪尿脬。"大哥漫不经心地取下尿脬，一群男孩又涌过来。大哥手一扬，那些男孩都去追扔出去的东西，我依然站在大哥身边。趁大哥不注意，一把夺过他另一只手里的猪尿脬，跑进草圈放掉里边的尿液。那些男孩随后就都跟过来。我让大家排好队，像老师上体育课那样，拿腔作调地说："要想跟我一起耍，就先给我吹尿脬。一人吹两口气！谁吹的劲大，就先给谁耍！"我从柳树上拽下一根柳条，用斧头剁成几段，每人分一段，指挥他们用手使劲搓。很快就弄出来几个树皮小管，然后将一根小管插进猪尿脬。几个男孩不顾味道难闻，轮流吹了起来。看着吹得差不多了，我取出事先准备好的麻纤将尿脬口扎上。大家把猪尿脬抛在空中，像耍排球一样往上托；或者当足球踢，但不许用力。

为了能延长这个玩具的寿命，大家商量出一个办法——轮流值班守护这宝贝！每个人负责看护一个晚上，把宝贝带回家，放在水缸脚下，喷一口水上去以保持湿软，第二天再拿出来大家一起玩。就这样玩了六七天，猪尿脬被树枝挂破后给三哥拿去做了二胡。

院子案台上的刀片飞舞着，猪被分成一吊吊带骨肉，高高地挂在木架上，不时有人过来用手横着比划肉膘的厚度："哼，三指膘，好肉！"比划完还不忘在肥膘上重重抹上两把，然后抹抹手和脸。

在肉食极度困乏的年代，曾流传着这样一个笑话，说是一家媳妇做熟饭问汉子："老汉，你吃着今儿的饭香不香？"汉子说："真格香，为啥呢？""今天，前面那家杀猪，我就在肥猪的厚膘上狠狠抹了几把，回来把手上的油洗下来，今的饭就是用这油做的。""还是我婆姨聪明。哎，那油水还留下些没？""没有，一顿饭都做完了。"汉子有些生气地说："我婆姨聪明是聪明，就是不会过光阴。咱就不能省着用？"嘻嘻，这纯属玩笑，逗大家开心。

父亲抱着猪肚子，让我拿着刀子跟他来到粪坑边。轻轻地划开猪肚，倒出里面的渣子，父亲将猪肚翻过来泡进水盆里。接下来就是跟着父亲干最难干的活——翻肠子、洗肠子，直干到腰酸背疼还没有干完。父亲嘴里嘟囔着："让你干点活比上刀山都难，就吃起来行。"

一股股热气从伙房窗户冒出，杀猪菜的香味飘得满院子都是，伙房锅碗瓢盆、风箱蒜窝的交响乐伴着嫂子们爽朗的笑声，偶尔还传来一两句酸曲"想亲亲想得我手腕腕软，煮饺子下了一锅山芋蛋……"

姐姐从伙房的热气中钻出来，递给我一块揩布说："去把桌子揩干净！"

姐姐端着一个盛有一大块黑肉的老碗，双手捧着把老碗放在八仙桌上。爷爷对表叔说："他表叔，这挣命骨头你得吃。"表叔赶快说："姑父，这个我可不敢。""哎，老祖宗留下这个规矩不能破。"爷爷说着把筷子递给表叔，表叔半推半就地拿筷子在肉上夹一小块，象征性地尝了一下，然后拿起另一双筷子递给爷爷："好了，姑父吃吧！"两人一人一口吃起来，馋得我和弟弟口水直流。

身后的姐姐轻轻捅了我一下，小声说："猪尾巴。"我俩掉头便去了伙房。姐姐拿起筷子，从锅里夹起两块猪尾巴，分别喂到弟弟和我的嘴里。我微微闭上眼睛，把那热乎乎的东西含在嘴里，然后在舌头上来回打转，当温度降下来能停住的时候，肉定定地躺在舌床上，里面的油脂和细肉缓缓地浸出，顺着舌边充满整个口腔。真好吃啊！那东西慢慢变细，最后只剩下火柴棍粗细的一根小"竹节骨"。弟弟早就吃完了，张大嘴跟姐姐要，姐姐摇头表示"你那一份已经吃进你的肚里啦"，弟弟要哭，姐姐就用一小块肥肉安慰他。看着锅里翻滚的猪尾巴，我真后悔这么早就吃了自己的那份。

八仙桌和小炕桌上各有两大盘杀猪菜，老人和成年男人都在上房的桌子上吃，妇女和小孩每人端着蓝边碗盛半碗黄米干饭，再扣上一勺杀猪菜，或站在伙房里吃，或蹲在院子里吃。不管在哪，大家都吃得很香。一碗不够，再来第二碗，直到吃饱、吃胀肚子为止。

吃饱了，女人们把锅灶洗刷干净，各自认清从自家带来的家当，准备四散回家。对了，这时还有一条规矩要履行，就是带家当的"空来不空回"，碗里或盆里要装点杀猪菜才行。庄子里没来吃饭的老人，姐姐会安排五哥和我挨家送去一碗杀猪菜。对于这个，我没任何怨言。因为有爷爷在，哪怕我家不杀猪，每年都能吃到几碗杀猪菜。作为爷爷的宠孙，我自然是沾光的。

姑父临走时从门框上取下猪苦胆说："孙子得了转指指（大约是甲沟炎和灰指甲一类的病）。这苦胆我拿走哩。"哥哥嫂子也都回各自的小家了。

到了晚上就该灌肠了。姐姐把葱、蒜、花椒等调料放进猪血，再倒几碗荞面，倒入一些清水，慢慢地搅拌均匀。捧起两大把血面糊，从高处倒下，觉得"黏而不滞，流而不断"时，就表明软硬合适。把洗好的猪大肠摆顺，用麻纤扎紧一头，我用双手撑开另一头，五哥拿来漏斗伸进肠口，姐姐手捧着和好的血面糊往里灌。一根还没灌满，我就两手酸困得像下面缀着个大秤砣一样，嘴都要歪了。这时五哥会骂我一句："囊包。"然后我俩互换角色。

把灌好的一段肠子放进蒸锅里盘好，然后烧火。等到肠子变得饱满、圆鼓就熟了。通常这时都不会吃这东西，因为前面的杀猪菜已经吃饱了。还有一个原因，就是这东西才是个半成品，热吃了会伤着的。

拉风箱的我打了几个盹，灌肠才能蒸完。每次杀猪，不是所有肠子都要灌，我家每年的猪灌肠至少要蒸一大盆，有时还会更多。

第二天的第一顿饭一定是小米米汤、炒猪灌肠。小米米汤是新谷米熬的，不用细说。炒猪灌肠可是有讲究的。首先这肠要切得合适。厚了炒不透，薄了一上铲就碎，应该跟刀背的厚度差不多就行。油要热，要爆炒，水汽炒干出锅。蘸料要拿葱蒜炝锅，倒醋前一秒放入一小撮高菊花。"刺啦"一声，香味很快传遍半个庄子。据说姐姐干这个可是得了母亲的真传的，到今天，我仍一口就能吃出"姐姐的味道"。这东西必须趁热快吃，吃到嘴里还能听到"嚓啦"的油爆声。脆而不腻，香味持久。

吃完早饭，我和弟弟继续拉风箱烧火，帮着姐姐腌猪肉。留够过年的生肉，其他的都要腌制。猪肉有生腌和熟腌两种方法，我家通常熟腌。把肉煮熟，再用猪油炸去水分，然后把肉和油装进一个罐子里，撒上盐巴，盖好盖就好了。这可是全家明天一年的肉食呀，如果计划不周，下半年可就没肉吃了。等到明年三月，腌猪肉就能吃了。腌好的肉放三五年都不是问题。好的腌肉看上去晶莹剔透，吃起来肥而不腻。用这样的肉炒洋芋丝，那叫一个绝。腌肉不取决于技术，而在于手气。手气好的人，随便咋腌，肉都好吃；手气不好的人，别人手把手教，肉早早就坏了。

第二天晚上，就该帮着父亲燎猪头和蹄子了。最难的是把褶皱里的毛拔掉，实在不行就用烧红的铁火棍子给它烫掉。猪头、猪蹄燎好了，挂在阴冷的小窖里冻起来，等到来年清明节前，摘下来用水泡软、煮好，上完坟才能吃。过完清明节，杀猪的仪式才算结束。

世界上啥事都一样，享受容易干活难。从小猪捉回来那天起，家里每天都得有人。猪和人一样，每天两顿，一顿都不能少。我每天放学后的第一件事不是什么写作业、上辅导课，而是拔猪草。拔草的人太多，滩里山上的草长赶不上人拔，再加上贪玩，经常因为完不成拔草任务而遭家长的训斥，严重的还会挨打甚至吃不上饭。每逢星期天，都要筛猪苊子（荞麦叶子和细小秸秆的混合物）、磨猪和食（饲料）、除猪粪、垫猪圈等，至于提猪食、圈猪、放猪，那都不算活。

小时候的劳动不是快乐而是负担。长大了，懂得了劳动的意义，才觉出劳动的快乐。

记得生产队猪圈墙上有一则标语"猪多肥多粮多"。想想，还真是这么个道理，农户养猪有重要的必然性。六畜当中，猪是唯一的杂食动物。人吃的它都可以吃，比如粮食、蔬菜、水果、肉；人不吃的它还吃，比如草、秸秆、树叶、鸡粪等。它还是食物的兜底者，所以排在"六畜"的最后。猪把人类不愿意吃的、放坏了的、残渣剩汁、刷锅水等，全都一口气愉快地承接下来，通过自己的大肚消化干净，转化成人类的美食。猪有着很高的生态价值，是传统农业生产链中不可缺少的一环，也是农民生活链中重要的一环，是绿色的使者。

二十世纪六七十年代，养猪不光自己过年吃，还要给城里人交"上调猪"，不交"上调猪"要扣除一定的工分。不光家庭养猪，各单位、企业都养猪，学校也养猪。记得上中学时，不光人的口粮要带，连猪的"口粮"也要学生带，每学期要给学校交一麻袋筛好的猪苊子。一次学校杀了猪，我们高兴地打猪肉菜，出来才发现碗里就一片猪肉。我端着碗就去找校长："为啥交了一麻袋猪苡子，却只给打了一片肉？"校长笑着带我跟大师傅要了半勺子肉。那顿饭吃得好香！

猪乃六畜之一，古称"豖"。古代把猪看得非常重，有没有猪是衡量够不够"家"的标准。"家"字就是洞穴里面有一只"豖"。过年对中国人十分重要，辛苦了一年的人们通过过年时一系列的仪式来表达对劳动的赞美、对生活的热爱。"养猪为过年"成了一个古老的定律，杀猪也就成了一个重要的过年仪式。

每家每户的过年猪越来越少了，杀猪仪式多年都不曾见了，童年吃过的那种猪肉的味道也很少再遇到了。

年味，都去哪了……

剜窗花

前面谈过写春联，意犹未尽，总觉得少了个啥，眼睛扫过书架上的《周易》《道德经》，忽然明白了：该写写老家的剪窗花啦。

中国人一贯讲究阴阳和合。万事万物，有阳必有阴，有阴必有阳。在年文化活动中，如果说写春联是男人的事，那么什么是女人的事呢？我的答案是剪窗花！

母亲很早就去世了，留给我的几个珍贵的记忆片段中，其中一个就是母亲披着棉袄在油灯下剜窗花。母亲人走了，但把剜窗花的技艺留给了我的两个姐姐。由于大姐嫁得早，因而我对于剜窗花的认识，主要来自于小姐姐。

剪纸，在我老家陕北三边地区主要是用于窗花。又由于先人们只有剪刀，没有刀片、凿子这样的工具，主要靠剜，因此传统技法里并没有"镂"这一说，所以那里的民间剪纸就叫"剜窗花"。我们不得不佩服三边地区女人的那双巧手，就一把普通的小剪刀，能够剜出、剪出栩栩如生的各种窗花。

一位多年不见的同学见面就说："老同学，你那首写盐池的诗美得很。"随口就吟出："走四方的脚片子吃，剜窗花的手……"他脱口而出的这句诗，甚至连我自己都忘了，他还记得那么清楚，显然这句诗写进了他的心里。想一想，那首诗大概是十几年前写的吧。我用一双能"走四方的脚片子"和一双善"剜窗花的手"代表男人和女人勤劳能干。窗花，在陕北人的生活中很重要，人家找媳妇一定要看看剜窗花的水平，如果有一手剜窗花的好手艺，那绝对是找个好婆家的资本。

过了腊八，担担客就担着五花八门的小商品在各村子里来回转。担担客的生意虽小，但做得很活，算得也很精。担子里的各种货品，用钱买，拿粮兑，以废铜烂铁、鸡毛猪鬃换都可以。

听见狗叫，姐姐打发我出去看，我抱住了大黄狗的脖子，就听来人喊："针头线脑、纸烟洋糖、花椒大料、鞭炮洋火——"

姐姐趿拉了两只毡窝子跑出来，上上下下翻腾担担客的货篮子，最后把目光聚焦在五颜六色的蜡光纸上，一口气拿了好几张蜡光纸，说："咋卖的？""七毛钱；麦子换是六斤；猪鬃、鸡毛也可以换，要看货色咋样呢。"姐姐又仔细数了蜡光纸的数量，说："猪鬃、鸡毛还能留到这阵儿？早都让两个碎兄弟换鞭炮哩。麦子、麦子、麦子？再便宜点。""买十张送两张，买六张送一张，这总可以了吧？"姐姐又数了一遍，极难割舍地放下了几张，留下十张说："算了，麦子就麦子，那可是两大锅白馍馍呀！好了，买你八张，送我两张吧。""好吧。再看看窗花剪子，王麻子、张小泉很好使唤的，要不便宜点来一个？"姐姐拿起窗花剪子看了又看，摇摇头说："东西是好东西，就是不敢要，要了剪子就要饿肚子呢。"

姐姐像办成了一件大事，把纸摊在炕上看了又看、数了又数，然后神气十足地向三个弟弟宣布："今晚上开始熏——窗——花！你们几个碎鬼都多干点活，要不然我就没时间给你们缝过年衣裳哩。"我们几个应承着，我的声音最大。

姐姐从挂有老铜锁的红花木匣子里拿出一本《红楼梦》，翻开以前收集的各种窗花样子。姐姐边翻书边问我和弟弟："你们想要个啥窗花？"我还在想，弟弟已经抢先说："大大说明年是牛年，就剜个牛。"我跟着附和。姐姐前前后后地翻书，找牛的窗花样，嘴里念叨着："我记得有来哩，咋不见了呢？子鼠、寅虎、卯兔、辰龙、巳蛇、午马、未羊、申猴、酉鸡、戌狗、亥猪，哪个都有，唯独没有牛，怪事情！"她又一页一页慢慢地翻，还是没找见，鼻子尖已经冒汗了。在一边看书的父亲说："我这达儿有几张，不知道是不是你找的那几张。"说着，翻开手里的《铡美案》给姐姐看，姐姐拿过去兴奋地直拍脑门，差点哭出来："我还以为上次让那些人连《水浒传》一起没收走了呢。这还是妈留下的呢。"

我当时不以为然，现在想来，是真不容易，从上一个牛年到这个牛年可是十二个年头啊，谁能留下十二年前的窗花样？母亲真是个有心人呀！

这个牛的窗花样是由牛头、牛尾、前腿、后腿四部分组成的。姐姐把旧窗花放在水里浸泡了一下，小心翼翼地把窗花和窗户纸剥离开来，趁湿贴在剪好的一摞四层蜡光纸的背面，然后用针在窗花样子较大的几个空白处扎几个小眼，再用小麻纸搓成的小捻子穿过小孔，若干个小麻纸捻子将四片蜡光纸和窗花样子固定在一起，看上去像个扎满了箭头的盾牌。

父亲让开小油灯，五哥、我和弟弟三颗脑袋围住了姐姐。只见姐姐拿起穿好小捻子的蜡光纸，窗花向下，平端在灯头上方，缓缓移动，让油灯上方的烟把蜡光纸慢慢熏黑。牛头、牛尾、前后腿分别都按这样的程序熏黑，然后把旧窗花剥下，蜡光纸的背面留下一个清晰的反白图案。

刚懂事的弟弟将看得偏过去的脑袋复正原位，长长地出了一口气，说："原来窗花样子是这样弄上去的！"姐姐弹了一下响亮的舌尖，颇显得意。

我把四块熏好的窗花对在一起，看了看说："那这些烂的、缺的地方咋办，总不能也剜成烂的、缺的吧？"姐姐用她熏黑的手指点了一下我的鼻尖说："操的心多了，小心消化不良。"我用袖子蹭了蹭鼻子尖，琢磨着姐姐的话，似懂非懂，继续看姐姐下面的动作。

后面的窗花也都这样一一熏了出来，在身边摆成了一个半圆。姐姐掐指计算着家里的窗户格子数，再算上送姑姑家的、和嫂子交换的。蜡光纸差不多用去了一半，便收起了蜡光纸，把油灯还给了等着继续看书的父亲。

姐姐曾承诺，过年不管咋样穷困，都要给每人"披上一片子"。意思是，帽子、衣服、裤子、鞋，无论是新的还是拆洗过的旧的，能换上一样。为此，她忙碌得不舍昼夜。

我睡觉时看见姐姐在纳鞋底、缝衣服，醒来时又见姐姐在剜窗花，我不知道姐姐晚上睡没睡觉。隐约回想起自己半夜寒冷时，迷迷糊糊找姐姐，找到的不是平时绵软的手臂，而是硬邦邦、有些冰凉的膝盖，想来那是姐姐盘腿坐着的姿势。

昏暗的灯光下，看不清姐姐的脸庞，只觉得脸的轮廓更加消瘦了。她那两个被灯烟熏得快赶上昨晚熏的窗花样子的冒着热气的鼻孔显得又黑又大。

那时家极穷，买不起点灯的煤油，就用从石油钻井队收集回来的废弃柴油点灯。柴油点灯不如煤油明亮，但熏窗花、熏鼻子绝对快速而高效。

那时天旱缺水，一家人共用一碗水洗脸，对于地主家庭的小学生，脸洗没洗干净不重要，但留下两个黑黑的鼻孔会被同学们笑为"黑五类"。

所以每天上学前，必须对着镜子把鼻孔洗干净。

见我和弟弟醒了，姐姐卷起报纸糊的纸窗帘——哦，天已经大亮了。我揉掉眼屎，眼睛明亮了许多，就见枕边摆着好几摞剪好的窗花，便一骨碌爬起穿上棉袄，端详这些窗花。"甬动，小心给我弄乱了！"姐姐一把按住我的手，在我和弟弟让开的炕上摆开这些窗花。弟弟指着那些窗花一一叫出自己理解的名称："兔子吃菜、麻雀上树、鸳鸯踩蛋、吹鼓手吹喇叭、扭秧歌……"姐姐一一纠正："那是恭喜发财、喜上眉梢、鸳鸯戏水、唢呐迎春、欢乐秧歌……"

最后把牛组合起来，我感觉有些异样："小姐，好像和窗花样子不太一样啊？""哪不一样啦？""牛脊背上没有这个雀雀；还有，这个牛胯子上的花比样子上的好看。"姐姐笑着说："大眼睛还看得挺细的。你说对了，就是不一样。那你说一样了好还是不一样好呀？"我说："这个好，花花的。""记得谁家羊年窗花羊背上有个雀雀，我觉得好看，就在牛背上也加了一个。也许妈的窗花上原来就有，可能是从窗子上往下撕的时候把雀雀给弄掉了。牛胯子上原来是一朵梅花，我看这地方宽展，就剜了三朵梅花。"父亲听了，说："你妈剜窗花，从来都不是一板一眼跟着样子剜的，剜出来的窗花就是跟别人的不一样。要不人家都说咱们家的窗花叫啥'剪纸艺术'。要是大家都照窗花样子剜，那还能叫个艺术？"

二哥拿着写好的对子进屋，正好听到了这话，说："大大说得对。剜窗花就像写对子，如果把内容和字都写成一样的，那还叫啥'对联艺术'？艺术是啥？艺术就是有本事做到不一样。"姐姐点头，我也觉得二哥说得有道理，但自己又说不出啥来，只能听着大人们交流。

除夕上午，年前所有的活都干完了，最后一件事——扁食馅子也剜好了。父亲在一个大铁勺里盛满水，里面抓了少半把面粉，把勺子伸进火烧得正旺的炕洞里边加热边搅拌，一会儿半碗浓糨糊就打好了。姐姐又趁着勺子热，拈了一撮面粉，打了少半碗稀糨糊。一切准备就绪，父亲发布指令："贴——年——红——老五跟我贴对联，老六老七帮你小姐贴窗花！"

五哥端着糨糊碗跟在父亲后面，把糨糊刷在门框、门槛上，扶上对联，再用笤帚将对联刷展。贴窗花就没这么简单啦，姐姐在窗外，站在板凳上，拿鸡翎粘上淡淡的糨糊，在需要贴窗花的木窗格里的纸上扫一点糨糊，然后从书里拿出窗花轻轻粘住，再慢慢用另一根干净的鸡翎扫窗花，使窗花粘平、粘实。屋里的弟弟在窗户里拿一本书，轻轻靠在相应的窗格上，以防外面用力不均而捅破窗户纸。我不只是个端糨糊的，更是帮姐姐看窗花上下左右位置是否合适、窗花是否端正的。姐姐手拿窗花问我位置，我不停地说："左边点，右边点，稍上点，稍下点……好！"每当喊到这个"好"字时，我都觉得自己好有权威啊！

最后一个大牛在正房窗户中央组合成功后，"贴年红"正式竣工！小哥仨每人点了三颗小鞭炮，红火的春联配上姹紫嫣红的窗花，偏僻山沟里这个破旧的穷家独户顿时"满院春晖"、春意盎然！姐姐说："老先人留下这东西就怪，烂墙皮、黑窗子，只要贴上对子和窗花，它就是个新年！"

盼了一年的年夜晚上桌啦，虽然很简单，大家吃着年夜饭，看着窗花和对子，发出了一年里最喜庆的欢声笑语！

晚上，烧了些热水，大家在一个盆子里洗了脸、洗了脚，然后父亲用斧头捣的土豆泥给每个人糊了脚上的裂口。姐姐拿出新缝的或是拆洗的衣物、鞋子，从父亲开始一一发给每个人。姐姐帮小弟穿上新棉裤，拴好裤带。一家人过年的衣裳都穿好了，姐姐上下左右看了一圈，露出满意的笑容。这是母亲去世后，姐姐第一次实现了这个宏伟的愿望！

我们哥仨高兴地你看我、我看你，不停地比比划划。父亲突然说出一句话："一家人都有，就你小姐没有……"说完，父亲掉了眼泪。姐姐赶快安抚："没事没事，本来我也有，要不是买窗花纸和丝线的话……"父亲说："苦了我小女子哩。"姐姐收住泪花说："看见这么多漂亮的窗花也好着呢，挺高兴的……"

过了"人七"日，姐姐开始绣枕头顶子、鞋垫子、针扎子，我问姐姐绣这些干啥。姐姐有些害羞，不说。五哥趴我耳边小声说："好像小姐有对象了。"

那时的农村没有钟表，没有几点几分的概念，有的只是"鸡叫头遍""太阳上山""晌午""羊进圈""星星全""三星偏西"……父亲五更就去耕地了，所以一般不会那么早叫我们起来。叫醒我们的是一群早早起来，在窗户上吃糊窗户纸、糊窗花干糨糊的麻雀。"叽叽喳喳""噔噔噔噔"，打斗吵闹声、啄木窗格声，时高时低、时轻时重，你不得不醒。

初升的太阳把麻雀跳跃的舞姿投射在窗户纸上，啄食中伴随着打斗、吵闹，太阳在麻雀身躯边沿镶上了一个个金色的光环，小生灵们显得活力四射、激情满怀。麻雀们遵守着一个规矩：除了头雀，其他成员从来不到窗户中央贴有牛窗花的格子里。隔着窗户纸，我们从来都没看清那只首领雀的尊荣，它每天都独占牛窗花的位置，显得"牛"气十足，还经常摆出各种姿势与牛背上那只雀雀比美。

一次，看着那只头雀欺负别的雀，五哥拿起一根长针对着那只头雀扎过去。雀没扎着，还把窗花打破了。此后好几天，那群麻雀都不来窗户上，害得我们常常上学迟到，被老师罚站。后来换了新的牛窗花，麻雀又欢呼雀跃地回来了。我们哥仨看着那群欢腾的麻雀，比见到燕子归来还高兴。我突然想起去年下雪天拿筛子扣了几只麻雀玩，还把一只玩死了。我心里默默念叨：对不住，对不住，我以后再也不干这种坏事啦！

说来也怪，麻雀每天只在太阳刚刚照到窗户上时才来，啄食打斗约小半个时辰，等我们起来穿好衣服、叠好被子，它们就走了，一整天都不会再落到窗户上。

去年，在镇北堡影视城看了久违的灯影戏，看着看着，我就想起了童年早晨看雀舞。在我看来，窗外窗花上那群麻雀的舞蹈，远远胜过我看过的所有灯影子戏、木偶戏、手影表演以及各类动画片！那是上苍为这三个可怜、孤独的孩子专门送来的欢乐！

春雷炸开，第一场雨就要降下，姐姐放下窗外的草帘。雨过天晴，卷起草帘，窗户纸到处是裂缝，已经无法修补了。端午节那天，姐姐糊了个新窗户，把窗户上的窗花连同窗户纸一起小心地撕下来，拣几个好看、完整的窗花夹进那本《红楼梦》里。

出嫁的头一天晚上，姐姐翻开《红楼梦》，把窗花样子按照地支的顺序重新整了一遍，装进小红匣子里，上好老铜锁，放在我和她的枕边。我被大家"选举"为押轿童子，这是我人生中第一次作为重要成员参加的最为重大的礼仪活动。第二天早早起来，我换上新衣服，洗了脸、梳了头，姐姐用她那双香绵的手给我抹了她新打开的"海簸箕"（大贝壳）油。本人，我，像礼兵一般，端端正正地站立在炕边，双手接过父亲交给我的装有十二生肖窗花样的红匣子。父亲抱起我，连同红匣子一起送上了娶亲的头车。我坐在姐姐怀里，姐姐抱着我的脖子，我抱着红匣子……

等姐姐回门再去婆家那天，临走的时候，我突然明白了"出嫁"的含义。我哭了，姐姐哭了，五哥哭了，弟弟哭了，父亲也哭了……都哭得很伤心……

那年腊月廿八，姐姐坐娘家，送来了我们的过年衣裳，当然还有全套窗花。最大的组合窗花这次成了大老虎——老虎的前爪下还搂着一只小老虎。我隐隐约约感觉到了些什么，只是还表达不出来。

嫂子、大姐也都先后送来了窗花，相互还做了交换。我只盯着一件事——按住小姐姐剜的大老虎，这个不许交换！

以后我家的窗花一直延续着这样的供给模式，大窗户的组合窗花一直由小姐姐剜。

改革开放后，农村渐渐富起来，我和弟弟都在外面上学、上班，很难看到剜窗花、贴窗花的场面。哥哥家们陆续盖起新房，我写信建议他们不要把窗户都搞成玻璃的，上面留几排木格的糊纸窗户，给窗花留个位置。每次过年回去，看到新美的窗花，就能感到家乡的年味和春意。

又过了二十年，老家那些土木结构的房子全部被钢筋混凝土所替代，窗户不再保留木花格，不再用白纸糊窗户。手剜窗花没有了"家"，随之消失了。我们家族里的年轻人只知道"学好数理化，走遍天下都不怕"，再也没有剜窗花的女孩，再也没出剜窗花的巧手。写到这里，我的心突然悲凉起来，母亲传给姐姐剜窗花的手艺恐怕也即将失传……

过年了，在阳光映照下，老家宽阔的院落里门楣上的对联格外火红、格外热烈。门楣左右的窗户显得格外高大、格外通透、格外空旷。阳气盛极！

这"年象"里缺少点什么呢？"哦，是窗花！"我的自言自语被侄子听到了，他赶忙说："窗花？有啊！"便从保险公司赠送的"春福"

礼包里取出两个大大的红窗花，给玻璃上喷了点清水，端端正正贴在空荡荡的大玻璃窗上。贴上窗花的窗户似乎少了一些空旷和单调，增加了一点春的气息。

看着这样的窗户，觉得那窗花好像悬挂抑或飘浮在空中，随时有离开的可能。再仔细观察那四个窗花，从材质到形状都完全一致，图案分布得整整齐齐，每个花瓣、每个花芽都一样长短、一样大小，像铁片一样刻板、僵硬甚至冰冷，没有丝毫的变化，没有丝毫"剜"和"剪"的痕迹，一点都感觉不到小时候纸窗户上手剜窗花的那种活力和意趣。

半天过后，四个窗花陆续滑落，堆作四个纸团。侄子伸手去扶，准备重新贴起来，父亲摆摆手说："唉，死猫扶不上树的，算了。"

去年疫情期间，姐姐在家族微信群里晒了自己剜的几片窗花和绣的鞋垫子、针扎子，大家都说好。姐姐说："好是好，就是窗花没纸窗户可贴，鞋垫没布鞋可垫，针扎子没地方可挂……"

人也一样，父母不在了，过年就不知道哪里是家，不知道哪里是归宿……

写春联

过了腊八，就开始写春联，这是我多年来的习惯。要说这个习惯的养成，还得从童年讲起。

我家祖上大约都不识字。听爷爷说，由于不识字，曾经闹出了把"人寿年丰"贴在了羊圈门上的笑话。

父亲开启了家族识字、读书的先河。父亲只在三舅爷的私塾里念了不到两年的书，就因家里缺少劳力而"毕业"回了家。但父亲好识字、爱看书，也喜欢写字。父亲靠"白识字"成为闻名乡里的"草根文人"，右手犁把左手书，一生手不释卷。

父亲识字以后，家里的过年对子就不再求人写了。村里的老先生三舅爷去世后，父亲还帮左邻右舍写对子。后来二哥上学更喜欢书法，毛笔字也写得漂亮，就担起了大半个村子过年对子的书写大任。

我记事起，过了腊月廿三，家里的人就络绎不绝。为了不让来人等太久，二哥经常脸都没洗，就摊开八仙桌，研墨，裁纸，然后开写。我还不识字，就帮二哥按着纸，看二哥写大字。父亲、姐姐喊我干活，我就支对说："哎呀，我给二哥捉对子着呢。"

很显然，这是找借口不想干活。其实更重要的原因是，看着二哥写对子是一种精神享受。尽管那时还不知道有"享受"这么个词，但感官传递来的那种感受是真切的、强烈的、美妙的。无论横平竖直、规规矩矩写楷字，还是龙飞凤舞绕行草，我都觉得二哥很潇洒、很牛气。看那些围观二哥写字的人，每个人脸上都带着仰慕的表情，不时还说出几个赞美的词。这时，我觉得二哥是那么的高大、潇洒，甚至还有几分神秘！于是，不由自主地开口问："二哥，我啥时候也能像你一样写对子？"二哥停下笔，抬头看看我说："那你先得识字。"一不小心，一滴墨汁滴在红纸上，二哥对我做了个鬼脸："都你搅的，赔！"我赶快缩起脖子，不敢再说话。

我注意看二哥怎样继续写下去。当他写到刚才那个墨点时，巧妙地把那个墨点套进一个字里。我心里赞叹：二哥好能呀！

从那以后，二哥边写对子边教我认字，"天地人文""大小多少""日月水火""一元复始""万象更新"……二哥反反复复地写、教，我跟着反反复复地认、记，再加上后来对着门上的对联"复习"，一个年过了，还真认识了百八十个字。父亲笑着说："不错，就算没白给你二哥捉对子。这就叫'新年进步'。"这个词组我一直记到今天，每年写春联都不忘了写"新年进步"四个字。

来找二哥写对子的都很客气："过年了，我这双手不会写个大'八'字。老先人留下这规矩还得守，对子还得贴，麻烦秀才给写几副对子。"

勤快细致的人会把纸裁好、分开，一一向二哥交代："这是大门的，这是马头（房檐两侧立柱）的，这是正房的，这是耳房的，这是伙房的，这是柜子的，这是炕帖，这是斗方，这是斜梁子（横批）。这是仓库的，这是水窖的，这是磨窑的。这是车车的，这是犁的，这是耧的。这是羊圈的，这是牛槽的，这是鸡窝的……"然后从口袋里掏出半块墨锭放在桌上，然后自己就跟爷爷抽烟拉话去了。

也有马虎的人，一卷大红纸放在柜盖上，来一句："王二，给写两副对子。我是个睁眼瞎，咋裁、咋写啥也害不开（不懂），你向端着弄去。"

还有些人家干脆就指个小孩子来，红纸往炕上一撂，自己把冻得发红的手伸进毛毡下的热炕上焐着，啥也不说。你问他，他啥也不知道，只说："我大让你写对子呢。"二哥就这样被赋予了极高的自由裁定权。

那时我太小，除了捉对子，其他的啥也帮不了二哥。这样，裁纸、折叠都是二哥的事。渐渐长大些，这些就由我承担了。春联一般都是五言或七言，按照二哥的要求，我通常把大门、大房的裁成宽幅，折叠成五言方格；其他的裁成窄幅，折叠成七言方格。如果是写楷书，还要折叠出"米"字格。过去的红纸质量很差，易碎而且墨汁渗透不好，我就学着二哥，拿湿抹布在红纸的背面缓缓擦拭两遍，这样红纸会柔和许多，着色性会好很多。

一个人、一支笔，等着要春联的人一个接一个。二哥顾不上喝水、吃饭，甚至撒泡尿的时间都没有。在等候写对联的时候，表叔、姑父、表兄弟们念叨着"有钱没钱，剃个光头过年"，给让大哥就他们剃个"过年头"。于是，家里又开辟了第二战场。后来，四哥刻了块烧纸印版，有的人既要对子，又要印烧纸。于是，家里又开辟了第三战场。

其实对于小孩来说，扶对子也不是个轻松活。一个姿势，一站就是半天、一天，少不了腰酸背疼。但我从不说出口，唯恐失去了这个好营生，而被使唤着扫柴、烧炕、推磨、拉风箱、打扫猪圈、筛猪苊子。

每家春联写好了，二哥都要逐个安顿哪副贴哪、上下联咋贴。其实安顿得再清楚，每年都有不少贴错的。等拜年时去他家一看，大门的贴在正房，正房的贴在大门，这是常事。犯错误最多的是把上下联贴反，几乎年年有、家家有、处处有，真叫一个没辙。

在农村老家那地方，庄稼上场入仓后农民就彻底闲了下来，时间也就不值钱了。谁帮谁家打个水窖、裹个墙皮、盘个锅灶、杀个猪、宰个羊，包括写个对子、剪个窗花、滚个鞋口、撅个脸、剃个头啥的，都算不上干活，更没有什么报酬。叫你帮忙，那是抬举你、看得起你。今天你帮我，明天我帮你，没人会计较干多干少、吃亏便宜，所以也没有那些"麻烦""劳驾""感谢"之类的虚话，所有的感谢都体现在"你有事我就到"上面。农村的和谐就体现在互助上，陕北土话叫"驴抠痒痒——工便工"。

不计较归不计较，但相对的还是能者多劳，老实人吃亏。管理者都说不让老实人吃亏，其实这是一种理想化的追求，根本就做不到。因为在这个世界上吃亏和占便宜从来都存在，聪明人总是要占便宜，而且很多情况下是占上了便宜。那便宜哪来的？按照物质不灭和能量守恒两个定律，便宜这东西肯定不会从天上掉下来，自然是直接或间接地来自老实人。对于占便宜的人来说，占了便宜自然是喜形于色、心安理得。但对于吃了亏的人来说，他并没感觉到吃了多少亏，或者即使感觉到了，不但不觉得难受，反而会觉得愉快。虽然体力上、物质上付出了一些，但他从精神上全都找回来了。他吃亏但他开心呀，所以他乐意付出，乐此不疲。这也许就是传统延续的内在逻辑。

二哥写对子、大哥四哥剃头、三哥盘锅台，就是这么快乐。虽然嫂子们有时嘟囔两句："年近无日了，家里活摆下一大堆，你整天弄别人的闲事，这年还过不过？"哥哥们总是简单地回一句："婆姨家的，懂个屁。"

中华民族是个勤劳勇敢的民族，劳动从来都是被尊重的。在老家那个缺少文化人的地方，智力劳动更受尊重。爷爷不识字，但对识字人很是高看。爷爷脾气不大好，在我印象中，家里人几乎没有不挨骂的，唯独二哥是个例外。每当二哥摊开笔墨给人写对子时，爷爷就会笑着说："犁把重，稍微的人都能扛动；笔杆轻，些许的人都拿不起。哈哈，有智的吃智，没智的吃苦嘛！"

随着识的字越来越多，我写毛笔字的想法也越来越强烈。看着写着我从老师那里学的大楷毛笔字的纸，二哥一把扔在地上，说："这也叫大楷？"于是决定教我写毛笔字。

多干点活从来就不是问题，但在那个大家都勒紧裤带过日子的年代，物资是个大问题。练字意味着消耗物资，对于二哥这样的农民和我这样的农家穷孩子，"文房四宝"实在是不敢奢望，但要写毛笔字，墨汁、纸张、毛笔还是必不可少的。

毛笔问题不大，消耗较小，最多半年一支。二哥从他用过的毛笔中，挑一支笔头不是太秃的给我用。纸张主要是从石油队钻井场捡来的装水泥的废旧牛皮纸袋，把纸袋拆下来、裁整齐，订成几个大厚本子。虽说难看，但能用来练字就行。最难的是墨汁，找个替代品都没有。想了好久，二哥决定带着我自制练字用的"墨汁"。我们找来锅底灰、碳沫子等，用蒜窝捣碎，用箩过滤，再用醋泡、用锅熬、用榔头捶……各种办法用尽，颜色还是不够黑，着色性还是很差。最后找到了一个相对能凑合的办法，就是在锅底灰里加上烟煤子、少量的糨糊，再少少加一点墨汁，总算能在纸上着点色。糨糊后来改为用钻井场捡回来的"塞米赛"（一种工业糨糊）代替，效果更好。有人建议加入猪油、鸡蛋清，且不说效果如何，猪油、鸡蛋人都没得吃，还往墨汁里加？纯属土豪思维！算了吧，反正是练字，也无所谓好看不好看，省钱、不花钱就行。灌满两个大瓶子，我们愉快地收工了。

几番折腾下来，我就像个"卖炭翁"，从头到脚、从外到内全黑了。

看我这样子，一家人忍不住地笑。笑完了，姐姐指着村口涝坝说："去，给我洗去！把你身上的'成绩'也搓一搓！"我去涝坝里洗了个澡，身上的黑点、黑坨洗掉了，但衣裳上的污垢却怎么都洗不掉。我一边揉搓一边骂："你个狗日的烂尿'墨汁'，该染的染不上，不该染的倒染得挺牢！"我骂完了"墨汁"，该回家挨姐姐骂了。躲是躲不掉的，因为肚子早都饿了……

小时候没有什么字帖，能参照的就是老师发的一张"仿格"，再就是跟着二哥写。开始还算认真，练着练着就有些飘飘然了，感觉自己就是王羲之、颜真卿，看着"仿格"上和二哥的某个字不好看，或者某个笔画不够美，自己就搞起"创作"。二哥不吭声，把我的字挂在墙上说："挂几天，你好好看看。"看了几天，越看越觉得难看，我问二哥为啥。二哥回答："字怕上墙。所以你只有规规矩矩按'仿格'写，才能慢慢把字写好。创作还早呢，至少十年以后吧。"

家里来个亲戚，顺手捡起一张写过字的废纸，卷了根旱烟棒子就抽了起来。亲戚走后，我才发现自己练字用的"仿格"被撕得剩下了一半。我坐在地上哭，耍脾气，嘴里喊着："我再也不练大楷哩！"父亲回了一句："不练才好呢，省得你一天找理由不干活！"几天后，二哥知道了，认认真真给我写了一遍"军队向前进，生产长一寸。加强纪律性，革命无不胜"。看着二哥写的字，感觉跟先前的"仿格"没啥区别。我想二哥是咋做到的？得到的答案就一个——下苦功练！

后来借口"作业多""没墨汁"，我只是在寒假写春联前跟着二哥练一练，平时见不着二哥，没人督促，也就自己给自己放了羊。

上大学那年，学校搞书法比赛，我心痒痒的，领来宣纸和墨汁。第一次见宣纸，当然也是第一次在宣纸上写字。颤颤巍巍、哆哆嗦嗦，一下笔就走墨，歪歪扭扭写了几个字算是应付了一下。最后组织者可能出于照顾情绪，给了个三等奖，自己拿着那个奖都觉着惭愧。悄悄把小奖状往书桌下面一塞，再都没敢看上一眼，然后重新拿起毛笔，每天中午练习四十分钟。

寒假回家，跟二哥认真地练了一段时间，开始给别人写春联。慢慢地对毛笔有了感觉，以后的三个寒假，我都陪着二哥写春联，有时也写红白喜事上用的请柬、帐子、挽联等。人家听写字的是个大学生，都觉得稀罕，有时还夸奖两句。自己虽然有些心虚，但这无疑是个鼓励。

我写的第一副春联是"天增岁月人增寿，春满乾坤福满门。"写了几副老对子，肚子里没了东西，不知道下来该写啥内容，就问二哥咋办。二哥说："我初小文化，只能写些老对子，再照着年历抄几副。你是大学生，就不能给咱编上几副对子？"二哥看我一脸通红，就说："我不会编，但基本方法我知道，你得先学学《对韵歌》：天对地，雨对风，大陆对长空。山花对海树，赤日对苍穹。雷隐隐，雾蒙蒙，雨伯对雷公……"

我拿起《对韵歌》反复念了好多遍，好像有点感觉，一开始编，又不知从何下手。编，谈何容易？我拿着毛笔想了半天，笔头的墨都干了，还没想出来，就对着满地的对联看。忽然，灵机一动：编不出来，咱就先"化"几副。古人写诗都可以"化"，我为什么不能"化"呢？于是有了"天增年月地增产，春满人间福满家"。二哥听了，念了两遍，说："好像哪里不舒服。"我仔细看看，原来是平仄对仗出了问题，接着改为"天增雨露人增福，日满光华月满情"。二哥又念了两遍："都很好，就是这个'福'字念起来好像有点别扭。"我查了一下《平水韵》，说："好着呢，'福'是入声。"二哥点头："好！"哎呀，总算"编"了一副春联。

万事开头难。经过一段时间的练习、积累，后来再编春联就越来越容易了。不光编春联，喜联、挽联我都能编了。弟弟结婚，我根据夫妻俩的名字"振鸿""建萍"送了副婚联"振宏图大业，建平安家庭"，横批"尚和合"。

参加工作后，春节放假迟，赶不上写春联，练字的积极性也就有些衰减。有一年，二哥来信说，他看街上那些卖春联的字写得也都一般，还卖不少钱呢，自己也打算去卖。我就写了几副春联捎回去，混在二哥写的春联里卖，果然都卖掉了。

过年时二哥给我卖春联的钱，让我年底继续写些春联他给卖。我忽然意识到这钱不能要，而且我写的春联也不能再拿给二哥卖。老家镇子就那么大，春联的需求就那么多，二哥一天只能卖三四十副。

我脑海里立刻出现二哥站在寒风中写对联的情景：一个半大子老头，头戴暖帽，身穿皮袄，手上戴双薄线手套（厚了不好握笔），缩着脖子、弓着背，伏在一张小方桌前，按照乡亲们的要求认真地书写着，边写边抬头看对方的表情，不时用手套擦一擦快要掉下的清鼻涕……送走一个顾客，自己焐焐脸、跺跺脚，再迎接下一位顾客。

卖我的对联就相当于挤占了二哥的生意空间，我一个挣了工资的"公家人"，怎么好意思跟二哥"分红"呢？再看看我写的字，比起二哥的还有很大差距。把我的字混到二哥的字里去卖，岂不是以次充好，损害二哥的名声吗？

突然有一年，大街小巷的年货市场铺天盖地地都是印刷出来的春联。那年，二哥每天只能卖十来副对联，三天后二哥决定不再卖春联了。也就是从那年起，二哥家的苹果上市了。春联，二哥仍继续写，每天都把写好的春联放在苹果边上，谁买苹果就送两副春联。

十几年过去了，二哥的苹果一直是"十块钱三斤"，二哥的对子再也没卖过钱。乡亲们都说："王二的苹果有味道，王二的对子也有味道！"

随着年龄的增长，加之钟爱传统文化，我对书法的感情越来越深，每天早晨六点练习书法，练到七点半打两趟太极拳，然后换衣服去上班。几年下来，还真有些效果。我很清楚，书法将伴随自己一生，春联也将年年书写。

前年过年，我送二哥一些文房四宝，包括写春联的专用书写纸。二哥拉开柜子，笑着对我说："看看有多少？这都是侄儿、侄女、外甥送我的。"摸着那精美、艳丽的春联书写纸，二哥说："多好的纸！唉，现在啥都不缺，就是缺少写字的人啊。"

我每年买二十包春联书写纸，每天写八到十副，边写边送人。写完送完一百副，就到了腊月廿九。

眼下，我们的春联遇到了前所未有的挑战，出现了前所未有的问题：

一是上下联反着贴、横批逆着写。至少三分之一是贴反的，有的甚至来个"标语式"的贴法——斜着贴。另一个错误是，横批从左向右写。对联是传统艺术，上下联都是竖排的，这是无论如何不能改的。楹联总不可能横着贴在门槛上吧？既然是竖排，那就要上联右、下联左，即从右向左读，那么横批一定是从右向左写。

二是印刷品充斥、书法低劣。此刻，春联印刷品正嚣张地霸占着年货市场，有些企业也不遗余力地赠送春联印刷品给客户"拜年"，甚至文联也大量印发千联一面的"春联"。再看看那些卖得火热的春联印刷品，上面的字不知什么人写的，能看上眼的寥寥无几。偶尔有看上去字写得不错的春联，竟然是从字帖里集来的。更过分的是，有些春联上的字干脆是电脑字库里的印刷体。阁下，贴这样的春联过年，难道不闹心吗？

三是内容粗劣、只抄不撰。在送文化下乡的队伍中，书法家们多数都是拿着年历，或者从网上下载的内容在那里抄春联。看看门户上贴出的春联，包括春联印刷品的内容也大都是"抄"的。偶尔遇有编写的春联令人精神一振，细看，很多不是没了韵脚就是失了对仗，更多的是下联和上联间缺少递进，真正好的春联凤毛麟角。

编春联、写春联、贴春联，是一系列过年活动的题中应有之义。既然想过年嘛，就不要怕麻烦。其实过年的关键在于"过"，只有"麻烦"，才是过年的意义之所在。所以春联还是动手写的好，不管书法水平高低、字好看不好看，那是自己的劳动成果、自己的作品。写字跟做人一样，主要是个态度。只要是认真写的，不好看、水平低都没关系，可以慢慢练习，逐步提高。我楼下一小孩前年写的春联歪歪扭扭，笔画也拉不展，去年就有进步，今年的字好看多了。照这样下去，再过一两年就能给别人家写春联了。

从后蜀主孟昶亲撰的那副"新年纳余庆，嘉节号长春"春联到现在，春联这个春信的使者，在中华大地上已经红红火火了一千多年。一千多年来，每一副春联都是人们用笔、用墨、用情在红纸上书写的。然而，在我们这一代人手里，突然有一天，过年的春联不需要手写了，只要花钱就可以买到更"漂亮"、更"高大上"的替代物。估计这种局面还将继续很长时间。

对此，个人是无能为力的。在我那个百口人的大家族里，依旧贴二哥和我书写的"老对子"。这样的春联有墨香、有年味、有气息，看着舒心，闻着芬芳，感觉踏实。年味本该包含春联的墨香，缺了春联的墨香，年味如何够"味"？

　　刚才，院外小国学课堂里传出了孩子们琅琅的诵诗声："爆竹声中一岁除，春风送暖入屠苏。千门万户曈曈日，总把新桃换旧符。"在我们生活的城市，"爆竹"已经被禁止了，如果再没了"桃符"，我们还过什么年？

打平伙

"周末要是没事，一起打个平伙。"接着表弟的电话，我一改往日征求老婆意见的习惯，迅速答复："打平伙？没问题！"

走进大门，就见当院里支了一口大铁锅，锅里热气腾腾，一股草山羊肉特有的清香扑鼻而来。走进看，锅里十几二十块粉嫩的大块羊肉在葱段、姜片、红辣椒的陪伴下微微地舞动着。一群人围着大铁锅，激情议论着打平伙的长长短短。我顾不得跟大家打招呼，操起一双筷子往肉上扎了下去，没能扎进去，我摇摇头说："肉熟还早呢。哦，紧火黏饭慢火肉。都不要急，嘴紧了肉就烂得慢。"

看着锅里煮肉更容易饿，大家随便嚼几口老家带来的熟米、油果垫巴垫巴，三三两两地"砍牛腿"、扯闲磨去了。

后面的两个小时当中，我不知去锅上看了多少次。我又忍了半个小时，终于听表弟喊："亲亲们，肉熟啦，平伙开打喽！"

参与打平伙的人"哗啦"一下把大锅围了起来。表弟抱着一摞盆子，转圈给每家掌柜的发一个，大家手指着锅里选肉。

我选了一块有四根肋条的大块，放在盘秤上的盆里一称：一斤八两，一百零八元。给盆里撒了一撮葱花和香菜，又浇上一大勺肉汤。哎呀，我的口水都收不住了。拿手机付了钱，端盆和妻子对坐在长条上。

妻子的蒜还没剥好，我已上手撕了一块肥瘦相间的肉，高高提起，稳稳放在急不可待的馋透了的舌尖上。在舌头牙齿的密切配合下，弹性十足的肉块在嘴里翻了两个跟头，轻轻一吸，连肉带油就滑入肚里。吹开汤面上的葱花、香菜，细细喝一口汤，一股清香直冲脑门，瞬间溢透全身！嗯，地地道道的老家山羊肉，真真本本小时候的味道。

五十年前的"打平伙味"终于回来啦！再来一口肉，再喝一口汤，轻轻闭上眼睛，飘飘乎若羽化登仙……

看着大家兴高采烈的吃相，听着大家赞不绝口的话语，我想起了童年打平伙的情景。

庄稼上场后，辛苦了一年的农民稍微闲了下来。庄子上一群浑身是劲的青年人白天排练完文艺节目后，女人们回家做家务，男人们无聊地开着粗野的玩笑。有人提出意见："生产队把我们弄来排节目，又不给多挣工分。现在正是羯羊臕肥肉美的时候，不如宰上一只，给大家解解馋，咱们也好卖力排练，保证在全公社汇演中拿个一等奖回来。"队长说："羊是生产队集体的，咱们吃了，社员都有意见。要吃羊可以，打平伙，谁吃谁掏银子。没银子，就从生产队分的粮食里扣。"大家听了就起哄。队长和畜牧业副队长商量后说："羊肉可以按平价处理。"就这样达成了打平伙的共识。队长安排放羊的从羊圈里抓来一只黑色的山羊羯子。

谁家支摊子呢？当然是茶饭最好、地方又宽展的表叔家了。

我家人口多，家庭贫困，以往打平伙的事我家的人连想都不敢想。我只能听听别人家孩子绘声绘色的描述，徒有羡慕、悄悄眼红、暗流口水。听到村里谁们张罗着打平伙，"懂事"的我自然是早早回家，因为闻香味、看别人打平伙的滋味真是不好受。

此前，我曾和几个小伙伴去看大人们打平伙吃肉。一群孩子在伙房窗台外面立成一排，轮流伸出脑袋看看厨房里有没有吃肉的机会。轮到自己时，胆怯的我连伸出头瞅一眼厨房的勇气都没有，只好把机会让给后面的孩子。后面那个孩子伸出头，接着进了伙房，过了一会儿才舔着嘴唇回来。原来他伸出头的时候正好被他姑父看到了，叫他进去吃了几口肉，还喝了半碗汤。孩子们有一学一，几个有至亲在里面打平伙的孩子纷纷进去，吃到了肉、喝到了汤。我知道那里面没有自己的硬关系，只好咽下口水低着头回家。走在路上，连最习惯的踢土坷垃的心情都没有了。

这次可不一样，因为大哥是文艺宣传队的笛子手，三哥是《一颗红心》里演潘发家的"男一号"。我和小弟终于有了一次底气，要理直气壮地沾个光、蹭个腥。不用想，我们至少大半年没碰过荤腥了。

参与打平伙的小伙子们帮忙把表叔家的水缸盛满，用斧头劈开树"格榔"（不成材的树干）。表叔宰羊时，"非礼勿视"的我躲得远远地。宰羊可不像宰猪，既不需要捉腿，又不需要拔毛，更没有诸如猪鬃、尿脬那样孩子们的"想望"。对于小孩子来说，能做的事就一件——耐心等着！

队长拿着秤先称了羊"克朗"（胴体）的总重，然后用砍刀从脊柱中央一劈为二，再分成十几件。参与打平伙的人按照自己的喜好、肉量和支付能力认领，有要羊脖子的，有要肋条的，有要先板子（肩胛）的，也有要后腿的。下锅前，每块肉上都拴一根细细的麻绳，麻绳的另一头拴上纸牌，认领者分别在纸牌上写上"王大""吴二""贺三""韩四"之类的。

那些大人们看着肉煮进锅里，就蹲在墙边抽旱烟、"谝闲传"，或

343

坐在热炕上"砍牛腿",或斜躺着摔象棋坨子。混肉吃的孩子们三五成群地"溜板儿""打土仗""弹杏核"。太阳落下,气温降了下来,就靠在墙角里"挤油油"。天黑了,外面实在太冻,就进来伙房,赖在各自亲人的身后。

肉煮熟还早,孩子们肚子早都饿了。大多数孩子都陆续回家吃搅团去了,再回来等着吃肉的不到三五个。我和小弟下了死决心,越是肉快要煮熟就越是寸步不离。大人玩的"砍牛腿"我们根本就看不懂,老呛烟熏得眼睛都睁不开。我靠在哥哥身上,听着那漫不经心的拉风箱声,不知不觉地进入了风吹草低见牛羊的另一个浪漫的世界里。我奔跑着、呼喊着……

筋疲力尽的我摘下一朵"打碗花"。"哇——好香啊!"哎,怎么是肉的香味?!我慢慢睁开眼睛,就见三哥拿着一小块肉在我鼻子尖上晃动。我一骨碌爬起来,吃了些肉,又喝了些汤,然后闭上眼睛香香地睡去了……

后来的几次打平伙都是在公社苗圃,时常有知青或民工来我家(其实是一间小羊房)打平伙。我和小弟依然是蹭着吃肉的。

没有给打平伙白支"灯头"的。不成文的规矩是打平伙的把肉吃了,但羊皮、羊杂碎和锅里剩下的羊肉汤留给干活受累、点灯熬油的东家。

打平伙是陕甘宁及周边地区农村老百姓一种群体吃羊的方式,或者专指群体吃羊肉。其历史很悠久,已经没人能说清楚了。从形式上看,打平伙很像先民的狩猎,一群人围猎到一只黄羊,架一堆篝火,围在一起,边烤肉吃边谋划下一次围猎行动。后来有了陶制的罐、甑、鬲、缶,就改成煮肉了。

为什么是羊?这些地方和牧区接壤,受草原文化的影响,都有吃肉

344

的传统，但这里又以农耕文化为主体，牛是耕畜，被奉为"半仙体"，老百姓不吃牛。猪是过年吃的，只在过年前宰杀。吃猪肉是家庭行为，而非社会行为。这"家"字里就是个"豕"（猪）嘛。鸡鸭鹅太小，上不了场面。最后，只有羊走进了这种有仪式感的群吃活动。

羊对中华民族很重要。《说文解字》曰："羊，祥也。"《考工记注》曰："羊，善也。"汉字里凡有"羊"的字，都有吉祥、善良、美好之意，如"善""美""祥""鲜""样"等。羊在很长一段时间里，都是充当着一般等价物的特殊商品——货币。今天人民币的符号写作¥。人们聚在一起吃羊，往往蕴含着某种美好的愿景。

要想打平伙吃到好羊肉，必须具备羊肉和烹饪两个关键要素。

首先，羊肉产地要地道。我们发现打平伙风气最浓厚的地方，也是羊肉品质最好的地方。全中国乃至全世界，最好吃的羊肉就集中在一个地方：白于山的北山坡，东起横山，西至罗山，东西五百里、南北一百里，包括陕北横山县（现横山区）、靖边县、定边县和宁夏盐池县。人们耳熟能详的"盐池羊肉""横山羊肉""定边羊肉""靖边羊肉"都是顶级品牌。

出产好羊肉必须具备四个条件：一要品种好，最好是当地的山羊，滩羊也可以，其他品种，无论产自哪里一概不入流。羊龄必须是"对牙子"的羯羊，胴体重三十斤左右。太小的嫩，不够味，缺筋道；太大的老、肥，不鲜嫩。二要草场好，有草山，草地里有地椒草（百里香的一种），吃了地椒草的羊肉不膻。三要饮水好，能喝到苦咸水，肉质略呈碱性。四要运动好，羊必须放养，有较多的运动才能使羊的脂肪积累、消耗，再积累、再消耗，这样长成的羊肉才肥瘦相间、富有弹性。

具备上述四要素的羊肉，肋条较窄，膛油较少，肉呈淡粉色，肥肉、瘦肉结合紧密。肉煮熟，汤是清的。汤如果有些浑浊，或者出现许多游离的油脂颗粒，表明是饲料羊。

其次，严格控制烹饪过程。新鲜的羊肉最好少用水洗。肉下在大铁锅里，用柴火慢炖。不能大火快烧，否则肉里的血会被锁住，煮熟的肉会泛红色。煮肉的锅要尽可能大一些，以保证热量及时散发。水开后，打去血沫，然后放入生姜、红葱、花椒，喜欢吃辣椒的可以放少许干辣椒。调料越少越好，除了上述调料，不要擅自添加其他任何调料，否则羊肉自身的鲜美就会被掩盖。慢火持续炖约两个小时，直到用筷子能轻松扎入肉块为止。肉熟了再放入粗盐，出锅前撒入一小撮地椒叶。肉盛入盆里，撒上一小撮红葱末，再浇上少许肉汤。如此，羊肉一定鲜嫩、美味，令人垂涎。打平伙羊肉特别香的原因还有一个，就是羊的各个部件是煮在一起的，羊的味是"全"的。

另外，羊肉的绝配主食只有一种——荞面。配羊肉的荞面的吃法首选"扣壳壳"，也叫"煮窝窝"，就是手工捏制成如同饺子皮一样的面片，然后轻轻圈起来，里边留开能穿过一根手指的空心。还可以是擦荞面，就是将荞面和成硬块，用擦子擦成小条。羊肉吃好了，再吃一些浇上羊肉汤的"扣壳壳"或擦荞面，这样就会消除油腻感。

这次表弟家打平伙，基本符合传统的打平伙形式，但也存在一些不尽如人意的地方。人还没有到齐，肉已经下锅了，所以没有拴牌子，肉煮熟了再选肉、过秤。这样虽然少了挂牌写牌的"麻烦"，但可能会给张罗的人增加剩下的肉没人认领的风险。不挂牌，每个食肉者就少了一些期待，不会十分钟一趟到锅边看看自己的那块肉煮得怎么样了。由于没人会"扣壳壳"，饸饹面吃着也不错，但总觉得少了一点打平伙的"原汁原味"。

吃完肉，我问表弟："哪里洗手？"有人跟我问了同样的话。好几个男人这才反应过来，吃肉前没洗手。我笑着开玩笑："小时候打平伙就没洗手。这叫原汁原味！"

这次打平伙，我付了一百零八块钱。这是我第一次参与真正意义上的打平伙，第一次在打平伙中找了尊严！儿时记忆里没有掏钱的平伙，最多只能算作蹭平伙。

打平伙是一种非组织的群体行为，但其含义却不那么简单。

"伙"字既是形声字又是会意字，由"人"和"火"构成。含义有同伴、伙伴，古代兵制"十人一火"；伙食，集体所办的饭食；合伙、伙同，由同伴组成的集体。打平伙里的"伙"囊括了以上全部含义。"平"含有公平、平等、平安、平复之意。在打平伙中，人的关系完全平等，没有高低贵贱之分。陕北有句顺口溜："咥饱哩，喝胀哩，和有钱人家一样哩。"平伙是在公平、自愿的前提下，共同接受"伙"的行为。一个"打"字，强化了行为的迫切性，突出了交际、交往的意味，比如"打交道""打成一片"等。

在打平伙的实践中，体现了这样几种功能：没事的时候三五好友聚在一起，解馋解犒，强化感情。朋友间有了矛盾，一场平伙打下来，隔阂消除了，感情恢复了。谁家遇到难题了，大家在打平伙中出主意、想办法，解决难题，有福同享、有难同当，是一种温暖的"愿者上钩"的自由活动。通常一群打平伙的人当中，总有热心的、最爱吃肉的，而那个人往往就是提议加张罗的人，也往往是吃肉最多、掏钱最多的"托底"人。

打平伙时还常常伴有喝酒行令。酒可以均摊，可以通过"砍牛腿"捉"大头"，输得最多、次多的按 5：3：1：0 的比例分摊。"5"

是大头，"0"当然是白喝。有时谁家有好事，自己就拎两瓶烧酒来。喝到高兴处，大家一起唱曲、喊乱弹、扭秧歌、打腰鼓。有时到后半夜，甚至通宵达旦。一高兴，大家再吃一只羊，"填羊回灯重开打"。

有人把打平伙解释或翻译成"AA制"，也有说"AA制"来自于打平伙。我以为极不妥，两者不存在对应关系。打平伙专指吃羊。

"AA"是 Algebraic Average（代数平均）的缩写，引申为按人头平均分担账单的意思，只在结果中体现了"A"和"A"之间无差别的"简单平均"，而没有打平伙过程中各成员对甲、乙、丙不同肉块自主性选择的真正公平，是一种加权平均。"AA制"只限于"伙"，既与吃羊无关，更没有温暖的有福同享、有难同担的意味，是一种冷冰冰的分摊。除此，还有人把"AA制"作为 All Apart 的缩写，意为全部分开，其中更是蕴含了中国人不能接受的"一刀两断"的意味，不吉利！

在陕甘宁地区，打平伙既体现出男人特权，又体现着男人的品性。有的男人自己吃完了，嘴一抹回家睡觉或者"砍牛腿"去了。有的男人自己吃两口或者喝口汤，连肉带汤端回家里给老人、妻儿一起吃。前者，男人打平伙了几次，花了多少钱、粮，家里人无权过问，也无从知道。后者的账目往往是透明的，他家一定和睦，子女一定孝顺。

经济社会发展了，打平伙不再是难事，现在在陕甘宁晋地区更加风靡。过去从不问津的女人现在也大大方方地参与到打平伙的大军中来。

同学约定，以后每年过了重阳节，没事了，可以经常打平伙。这个好，自己吃自己的，谁也不欠谁的人情，谁也不看谁的脸色，更不用担心谁买单的事，踏实。公平、平等，凑伙吃羊，香！

喝　酒

　　刚上小学那年腊月，结婚的特别多，大人实在排不开了，表叔家嫁女子就安排我去吃"八大碗"。

　　因为是"老外家"，所以尽管是孩子，依然被安排坐在上岗子（上席位置）上。我个头小，坐在炕掌的位置被两边穿大皮袄的给挡得夹菜都够不着，我只好蹲着吃。

　　"八大碗"上齐后，接着白馍馍就上来了。我把白馍馍装在口袋里，等着吃黄米干饭。我跟站席口的要干饭，站席口的说："喝酒吃饭看上席。你是老外家，你得先把酒喝了。要不别人都没法端杯子、动筷子。"我说："我是娃娃，不会喝酒。"那人又说："谁也不是天生就会喝酒的。不学咋能会呢？上学了没？"我点头。他说："这不就对了嘛，学生学生，就是学的。我也是上学那年学会划拳、喝酒的。"看着黄亮亮的干饭吃不上，我开始有些动摇了，但觉得酒太辣、太呛人，还是不敢喝。那人双手端起酒杯递给我："老外家嘛，总是要摆个架子的。双手敬上，你总得喝吧！"我胆怯地接过酒杯，看看左右都把酒喝了，我就用舌尖舔了舔，嘴唇抿了抿，偷偷把酒杯放在炕桌下面。刚要接干饭，那人跟我要空杯子，我龇牙咧嘴不知所措。突然发现炕桌下有只猫，就很有创意地把已经剩了半杯的酒灌入猫嘴。呛了酒的小生灵一头钻出炕桌，从

349

炕上到地下、从地下到炕上来回窜了几次，最后醉倒在被垛上睡着了。

猫给我"代酒"的事成了那人攻击我的把柄。那人又给我补了半杯，我乖乖喝下了人生的第一杯酒，准确地说是半杯酒。旁边和我并排坐的一个老年人告诉我，喝酒要屏住气、慢慢喝、慢慢咽。按照老人的说法，我刚喝了少半杯就进行不下去了，又辣又烧又压气，心想这世界上咋有这么难喝的东西？那人双手端在空中等着我把酒喝完，面容怎么那么狰狞？我张开嘴，一把将剩下的酒倒进嘴里。天哪，就感觉嗓子眼被一块灼热的铁块给堵上了一般，挣扎着一呼吸——呛了！喉咙好像被割断一样痛不欲生，双手抓住膝盖往出呕吐。老人在我背上不停地拍、捋，我终于换了一口气。老人告诉我，他第一次喝酒也这样，以后再喝就不会了。过了一会儿，喝些水就好了。老人拿杯子示范怎么喝酒，被真诚感动的我跟着老人喝了一杯。酒依然那样的烧、辣，但这次没呛，酒咽下肚里好像一团烈火，从咽喉到胃里一道火线。我双手捂着胸膛，抵制着烈酒的灼烧。老人来了一筷子豆芽菜要喂给我，我赶紧捧起双手接住滴滴答答的汤水，扶着筷子把菜吃进嘴里，嚼也没嚼两下就咽下肚里。哦，这下好多了，难怪那些喝酒的要就菜吃。

喝酒就是这样，有了第一杯就有第二杯、第三杯，喝了五杯后我就觉得头晕。一觉睡醒，已经是晚上喝米汤的时间了。

回来后，我主动交代了喝酒的事。因为即使我不说，过几天这话肯定会传到父亲那里，到那时肯定没好果子吃。我主动交代后，父亲只是说上学娃娃喝酒会烧坏脑子的。

从那以后，直到高中毕业前再也没闻一下酒。没喝酒，也不全因为害怕喝酒，更多的原因是根本就没机会喝酒。

那时家家户户都穷，家里过年买一瓶酒，只喝少半瓶，偶尔家里来人才拿出来。孩子只有双手捧着酒杯给客人敬酒的份，连吃饭的资格都没有，更不要说喝酒。

表姐夫来了，父亲让我给表叔"看酒"，我就站在旁边看着酒瓶、酒杯。父亲见我没反应，又说让我给表姐夫"看酒"。我把眼睛靠近酒杯，父亲把盛满酒的酒杯递给我，大声说："两只手，给表姐夫看酒！"我这才恍然大悟，原来"看酒"就是敬酒的意思。

为什么是"看酒"呢？长大后我明白了：家里酒很珍贵，只能给重要的客人喝，就连父亲自己也都只端不喝，孩子就更不能沾酒，所以就是"看"。直到现在，老家来客人，依然管敬酒就叫"看酒"。敬酒，主人是不陪的。如果客人要求陪酒，至少敬酒喝过三杯，主人才有资格陪。

农村改革前，见喝酒最多的场面就是娶媳妇的红事。主家一般都在供销社打两桶散白酒，后来渐渐才买瓶装酒。不管准备了多少酒，首先要满足送亲来的"大客"亲戚。那时农村房子、窑洞都小，又没有帐篷，每一轮只能待三五桌客，"八仙桌"除了站席口的只能坐七人。所以中午以前就开始待客，一直待到晚上甚至深夜。

新媳妇娶回来之前坐席的一般很少耍酒。快速吃完，翻台后接着再待下一轮，一顿饭也就半小时四十分钟。想喝酒的、拳高量大的，那就等着迎战"大客"。在三边地区，衡量谁家事过得好不好，一个重要标志就是有没有放倒几个"大客"亲戚。拳不高量不大、没有个三下两下，通常是不敢去给人送亲的。

表侄子结婚，由于新媳妇是山里的，又逢下大雪，娶亲回来都小半夜了。那边新人典礼拜天地，这边主家给迎战的每人发了个馒头。两桌"大客"早已坐上席位，"八大碗"还没上齐就开始"看酒"、打关通了。招呼"大客"的基本规矩是大客应关、男方打关。"大客"就三桌

351

人，女客吃完就去配合闹洞房了，留下两桌男人是专门喝酒的。"大客"是固定的，有座位、有碗筷、有菜、有肉。打关的就是庄子上那些壮汉，早已按照吴老二、赵老三、韩老二、王老三、张老五等依次排好，每人打两个桌子的通关，一个接着一个来，来完了再来下一轮。打关、应关可以自己喝，也可以代酒。"大客"领头的范老三要求所有人都自己划拳自己喝酒，不会划拳的可以用"老虎杠子"代替。打关的轮流上，没座位也没碗筷，只能是站着干喝。

原以为一两个钟头就会把"大客"亲戚掀翻三两个，结果遇上了"硬骨头"。庄子上三大主力、五大酒仙全都喝醉了，对方只有一个人喝高。范老三开始叫板："看来你们庄子也没两个能行的，白叫了个高圈。要不你们全庄人一起上！"

这下可惹恼了我们庄子上的人，总管找来出礼的亲戚和庄子上的二流选手，发起了第二次进攻。一直喝到后半夜，对方才喝倒两个。东家好没面子，庄子上的酒仙们更没面子。吴老三酒醒过来在门外高喊："这么多年，哪有没陪好'大客'亲戚的事！实在是丢人。"范老三在屋里高声接话："你还以为你们高圈是钢铸的'铁边城'？尿了吧？认尿咱们就睡觉。"吴老三冲进屋子："我们庄子的人从来就不知道'尿'字咋写的。让你们'喊了满子'？兄弟们，要脸的都给我上。只要喝不死就往死了喝！咱丢不起这个人！"

总管一把拉住吴老三："好了好了。喝酒招呼亲戚，又不是斗气呢。夜也深了，要不明天再接着喝，主家准备的酒管够！"总管说着，推开吴老三一伙人，招呼"大客"亲戚去休息。

第二天认完大小、吃完和气面，拉拉车套起来了，新人准备回门。有人报告范老三新女婿找不到了！范老三有些着急，嘴里嘟囔了一句：

"我知道你们有藏女婿的乡俗，只是咱们路远，得早点赶路。"总管回话说："路程远，赶路咱都理解。老先人传下来的乡俗，该有的还得让有着，儿婚女嫁讲究的就是这个。只是女婿藏哪了、谁藏的，我也不知道。""你是总管，我就得找你。""问题是，我找谁问去呢？"

过了好一会儿，新女婿从洋芋窖出来了，新娘子也上了拉拉车，回门队伍浩浩荡荡准备出发。

这时发现出去的路口横担着一根椽，旁边是一个条桌，上面整整齐齐摆着十来瓶酒和三只蓝边碗。吴老三站在桌子前，身后排着十几个人的长队。"大客"亲戚要走，吴老三说："实在不好意思，昨天晚上太晚了，没有陪好'大客'亲戚。今天的天也有点冻，亲戚们喝上点酒身子不冷，也好上路。"范老三说："哦，这是揽门盅啊！"说着甩掉身上披的老羊皮袄，挽起袖子说："没问题，我们'大客'亲戚也不能不受抬举。你说，咋喝？"吴老三咬开一瓶酒，倒了三碗："三拳两胜一碗酒，过一个人三碗。不能喝的就从这张桌子下面钻过去。女人娃娃不在内。""够儿娃子，喝！"

就这样，送亲的男人、庄子上昨夜陪客的人，每人至少喝过两碗。送亲的"大客"亲戚坐上毛驴车摇摇晃晃走了。不一会儿，庄子上这几位酒仙全都醉了，有的倒在草垛上，有的倒在墙边上，有的倒在后圈（厕所）里，到处都是吐的酒菜，庄子上的狗也都醉了……几个老年人骂着："没本事就不要逞能，好东西不是这么糟蹋的！"

从那以后，庄子上再也没摆过"揽门盅"，也没一次醉倒一大片人。

上大学后，偶尔和三五个同学出去路边的饭馆喝个小酒，发现喝酒是件愉快的事。一次几个同学踢足球输了，就出去喝酒。酒场上，班上拳高量大的都聚集了。喝着喝着，大家讨论起究竟谁的拳高。于是现场比拼，评出了"四大高拳"，本人那把没经过历练的臭拳当然进不了"四大"。二十年后又比拼了一次，我依旧没能入围。那天晚上，十来个同学全都喝醉了。我迷迷糊糊回到宿舍，突然想起女排决赛。于是，喝了碗水摇摇晃晃到阶梯教室看电视转播。胃里翻江倒海，我坐在教室门口，不停跑厕所呕吐，吐完了再回来看，和大家一起呐喊，一直坚持到中国队战胜古巴队。回到宿舍，又饿又渴又头疼，一夜都没合眼，直接导致了第二天期中考试挂科。

毕业那年，我和另一个同学回老家，看望在乡上工作的同学。两次换乘班车，赶到时已经是晚上了。老同学见面分外高兴，当然要拿出他那里最好的东西招呼我们。敲开已经睡下的小饭馆，炒了盘羊羔肉。为了不影响饭馆老板休息，我们抱了几根黄瓜，拿了几个饼子，又在小卖店买了三袋油炸蚕豆、两包榨菜，然后回到宿舍。

三个人一边熬小米稀饭、烧开水，一边搭"桌子"。所谓"桌子"，就是在铸铁炉子上搭了一块压扁了的纸箱。水烧开了，发现没有喝水杯子，连多余的碗也没有。我抬头看见窗台下面落了一排空啤酒瓶，想着不行就等开水凉一点，灌进啤酒瓶里喝。出去上厕所时，发现隔壁就是农机站，我突然想起曾经拿格瓦斯瓶子做喝水杯子的经历。我问同学农机站门能打开不。同学说能呀。乡上干部宿舍，相互间都有钥匙，就是怕周末有人来没地方住。

说农机站，其实就是一间办公室兼宿舍。我拿着钥匙打开农机站的门，果然发现了我想找的东西——地上有半桶打开的机油。我拎着机油桶过来，两个同学问我："机油不能吃不能喝，拿它干啥？"我笑而不答，在啤酒瓶里倒入半瓶机油，摘下炉筒子上挂着的铁火棍，放在做饭的煤油炉子火上烧。看着火棍烧红了，拿起来伸进装有机油的啤酒瓶。

只听一个清脆的声响，啤酒瓶沿着机油面齐齐地断成上下两截，机油面上冒着白色的烟雾。两个同学这才明白我拿机油的用意。截断三个酒瓶，又找来废旧的砂纸把"杯口"打磨了一番，三个喝水杯子就制作成功了。

准备开喝了，又发现没有酒杯子。同学说："这个好办。"就踩着板凳，把宿舍电灯拉线开关盒的盖子拧了下来。

三个人划着拳、喝着酒、说着话。我的这拳、这量，才两个小时就率先倒下了。

一觉睡醒，太阳升起老高。看他俩睡着，我到附近的田野里转了一大圈，摘了半口袋蒿瓜。回来给那两个同学，他们感觉好新鲜。我们随便吃了几口饼子，喝了点水，聊了半上午。同学问我俩中午想吃啥。我们说一碗饸饹面就好。刚要出发，大门口进来一辆侧斗三轮摩托车。原来是县上的另外两个同学，说是昨天没赶上班车，今天一早找了辆摩托赶了来。同学见面都很兴奋，紧握的手还没松开，就说"中午接着搞"！说着，就把我们招呼到小饭馆，从马桶包里掏出四瓶"铁盖子银川白"。

凉菜还没上来，先洗了几根黄瓜，掰成几段就开始了。很快，我就又不省人事了。等我眼睛再睁开的时候，自己已经被送回了老家的院子，中间过程完全"断片"。

我酒量不行，但在我的家族里已经是顶级水平了。过去家穷，过年也很少有酒，所有的兄弟姐妹、侄儿外甥，在家就没碰过酒。不光孩子，父亲也没在家喝过酒。日子越来越好了，家族人口越来越多了，二十年前就过百了，喝酒依然是这个家的弱项。这样一个大家庭，过一个年一瓶酒就够了。

从上大学开始喝酒算起，喝了快四十年酒了。酒量虽没长进，却也没咋下降。想想曾经一起喝酒的同学朋友，许多都已经"挂杯"了，自己就很知足。回顾这些年的喝酒历史，应该说喝的酒和下酒菜越来越好了，从宿舍喝到饭馆，从小饭馆喝到大雅间，喝了多少场已经没法说清楚了，但经常想起的还是在乡下、在宿舍、在小饭馆里，忘不掉的还是老白干、黄瓜段、花生米。

写到这里，想起《周易》里有一卦"既济"卦，可以解酒。酒，水火既济，形似寒水、内心如火，外柔内刚、形懦质坚。

酒，喝的就是个感情，就是个意趣。

小城故事

——纪念高老师

高老师去世已经整整一年了。一年来，每当想起他，我心中就泛起了一种难以名状的悲凉。一直想纪念一下老师，可总找不到合适的形式。今天，终于下决心推掉了所有的活动写这篇文章，以纪念我这位苦命的老师。

得知高老师去世的消息，我很惊讶，悲痛的心情很长时间不能平复。同学告诉我，高老师临终前留了一封遗书给学生。大概的内容是：对不起，我要走了，再这样活下去也没有意义了。我是个没用的人，做过的有意义的事不多，最有意义的就是教了你们这些有情有义、有出息的学生，但也给你们添了不少麻烦。我走了以后，麻烦把我火化了，骨灰撒在黄河里。这样干干净净的，就再也不会麻烦别人了，还可以节省一些丧葬的花销。这些年治病花了你们不少钱，原计划病好了挣钱还你们，现在看来已经不可能了。我能留给你们的东西只有三件，一件是给你们上英语时用过的"砖头块"录音机。第二件是教你们英语的八本教案。估计我去了以后，还要花一点丧葬费，加上前面吃药欠你们的钱，加起来一并打一张欠条留给你们，这就算我留给你们的第三件遗物吧。最后，祝你们平安、进步。

老师是 1979 年通过自学英语考上大学的。由于年龄偏大，所以在班上一直有些自卑，把几乎所有的时间都用在学习上。大四的时候，爱上了一位姑娘，鼓足勇气表露了自己的心声，结果被拒绝了。受了打击的他从此眉间总挂着一些忧伤，更加少言寡语，似乎有了一些神经质。

高老师毕业后分回老家县城中学，任我们的英语老师，是学校唯一的本科英语老师。那时山区学校的英语老师十分稀缺，初中学校基本开不了英语课，高三学生绝大多数只学了初一、初二的英语课程，还有一些学生压根就没接触过英语。

上课的第一天，高老师对全班学生说："愿意吃苦，在一年内跟我学完初中、高中全部英语课程的请举手！"大家几乎没有思考就一同站起来，高高举起手。看到这一幕，高老师激动地流出了泪水，并誓言："好！只要大家有信心，我肝脑涂地也在所不惜！"

为了节省时间，高老师干脆搬来住办公室，吃集体灶。其实，他家就在学校附近不到五百米的地方。他怕睡过时，要求当班长的我每天早晨五点半叫他起床。他在办公室，通过广播给各班讲英语课，上完课跟我们一起上早操，我们称之为"早课"。

每天上完英语课，他累得基本上站不住了，只能坐在讲台边上，两眼像是散了光，用那双沾满了粉笔灰的手，点一支烟使劲抽起来。直到下节课的老师来了，他才收拾教案离开教室。除了早课和正常课程之外，高老师还要到班里跟学生一起上自习。看大家复习累了，他就会习惯性地建议："换换脑子吧，再学会儿英语。"于是又讲起了英语课。

就这样，高老师每天除了早操半个小时、晚上四个半小时、午休四十分钟、两顿饭半小时、上厕所十分钟，每天休息时间总共只有六小时二十分钟，其余时间几乎全部用在备课、讲课、批作业、辅导学生上。看着高老师忙碌、辛勤的身影，我们无不投去敬仰的目光。高老师每天吃多少饭我们没注意，但他每天抽掉两包不带把的"金驼"牌香烟大家都很清楚。

高老师大学毕业时就接近三十岁了，年迈的父母不停地催他找对象结婚，他总是一推再推："不急，等这些学生高考完了，我就找对象结婚，保证给二老生个胖孙子。"

高老师是个孝子，实在推不过去了，他就匆匆找了个对象结婚了。

结婚那天，我们班去了十几个同学，每个人都饱餐了一顿。记得老师只收了我们十位同学合买的一盏十二元的台灯。看着老师脸上露出难得的笑容，看着美丽的新娘子，我们每个同学都深深地为老师感到高兴，深深地为老师祝福。

那天，老师家的录音机里播放着邓丽君的《小城故事》："小城故事多，充满喜和乐，若是你到小城来，收获特别多……"二十多年过去了，八十年代流行歌的很多歌曲都记不清了，唯有这首歌深深印在我的记忆里。每次想起高老师的时候，我就想起这首歌；每次听到这首歌的时候，我就想起了高老师。

新婚的第三天，老师又搬回学校住、学校吃，一如既往，三更睡、五更起。他只知道自己是一名高三老师，却忘记了还是一个新郎官。

新婚燕尔，新娘子怎受得了这样的冷遇？于是就开始拌嘴，后来发展到厮打。我们心疼老师，也理解新娘子，经常私下里劝老师："回去住也一样，不会影响我们的，因为我们都很自觉。再说就几百米远，我们可以到你家去叫你。"可老师却坚持继续在学校吃、学校住，只在周末回去住一晚。

难道老师不喜欢他的娇妻吗？绝不是！因为我们经常能听到高老师夸他的妻子美丽、能干、孝顺。从他的眼神里，能看出他对妻子的爱。

高考结束了，每个人都拿到了理想的英语成绩，高老师脸上露出了丰收的喜悦。全班六十四位同学，其中六十一位同学的成绩达到高考录取分数线，如果不是英语往上拉分，可能有三分之一的同学会名落孙山。

在不到一年的时间里，高老师给我们教了初中到高中的八册英语书，相当于五到六年的工作量！那个时代，我们的老师都是无私的，每一位老师都在用自己生命的火焰照亮学生的前途，所有老师都争相为学生补课、辅导，不计任何酬劳（本来也没有酬劳）。他们只有一个愿望，就是让我们这些孩子走出穷山沟，过上幸福生活。记得临近高考时，为了能给学生留出一些自学的时间，班主任召集所有代课老师开了一个会，要求大家压缩辅导课的时间。每个老师都是流着泪减掉自己的辅导课，压了课的高老师竟然像孩子般号啕大哭！

就在我们按照约定的时间一同返校领取大学录取通知书的那天，意外地得知高老师因夫妻打架失手导致妻子身亡，自首进了公安局。噩耗如晴天霹雳，炸蒙了每个人的脑袋，冲去了所有人的喜悦。连续几天，大家心如乱麻、不知所措，谁也不愿意接受这个事实。最后，决定集体上书法院，请求宽大处理我们的高老师。然而，无情的法律还是把老师送进了监狱。

上大学的时候，我们几位同学到监狱探望服刑的高老师。看见我们，老师一言不发，我们不敢相信这位看上去有五十岁的人就是我们的高老师，其实他才三十出头。交谈中，他只有自责，也依然流露出对未来的一些向往。他说自己是坏人，坚持不让我们称他老师。谈话中，我们得知由于他表现好，监狱安排他给犯人上英语课，依然干的"本行"；自己板书不够好，他还在练书法，并小有成就。他说自己要好好表现，争取早日出来，再给家乡的学生教英语。没有工资没关系，只要能有书教，能混饱肚子就行。

漫长的监狱改造哪像他想得那么简单。由于长期过分的自责和忧郁，他慢慢地患上了忧郁症和哮喘病，身体状况与日俱下。在监狱待了十多年，老师获准保外就医。

出狱后，他无法回到学校，就在县城边上办了一个课外英语辅导班。虽然隐姓埋名，但不少学生还是找到这里补课。起初几年还能维持生活，后来哮喘病越来越严重，只要他一张口讲课就咳嗽，换不上气来。渐渐地，来补课的学生越来越少，高老师只好结束了能让他糊口的英语教学生涯。

考虑到自己的身体和经济状况，高老师决定改学中医，并首先在自己身上扎针、试药。老师经常因试药反胃呕吐，因试针导致手足麻木。虽学了很久，理论水平很高，但却因拿不到执医资格而无法行医。

为了维持生计，他只好拖着病身子挖甘草。正常人每天能挖二十来斤，而他边挖边缓，一天下来最多也就挖五六斤，勉强够填肚子和买药。有一段时间，正好是他的学生收甘草，他每次卖甘草，都用帽檐遮住眼睛，不抬头，所以也没有认出学生。但学生怎能不认识老师？只要是老师拿来的甘草，无论质量如何，通通定为优等品，而且水分和泥土的折扣也都不打。为了能让老师有好收入，这位学生始终"没认出"老师。

好景不长，几年以后甘草被禁挖了，老师就开始做点小生意，往返于两个县城之间。仅仅为省两元钱的车费，他经常随货到地方，然后步行六十多里地连夜返回。由于长途步行，一个月能跑破三双鞋。这让他心疼了，于是他干脆打起了赤脚，到了冬天，就找些破布破皮绑在鞋底上。

由于老师不愿意见我们，很长时间我们都没有他的音信。

转眼我们已经高中毕业二十年了，人到中年的同学们都想搞一次聚会，聚会自然少不了感谢恩师。在多方打听下，终于找到了高老师，但他表示不愿意参加，担心自己这个"不和谐的音符"影响到大家的兴致。这让我们倍感遗憾。

聚会那天，除了高老师，所有老师、同学都到齐了，作为班长，当我宣布："聚会仪式开始！"大厅里顿时响起了热烈的掌声。

突然，聚会大厅的门打开了，服务员搀着一位老人缓缓走进来，大厅里立刻变得鸦雀无声。老人看上去有七十多岁，稀疏而花白的头发、刮黄而消瘦的脸庞、佝偻而疲倦的身躯……

这时，靠近门口的同学惊讶地喊了一声："高老师？！"大家随后跟着一齐喊"高老师，高老师"，接着，大家全体起立，又响起了更加热烈的掌声。

座谈间，大家少不了对各位老师表达感激和谢意，各位老师都发了言。在大家的强烈要求下，高老师最后发了言："有你们这些有出息的学生是我人生最大的快乐。我是个坏人，不要学我……"说着哽咽着低下了头，眼眶里泛起了泪花。我们每个人心里都很难过。

看到这里，我赶忙鼓起掌并大声提议："同学们，让我们把最美丽的鲜花、最热烈的掌声献给敬爱的老师们！"总算又把气氛拉回来，我也松了一口气。

座谈结束前，我提议给高老师捐点生活费，得到了大家的强烈响应。但这提议却被化学老师否定了，他怕这样做会伤了高老师的自尊，他说："作为高老师曾经要好的同事，捐一点高老师能接受，同学们还是在今后的日子里用其他方式表达。"我这才意识到自己的提议太不冷静了。

会餐时，高老师不停地喘着气，艰难地动了几筷子凉菜。看着高老师的动作，所有人都放下了筷子。我侧眼看了一下，好几个同学已经泪水满面。高老师明显感到自己和这个场合不"和谐"，他坚持说要回去吃药，于是在同学的搀扶下移下楼梯，离开酒店。

看着高老师远去的背影，我们在场的人无不泪水夺眶。高老师渐渐走远了，几个女同学放声哭了起来……

等大家再次回到餐桌上的时候，谁也没有心情吃喝了。就这样，大家在沉闷的心情中结束了聚会。

没有想到这竟是我最后一次见到高老师，最后一次听到高老师的声音。

在这次聚会上，我们知道了老师的近况。原来高老师借住在某单位的一间旧办公室里，靠低保度日，哮喘和心脏病很严重，每天吃的药远比饭多。生活费、医药费十分紧张。

聚会结束时，还余下一些钱，我们几个承办人决定全部捐给高老师，并希望大家有时间多看看高老师，有能力的尽量帮一帮。

后来县城的几位同学经常去看望高老师，并给予了不少帮助，外地有回去的也都把看望高老师作为不能少的安排。但每次同学给他钱，他都坚持打欠条，并表示日后病好了给大家还上。他说这都是我们的辛苦钱，不能随便拿。其实据我所知，看望过老师后，无论钱多钱少，所有同学都把"欠条"扔了。

也许因为工作忙，也许因为惰性，也许因为没有想到老师会走得这么快，此后的一年多，我一直没能去看高老师，这成了我人生中的一大懊悔，每每想到高老师，我都少不了自责和忧伤……

人都应该好好活着，珍惜生命，善待他人，也要善待自己。

我可敬、可怜又"可恨"的高老师，您在那边过得还好吗？

2006 年夏日

写给儿子十八岁生日的一封信

儿师原：

　　今天你就要满十八岁了。从今天起，你就是成年人了，成为一名公民，一个真正意义上的男子汉，我和你母亲将不再是你的监护人，你的一切行为将由自己负责。过去说得不少了，今后肯定说得少了，因为你已经成年了。但在今天这个你即将成为成年人的重要日子，我还想多说几句，这既是对你走向未来的要求，又是对我自己的要求，让我们共勉吧。

学习以充实脑袋，修养以提高素质

　　国家之间的竞争归根结底还是文化的竞争，人与人的竞争归根结底还是学习的竞争。学习并非学生的专利，成年人更需要学习。把学习当作第一需要，踏踏实实学点东西，不要做样子，要学有所获。掌握了一些谋生的技能，知道了一点数理化，懂几句外语，那是远远不够的。更重要的是要潜心学习中国的传统文化，这是作为一个中国人应尽的责任和义务，马虎不得。一个不懂得自己祖国历史文化的人，是不可能走得很远的。中国历史悠久、文化博大精深，要学的东西实在是太多了。过去的十九年，作为应试教育，你完成了从小学到高中的所有学科，考上大学也不是太大的问题，可是，作为素质教育，你的学习才刚刚开始。作为一名理科生，在传统文化学习上的欠缺就更大了，因此必须抓紧对中华文化的学习，长期学、终身学。首先要学习历史，尤其是中华上下五千年的文明史，系统学习《史记》《资治通鉴》等，以史为鉴知兴替。再就是学习文化艺术。刻苦学习诸子百家，尤其是儒家文化，四书五经、《古文观止》应该是身边必备的书籍。重点是唐诗、宋词、元曲、汉赋、明清小说，还有近现代的文学作品，在精读经典名著的同时，博览群书，面越宽越好。学习经典，不能只满足于看一遍，要用心学、反复学，最好能记一些笔记，如果再能写点读书体会那就更好了。另外，要耐着性子学习并学会欣赏国粹。如看点京剧、秦腔、越剧、豫剧等中华戏曲，要知道"一招一式是功夫，一说一唱皆文章"。"超女""超男"是绝不可能达到国粹的境界的。抽空练一练毛笔字，美化一下门面。再练习一下算盘，活动一下手指。练习一点武术，强健身体。学习习惯要靠坚持，学习时间要靠挤。进入社会，没有人督促你、安排整块的时间让你学习，这完全靠自觉。通过学习，要深刻理解中国历史文化的精髓。千万不要沉迷于那些美国大片、日本动漫、韩国游戏、港台靡靡之音，更不要迷信那些所谓的普世价值。因为这会让你变得浮躁，没了主张，思想会被异化，甚至会被利用。

心里一定要装着别人，敬畏古人，敬仰那些有知识、有修养的人。子曰"三人行必有我师"，要多向别人请教、向社会学习、向实践学习。"与有肝胆人共事，从无字句处读书"，不要死读书、读死书，在有字书中学到"无字"的东西。

人到了十八岁，身体基本长好了，但还必须让自己的头脑充实起来，使自己形象逐渐高大起来。修养是一生都要做的事情，不能有片刻的松懈。古人云"学而不思则罔""日三省吾身""则知明而行无过也"。读书只是学习的初级阶段，要把学到的东西变成知识、提升为能力、转化为修养，一个必经过程就是结合自身的思想和行为去思考，一点一滴地体会，一步一步地提高。比如今天做了不该做的事没有？看到有困难的人你帮助了没有？给别人增添了麻烦没有？坚持正确的，修正错误的，不断修正自己的思想和行为，始终保持心正、德正、身正。这样坚持几年，就会发现自己进步了，长期下去，自己就会高大起来。

威自诚信生，友从尊重来

诚信乃人生大厦之基石，基础有多厚实，就能建造多高大的房子。诚信要靠自己坚守，哪怕是最落魄、最狼狈的时候都不能放弃。不要管别人是否诚信，自己首先要诚信。说话做事都要三思而行，不可妄言、不可轻狂，讷于言、慎于行。只有自己诚信了，才能换来别人的诚信。你是男子汉，你有让所处环境的人们都诚信起来的责任，从自己做起，用自己的行为感化和影响别人。

毫无疑问，你需要别人的尊重，所以你应该先去尊重别人。正因为张良尊重那位其貌不扬、刁蛮任性的老者，才得到了《太公兵法》。受尊重是每个人都应有的平等权利，没有身份、地位和高低贵贱之分。在文明社会，尊重那些贫困、落魄、能力偏低的人很重要，你同样有责任让你所在的群体、所处的环境成为互相尊重的典范，成为尊重弱势的典范。尊重要有爱心，这种爱心应该是不分远近、亲疏的博爱。

不一定要做大事，但一定要大气

君子坦荡荡，小人长戚戚。"宰相肚里能撑船"是说做大事必须要有宽广的胸怀。社会分工有不同，人不能都去当宰相。有多大的胸怀，就能做多大的事业。何为大气？就是有大局意识、群体观念，凡事都往远处看、从大处想，站得高才能看得远。男人就活得个胸怀，鸡肠小肚必定一事无成。人都要需要理解，理解的前提是宽大为怀。山岳不同而美，万物不同而成世界。大家在一起相处，每个人都会有自己的想法，遇事也都会有自己的看法，这是自然的也是应该的，所谓"君子和而不同"。

大事看水平，小事看品格。有主见是成功的要素，在大事上要有主见，要敢于坚持；在小事上要学会谅解，懂得宽容。特别是要能够宽容你的对手，甚至你的冤家、你的敌人。逐渐领悟并学会"让"的哲学，求大同、存小异才是社交的意义所在。

不一定要追求高贵，但一定要追求高尚

追求高尚。人之所以受人尊重，不是因为金钱和权力，而是因为品格。追求高贵是应该的，但不是必需的，所以不要强为之。做学问、做生意也好，为官、做事也罢，由于受各种主客观因素的影响，达到顶峰的总是少数。人人都是豪门贵族就无所谓高贵。要以一颗平常心对待功名利禄，高官厚禄者未必快乐，布衣百姓未必不幸福。

不以位卑而自卑，不以权大而自大。不要因为自己地位低下就自暴

自弃，放弃追求高尚；更不能因为自己有权有钱有势就小看别人、藐视别人。要看到别人的长处，查找自己的不足，尤其是固执己见、妄自尊大等问题。不要怕吃亏，要知道"人有一亏，天有一补"。经常做一些善事，通过做善事检验和巩固自己的修养。献爱心应该是发自内心的，给自己心灵上一些安慰，做善事不是作秀，不要张扬，否则就没了意义。

责任是男子汉的又一个代名词，每个男人那宽厚的肩膀上都写着两个沉重的大字——责任。天下乃天下人共同的天下，自然也有你的一分子。这个社会、这个家庭给了你太多的恩惠和宠爱，你已经学了不少东西，上大学还要学更多有用的东西，你应该是时代的佼佼者。从能力讲、从责任讲，你都应该担当更多的社会责任、家庭责任。要敢于挑重，工作挑最难的干，遇到问题要敢于负责，面对荣誉尽量避开。最为人不齿的男人莫过于见了困难躲着走，遇到问题绕着走；成绩揽在身上，问题推给别人。

对待家庭有情义，对待社会讲正义

你很幸运，在无忧无虑中成长。但你的父母却出身于农民家庭，我的父亲是地地道道的农民，咱家近百口人，多数都还生活在农村。你是我的独生子，除了爷爷、姥爷、姥姥和你父母，农村的叔伯、兄弟、姐妹就是你最亲的人。不要因为自己出身优越，自己有点地位、有点文化或是有点票子就嫌弃他们。其实你也能感觉到他们都深爱着你，他们是非常勤劳、善良的人，也是社会最底层的劳动者。每逢假期、过年尽量回去看看，有什么能帮的就帮帮。再过十年，你就要成家了，也会有爱人，也会有孩子，要多关心、多爱护、多理解家里人。家和万事兴，一个懂得爱国的人首先是一个懂得爱家的人。对待家庭要有情有义，对待社会也是如此，无论处境如何、心情怎样，都要带着微笑走出家门，带着微笑面对社会，用快乐感染别人，让大家都快乐，笑行天下、笑对人生。和你的同学、你的同事、你的朋友以及你认识或不认识的人友善相处，别人有喜事庆贺一下，有难事帮助一下，心情不好安慰一下。要注意尊重朋友的父母，朋友的婚礼可以不去参加，但父母去世了一定要去吊唁，实在去不了，至少也应发个唁电、送个花圈。要做合群鸟，不当独行侠。有情有义才有真朋友，有情有义才有好威望。好男儿就要有正义感，见义勇为绝非多管闲事，要维护公平正义，让社会更加和谐，让环境更加优美。

养儿防老，但绝不是只为了防老；为儿应当尽孝，但不是只知道尽孝。你长大了，将会为事业忙碌、为生计奔波，闲暇的时间很少，还要学习和充实自己。你们这一代多数是独生子女，赡养老人的担子很重、很累。我和你母亲会安排好自己的晚年，你只要能常回家看看、常打个电话就行。好男儿的又一个刚毅的名字叫血性，如果遇到外敌侵犯，我儿一定要拿起武器，用鲜血和生命捍卫自己的国家，捍卫民族的尊严，捍卫男儿的荣耀。你的荣耀就是父母的荣光。

干什么并不重要，重要的是怎样干

你打算学医，我完全支持，这也符合你"要么拯救生命，要么探索生命"的一贯追求。医生是个救死扶伤的行业，最能体现关怀，也最能发挥你细致、有耐心的性格。学习医学，从一开始就要养成严谨、务实的好习惯，望闻问切、检查诊断、处方手术、观察治疗等，每一个环节都很重要，医生的一言一行都关乎人的健康和生命，责任重于泰山。选择了医学就是选择了责任、选择了清苦。要想当一名好医生，就不要想着轻松，也不要想着发财。学习医学，无论中医还是西医，都应该先认真学习《黄帝内经》，他不仅是中医的鼻祖，而且是医学文化的源头。其实干什么并不重要，重要的是怎样干，干到什么程度，这是人生观、价值观的综合体现。当你选择了人生的目标，就一定要集中精力为之奋斗，不达目的决不收兵。记住古人的教诲：博学之，审问之，慎思之，明辨之，笃行之。我相信，凭你的智力和能力，只要坚持下去，一定能干出点名堂。

少用品牌货，多做品牌人

品牌服饰、名牌汽车也许能带给你短暂的"自信"，但决不会给你永久的荣耀。世界上只有名人成就品牌，绝没有品牌成就名人。随着社会的发展，你可能不需要辛苦的劳动就会过得比你父母好，所以要懂得感恩：父母生育了你，老师教育了你，朋友帮助了你，祖国培养了你，社会成就了你……

勤奋是品格，节俭乃本色。做品牌人必须要付出辛勤的劳动。天道酬勤，只要坚持了，肯定会有收获。不要给自己找偷懒的借口，人最怕的是把今天的事推到明天再干。睡懒觉是最糟糕的生活习惯，一损健康、二削意志。节俭与有钱没钱没有关系，当你浪费的时候，要想一想世界上还有数以亿计的人挣扎在生命线上；当你浪费的时候，要明白你在掠夺别人的资源——虽然你是付了钱的。勤以养德，俭以养廉。节俭才能理解劳动的价值，才懂得尊重劳动者的创造。知足不辱，知止不殆。一个人的福禄是有定数的，不能什么福都敢享受，更不要一天把世间的福全都享尽。

我说了许多、要求了许多，你可能觉得这样活人是不是太辛苦了？不会，只要你坚持做了，就有收获，自然乐在其中。你的名字来自于"王师北定中原日……"这是勉励你一生的称谓。中国的传统道德规范延续了几千年，作为一个中国人，必须敬重祖先，学习和继承几千年来沉积下来的优秀文明和优良传统，并保证它传承下去。不能轻易怀疑，更不能轻易改变和放弃。如果不承认祖先，就不知道自己是谁，不传承祖先留给我们的文明，我们就无颜面对后人，也没有根基立足于世界。坚持仁、义、礼、智、信，做好温、良、恭、俭、让，这不仅是你应该做的，而且是你的子孙应该做的。

你的父亲

2011 年 3 月 20 日